«Caesar's», sagte er, und das Taxi raste auf die Straße zu, wo es stehenblieb.

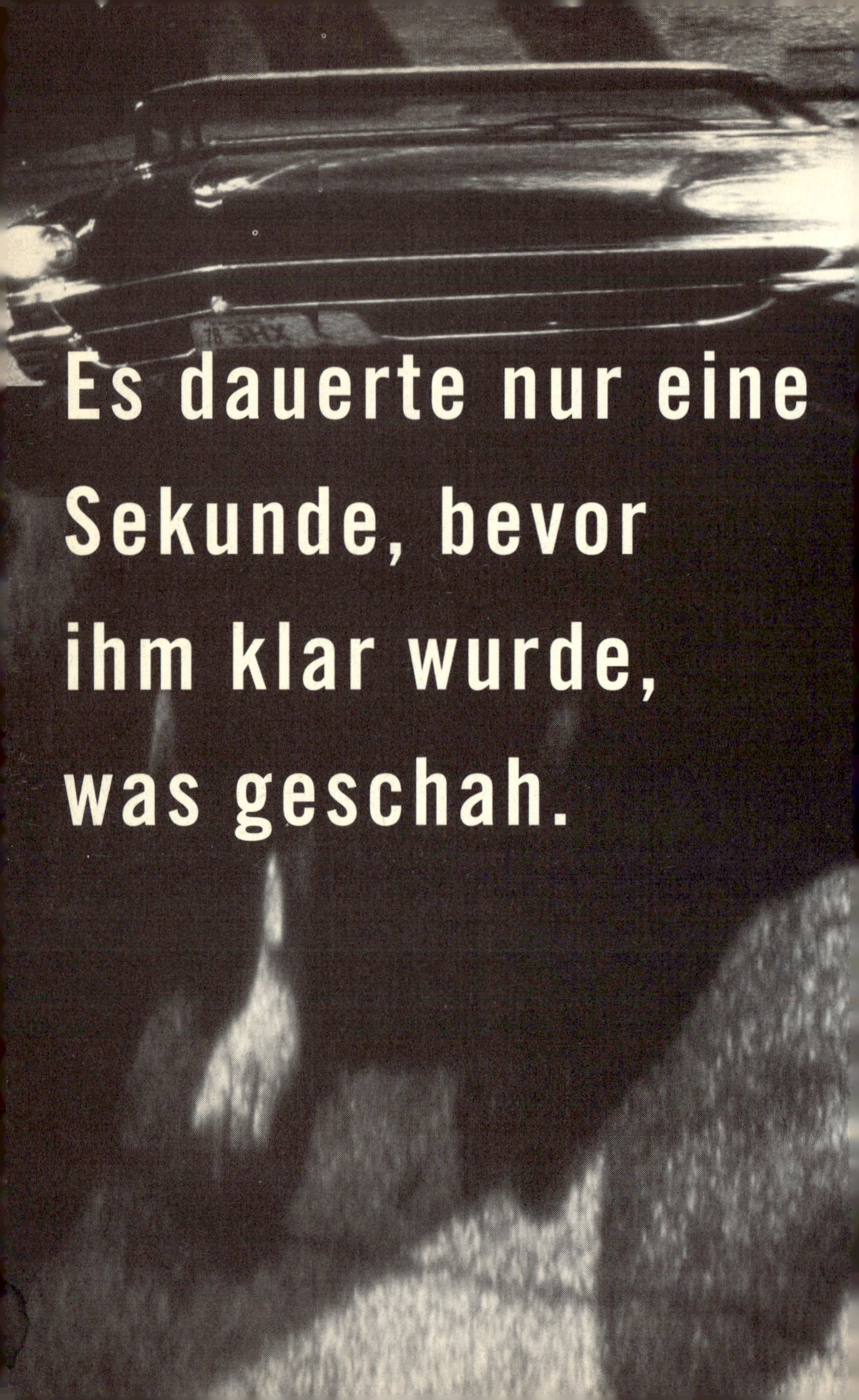
Es dauerte nur eine Sekunde, bevor ihm klar wurde, was geschah.

Er riß
die Pistole
heraus
und zielte
auf den
Kopf des
Fahrers.

ABRECHNUNG

DEUTSCH VON FRIEDRICH A. HOFSCHUSTER

WUNDERLICH TASCHENBUCH

THOMAS PERRY

IN LAS VEGAS

Veröffentlicht im Rowohlt Taschenbuch Verlag GmbH,
Reinbek bei Hamburg, April 1998

Umschlaggestaltung Tandem Design
(Foto G+J photonica/Paul Vozdic)
Bildseitengestaltung Daniel Sauthoff
(Fotos Edward Holub/G+J Fotoservice/photonica)
Satz Plantin Postscript (PageOne)
Gesamtherstellung Clausen & Bosse, Leck
ISBN 3 499 26019 0

DIE HAUPTPERSONEN

Der Roman spielt überwiegend in Las Vegas

Elizabeth Waring
DATENANALYTIKERIN IM JUSTIZMINISTERIUM

Martin Connors
IHR VORGESETZTER

Roger Padgett
John Brayer
KOLLEGEN

Robert E. Hart
SPRENGSTOFFEXPERTE BEIM FBI

McKinley R. Claremont
SENATOR DES STAATES COLORADO

Little Norman
Edgar Fieldston
Dominic Palermo
MITARBEITER EINES SYNDIKATS

Maureen
EINE FRAU FÜR SPEZIALEINSÄTZE

und der **Schlächter**

KAPITEL 1

Die Gewerkschaftssitzung, dachte Al Veasy, war so gut gelaufen, wie man es angesichts der Umstände erwarten konnte. Er hatte schließlich herausgefunden, warum der Rentenfonds in solchen Schwierigkeiten gesteckt hatte, in einer Zeit, wo jeder andere im Land, der etwas zu investieren hatte, das große Geld machte. Er hatte ihnen mitgeteilt, was er wußte, und die Gewerkschaftsmitglieder hatten es auf Anhieb verstanden, weil es nichts Überraschendes war für einen, der aufmerksam die Zeitungen las. Die Gewerkschaften waren seit Jahren immer wieder in ähnliche Situationen geraten. Ein Niedrigzins-Darlehen an die Fieldston Growth Enterprises – ein beeindruckender Name, aber keine Rückzahlung, also ein Verlust von fast fünf Millionen Dollar. Wenn die Firma so dubios war, wie es aussah, dann gab es in Wirklichkeit weder einen Fieldston noch Wachstum. Wahrscheinlich war es nur ein Name und eine Phantasieadresse. Sobald die Gewerkschaft Druck ausübte, würde irgendein Anwalt, von dem man nie etwas gehört hatte, in aller Stille Konkursakten vorlegen. Vermutlich in New York oder irgendwo sonst, damit es Wochen dauerte, bis man hier in Ventura, Kalifornien, etwas davon erfuhr. Es brauchte nicht mehr zu sein als ein Einschreibebrief an O'Connell, den Vorsitzenden des örtlichen Gewerkschaftsverbandes, der diesen über die Liquidation der Fieldston Growth Enterprises informierte und über den Verkauf der Konkursmasse zur Schuldendeckung. Und O'Connell, der große, blöde Kerl, würde Veasy zu sich rufen, damit er ihm den Inhalt des Schreibens erklärte. «He, Al», würde er sagen, «schau dir das mal an!», als ob er bereits wüßte, was das bedeutete, aber die Verpflichtung fühlte, den Brief irgend jemandem zu zeigen. Nicht, daß es dann noch etwas nützen würde …

Ebensowenig wie jetzt. Das war das Problem, war es immer gewesen. Veasy fühlte es, als er den Gewerkschaftssaal verließ, noch immer in seinen Cowboystiefeln und in einem Arbeitshemd, das steif war von getrocknetem Schweiß. Diese schlauen Burschen in ihren tadellos sitzenden Westenanzügen und ihren italienischen Schuhen hatten immer Erfolg. Das Beste, was die Männer der Arbeiterklasse erreichen konnten, war die Vermutung, wie die anderen es geschafft hatten, sie wieder einmal reinzulegen, und die geringe Chance, dem einen oder anderen die Hölle ein wenig heiß zu machen. Es lief höchstens darauf hinaus, daß die anderen in Zukunft ihre schmutzigen Geschäfte vorsichtiger betrieben. Wenn es nicht die Fieldston Growth Enterprises gewesen wäre, dann irgendeine andere Firma, die ebenso solide wirkte und ebenso bankrott endete. Das Geld war weg, und niemand, kein Mensch, konnte gezwungen werden, es zurückzugeben.

Er kickte einen Stein zur Seite auf dem gekiesten Parkplatz. Wahrscheinlich hatte es wenig Sinn, sich deshalb an die Regierung zu wenden. Gerichte, Bürokraten, Kommissionen – Veasy gab einen verächtlichen Laut von sich. Sie setzten sich auch nur aus schlauen Leuten in maßgeschneiderten Westenanzügen zusammen, die den Gaunern so ähnlich sahen, daß man sie kaum voneinander unterscheiden konnte, höchstens darin, daß die Gauner etwas geschickter waren, wenn es darum ging, Geld zu bekommen, ohne dafür arbeiten zu müssen. Für Leute wie Al Veasy hatten sie nur ein müdes Lächeln übrig. Und die in der Regierung brauchten nicht einmal zu lächeln, weil sie ihr Geld bekamen, ganz gleich, was auch immer geschah. Aber, zum Teufel, was konnte man sonst noch unternehmen? Man mußte schließlich wenigstens die Formalitäten erfüllen.

Mußte Fieldston verklagen, und sei es nur, um den Fall zu dokumentieren. Eine kleine lokale Maschinenbaugewerkschaft in Ventura hatte 70 Prozent ihrer Pensionskasse durch eine faule Investition verloren. Der Fall würde vermutlich nicht einmal in die Presse kommen. Doch man mußte es wenigstens versuchen, selbst wenn man damit höchstens erreichte, daß die Gauner das nächste Mal etwas vorsichtiger waren, etwas weniger gierig und nicht versuchten, ihnen alles wegzunehmen. Vielleicht konnte man auch erreichen, daß der eine oder andere der Beteiligten ein wenig ins Schwitzen geriet ...

Veasy öffnete die Tür seines Transporters und kletterte hinein. Saß dort eine Minute, zündete sich eine Zigarette an, sog den Rauch tief in die Lungen und blies dann eine Rauchwolke aus dem Fenster. Mein Gott, dachte er, schon neun Uhr! Ob Sue wohl mit dem Abendessen auf mich wartet? Er schaute auf den beleuchteten Eingang des Gewerkschaftshauses und sah, wie die Männer einzeln herauskamen, vorbei an der bulligen Gestalt von O'Connell, der sie anlächelte und einem von ihnen freundschaftlich auf den Rücken klopfte. Wahrscheinlich erklärte er ihnen, daß man bis jetzt noch nichts sagen könne und daß es zu früh sei, in Panik zu geraten. Hast ganz recht, du großer Trottel, dachte Veasy. Schau dich nicht um, und du erfährst nie, was dich zu Boden geworfen hat.

Veasy drehte den Zündschlüssel, und die ganze Welt verwandelte sich in Feuer und Lärm. Der Luftdruck schleuderte O'Connell gegen die Wand des Gewerkschaftshauses und ließ das große Fenster auf der Vorderseite platzen. Gleich danach war der ganze Parkplatz in Licht getaucht, als die Stichflamme hinaufschoß in den Nachthimmel. Später behauptete einer der Maschinenbauer, ein Mann namens Lynley, daß Teile des Transporters mit in die Luft geflogen seien, aber O'Connell meinte, das habe nichts zu bedeuten. Die Leute sagten immer solche Sachen, besonders, wenn tatsächlich jemand ums Leben gekommen ist. Es war auch so schon schlimm genug; man brauchte nicht noch alles mögliche hinzuzuphantasieren.

KAPITEL 2

«Hier ist der tägliche Stumpfsinn», sagte Padgett und warf den Computerausdruck auf Elizabeths Schreibtisch. «Ziemlich früh heute und zu deiner Verfügung.»

«Danke», antwortete Elizabeth, ohne von ihren Berechnungen aufzublicken. Sie versuchte immer noch herauszufinden, warum dieser Scheck geplatzt war. Selbst wenn das Geschäft gleich am nächsten Morgen versucht hatte, ihn einzulösen, die Einzahlung hätte schon mindestens zwölf Stunden zuvor auf dem Konto sein müssen. Viertel nach acht; die Bank öffnete erst um halb zehn. Sie machte sich eine Notiz, um den Anruf nicht zu vergessen. Wahrscheinlich lag es an der Post, wie immer. Wenn jemand nicht in der Lage war, einen Brief in zwei Tagen vom einen Ende der Stadt zum anderen zu befördern, sollte er sich einen anderen Beruf suchen. Die Mitteilung über den ungedeckten Scheck hatten sie immerhin schnell genug befördert. In einem Tag.

Elizabeth steckte Scheckbuch und Notizzettel wieder in ihre Tasche und nahm sich den Ausdruck vor. So viele Schuljahre, und jetzt das! dachte sie. Da las sie nun im Auftrag des Justizministeriums diese computerisierten Nachrufe und konnte noch froh sein, damit ihren Lebensunterhalt zu verdienen.

Sie begann beim ersten Blatt und ging die Eintragungen nacheinander durch. «De Vitto, L. G. Männlich. Weiße Hautfarbe, 46. Vermutlich Selbstmord. Gewehr, Kaliber .12. Toledo, Ohio. Kennummer 79–8475.» Sie kennzeichnete die Eintragung mit dem Bleistift, vielleicht nur, weil der Name auf die Mafia hindeutete, vielleicht auch, weil es sich um den ersten Namen handelte und weil bei den anderen die Aussichten noch geringer waren.

«Gale, D. R. Weiblich. Weiße Hautfarbe, 34. Vermutlich Mord. Revolver, Kaliber .38. Verdächtig: Gale, P. G. Keine Vorstrafen. Wichita, Kansas. Kennummer 79–8476.» Nein, nichts als das Übliche, dachte Elizabeth. Eine familiäre Auseinandersetzung, und einer der Kontrahenten greift zur Schußwaffe. Sie prüfte weiter die Liste, suchte nach dem Ungewöhnlichen, nach der einen Eintragung, die nicht auf das Übliche hinwies.

«Veasy, A. E. Männlich. Weiße Hautfarbe, 35. Vermutlich Mord. Dynamit. Ventura, Kalifornien. Kennummer 79–8477.» Dynamit? Mord durch Dynamit? Elizabeth markierte die Eintragung. Vielleicht nichts für den Tagesbericht, aber zumindest nicht eine der üblichen, normalen Gewalttaten des Freitagabends.

«Satterfield, R. J. Männlich. Afro-amerikanisch, 26. Vermutlich Mord/Raubüberfall. Revolver, Kaliber .32. Washington, D. C. Kennummer 79–8478.» Wieder nichts.

Sie ging den Ausdruck weiter durch, ließ dabei die einzelnen Blätter auf den Boden vor ihrem Schreibtisch segeln, wo sie sich von selbst wieder wie der Balg eines Akkordeons zusammenfalteten. Hier und da machte sie ein Zeichen mit dem Bleistift neben einer Eintragung, die nicht unter die zehn oder zwölf üblichen Mordarten fiel. Es war Montag, also mußte sie vorankommen, wenn sie

das übers Wochenende angesammelte Material schaffen

wollte. Eines hatte Elizabeth bei diesem Job immerhin erfahren: Die meisten Menschen ließen sich an den Wochenenden umbringen.

Kurz nach zehn war sie bei der letzten Eintragung angelangt. «Stapleton, R. D. Männlich. Weiße Hautfarbe, 41. Vermutlich Mord. Revolver, Kaliber .45. Verdächtig: Stapleton, A. E., 38, keine Vorstrafen. Buffalo, New York. Kennummer 79 – 102 033.» Padgett, der leitende Analytiker, der für die Auswertung der Berichte zuständig war, machte jetzt vermutlich gerade seine Frühstückspause, dachte Elizabeth. Immer wenn man an einem Punkt angelangt war, wo man jemanden brauchte, war entweder Mittagszeit oder sonst eine Pause. Sie nahm den Computer-Ausdruck und trug ihn quer durch das Büro zu dem durch eine Glaswand abgetrennten Raum, wo die Computer-Operatoren arbeiteten.

Sie war überrascht, Padgett an seinem Schreibtisch hinter der Glaswand zu sehen, wo er über einen Bericht die Stirn runzelte. Sie klopfte an die Scheibe, und er stand auf, um ihr die Tür zu öffnen, ohne die Papiere wegzulegen, die er gerade studierte.

«Ich dachte, du machst Pause, Roger», sagte sie.

«Heute nicht», antwortete Padgett. «Muß ein tolles Wochenende gewesen sein. Vier von unseren Freunden haben in den letzten drei Tagen Flugtickets gekauft.» Er nannte sie immer «unsere Freunde», als hätten die Jahre, in denen er die Listen nach bekannten Namen durchsehen ließ, eine Art Zuneigung in ihm entstehen lassen.

«Alle zum gleichen Bestimmungsort?»

«Nein», sagte er. «Zwei nach Las Vegas, einer nach Phoenix und einer nach Los Angeles.»

 «Das kommt vermutlich vom Wetter», sagte Elizabeth.

«Es gefällt ihnen genausowenig wie uns. Man muß immer noch den Schnee von seinem Rolls-Royce kratzen.»

Er schaute ungeduldig drein. «Okay, mein Schatz. Und was hast du entdeckt?»

«Acht Mögliche. Die Nummern sind markiert. Die übrigen sind gewöhnliche Wochenendverbrechen: Vergewaltigungen, Überfälle und Familienzwiste, die außer Kontrolle geraten sind.»

«Mary soll dir die Einzelheiten schicken, sobald sie ausgedruckt sind. Gib ihr eine Viertelstunde Zeit. Mach eine Pause oder was auch immer.»

«Okay», sagte sie und ging wieder hinaus in das größere Büro. Sie sah, daß Brayer, ihr Abteilungsleiter, gerade ein paar Akten in einen Ordner legte und sich dann seinen sportlichen Mantel anzog.

«Frühstückspause, Elizabeth?» fragte er.

«Ja. Ich kann sowieso nichts machen, bevor der Computer die Details über unsere Möglichen von heute ausgespuckt hat.»

«Dann kommen Sie doch mit», sagte Brayer. «Ich lade Sie zu einer Tasse Kaffee ein. Ich muß auch auf etwas warten.» Sie gingen durch den Korridor ins Kasino für die Angestellten. Brayer schenkte zwei Tassen Kaffee ein, während sich Elizabeth an einen Tisch in einer abgelegenen Ecke setzte.

Brayer kam zu ihr und ließ sich seufzend nieder. «Manchmal bin ich diesen Job ehrlich leid. Man scheint kaum zu nennenswerten Ergebnissen zu kommen, und man vergeudet eine Menge Zeit, um Daten zu analysieren, die einfach kein Muster ergeben und nichts beweisen. Heute morgen habe ich mir die Berichte über die in Frage Kommenden der letzten Woche angesehen. Nichts.»

«Genau das hat mir noch gefehlt», sagte Elizabeth. «Mein Abteilungsleiter, der am Montagvormittag an seinem Job verzweifelt.»

«Ich glaube, es ist der logische Fehler, der mich stört», sagte Brayer. «Sie und ich, wir suchen nach einem Muster, das uns auf einen professionellen Killer hinweist. Also sortieren wir nur das aus, was nicht der üblichen Routine entspricht. Aber professionelle Killer verrichten ihre Arbeit so, daß sie keine Aufmerksamkeit auf sich lenken. Was haben Sie zum Beispiel heute morgen gefunden?»

«Einen Selbstmord mit einem Gewehr. Den Fall eines Mannes, der erst gefoltert wurde, bevor man ihm die Kehle durchschnitt. Einen Mann, der im Speisesaal eines Hotels vergiftet wurde, und einen, bei dem die Bremsen seines neuen Wagens versagten. Dann einen Mord mit Dynamit, und –»

«Da!» sagte Brayer. «Genau das ist es, wovon ich rede. Ein Mord mit Dynamit! Das war bestimmt kein Berufskiller. Der Täter ist vermutlich ein geistig defekter Typ, der gesehen hat, wie Berufskiller im Fernsehen ihre Opfer umlegen. Wir sollten uns viel mehr auf die Fälle konzentrieren, die nicht ungewöhnlich aussehen. Diejenigen, bei denen der Coroner sagt, es handle sich um einen natürlichen Tod.»

«Sie wissen, warum wir das nicht tun», bemerkte Elizabeth.

«Klar. Von denen gibt's zu viele. Jeden Tag Tausende. Aber da finden wir unseren Mann. Man kann auf den ersten Blick vermutlich nicht einmal sagen, ob das Opfer durch einen Killer getötet wurde oder durch eine Lungenentzündung. Dynamit, Gewehre, Messer – zum Teufel damit. Dazu braucht man keinen Profikiller. In einer halben

Stunde findet man einen Rauschgiftsüchtigen, der das für ein paar Hunderter besorgt.»

«Aber wir helfen doch mit, daß gelegentlich einer festgenommen wird, vergessen Sie das nicht.»

«Ja, gelegentlich. Sie haben recht. Nicht, daß wir unsere Zeit völlig vergeuden. Aber es müßte doch eine bessere, effektivere Methode geben. Momentan finden wir nur, was uns zufällig in die Hände fällt – nicht das, wonach wir suchen. Wir finden Irre, finden Mörder mit Axt, solche Typen. Und alle paar Jahre einen ehemaligen Angehörigen der Mafia, der sich entschlossen hat, aus der Kälte zu uns zu kommen, und der uns dann sagt, wer wem was angetan hat im Jahre neunzehnhundertdreiundfünfzig. Das ist ja gut und schön, aber es ist nicht das, hinter dem wir her sind.»

«John, wie viele echte Profikiller üben Ihrer Meinung nach derzeit ihr Handwerk aus? Ich meine die Profis, nach denen wir suchen?»

«Oh, ich würde sagen, hundert. Vielleicht zweihundert, wenn Sie die pensionierten mitrechnen und die Neulinge, die gerade erst draufgekommen sind. In der ganzen Welt, meine ich. Nicht sehr viele, oder?»

«Nein, nicht sehr viele, wenn man versucht, sie durch eine Statistik-Analyse zu finden. Aus einem anderen Blickpunkt sind es natürlich viele. Ich muß eben mal meine Bank anrufen, weil ich gerade ein paar Minuten Zeit habe. Sie haben unberechtigterweise einen meiner Schecks platzen lassen.»

Brayer lachte. «Typisch Frau», sagte er. «Mathematische Genies, die nicht in der Lage sind, ihren Kontostand zu überblicken.»

 Elizabeth zeigte ihm ihr süßestes Lächeln, ein Lächeln, welches nicht sehen ließ, daß sie dabei die Zähne zusammenbiß. «Danke für den Kaffee. Ich habe den Tagesbericht in ein, zwei Stunden fertig.» Sie stand auf und verschwand durch die Tür des Kasinos.

Brayer saß noch eine Weile allein am Tisch, trank den Kaffee aus und kam sich verlassen vor. Er saß gern mit einer hübschen Frau an einem Tisch. So weit ging er in diesen Tagen immerhin noch, dachte er. Es gab ihm das Gefühl, jung zu sein.

«Darf ich mich dazusetzen, oder bin ich zu häßlich?» fragte eine Stimme. Brayer blickte auf und sah Connors, den Chef der Sonderabteilung für organisierte Verbrechen, neben sich stehen.

«Du bist genau richtig, Martin», sagte Brayer. «Du bist der Boss, heute ist Montag, und du bist häßlich genug, um zu mir zu passen. Das gibt ein gutes Muster.»

«Danke», antwortete Connors. «Wie läuft's?»

«Mies, fürchte ich. Elizabeth ist zurückgegangen ins Büro, um die in Frage Kommenden der zweiten Stufe herauszupicken, von denen es einige gibt. Nicht besonders vielversprechend, und es dauert alles seine Zeit. Die Berichte des Außendienstes über die Verdächtigen von letzter Woche waren alle negativ bis auf einen Fall in Tulsa, der noch nicht eingetroffen ist – wahrscheinlich ebenso negativ wie die anderen.»

«An einem Morgen wie diesem kann ich das nur hoffen», sagte Connors. «Wir haben unsere sämtlichen Ermittler im Außendienst, und Johnsons Bericht von den Fluggesellschaften erwähnt zumindest vier von den Leuten, auf die wir ein Auge geworfen und die sich an diesem Wochenende Tickets zu einem Flug in den Westen gekauft haben.»

«Und ist da was dran?»

«Wahrscheinlich das Übliche. Ältere Männer lieben das warme Klima. Ich übrigens auch. Und Roncone und Neroni haben dort Geld investiert. Völlig legale Geschäfte, zumindest, wenn die zwei nicht ihre Finger drin hätten. Aber es bleibt immer die Möglichkeit, daß ein Treffen stattfindet.»

«Vielleicht haben wir Glück», sagte Brayer ohne großen Enthusiasmus. «Na ja, mal sehen, ob sich Tulsa schon gerührt hat. Ich möchte die Akten von letzter Woche geschlossen haben, wenn Elizabeth mit den heutigen Massakern daherkommt.»

«Wie macht sie sich eigentlich? Sie ist jetzt schon über ein Jahr bei uns.»

Brayer lehnte sich zurück und sprach mit gedämpfter Stimme. «Um die Wahrheit zu sagen, Martin, sie ist eine echte Überraschung. Ich glaube, wenn ich mich morgen pensionieren lassen würde, könnte sie ohne weiteres meinen Posten übernehmen.»

«Na, komm schon, John», sagte Connors. «Es ist ausgeschlossen, daß sie sich schon so viel Erfahrung zugelegt hat. Ich meine, es ist immer noch ein Unterschied, ob man hübsch und schlau ist oder ob man die Datenanalyse-Abteilung leitet. Sie hat noch keine Stunde im Außendienst gearbeitet.»

«Aber ich glaube, sie hat die Nase dafür», sagte Brayer. «Sie ist die einzige in meiner Abteilung, die schlauer ist als ich selbst.»

KAPITEL 3

Zwei in dieser Woche, dachte er. Zuviel. Nach dem nächsten mache ich Ferien. Mindestens einen Monat. Die alte Frau
 vor ihm trat zur Seite, um das Wechselgeld zu zählen, und

er ging an den Schalter. «Los Angeles, einfach. Für den Drei-Uhr-Bus.»

«Fünffünfzig», sagte der gleichgültige Fahrscheinverkäufer und strich sich mit der Hand über die kahle Stelle am Kopf, wie um nachzuprüfen, ob wirklich nichts gewachsen war, seit er zuletzt darauf geachtet hatte.

Er zahlte das Geld und wartete, während der Mann den Fahrschein ausstellte. Es würde kein Problem sein. Nach einer Sache wie der vom Freitag wäre ein Mann, der am Samstag morgen einen Fahrschein zu einem weit entfernten Ziel kaufte, vielleicht aufgefallen. Aber einer, der am Montag nachmittag ein Ticket nach Los Angeles kaufte, war nichts Besonderes. Er verließ nicht den Ort eines Verbrechens, er fuhr einfach weg. Der Mann an der Kasse würde sich nicht an ihn erinnern. Zu viele Leute in der Schlange hatten so ein Ticket gekauft; der Mann hatte kaum schnell genug schreiben können. Hatte nicht die Zeit, sie alle anzusehen. Zumindest nicht die Männer.

Er trat weg und steckte den Fahrschein ein. Die Uhr an der Wand zeigte auf 14.45 Uhr. Schon fast Zeit zum Einsteigen. Kein Grund, um an der Busstation herumzustehen und aufzufallen. Niemand würde sich erinnern, ihn gesehen zu haben, weil niemand irgend jemanden gesehen hatte. Sie würden wohl auch nicht auf die Idee kommen, in dem Motel nachzufragen. Er hatte das Zimmer am Freitag nachmittag gemietet, drei Stunden bevor der Transporter in die Luft geflogen war, und außerdem war der Wagen dreißig Meilen entfernt gewesen, in Ventura. Ein anderes County. Alles sauber und einfach. Von Los Angeles aus konnte er jedes Transportmittel wählen, zu jedem Ort. Um in Los Angeles aufzufallen, hätte er sich selbst anzünden müssen.

Am Montag, dem 12. Februar, um 14.43 Uhr, kaufte ein Mann, der nicht fett und nicht mager war, nicht jung und nicht alt, nicht groß und nicht klein, nicht dunkel und nicht hell an der Busstation von Santa Barbara einen Fahrschein nach Los Angeles. Er war einer von den zwanzig oder dreißig Leuten an diesem Nachmittag, die niemand voneinander zu unterscheiden vermochte, und wenn, dann machte es nichts aus, weil keiner sich um den anderen kümmerte. Wenn die Polizei in dieser Gegend nach jemandem suchte, dann bestimmt nicht in einem Bus, der auf der Fahrt nach Los Angeles durch Ventura kam.

Elizabeth begutachtete den zweiten Satz Ausdrucke mit den näheren Erläuterungen zu den Verdächtigen des Tages. Von dem Mann, der sich mit dem Gewehr umgebracht hatte, gab es einen Abschiedsbrief, der die Familie und den Coroner zufriedenstellte. Der Todesfall durch Folterung stand mit einer religiösen Sekte in Verbindung, die bereits seit eineinhalb Jahren beobachtet wurde. Das Versagen der Bremsen ging auf fehlerhafte Montage des Herstellers in Japan zurück. Blieb also der Mann, der im Speisesaal des Hotels vergiftet worden war, und das Opfer des Dynamitmords.

Der Autopsiebericht des unglücklichen Hotelgasts überzeugte Elizabeth davon, daß es nicht viel Sinn hatte, den Fall weiterzuverfolgen. Es bestand die Möglichkeit, daß er das Gift nicht einmal im Hotel zu sich genommen hatte. Genau gesagt handelte es sich um eine Kombination verschiedener Drogen, die alle zur Behandlung von Spannungszuständen dienten, und die Tabletten waren mit einer großen Menge Alkohol eingenommen worden. Also wandte sich Elizabeth dem letzten Fall zu.

Veasy, Albert Edward. Maschinenbauer bei einer kleinen Werkzeugfirma in Ventura, Kalifornien, der Precision Tooling. Nicht gerade vielversprechend. Professionelle Killer waren ein kostspieliger Service, also mußte das Opfer auch mächtige und gutbetuchte Feinde haben. Maschinenbauer in Ventura hatten normalerweise keine solchen Feinde. Eifersucht? Das würde bedeuten, daß der Mann jemanden kennengelernt haben mußte, mit dem er normalerweise nicht in Kontakt getreten wäre – womöglich jemand, dessen Name hier und da in den Tagesberichten auftauchte. Fünfunddreißig, seit zehn Jahren verheiratet, drei Kinder. Dennoch eine Möglichkeit ... Vielleicht sollte man seine privaten Gewohnheiten überprüfen.

Elizabeth suchte in dem Bericht nach einem Punkt, der darauf hinwies, daß auch dieser Fall ganz normal war, einfach ein etwas ausgefallener Mord, bei dem der Mörder ein Motiv hatte und das Opfer zumindest kannte. Dabei fiel ihr der Tatort des Verbrechens auf. Vor dem Gewerkschaftshaus, das Veasy zu einer Sitzung besucht hatte. Sie hielt den Atem an: eine Gewerkschaftssitzung! Vielleicht eine ganz besonders üble Art von Streik oder das erste Anzeichen dafür, daß sich eine der «Familien» von der Westküste in dieser Gewerkschaft breitmachte. Elizabeth notierte sich, daß dieser Fall ebenso näher zu überprüfen sei wie der Besitzer der Precision Tooling. Vielleicht ging es um schmutziges Geld. Ach, zum Teufel, dachte sie, wenn schon, denn schon. Also: Herausfinden, was die Firma herstellte, an wen sie die Waren verkaufte, die Steuerverhältnisse überprüfen. Elizabeth hatte ohnehin mit einem arbeitsreichen Tag gerechnet, und ihre Verdächtigen waren bis auf diesen einen Fall bereits alle aussortiert.

 Sie warf einen Blick auf die Zusammenfassung des Laborberichts. Sprengstoff, der durch die Zündung des Wagens zur Explosion gebracht worden war. Sie notierte sich, nach einer Liste von Dynamitdiebstählen in den letzten paar Monaten in Kalifornien zu fragen. Dann las sie weiter. «Bei dem Sprengstoff handelte es sich nicht um Dynamit, wie früher angegeben, sondern um 200 Pfund explosiven Dünger, der auf der Ladefläche des Transporters gelegen hatte.» Elizabeth lachte unwillkürlich. Dann legte sie den Stift weg, lehnte sich in ihrem Sessel zurück und zerriß die Notizen.

«Was ist los, Elizabeth?» fragte Richardson, der Datenanalytiker am Schreibtisch nebenan. «Hast du einen komischen Mord entdeckt?»

Elizabeth antwortete: «Ich kann auch nichts dafür, aber ich glaube, jetzt haben wir den Fall der Woche gefunden. Das Opfer hat sich selbst in die Luft gejagt, mit einer Ladung Dünger. Dir müßte das doch eigentlich gefallen, du bist schließlich Genießer.»

Richardson kicherte. «Laß sehen.» Er kam zu ihr und schaute über ihre Schulter auf den Ausdruck. «Das ist der Hit des Wochenendes», sagte er. «So was ist mir noch nicht vorgekommen!»

«Mir auch nicht», sagte Elizabeth.

«Und wie ist es deiner Meinung nach passiert?»

«Weiß ich doch nicht», sagte Elizabeth. «Ich habe gehört von Gullys und von Silos, die in die Luft geflogen sind. Ich glaube, im Kot von Tieren steckt 'ne Menge Methangas.»

«O ja», erwiderte Richardson und wurde plötzlich nachdenklich. «Ich habe von einem gelesen, der seine Hühnerfarm in ein Kraftwerk umgebaut hat. Aber du weißt doch, was das bedeutet, oder?»

«Nein.»

«Brayer ist eine wandelnde Bombe. Seine losen Reden bei den Sitzungen könnten uns das Leben kosten.»

Elizabeth kicherte. «Ich weiß, ich hätte dir nichts davon sagen sollen. Jetzt werde ich mir eine Menge kindischer Scherze anhören müssen.»

«Nein, ich glaube, die habe ich momentan nicht drauf», sagte Richardson.

Elizabeth stöhnte. «Geh wieder an deinen Schreibtisch.»

«Ich gehe. Aber weißt du, was?»

«Was?»

«Ich würde den Fall überprüfen.» Elizabeth schnitt eine Grimasse, aber er hielt ihr eine Hand entgegen, um anzudeuten, daß er wieder ernst geworden war. «Ich meine es wirklich», sagte er.

«Aber was soll ich überprüfen und bei wem?» fragte Elizabeth und überlegte sich, was für absurde Vorschläge er ihr gleich präsentieren würde. «Und warum?»

«Ich weiß nicht, bei wem. Vermutlich bei den Sprengstoffexperten. Oder drüben im Landwirtschaftsministerium. Vielleicht passiert so etwas öfters. Wer weiß? Ich bin ein Stadtmensch. Aber wenn, dann sollten wir darüber Bescheid wissen. Wir könnten ja wöchentlich unsere Leute hinausschicken, nur um herauszufinden, daß sich ein paar Farmer mit dem Jauchefaß in die Luft gesprengt haben.»

Elizabeth betrachtete sein Gesicht, aber er schien es wirklich ernst zu meinen. «Ich weiß nicht, ob das ein Scherz sein soll oder nicht, aber was du sagst, ergibt einen Sinn. Es wird vielleicht etwas dauern, bis ich den Fall geklärt habe, aber ich habe heute nachmittag ohnehin genug Zeit.»

«Dann tu es», sagte er. «Und sei es auch nur, um meine Neugierde zu befriedigen.»

Auf dem Flugplatz von Los Angeles gibt es Leute, die auf dem Laufband stehenbleiben und sich bis ans Ende der langen Korridore transportieren lassen. Andere gehen darauf weiter und kombinieren Muskelkraft und Maschinenarbeit zu einer beschleunigten Bewegung; wieder andere, und wahrscheinlich die größte Gruppe, benutzen das Laufband gar nicht. Diese Gruppe besteht aus Leuten, die zu lange gesessen haben und wissen, daß sie in Kürze wieder ein paar Stunden lang sitzen müssen, oder aus Passagieren, die eine Stunde zu früh am Flughafen angekommen sind. Unter ihnen war ein Mann, nicht zu groß und nicht zu klein, nicht zu jung und nicht zu alt, nicht zu hell und nicht zu dunkel, mit einem einfachen Ticket nach Denver in der Brusttasche. Wenn die Stewardess in ein paar Minuten seinen Bordpaß nach der Sitznummer überprüfte, würde sie nicht sagen können, ob er zu einem der Militärstützpunkte in dieser Gegend flog oder zum Skilaufen. Sie würde ihn sicherlich nicht danach fragen, und danach würde sie keine Zeit mehr für ihn haben. Vor dem Start haben Stewardessen zuviel zu tun, um Gesichter betrachten zu können. Wenn die Passagiere erst einmal angeschnallt sind, schaut ihnen die Stewardess vorwiegend auf den Schoß, wo die Tabletts und die Drinks stehen und die Zeitschriften herumliegen.

Der Mann im Landwirtschaftsministerium sagte: «Das fällt, fürchte ich, nicht in unseren Bereich. Haben Sie es schon beim FBI versucht?»

«Noch nicht», sagte Elizabeth. «Ich wollte heute noch Auskunft bekommen.»

Der Mann lachte. «Ah, das wissen Sie also auch schon. Aber ich sage Ihnen, was Sie tun können. Es gibt einen beim FBI, der alles über Sprengstoffe weiß. Er heißt Hart. Agent Robert E. Hart. Wenn Sie ihn direkt anrufen, umgehen Sie die ganzen Empfehlungszeremonien und sonstige Irrwege. Außerdem würden Sie zuletzt vermutlich ohnehin an ihn verwiesen werden. Er ist unter der Nebenstelle dreißigdreiundzwanzig zu erreichen. Schreiben Sie sich den Namen und die Nummer auf; so was kann manchmal ganz praktisch sein. Agent Hart.»

«Danke», sagte Elizabeth. «Das spart mir eine Menge Zeit.»

Danach wählte sie die Nummer des FBI und wartete. Die weibliche Stimme am anderen Ende der Leitung schien aus dem Inneren eines schmelzenden Schokoladenriegels zu kommen: «Federal Bureau of Investigation.» Elizabeth stutzte kurz und flüsterte dann ganz weich: «Nebenstelle dreißigdreiundzwanzig, bitte, meine Liebe.»

Das bringt sie in Fahrt, dachte Elizabeth.

«Mit wem möchten Sie denn sprechen, Ma'am?» fragte die Stimme jetzt plötzlich sehr nüchtern und geschäftsmäßig.

«Agent Hart», sagte Elizabeth.

«Ich verbinde mit seinem Büro», verkündete die Stimme.

Es klickte in der Leitung, dann hörte es sich so an, als hätte sich die Tür zu einem größeren Raum geöffnet. «Hart», meldete sich eine Männerstimme.

Elizabeth fragte sich, ob sie das Rufzeichen überhört hatte. «Hier spricht Elizabeth Waring vom Justizministerium, Mr. Hart. Wir haben es mit einem Sprengstoffanschlag zu tun und brauchen genauere Informationen.»

«Wer hat Ihnen gesagt, daß Sie sich an mich wenden sollen?»

«Das Landwirtschaftsministerium.»

«Typisch», sagte er ohne Emotionen. «Und was wollen Sie wissen?»

«Alles, was Sie mir über die Sprengwirkung von Dünger sagen können.»

«Von was?»

«Dünger. Äh ... Mist. Sie wissen schon, Dünger.»

«Oh.» Dann herrschte Schweigen in der Leitung.

Elizabeth wartete. Nach einer Weile sagte sie: «Ich versichere Ihnen, Agent Hart, das soll kein –»

«Ich weiß», unterbrach er sie. «Ich habe nur nachgedacht. Nennen Sie mir die Kennummer Ihres Falls, damit ich mich informieren kann.»

«Sieben neun Strich acht vier sieben sieben.»

«Ich sehe nach und rufe dann zurück. Ihre Nebenstelle?»

«Zwei eins zwei eins. Aber gibt es das? Haben Sie schon mal davon gehört?»

«Ich weiß noch nicht genau, wovon wir sprechen», meinte Hart. «Ich melde mich in ein paar Minuten.» Er legte auf, und Elizabeth sagte «Bis später» in das tote Telefon.

Sie blickte hoch und sah Padgett vorbeiflitzen, eine Tasse Kaffee in der einen und eine offene Akte in der anderen Hand. In diesem Augenblick segelte ein loses Blatt aus dem Aktenordner durch die Luft und landete auf dem Boden. Padgett blieb stehen und schaute mürrisch nach unten.

«Hab's schon», rief Elizabeth und sprang auf, um ihm das Blatt aufzuheben.

«Danke», sagte Padgett. «Zuviel auf einmal.»

«Geht es deinen Freunden gut, drüben im Westen?»

«Bestimmt besser als mir», antwortete er. «Wir müssen heute noch ein paar von unseren Leuten dorthin schicken, bevor etwas passiert, und ich weiß nicht, woher ich sie nehmen soll.»

«Du meinst, es könnte was geben?»

«Wahrscheinlich nicht», sagte er, «doch man kann nie wissen. Man darf sich nicht die Chance entgehen lassen, nur weil einer eine Erkältung hat und ein anderer im Nebel auf einem Flughafen festsitzt.»

«Wie wär's, wenn du das Fort mit Technikern hältst, bis die Kavallerie eintrifft? Vielleicht sogar mit Leuten von dort? Telefonanzapfern und so weiter?»

«Du weißt, was das heutzutage für Umstände macht», sagte Padgett. «Wir können ja noch nicht einmal einen brauchbaren Verdacht vorzeigen. Vier Männer, denen wir nicht nachweisen können, daß sie miteinander in Verbindung stehen, machen Winterurlaub, und zwar jeweils ein paar hundert Meilen voneinander entfernt. Möchtest du damit vor einen Ermittlungsrichter treten? Ich nicht, und ich bin schon bei ihm gewesen.»

«Na, dann viel Glück», sagte Elizabeth, weil ihr nichts Besseres einfiel. Das Telefon auf ihrem Schreibtisch klingelte, und sie ging mit Erleichterung hin. «Justiz, Elizabeth Waring.»

«Hart hier», sagte die Stimme.

«Gut. Was können Sie mir berichten?»

«Es ist ziemlich so, wie ich es mir vorgestellt habe», erklärte er. «Es ist der Dünger.»

«Sie meinen, Mist kann explodieren?» fragte sie ein bißchen lauter als beabsichtigt. Sie blickte hoch und merkte, daß Richardson sie mit hämischem Grinsen beobachtete.

«Nein, Kunstdünger», sagte Hart. «Das Zeug, das in Fabriken hergestellt und in den Läden verkauft wird. Einige Nitratdünger unterscheiden sich in der chemischen Formel nur geringfügig von Dynamit. Wenn man weiß, wie man sie zum Explodieren bringt, kann man sie zu diesem Zweck benutzen. Sie sind billiger, man kann sie ohne Genehmigung kaufen. Und wenn man Nachschub braucht, geht man einfach ins nächste Geschäft.»

«Aber das ist unglaublich!» sagte Elizabeth. «Wissen das die Leute?»

«Klar», erwiderte Hart. «Viele Baufirmen benutzen Kunstdünger zum Sprengen, schon seit Jahren.»

«Dann ist mein Fall abgeschlossen, glaube ich», sagte Elizabeth. «Der arme Kerl hat sich wahrscheinlich durch Zufall in die Luft gejagt. Man sollte die Hersteller zur Verantwortung ziehen. Das kann doch jedem passieren.»

«Nein, davon ist nicht die Rede», sagte Hart. «Der Dünger explodiert nicht zufällig. Man braucht dazu Zündkapseln und einen elektrischen Zünder. Theoretisch ist das Benzin in Veasys Transporter wesentlich gefährlicher als der Kunstdünger. Da steckt mehr Explosivkraft dahinter, und außerdem ist es leichter zu entzünden.»

«Sie glauben also, es war Mord?»

«Oder Selbstmord. Ich weiß nicht genug über den Fall, um das feststellen zu können, aber ich halte es für ausgeschlossen, daß er sich einen Sack Dünger für den Garten gekauft hat, der dann explodierte. Das geht nur, wenn er Zündkapseln oder Gewehrpatronen oder etwas Ähnliches bei sich hatte, und wenn die Bedingungen günstig waren.

In dem Bericht heißt es, er habe auf dem Parkplatz in seinem Wagen gesessen, ist also nicht auf einer Landstraße umgekippt oder so, und irgend etwas scheint die Explosion in Gang gesetzt zu haben.»

«Also ist es doch Mord!»

«Ich weiß es nicht. Aber wenn Sie sich für den Fall interessieren, würde ich ihn nicht ohne weiteres zu den Akten legen. Ich würde zumindest versuchen herauszufinden, was er in seinem Wagen herumgefahren hat und ob er in letzter Zeit Kunstdünger gekauft hat.»

«Arbeiten Sie auch an dem Fall? Ich meine, ist das FBI daran interessiert?»

«Nein. Das heißt, ich glaube es nicht. Wenn es sich bei dem Sprengstoff um Dynamit gehandelt hätte, müßten wir uns einschalten. Es gibt eine entsprechende Anordnung. Aber wie die Dinge stehen, zweifle ich, daß für uns etwas drin ist, es sei denn, es zeigt sich ein gewisser Zusammenhang mit einem anderen Fall. Die Sache fällt vorläufig in den lokalen Amtsbereich.»

KAPITEL 4

«Gentlemen, wir führen dieses Land wie ein gottverdammtes Pokerspiel. Der Durchschnittsbürger sieht, daß er nichts hat und daß ein anderer alle Trümpfe in der Hand hält. Er macht keinen Ärger, weil er optimistisch ist und denkt, nach dem nächsten Blatt wird er alles haben. Aber hütet euch vor dem Tag, an dem er herausfindet, daß die Chips nicht wie früher den Besitzer wechseln. Wenn er erst dahinterkommt, daß das so ist, weil der mit den Chips nach anderen Regeln spielt, müssen wir unsere Koffer schon gepackt haben. Ihr redet von einer Steuerrevolte – verdammt, es wird eine allgemeine Revolte werden. Wir sehen uns bei der nächsten Sitzung, wenn es noch eine nächste gibt.»

«Zur Zeit geht es nur um diese eine Sache», sagte der Senator aus Illinois, legte dem alten Mann einen Arm auf die Schulter und ging mit ihm hinaus aus dem Sitzungssaal des Komitees. «Keine Sorge. In der nächsten Sitzung verabschieden wir ein neues Steuergesetz. Sie haben ihnen die Gottesfurcht eingebleut.»

Die beiden gingen durch den stillen, breiten Gang, der unter der Straße hindurch zum Senatsbüro führte. Niemand war in Hörweite. Der alte Mann fuhr fort: «Verdammt, Billy, Sie sind noch jung. Der junge Senator aus Illinois. Aber ich lebe vielleicht nicht mehr bei der nächsten Sitzung. Ich bin siebzig, wissen Sie. Sechs Legislaturperioden im Senat. Ich werde keine siebte mehr erleben, so oder so, und wenn ich weg bin, geht der Vorsitz an –»

«Ich weiß, an Fairleigh. Man achtet auf das höhere Dienstalter sehr genau, wenn man selbst noch nicht so weit ist. Trotzdem keine Sorge, Senator. Ihre Steuergesetze sind praktisch unter Dach und Fach. Unsere geschätzten Kollegen werden die Sache nicht noch einmal verschleppen. Sie bekommen zu viele Briefe von daheim.»

«Ich hoffe, Sie haben recht, Billy», sagte der alte Mann. «Aber mir wäre wesentlich wohler, wenn wir noch in dieser Sitzung alles vom Tisch bekommen hätten. Wissen Sie, gerade heute habe ich einen Brief bekommen von einer Frau, die nach zwanzig Jahren Arbeit als Sekretärin fünfzehntausend Dollar im Jahr verdient. Ihr Mann verdient fünfundzwanzigtausend, so daß jeder Dollar, den sie bekommt, mit dreiundvierzig Prozent versteuert wird. Solche Leute haben keine Möglichkeit, der Steuer auszukommen. Wenn man noch die Staatssteuer, die Sozialversicherung und die Mehrwertsteuer in Betracht zieht, verliert die Frau über die Hälfte ihres Verdienstes an den Staat. Wahrscheinlich um die achttausend Dollar jährlich. Von den fünfzig reichsten Leuten in meinem Staat zahlt kein einziger achttausend Dollar Steuern. Die meisten zahlen gar nichts und haben nie etwas gezahlt. Unsere Steuergesetze gewähren immer noch den Reichsten die größte Unterstützung. Wir müssen das ändern.»

«Ich weiß, Senator», sagte der jüngere Mann und klopfte ihm auf die Schulter. «Ich habe in dieser Sache von Anfang an auf Ihrer Seite gestanden. Ja, das war der Grund, weshalb ich gewählt wurde. Ich habe den Leuten gesagt, ich würde versuchen, mit Ihnen zusammen eine Einkommensteuerreform auszuarbeiten, die dem Durchschnittsbürger hilft. Sie haben nicht mich gewählt, sondern Sie.»

«Ach, Unsinn. Sie stehen hier, weil Sie der beste Gouverneur sind, den Illinois in den letzten dreißig Jahren hatte. Wenn mir etwas passiert, bevor wir dieses Gesetz durchgebracht haben, rechne ich damit, daß Sie es durchboxen. Erinnern Sie einfach ein paar Leute an das, was sie uns versprochen haben. Sie wissen, wen ich meine.»

«Hier ist mein Büro», sagte der Senator aus Illinois. «Keine Sorge. Wir sind beide dazu da, um sie zu erinnern, und wahrscheinlich wird das gar nicht nötig sein. Die meisten bekommen schon genug zu hören, wenn sie zwischendurch nach Hause kommen. Ich selbst fahre in zwei Stunden. Heute abend ist mein erster Redetermin.»

«Ach, noch einmal jung zu sein», sagte der alte Mann. «Also dann, in ein paar Wochen, Billy.» Der jüngere schaute dem alten Senator nach, wie er durch den Korridor zu seinem Büro ging. Der vertraute blaue Anzug hing von den gebeugten Schultern des alten Mannes, aber das weißhaarige Haupt trug er immer noch aufrecht. Der ehrenwerte

McKinley R. Claremont, Alterssenator des Staates Colorado … Er täuschte keinen mit seiner Darstellung des alten, zerbrechlichen Staatsmannes. Jeder, der sich dafür interessierte, konnte seine Terminliste einsehen und feststellen, daß er für acht Uhr fünfzehn am selben Abend eine Pressekonferenz auf dem Flughafen von Denver anberaumt hatte.

«Sind Sie ganz sicher?» fragte Brayer.

«Natürlich bin ich sicher», sagte Elizabeth. «Das heißt, ich bin sicher, was die bisherigen Fakten betrifft. Ich bin nicht sicher, was für eine Interpretation daranzuhängen ist, weil wir noch nicht genügend Fakten kennen. Veasy hatte zwei Zentnersäcke Kunstdünger in seinem Transporter. Er muß sie nach Auskunft der Polizei von Ventura an diesem Tag gekauft haben, weil sie zuvor niemand bei ihm gesehen hat. Während er bei der Sitzung seiner Gewerkschaft war, kam offenbar jemand heran an den Transporter und präparierte den Kunstdünger so, daß er explodieren konnte. Und der FBI-Agent meint, das sei durchaus möglich für einen, der Bescheid weiß.»

Brayer lehnte sich zurück in seinem Sessel und klopfte geistesabwesend mit dem Bleistift auf die Glasplatte des Schreibtischs. Dabei blickte er ins Leere. Schließlich wandte er sich wieder Elizabeth zu und sagte: «Ich fürchte, ich weiß nicht, was ich damit anfangen soll, aber es ist bestimmt kein gewöhnlicher Fall. Wer es auch getan hat, er muß flink gewesen sein. Und er mußte improvisieren, wenn der Dünger erst an diesem Tag gekauft worden ist.»

«Was tun wir also?» fragte Elizabeth. «Ist die Sache eine Untersuchung wert oder nicht?»

 «Ich glaube, ich weiß nicht, was heutzutage eine Untersuchung wert ist. Wir sollen ein Auge auf das organisierte Verbrechen werfen und keinen Oscar verleihen für die einfallsreichste Vorstellung eines Mörders. Haben Sie irgendeinen Anlaß zu der Vermutung, daß dieser Veasy etwas mit der Mafia zu tun haben könnte?»

«Er hat keine Vorstrafen, wenn Sie das meinen, und sein Name tauchte auch nicht auf, als Padgett des Who's-Who-Programm auf dem Computer abgespult hat. Aber wer weiß? Vielleicht hat er sich Geld geliehen, vielleicht hat er für sie geschmuggelt – Ventura besitzt immerhin einen Hafen. Es könnte sogar etwas mit der Gewerkschaft zu tun haben. Wir haben nur noch keine Anhaltspunkte.»

«Bis auf die Tatsache, daß derjenige, der ihn erledigt hat, ziemlich schlau vorgegangen ist.»

«Richtig», sagte Elizabeth. «Schlau genug, um ein Profi zu sein?»

«Ich weiß nicht. Vielleicht ein Weltklasse-Amateur, vielleicht ein Verrückter mit dem Glück des Anfängers. Aber es besteht immerhin eine Chance, daß es wirklich ein Profikiller war. Verrückte und Anfänger verschwenden normalerweise einige Zeit auf die Planung. Sie nehmen nicht das zu Hilfe, was sie vorfinden.»

«Also werden Sie einen Ermittler darauf ansetzen?»

«Ich bin noch nicht sicher. Ich weiß nicht einmal, ob ich jemanden zur Verfügung habe, den ich darauf ansetzen kann. Wie hieß dieser FBI-Agent noch?»

«Hart. Robert E. Hart. Nebenstelle dreißigdreiundzwanzig. Warum?»

«Ich werde sehen, ob ich seinen Boss bestechen kann, daß er ihn mir schickt. Wenn er so gut ist, wie der Mann vom Landwirtschaftsministerium sagt, und ich habe noch nichts von ihm gehört, dann ist er jung genug, um Beinarbeit zu verrichten.» Er nahm den Hörer ab und schaute Elizabeth wartend an.

«Sie meinen, ich soll rausgehen?»

«Ich denke, ja. Es ist schwer, vor Publikum zu lügen, zu betrügen und zu stehlen. Machen Sie die Tür zu, wenn Sie hinausgehen.»

KAPITEL 5

Noch eine Woche bis Zahltag, und dann ein bißchen Ferien. Manchmal fragte er sich, wie lang er das durchhalten konnte. Am Anfang hatte er geglaubt, fünf Jahre seien eine lange Zeit, aber jetzt waren es schon sechs – nein, fast sieben – und noch immer kein Ende abzusehen. Das Leben in Motels und in wochenweise gemieteten kleinen Häusern konnte einem schon nach einem Monat auf die Nerven gehen. Es würde schön sein, wieder nach Tucson zu kommen, wo er sich etwas entspannen und erholen konnte. Immer nur in Schnellgaststätten zu essen und die halbe Zeit seines Lebens mit Reisen zu verbringen, war nicht gerade gut für den Körper. So etwas rächt sich früher oder später.

Aber Denver um diese Jahreszeit – gar nicht schlecht. Kalt und klar. Später würde er die Colfax Avenue hinunterschlendern und sich einen Film ansehen. Das Flugzeug würde erst abends eintreffen, der Bericht über die Pressekonferenz kam voraussichtlich in der späten Nachrichtensendung um elf. Die beiden ersten Tage würde der Alte von Reportern und lokalen Politikern aus der mittleren Schublade umgeben sein. Danach, wenn der Betrieb etwas nachgelassen hatte, war es Zeit, sich etwas zu überlegen. Im Grunde ging es um nichts anderes als die Auswahl der besten Möglichkeit für einen Stoß, genau wie beim Pool-Billard.

Er schaltete das Fernsehgerät ab und ging zur Kommode. Beugte sich über seinen Koffer und betrachtete das Gesicht im Spiegel. Ein bißchen müde vom Flug, das war alles. Keine Falten, dachte er. Mindestens noch zehn Jahre Zeit, bis es ein Gesicht wurde, an das sich die Menschen erinnerten.

Brayer öffnete die Tür seines Büros und winkte Elizabeth, die an ihrem Schreibtisch saß und in eine Zeitung schaute. Sie brachte sie mit in Brayers Büro.

«Gehen Sie hinunter zur Kasse, und holen Sie sich die Reiseunterlagen», sagte Brayer. «Um acht fliegt eine Maschine, mit der Sie um zehn Uhr Pazifikzeit in Los Angeles ankommen; dann können Sie um elf in Ventura sein.»

«Ich?»

«Sehen Sie jemand anders?»

«Aber ich bin Datenanalytikerin, haben Sie das vergessen? Die gute alte Elizabeth? Ich bin kein Ermittler. Ich habe dieses Büro nicht verlassen, seit –»

«Sie fliegen, Elizabeth», sagte er. «Sie haben den Dienstgrad und die Qualifikationen. Nur weil Sie es bisher noch nie getan haben, heißt das noch lange nicht, daß Sie es nicht schaffen oder daß ich es Ihnen nicht befehlen kann, wenn es nötig sein sollte. Ich habe schon mit Martin Connors gesprochen. Sie fliegen nach Los Angeles.»

«Das FBI hat sich also geweigert?» Sie lächelte verschmitzt.

«O nein, die sind durchaus bereit, aber sie wollen uns Hart nur für zwei Tage überlassen. Von Mittwoch nachmittag an können sie ihn jederzeit zurückrufen. Und sie schikken ihn nur hin, damit er die Explosion untersucht. Er ist nicht befugt, den ganzen Fall in die Hand zu nehmen. Also gehen Sie jetzt zu unserem freundlichen Reisemanager an der Kasse, damit Sie zusammen mit Hart die Acht-Uhr-Maschine erreichen.»

«Ich bin schon unterwegs», sagte sie, während sie zur Tür ging. «Sie wissen ja, ich hasse den Schnee.»

«Wenn Sie zurückkommen und irgendwo anders als im Gesicht gebräunt sind, ziehe ich Ihnen die Haut ab und nagle sie an die Wand», sagte Brayer. «Es soll schließlich keine Urlaubsreise sein.»

Sie blieb in der Tür stehen und sagte: «Ich dachte, die übliche Strafe sei der Tod durch tausend Nadelstiche?»

«Gehen Sie los», sagte er und dachte bei sich: Verdammt! Die Beste, die ich habe. Vielleicht die beste Datenanalytikerin außerhalb des Nationalen Sicherheitsbüros, und die schicke ich in höchst zweifelhafte Jagdgründe! Das Schwierigste war es gewesen, Connors davon zu überzeugen. Dabei versuchte er sich selbst einzureden, daß kein Grund zur Besorgnis bestand. Der Fall und der Zeitpunkt konnten nicht besser gewählt sein; jetzt konnte sie ihre Fähigkeiten im Außendienst beweisen. Es war ein Schuß ins blaueste Blau, mit einer Spur, die bereits abgekühlt war. Also bestand kaum die Gefahr für sie, sich in eine Klemme zu manövrieren, bevor sie ihre Recherchen abschließen, sich bewaffnete Bewacher besorgen oder die Festnahmen arrangieren konnte. Mit den vier *Capos*, die am selben Tag plötzlich drüben im Westen aufgetaucht waren, war es ihm gelungen, Connors schließlich davon zu überzeugen, daß Elizabeth jetzt ihre Feuerprobe im Außendienst zu überstehen hatte. Die Abteilung brauchte dringend gute Außendienstleute, und wenn sie sich bewährte, wer weiß? Eine Frau mit ihrem Kopf draußen im Außendienst – Teufel, manchmal war das eben doch ein Unterschied. Dennoch, wenn Connors die Vorberichte zu lesen bekam und den Fall näher kennenlernte, zu dem er, Brayer, zwei wichtige Leute abkommandiert hatte, würde er bestimmt ein paar Erklärungen verlangen. Brayer beruhigte sich damit, daß er sich überlegte, was er Grosvenor sagen würde, wenn er sich endlich von Tulsa aus meldete.

Als Elizabeth im Lift stand, war sie froh, daß Brayer das mit der Sonnenbräune gesagt hatte. In Kalifornien würde es warm sein. Man brauchte also keinen dicken Mantel und keinen Wollrock. Es war keine Ferienreise, wie er gesagt hatte, aber andererseits stand auch nicht in den Vorschriften, daß man sich vor den Fremden blamieren und so aussehen mußte, als ob man zu Fuß über den Nordpol in Kalifornien angekommen wäre. Außerdem beanspruchte der Badeanzug, an den sie gedacht hatte, nicht viel Platz im Gepäck.

Hinter dem Schalter der United Airlines standen zwei Männer. Der eine trank Kaffee und schaute ungeduldig drein, während der andere die Arbeit machte. Als Elizabeth am Ende der Schlange angekommen war und dem Mann am Schalter ihre Reiseunterlagen reichte, nickte dieser dem anderen zu und sagte: «Miss Waring, Mr. Hart wartet auf Sie.»

Hart warf seine Plastiktasse in einen Papierkorb, kam um die Trennwand herum und war ihr mit dem Koffer behilflich. «Nett, Sie kennenzulernen», sagte er und betrachtete den Koffer.

«Ich freue mich, daß Sie mitkommen», antwortete sie und meinte es sogar aufrichtig. Hart war groß und hager, mit eleganten, schmalen Händen und einem ziemlich wirren Schopf hellbraunen Haars, das ihn wahrscheinlich jünger aussehen ließ, als er war. Er führte sie vom Schalter weg zu einer Reihe von Sesseln gegenüber dem Flugsteig – wie ein Mann, der eine Dame von der Tanzfläche an ihren Tisch zurückbringt. Es würde also doch nicht so schlimm werden, wie sie befürchtet hatte.

Als sie saßen, bemerkte Elizabeth, daß er einen Platz ausgesucht hatte, der zwar so aussah, als befände er sich mittendrin im Trubel, jedoch genügend Abstand zu den anderen bot, so daß sie sich ungestört unterhalten konnten.

Er sagte: «Bevor ich es vergesse: Tragen Sie eine Schußwaffe?»

«Ja», antwortete sie. «Es hieß zwar, daß kein Anlaß dazu bestehe, aber nach den Vorschriften müssen Außendienstleute damit ausgerüstet sein. Und Sie?»

«Ja», sagte er. «Die gleiche Vorschrift. Wir müssen so früh wie möglich an Bord gehen, damit wir nicht allzuviel Aufsehen erregen, wenn wir durch den Metalldetektor müssen.»

«Ich bin froh, daß Sie hier sind», sagte Elizabeth und tastete sich sogleich an den kritischen Punkt heran, um es nicht länger vor sich zu haben. «Und was hat das FBI dazu gestimmt, sich mit der Sache zu befassen?»

«Ihr Mr. Brayer. Er hat um Unterstützung gebeten, und das Büro gibt sich zur Zeit sehr kooperativ. Zehn Jahre schlechte Presse, all diese politischen Dinge, massives Großreinemachen nach dem Tod von Hoover – Sie können sich das sicher denken. Brayer hatte einen ziemlich klaren Mordfall anzubieten, mit der Chance, auf etwas Größeres zu stoßen; außerdem brauchte er nicht mehr als einen Mann, der zwei Tage lang seine Beine einsetzt.»

«Das FBI ist also darauf eingestiegen? Na, hoffentlich verschwenden Sie nicht Ihre Zeit», sagte Elizabeth.

«O nein», erwiderte Hart. «Das Büro ist dabei, seine Nützlichkeit unter Beweis zu stellen, und sei es mit Gefälligkeiten. Also ist es kein Verlust für meine Organisation, so oder so. Und was mich betrifft –», sagte er, und Elizabeth merkte, daß er aufs Hochseil stieg, «ich habe schon manchen Auftrag übernommen, der noch wesentlich ungewisser war, und bei keinem davon ging es darum, mit einer hübschen jungen Frau nach Kalifornien zu fliegen.»

Nett gesagt, dachte sie, wenn auch ein bißchen plump. Offensichtlich ging es ihm ebenfalls darum, das Schwerste gleich zu Anfang hinter sich zu bringen. Sie belohnte ihn dafür mit dem nettesten Lächeln, das sie riskieren konnte. Natürlich hatte es wenig Sinn, ihn in Verlegenheit zu bringen, aber er sollte wenigstens wissen, daß sie Freunde waren.

Die Stimme aus der Luft sagte: «United Flug vierzweiundfünfzig von Flugsteig dreiundzwanzig», und Hart warf einen Blick auf sein Ticket. «Das sind wir», sagte er.

Sie saßen schweigend da und schauten zu, wie die letzten Passagiere hereinkamen und sich auf ihre Plätze begaben. Dann schlossen sich die Türen mit pneumatischem Zischen, die Triebwerke begannen mit hohem Ton zu pfeifen, und die Maschine bewegte sich von den Flugplatzgebäuden hinweg in die Nacht. Am Ende der Startbahn machte sie eine Drehung von neunzig Grad, stellte sich in den Wind, die Triebwerke brüllten auf, und sie schossen über die Piste hinauf in den Nachthimmel.

«Arbeiten Sie schon lange in diesem Job?» fragte Elizabeth.

«Etwa vier Jahre. Und Sie?»

«Erst etwas mehr als ein Jahr. Aber es ist interessant. Warum haben Sie sich entschieden, fürs FBI zu arbeiten?»

«Ich kam aus dem Militärdienst zurück, bin dann auf eine unbedeutende juristische Akademie gegangen und habe mir ein unbedeutendes Diplom erarbeitet», sagte er und lächelte dazu. «Damals kam mir das als sehr gute Idee vor. Ich hatte die Wahl zwischen dem Dienst beim FBI und der Boten- und Zubringerarbeit in einer Kanzlei, die mich vielleicht in zwanzig Jahren zum Juniorpartner gemacht hätte. Also habe ich mich für die Arbeit beim FBI entschieden.»

«Das kommt mir irgendwie bekannt vor», sagte Elizabeth.

«Hatten Sie dieselbe Wahl?»

«Mit Variationen. Für mich war es ein Job in der Verwaltung, und die zwanzig Jahre hätte ich damit verbringen müssen, irgendwelche Marktanalysen zu erarbeiten», sagte Elizabeth und schaute zum Fenster hinaus. Sie waren inzwischen über den Wolken, und Elizabeth fragte sich, wie lange sie hinausschauen konnte, bis Hart bemerkte, daß sie nicht viel mehr als den vorderen Teil der rechten Tragfläche sehen konnte.

Das Kino war immer gut, wenn man sich in einer fremden Stadt die frühen Abendstunden vertreiben wollte. Eine große Menschenmenge, ein dunkler Raum und die «eingebaute» Verhaltensregel, welche die Leute davon abhielt, sich gegenseitig genauer zu betrachten oder gar ein Gespräch zu beginnen. Als es im Kino hell wurde, und er mit den andern hinausströmte auf die Straße, hatte er Hunger.

Vor Jahren hatte ihm Eddie Mastrewski eingeschärft, er müsse vergessen, daß er unter einem Deckmantel auftrete. Man sollte das sein, was man zu sein vorgab, und das galt für die ganze Zeit mit Ausnahme der Minuten, höchstens Stunden, in denen man tatsächlich arbeitete. Auf diese Weise beschränkte man die Zeit, in der einem alles mögliche passieren konnte, auf wenige Stunden im Jahr. Die übrige Zeit war man wirklich Versicherungsvertreter oder Lastwagenfahrer oder Polizeibeamter und nicht mehr gefährdet als jeder andere. Wenn man auch nur einmal ausrutschte, mußte man in seinem anderen Leben alles mögliche anstellen, um seine Haut zu retten. Außerdem war man so damit beschäftigt, an etwas anderes zu denken. Eddie war ein Schlächter wie er ...

Natürlich war alles anders gewesen in jenen Tagen, bevor sich das Geschäft so sehr belebt hatte. Heute stand niemandem mehr so viel Zeit zur Verfügung. Man war verrückt, wenn man die Aufträge nicht übernahm, die sich einem boten. Außerdem war es heutzutage leichter: Jeder war ein Fremder, jeder reiste. Heute brauchte man nur so auszusehen wie die anderen und das zu tun, was sie taten. Und momentan saßen die anderen beim Essen. Er ging durch die Colfax und sah sich nach einem gut besuchten Restaurant um.

«Seien Sie kein Trottel, Carlson», sagte der alte Mann. «Wenn ich in Gefahr bin, dann bestimmt nicht wegen einem Kerl mit einer Kanone, sondern wegen einer großen Firma, die ein Gesetz fürchtet, welches ihr die Steuervorteile beschneidet. Kriminelle kümmern sich nicht um Steuerreformen; sie zahlen bekanntlich keine Steuern.»

«Ich will damit nur sagen, Senator, daß das alles nicht so einfach und berechenbar ist», erwiderte Carlson, ein Mann Anfang Dreißig, der so geschmackvoll gekleidet und gepflegt war, daß er geradezu abnormal wirkte. «Sie sind eine national bekannte Persönlichkeit. Ihr Bild erscheint jeden Abend im Fernsehen. Wir sprechen nicht von Ihren politischen Zielen; es geht um die Tatsache, daß Sie ständig in den Medien zu sehen sind. Das allein schon macht Sie zur Zielscheibe. Wenn Ihr Bild gerade in einem Augenblick auf der Mattscheibe zu sehen ist, wo irgendein Grenzfall diversen Leuten Kopfzerbrechen bereitet, dann brauchen Sie zusätzliche Sicherheit.»

«Na schön», sagte Claremont. «Also geben Sie mir zusätzliche Sicherheit. Aber stören Sie mich nicht und lassen Sie mich arbeiten.»

«Gut, Senator.» Carlson öffnete Claremont den Wagenschlag und kletterte nach ihm hinein, wobei er noch immer auf ihn einredete. Die schwarze Limousine fuhr rasch an; es sah aus, als ob die beiden Männer gerade noch Zeit zum Einsteigen gehabt hätten.

Die Maschine landete auf dem internationalen Flughafen von Los Angeles, und Elizabeth begann sich auf das vorzubereiten, was als nächstes kommen würde. Fünf Stunden in der Luft nach einem vollen Arbeitstag und jetzt mindestens noch eine Stunde, ehe sie allein sein und die Schuhe ausziehen konnte. Sie fragte sich, wie sie jetzt wohl aussehen mochte, schob die Frage aber beiseite. Sie sah wahrscheinlich aus wie eine Frau, die dreizehn Stunden Arbeit hinter sich hatte, dachte sie, und es gab nicht viel zu tun, um das zu verbergen.

Sie ging die Notizen durch, die sie während des langen Flugs gemacht hatte. Als erstes mußte sie morgen früh mit der Polizei von Ventura Kontakt aufnehmen. Hart würde die Untersuchung der Überreste des Transporters, die Laborberichte und das Gespräch mit den Technikern übernehmen. Elizabeth würde den Bericht lesen, mit jedem sprechen, der an dessen Abfassung beteiligt war, und dann irgendwelchen Hinweisen folgen, die ihr vielversprechend erschienen.

Als das Anschnallzeichen erlosch und die Triebwerke verstummten, schrieb sie noch ein Wort auf ihren Notizblock: «Bankauszüge». Wenn dieser Veasy in Geschäftsbeziehung mit dem organisierten Verbrechen stand, würde man bei seinem Konto etwas finden, was nicht zu seinem Leben paßte. Vielleicht hatte er überraschende Einzahlungen gemacht oder ungewöhnlich viel abgehoben. Wenn nicht, gab es vielleicht eine Diskrepanz zwischen seinem Bankkonto und seinem Lebensstil – vielleicht ein Zeichen dafür, daß er über eine Geldquelle verfügte, die nicht über dic Konten lief. Sie fügte noch das Wort «Privatsafe?» hinzu, ehe sie den Block in ihre Handtasche steckte.

Elizabeth war froh, sich wieder bewegen zu können. Flugzeugsitze sind unbequem für eine Frau von eins vierundsiebzig; sie fragte sich, wie unbequem der Flug erst für Hart gewesen sein mochte.

Jetzt standen sie in der Schlange von Fluggästen, die an den Stewardessen vorbei zum Ausgang defilierten, hinaus auf den fahrbaren Korridor, der sie zum Flughafengebäude führte. Gleich danach befanden sie sich in einem Warteraum. Hart ging mit ihr durch einen weiteren Korridor in einen zweiten Aufenthaltsraum, wo sich der Schalter der Golden West Airlines befand. Er sprach ein paar Worte mit dem Mann am Schalter und wartete dann, während der Mann telefonierte und ihnen den Rücken zukehrte. Schließlich legte der Mann auf und sagte: «Sie können um neun Uhr fünfundfünfzig von Flugsteig einundvierzig an Bord gehen, Mr. Hart. Ihr Gepäck wird automatisch weiterbefördert.»

Als Elizabeth und Hart durch die große Halle gingen, schauten sie auf die Wanduhr: halb zehn. Nicht genug Zeit zum Entspannen und zuviel Zeit, um sich zum Warten auf die unbequemen blauen Plastikstühle zu setzen. Sie war froh, als Hart sagte: «Wie wär's mit einem Drink, während wir warten?»

Sie setzten sich mit dem Rücken zur Wand in eine dunkle Ecke. Es gab nur wenige Gäste, daher war die Kellnerin schon nach Sekunden an ihrem Tisch, um die Bestellungen aufzunehmen. Sie ging weg und kam so schnell zurück, daß Elizabeth und Hart inzwischen noch kein Wort miteinander gesprochen hatten.

«Ich denke über den Fall nach», sagte Elizabeth, als die Kellnerin wieder gegangen war. «Und ich muß sagen, ich bin ein bißchen verwirrt.»

«Das ist immer so», sagte Hart. «Und in diesem Fall vielleicht ganz besonders. Sehen Sie Ihre Aufgabe lieber als eine Voruntersuchung statt als Fall, den Sie zu lösen versuchen.»

«Wie meinen Sie das?»

«Sie forschen nach den Spuren eines Profikillers. Wenn Sie solche Spuren finden, ist das wahrscheinlich das einzige überhaupt, was Sie entdecken werden. Es gibt kaum eine Chance, daß wir irgendwelche Verdächtigen festnehmen. Wenn hier ein Profi am Werk war, dann gibt es sicherlich nichts, was ihn mit Veasy verbindet, und höchstwahrscheinlich haben wir auch noch nie von ihm gehört. Außerdem ist nach den Unterlagen kein einziger Fall bekannt, wo auf diese Weise vorgegangen wurde; wenn es sich also um eine neue Masche handeln sollte, dann ist das der erste Fall in der Serie.»

 «Also sollte ich meine Hoffnungen nicht allzuhoch

schrauben», sagte Elizabeth. «Das habe ich auch nicht getan.»

«Ach, ich weiß nicht», erwiderte Hart. «Hoffen kostet nichts. Zugegeben, diesmal haben wir wirklich herzlich wenig. Bei einer solchen Explosion gibt es keine Fingerabdrücke. Aber vielleicht gibt es etwas im Hinblick auf Methode und Umstände, was uns später nützlich sein kann.»

«Ich habe schon ein paar Ideen, wie man anfangen könnte», sagte Elizabeth. «Vielleicht haben wir Glück.»

Er nickte und trank einen Schluck. «Vielleicht, wenn wir sehr sorgfältig und vorsichtig sind und keine Fehler machen. Das Beste ist es wohl, wenn wir von Anfang an nicht ausschließlich auf etwas Besonderes achten. Halten Sie lediglich Augen und Ohren offen und notieren Sie sich alles, was Sie sehen und hören. Vielleicht ergibt es einen Sinn, selbst wenn es erst in einem Jahr soweit sein sollte oder noch später.»

Elizabeth mußte lächeln. Das war typisch Mann: Ihr erst zu sagen, daß sie sich keine großen Hoffnungen zu machen brauche, und dann anzukündigen, alles würde sich so ergeben, wie man es jetzt noch nicht vorhersehen könne. Die endlose Wiederholung einer Szene mit John Wayne, welcher der Farmersfrau eine Pistole gibt und mit unheilschwangerer Stimme sagt: «Heb die letzte Kugel für dich auf», bevor er mit einem Messer zwischen den Zähnen über die Einfriedung klettert.

Elizabeth nahm ihre Handtasche. «Zehn vor zehn. Wir müssen gehen.»

Hart kippte den letzten Rest seines Whiskys hinunter, legte Geld auf den Tisch und folgte Elizabeth hinaus in die Halle. Nur noch ein kurzer Flug, dachte sie, und dann endlich die Möglichkeit, sich auszuruhen.

Er verließ das Restaurant und kaufte sich eine *Denver Post* aus einem Verkaufsautomaten am Gehsteig. Zeit, mit den Erkundigungen über den Senator zu beginnen. Wenn sie schon nicht den Zeitplan abdruckten, so hatten sie wenigstens ein Bild von ihm in der Zeitung. Irgendwo mußte man ja anfangen. Außerdem waren große Leute wie er es wert, daß man sich etwas mehr Zeit nahm. Für so viel Geld – warum nicht? Es war ja der letzte Auftrag für einige Zeit. Ihm fiel wieder eine von Eddie Mastrewskis goldenen Regeln ein: Arbeite langsam, wenn du müde bist. Die Polizei kann dumm sein wie die Gorillas und eine Million Fehler machen, aber am Ende bekommen die Beamten ihr Gehalt und gehen nach Hause zum Fernsehen. Wenn du dagegen einen Fehler machst, bist du tot. Und wenn dich die Polizei nicht schnappt, dann schnappt dich dein Auftraggeber, weil er kalte Füße bekommen hat.

Das Wegkommen war diesmal sehr einfach. Er hatte dafür gesorgt, gleich nachdem er den Auftrag erhalten hatte. Ein Charterflug nach Las Vegas, im voraus gebucht. Es gab eine Regel: Charterflüge mußten im voraus gebucht werden, daher sah sich die Polizei dort kaum nach Flüchtigen um. Wenn man nicht von einer anderen Stadt aus fliegen konnte, war ein Charterflug immer noch das beste.

Elizabeth kämpfte gegen ihre Erschöpfung, während die kleine Maschine an der Küste entlang nach Ventura flog. Zuerst sah sie die unglaublich weite, erhellte Fläche unter sich, die sich über das ganze Tal ausbreitete und an den Rändern wie kleinere Sterne verblaßte. Dann nahm das Flugzeug Kurs über die Berge an der Küste, flog ein Stück auf den Ozean hinaus, und von da an war vor den Fenstern auf ihrer Seite der Maschine nur noch Dunkelheit.

Es dauerte noch ein paar Minuten, dann setzte das kleine Flugzeug zur Landung an. Der Flughafen von Ventura war ziemlich primitiv. Man stellte eine Holztreppe neben den Rumpf, und ein eifriger junger Mann in einem goldgelben Sportsakko, das seinem größeren Bruder zu gehören schien, kümmerte sich um die aussteigenden Passagiere. Er lächelte und streckte den Fluggästen die Hände entgegen, um seine Absicht anzudeuten, jeden aufzufangen, der auf der Treppe ins Stolpern kam.

Die Nacht war ruhig und warm wie im Spätfrühling. Der Flugplatz erinnerte Elizabeth an eine Busstation in einer Kleinstadt. Sie fanden schließlich einen Taxifahrer, der das *Ocean Sands Motel* kannte, wo die Budget-Verwaltung ihnen Zimmer hatte reservieren lassen. Elizabeth war angenehm überrascht, als sie das langgestreckte, hübsche Gebäude in spanischem Stil sah, das in tropisch-luxuriöse Vegetation eingebettet war. Erst fragte sie sich, ob sich die Budget-Verwaltung vielleicht geirrt hatte, aber dann fiel ihr ein, daß Sparmaßnahmen immer höchst unterschiedlich ausgelegt wurden. Die in sattes Leder gebundenen Notizblöcke mit dem billigen, dünnen Papier in den Büros sagten alles.

Hart trug sich für beide ein. Elizabeth fragte sich, ob es wiederum seine etwas antiquierte Höflichkeit war oder ob er Erfahrung hatte mit Hotels, in denen sich nur die Männer und nicht ihre Begleiterinnen eintrugen. Sie dachte nicht lange darüber nach, weil sie sich in dem Augenblick, als man ihr den Schlüssel aushändigte, bereits auf dem Weg zu ihrem kühlen, sauberen Bett befand. Und als sie sich dann dort ausstreckte, fiel ihr ein, daß sie Hart wahrscheinlich nicht einmal gute Nacht gewünscht hatte. Sie dachte auch darüber nicht allzu lange nach.

Er hatte es sich zum Prinzip gemacht, bei seinen Reisen von den Frauen die Finger zu lassen. Nicht, daß er befürchtete, eine von denen, die er treffen würde, könnte argwöhnisch werden und sich bei der Polizei erkundigen – es war nur alles viel zu kompliziert. Man mußte sich etwas ausdenken, was man ihr über sich berichtete, mußte sich vielleicht sogar eine falsche Adresse und eine falsche Telefonnummer zulegen und sich zu einer bestimmten Zeit an einem bestimmten Ort verabreden. So etwas nahm der ganzen Sache den Reiz und fügte statt dessen ein Element der Gefahr hinzu.

Also ging er langsamer, um nicht die Frau einzuholen, die vor ihm herging. Sie ließ sich offensichtlich Zeit für jemanden – vielleicht für ihn. Er konnte ihr Gesicht nicht sehen, aber ihre Gangart – den Rücken leicht gewölbt und die Hüften weich nach beiden Seiten schwingend, als sie über die Colfax Avenue schlenderte –, diese Gangart hatte er oft genug gesehen. Frauen gingen fast immer sehr schnell, wenn sie allein waren auf der Straße, besonders auf einer solchen Straße. Wenn nicht, dann hieß das normalerweise: Ich habe kein bestimmtes Ziel und nichts zu tun; ich habe viel, viel Zeit. Ein andermal, dachte er, als er sie beobachtete und seinen Blick auf die runden, festen Hinterbacken heftete. In einer Woche sah alles anders aus.

Sie drehte sich um, und er wußte, daß sie es auf ihn abgesehen hatte. Sie blieb stehen, um ein Schaufenster zu betrachten, aber in Wirklichkeit betrachtete sie sein Spiegelbild. Er schaute vor sich zu Boden und ging rascher weiter. Als er an ihr vorüberkam, ging sie ebenfalls weiter. Für einen Beobachter hätte es so gewirkt, als wenn es rein zufällig gewesen wäre. Eine hübsche junge Dame, die Schaufenster betrachtete, und ein Mann, der zum Parkhaus ging, um seinen Wagen abzuholen. Er hörte sie sagen: «Wenn es Ihnen gefällt, sollten Sie's mal versuchen.» Die Stimme klang leise und vertraulich und schuf sofort eine Intimität, die besagte: Ich weiß alles, was du fühlst und wünschst; ich kenne dich. Er spürte, wie eine Welle der Abneigung über seinen Körper lief bei dieser flagranten Verletzung des üblichen Kodexes, dieser besitzergreifenden Annäherung.

Er verlangsamte seine Schritte und sagte: «Wie bitte?» Dazu schaute er sie mit gespielter Überraschung an.

Sie zeigte das Lächeln einer zufriedenen Katze, mit geschlossenen Lippen und einem amüsierten Blick. Dann sagte sie: «Wenn Sie allein sind – ich habe auch gerade nichts vor.»

Einerseits fand er sie außerordentlich verführerisch – riesige, strahlendblaue Augen, die hinter einem Schleier aus dichtem, braunem Haar hervorzulugen schienen. Andererseits erinnerten ihn sämtliche Warnsignale daran, daß dies weder der geeignete Ort noch die geeignete Zeit waren. Wenn er sich jetzt mit dieser Frau einließ, würde er sich in Gefahr begeben; sie setzte sein Leben aufs Spiel, und er war wütend darüber. Also sagte er: «Oh, tut mir leid, Miss. Ich bin ein verheirateter Mann.» Er tat sein Bestes, um verwirrt zu erscheinen, damit sie glaubte, sie habe sich ausnahmsweise geirrt und sich einen Mann ausgesucht, der sie bis dahin noch gar nicht bemerkt hatte. Dann ging er schneller und verhielt sich wie ein verschreckter Geschäftsmann, der in diesem Augenblick nur weg wollte von dem Ort, wo man ihn auf so peinliche Weise belästigt hatte, nur um später seiner Frau und seinen zwei engsten Freunden zu erzählen, daß er von einer echten Prostituierten angesprochen worden sei – denn er glaubte, daß ihn das aufwertete.

Er bog in eine Seitenstraße ab und ging weiter mit seinem beschleunigten Biedermannsschritt. Dann bog er erneut ab in eine schmale Straße, die parallel zur Colfax Avenue verlief – eine menschenleere Gasse. Sie war dunkler; auf der einen Seite befanden sich die Rückfronten der Kneipen und Restaurants, kaum voneinander zu unterscheiden mit ihren stählernen Feuertüren, den Laderampen und den überquellenden Mülltonnen.

Das Mädchen hatte ihn in schlechte Stimmung versetzt; es hatte ihm bewußt gemacht, wie ungeduldig er darauf wartete, diese Reise zu Ende zu bringen, um zurückzukehren nach Tucson und sich zu erholen. Es war nicht einfach, tagelang mit keinem Menschen sprechen zu können und wochenlang nichts anderes zu sagen als «Was gibt es als Tagessuppe?» Er schaute auf seine Armbanduhr. Kurz nach zehn. Zeit, zum Motel zu gehen und die Zeitung zu lesen, während er auf die Nachrichtensendung um elf wartete. Dann plötzlich verschwand seine Uhr, ein blitzartiger Schmerz durchzuckte ihn, und ihm wurde bewußt, daß er gehört hatte, wie irgend etwas auf seinen Schädel krachte, was er erst Bruchteile von Sekunden danach spürte. Aber jetzt lag er auf dem Boden, und seine linke Kniescheibe schien ebenfalls weh zu tun. Er sah einen Stein, so groß wie zwei Fäuste, neben sich liegen, als er über den Kies rollte, hatte nicht die Zeit, sich zu entscheiden, ob er davon getroffen worden war. Statt dessen hielt er abwehrend einen Arm hoch, als er eine menschliche Gestalt sah, die zum nächsten Schlag ausholte. Mit seiner ganzen Kraft hieb er in die Dunkelheit, in die Gegend, wo sich das Gesicht der Gestalt befinden mußte, und stieß sich zugleich mit dem rechten Fuß vom Boden ab. Es gab ein ekelhaftes Geräusch, als seine Faust auf Haut und Knochen traf, und einen hohen, nur angedeuteten Schrei, der noch nicht ganz über die Lippen gekommen war, als die Gestalt umkippte.

Jetzt war er auf den Beinen und wirbelte herum, weil der zweite hinter ihm sein mußte. Und diesmal war er nicht schnell genug. Ein Schlag auf den Rücken, mit etwas Langem wie einem Schlagstock, elektrisierte ihn mit Schmerz und Entsetzen, und er war nicht sicher, ob er sich danach noch bewegen konnte. Aber dann traf ihn etwas im Gesicht, er lag wieder auf dem Boden, und der andere holte mit einem Bein aus. Er packte das andere Bein mit einer Hand, riß den Kerl aus dem Gleichgewicht und gab ihm zugleich mit der anderen Faust einen Hieb in die Leistengegend, einen schnellen, harten Stoß. Diesmal war kein Schmerzenslaut zu hören, nur ein Röcheln, als dem Mann die Luft aus den Lungen gepreßt wurde. Dann lag der zweite Kerl auf dem Boden, zusammengerollt wie ein Fötus, sich stöhnend hin und her wälzend.

Er stand auf und sah sich nach weiteren Angreifern um, aber es waren nur zwei gewesen. Straßenräuber, dachte er. Mein Gott! Er schaute auf sie hinunter. Der erste war wahrscheinlich tot. Er fragte sich, was er mit dem anderen tun sollte. Hatte nichts bei sich, nicht einmal ein Messer. Er konnte die beiden auch nicht einfach liegenlassen. Sie hatten ihn sicherlich eine Weile beobachtet, ehe sie über ihn hergefallen waren. Also ging er jetzt zu dem ersten hin, nahm den blutigen Stein, der neben seinem Kopf lag, und schmetterte ihn mit aller Kraft auf den Schädel des Mannes. Dann verfuhr er mit dem zweiten ebenso. Er zerrte die beiden an den Füßen in die Dunkelheit zwischen der Hauswand und den Mülltonnen und ging dann durch die Gasse, noch humpelnd von den Schmerzen in seinem linken Knie. Sein Rücken tat weh, und er fühlte ein dünnes

Rinnsal warmen Bluts an seiner rechten Wange, konnte aber nicht sagen, ob die Wunde auf dem Kopf war oder im Gesicht. Um das Gesicht machte er sich die größten Sorgen. Straßenräuber, mein Gott!

Der Senator lehnte sich in seinem Sessel zurück und betrachtete einen Werbespot für neue Autos. Ein kleiner japanischer Wagen stand irgendwo auf einer Straße, und ein Haufen begeisterter Amerikaner sprang um das Fahrzeug herum, zeigte Überraschung und Vergnügen, und das Ganze wurde durch eine fröhliche Melodie untermalt.

Dann kam die Nachrichtensendung. Carlson ging zum Gerät und drehte die Lautstärke etwas auf. Nicht sehr viel, nur so weit, um auszudrücken, daß sie beide die Werbeeinschaltungen für eine atmosphärische Störung hielten, während andererseits die Rede des Senators auf dem Flugplatz von allergrößter Wichtigkeit war.

Ein Moderator sagte gerade: «Der Kongreß beendete heute seine Sitzungsperiode und ging in die Ferien. Wir haben einen Bericht über die Rückkehr von Senator McKinley Claremont nach Denver. Im Nahen Osten ist von erneutem Aufflackern der Kämpfe zu berichten; ein Erdbeben erschütterte Zentralamerika, und New England erlebte den schlimmsten Schneesturm seit zwanzig Jahren. Mehr darüber und weitere Nachrichten in wenigen Augenblicken.»

Dann kam wieder die Werbung für den japanischen Wagen. «Es ist genau dasselbe», sagte der Senator und blickte überrascht auf den Bildschirm, während die begeisterten Amerikaner wieder um den Wagen herumhüpften und ihr Liedchen sangen. «Carlson! Seit wann gibt es das?»

«Was denn, Senator?»

«Daß sie den gleichen verdammten Werbespot zweimal hintereinander senden?»

«Tun sie das? Ist mir gar nicht aufgefallen», sagte Carlson.

KAPITEL 6

Er bewegte sich so schnell er konnte. Die Beulen und Abschürfungen würde er später behandeln, wenn niemand ihm dabei zusehen konnte. Jetzt kam es darauf an, in seinem Motelzimmer zu verschwinden, bevor jemand die Leichen in der Gasse entdeckte. Im Gehen machte er rasch Inventur: Er hatte einen Riß in der Hose, am linken Knie, und der ganze Anzug war schmutzig. Mit Mühe klopfte er sich den Staub ab. Sein Gesicht war bestimmt blutig; dagegen konnte man etwas tun. Er nahm sein Taschentuch heraus und berührte damit leicht seine Wange, aber schon das tat so weh, daß er nur mit Mühe einen Schrei unterdrückte.

«Verdammt», murmelte er und wünschte sich, er hätte den beiden Kerlen noch mehr antun können. Keine Frage, daß die Begegnung bei ihm Spuren hinterlassen würde: Bis morgen früh zeigten sich bestimmt Blutergüsse; die Stelle am Kopf war bereits angeschwollen. Er konnte nur hoffen, daß er keine Wunden im Gesicht davongetragen hatte. Vielleicht kam das Blut von einer Platzwunde unter dem Haar. «Verdammt!» sagte er noch einmal leise. «Zu blöd. Steine und Prügel, wie die Tiere. Paviane!»

Am Ende der schmalen Gasse sah er den Lichtschein vom Parkplatz des Motels. Er blieb stehen und lauschte, ob sich ein Wagen näherte, aber er hörte nichts. Überrascht stellte er fest, daß er noch seine Zeitung in der Hand hielt. Er erinnerte sich nicht, sie aufgehoben zu haben. Zugleich kam eine Welle der Erleichterung über ihn. Er schlug die Zeitung auf, als ob er darin lesen würde, seit er seinen Wagen am Ende der Gasse abgestellt hatte. Dann atmete er tief ein, bog um die Ecke des Motels und ging auf den hinteren Eingang zu. Er hörte, wie im anderen Flügel eine Tür zugeschlagen wurde, ging aber weiter und bemühte sich, nicht zu humpeln. Jetzt vernahm er das Klimpern von Schlüsseln und gedämpfte Stimmen, doch er ging weiter, die Zähne vor Schmerzen zusammengebissen. Langsam stieg er die Treppe nach oben, wobei er sich am Geländer hochzog, um das Bein zu entlasten. Oben angekommen, drehte er sich, die Zeitung unter dem Arm, rasch herum, so daß seine linke Gesichtshälfte im Licht war; dann drückte er sich so dicht an die Wand, daß er sie fast berührte, während er den Schlüssel ins Schloß steckte.

Er war drinnen, heftig atmend. Nach ein paar Minuten zog er sich vorsichtig aus, ließ seine Kleidung auf dem Boden liegen und ging ins Bad. Der Spiegel über dem Waschbecken zeigte ihm genau das, was er befürchtet hatte. Er starrte hinein, und was auf ihn zurückstarrte, war ein magerer, unauffälliger Mann Anfang Dreißig, der so aussah, als ob er bei einem Flugzeugabsturz gerade noch davongekommen wäre. Die rechte Gesichtshälfte lief bereits dunkelblau an und war geschwollen, und ein dünnes Rinnsal von Blut sickerte über seine Schläfe. Er sah zu, wie das Bächlein die Koteletten tränkte und sich dann quer über die Wange einen Weg bis zum Kinn bahnte. Als er sich näher zum Spiegel hinbeugte, um das Gesicht genauer in Augenschein zu nehmen, hatte der erste Tropfen das Kinn erreicht und fiel ins Waschbecken, was einen leuchtend roten Fleck auf dem Porzellan verursachte. Sehr vorsichtig wusch er sich das Gesicht, dann ließ er Wasser in die Badewanne einlaufen.

 Er saß am Rand der Wanne und starrte auf sein Knie,

während er wartete. Ein Kratzer, vielleicht eine kleine Platzwunde, in die etwas Schmutz geraten war. Er zog das Knie an und prüfte dabei ganz objektiv den dabei entstehenden Schmerz, als ob er die Werte auf einer Skala messen wollte. Nein, nichts gesplittert, nichts gebrochen, dachte er. Nur ein Kratzer, nichts weiter. Aber das Gesicht – er war noch nicht soweit, genauer darüber nachdenken zu können. Ging hinüber ins Zimmer und schaltete den Fernseher ein – gerade, als die Nachrichtensendung begann. Jetzt sah er sich in dem anderen Spiegel, wie er nackt auf dem Bett saß. Ein kleines, blaßhäutiges Lebewesen mit ein paar Büscheln Haaren auf dem Kopf. Verletzt. Während er sich betrachtete, zog sich das zerschundene Gesicht im Spiegel ein wenig zusammen, schien sich zu einer Maske der Verzweiflung zu verzerren. Ein Seufzer drang aus seiner Kehle, der wie ein ersticktes Quieken klang. Er sagte laut zu dem Gesicht: «Du jämmerlicher, kleiner Bastard.» Dann war der Augenblick der Schwäche vorüber. Die Leute auf dem Fernsehschirm tanzten herum und feierten irgend etwas, was mit einem kleinen Wagen zu tun hatte, der hinter ihnen parkte. Er wünschte sie alle zur Hölle.

Danach kam der Nachrichtensprecher ins Bild.

Er ging zurück ins Bad, um nach dem Wasser zu sehen. Die Wanne war voll genug, also drehte er den Hahn ab und prüfte die Temperatur. Zu heiß. Er hatte Zeit genug, die Nachrichtensendung zu sehen.

Als er sich wieder auf das Bett hockte, kamen Claremont und seine Begleiter gerade aus dem Flugzeug und betraten die Gangway. Es war genauso, wie er es sich vorgestellt hatte: ein weißhaariger, steifnackiger alter Trottel in einem dreiteiligen Anzug von der Sorte, wie man sie kaum noch in einem Laden kaufen konnte, dicht gefolgt von einem adretten jungen Mann mit kurzgeschnittenem Haar und milchigem Teint, der aussah wie der Prototyp einer neuen Kleiderpuppe.

Er studierte ihre Bewegungen, als sie sich dem Flughafengebäude näherten. Der Senator sah alt und zerbrechlich aus und vielleicht auch etwas müde. Dann kam eine andere Szene: ein Podium, das gespickt war mit Mikrofonen. Der Senator sagte: «Diesmal werden wir die Sache bis zum Ende durchfechten. Die entscheidenden Persönlichkeiten aus beiden Parteien arbeiten mit Nachdruck daran, sowohl in Washington als auch in ihren Wahlkreisen.»

Claremont sah wirklich alt und verwundbar aus. Zu alt, um wegzulaufen oder zu kämpfen, wahrscheinlich sogar zu alt, um laut nach Hilfe zu schreien. Er zeigte ein Habichtsgesicht mit stechenden Augen, wie es alte Menschen nicht selten bekommen, und seine Schläfen waren marmoriert von bläulichen Adern. Jetzt kam ein neuer Schnitt, und der Nachrichtensprecher redete über etwas, was mit dunkelfarbigen, eifrigen kleinen Männern in olivfarbenen Overalls zu tun hatte.

Er schaltete den Fernseher ab, ging ins Bad und ließ sich langsam in die volle Wanne gleiten. Wieder begutachtete er das Knie und beobachtete die kleine rosafarbene Wolke, die wie flüssiger Rauch von der Wunde aufstieg. Dann lehnte er sich zurück und entspannte sämtliche Muskeln. In einer Minute würde er untertauchen und versuchen, auch die Wunden an seinem Kopf zu säubern. Das würde verdammt weh tun, aber es mußte sein. Nicht auszudenken, wenn er eine Infektion bekäme.

Er versuchte, sich die Situation zu vergegenwärtigen. Mit einem solchen Gesicht konnte er nicht reisen. Die
 Menschen erinnerten sich an blaue Augenränder und an

Narben im Gesicht. Außerdem würde man spätestens morgen früh die zwei Leichen finden und nach jemandem suchen, der in einen Kampf verwickelt gewesen war. Als erstes würden sie sich in den Hotels und Motels der Gegend umsehen, und sie würden mit den billigsten beginnen. Sicher, es sah nach einem Kampf zwischen zwei Gangstergruppen aus, aber das würde die Polizei nicht daran hindern, sich nach Durchreisenden umzusehen, solange man ihrer habhaft werden konnte. Er hatte das Zimmer für drei Tage im voraus bezahlt, wie immer. Und dann war da auch noch der Charterflug nach Las Vegas – auch den hatte er im voraus bezahlt. Die Maschine ging am Donnerstag abend: Zu früh, als daß sein Gesicht bis dahin wieder einigermaßen normal aussah, zu spät, um darauf zu warten, während sich die Polizei nach einem Mann umsah, der in einen Straßenkampf geraten war. Und plötzlich schienen seine Gedanken ruckartig anzuhalten. Da war ja auch noch der Senator! Wie konnte er den erledigen und Denver verlassen, in einer einzigen Nacht und mit diesem Gesicht? Wieder dachte er an die zwei Männer in der dunklen Gasse. Wenn sie doch nicht ausgerechnet ihn aufs Korn genommen hätten, wenn er doch eine andere Straße benutzt hätte, wenn sie sich für den Überfall einen anderen Ort oder einen anderen Zeitpunkt ausgewählt hätten ... Aber da war ja wohl nichts mehr zu machen. Er fing wieder von vorne an. Wie konnte man mit einem solchen Gesicht reisen?

McKinley Claremont trank den Rest seines Bourbons aus und betrachtete den Film über die arabischen Schützen, die ihre Kanonen luden und auf einen entfernten Hügelkamm abfeuerten. Er fragte sich, ob das ein Archivfilm war, oder ob sie das wirklich an Ort und Stelle gedreht hatten. 1967 war er in Ägypten gewesen, auf einer Informationsreise; damals war alles ganz anders gewesen. Nach dem ersten Schuß hatte sich herausgestellt, daß die Munition nicht in ihre Geschütze paßte, also hatten sich die Soldaten, die er besichtigte, einfach niedergelassen und zu essen und zu trinken begonnen. Zwei Stunden später hatte ihm ein Captain erklärt, daß sie auf Nachschub warteten – oder auf neue Order. Bis dahin saßen sie hinter ihren nutzlosen Kanonen in der Sonne und warteten.

Carlson unterbrach seine Gedanken. «Ich würde sagen, es ist sehr gut rausgekommen, nicht war, Senator?»

«Recht gut, ja», sagte der Senator. «Außerdem besteht beim Fernsehen nicht die Gefahr, daß man meinen Namen falsch schreibt.»

«Und morgen ist ein großer Tag», bemerkte Carlson taktvoll.

«Richtig», sagte der alte Mann. Er stellte sein Glas ab und erhob sich aus seinem Sessel. «Holen Sie mich um acht Uhr ab; beim Frühstück können wir uns dann überlegen, was getan werden muß. Das heißt, wenn wir überhaupt Zeit für ein Frühstück haben.»

«O ja, Sir», sagte Carlson. «Der erste Termin ist erst um zehn.»

«Also gut, dann sehen wir uns morgen früh.»

«Gute Nacht, Senator», sagte Carlson, schon auf halbem Weg zur Tür. «Mein Zimmer ist gleich nebenan, wenn Sie etwas brauchen. Zimmer vierhundertacht.» Die Tür schloß sich.

Claremont schlurfte zum Schrank und nahm seinen Pyjama heraus. Er warf ihn auf das Bett, dann zog er den Anzug aus und hängte ihn sorgfältig auf, damit er nicht zerknitterte. Ein Kammerdiener, ja, das wäre nicht schlecht, dachte er, aber es würde bedeuten, daß man überhaupt nicht mehr mit sich allein war. Die Hälfte seiner Zeit aus dem Koffer zu leben, war allerdings auch kein Vergnügen. Man mußte sich entscheiden, ob man lieber seine Zeit damit vergeudete, alles ordentlich aufzuhängen und wegzuräumen, oder ob man auch noch die wenigen Minuten seines Alleinseins opfern wollte.

Er fühlte, wie das warme Wasser seine verspannten Muskeln lockerte und einen Teil der Schmerzen löste. Allmählich merkte er, daß er wieder zu Kräften kam. Hin und wieder atmete er tief ein, lehnte sich zurück, zog den Kopf ein und tauchte ganz unter. Danach wartete er, bis er wieder normal atmete, und wiederholte die Prozedur, sooft er konnte. Schließlich setzte er sich auf, nahm die Seife zwischen beide Handflächen, entwickelte eine Menge Schaum und massierte ihn sich ins Gesicht und in den Schädel. Es war, als fielen ein Dutzend Hornissen über seinen Kopf, die Wangen und die Stirn her. Er atmete wieder tief ein und tauchte unter. Allmählich ließen die Schmerzen nach.

Er wartete ein paar Sekunden, dann kletterte er aus der Wanne und begann sich vorsichtig abzufrottieren. Als er ans Knie kam, sparte er die verletzte Stelle aus. Man wußte nie, was für Keime in Hotelhandtüchern steckten; außerdem wollte er keine Blutflecken hinterlassen. Danach schaute er wieder in den Spiegel. Diesmal sah sein Gesicht nicht mehr so schlimm aus, mit gekämmtem Haar und ohne verkrustetes Blut. Nur die Wange und das Auge machten ihm Sorgen, aber mit einer geeigneten dunklen Sonnenbrille mochte es gehen, wenigstens bis morgen abend.

Er wußte, was jetzt zu tun war; es gab keine andere Wahl. Während er sich abtrocknete, ging er hinüber ins Zimmer. Nahm seine Armbanduhr von der Kommode und befestigte sie am Handgelenk. Elf Uhr neununddreißig. Es würde eine lange Nacht werden, so oder so. Wenn das nur passiert wäre, solange er an einer normalen Sache arbeitete! Er hätte anrufen und sagen können, sie sollten jemand anders schicken, hätte den Auftrag vielleicht sogar selbst an jemand anders übergeben können – Eddie Mastrewski hatte ihm auf diese Weise mehrere Aufträge vermittelt. Das erinnerte ihn an etwas, was Eddie gesagt hatte und das erneut seine Nervosität weckte: «Arbeite nie, wenn du verletzt bist, Junge. Wenn du dich nicht wohl fühlst, kannst du auch nicht vernünftig denken. Und wenn dich die Leute beobachten, erinnern sie sich an dich. Damit meine ich nicht nur schwere Verletzungen. Ich würde nicht mal mit 'nem Pickel im Gesicht arbeiten.» Aber Eddie kannte viele Ausreden, um sich vor der Arbeit zu drücken.

Er zog sich saubere Kleidung an und kämmte sorgfältig das nasse Haar. Immerhin ein Trost, dachte er: Wenn ihn jemand sah, und er kam davon, würde derjenige sich nur an die Blutergüsse und die Schwellungen erinnern, und die waren auf jeden Fall in zwei Wochen verschwunden.

Der ganze Plan mußte jetzt geändert werden. Er hatte vorgehabt, sich ein Scharfschützengewehr mit Zielfernrohr zu besorgen und den Alten durch ein Fenster in seinem Hotel abzuknallen. So würden die pathologischen Killer vorgehen, denen es nicht darauf ankam, daß ihr Bild auf den Titelseiten der Zeitungen prangte. Aber dazu war nicht mehr die Zeit, und außerdem hatte er ja noch kein Gewehr – also konnte er es gleich vergessen. Jetzt mußte er mit der Situation fertig werden, wie sie war.

Er ging zu seinem Koffer, kramte ein paar Sekunden lang darin herum und nahm ein paar Sachen heraus. Ein Taschenmesser, einen Kugelschreiber, ein sauberes Taschentuch und eine Sonnenbrille. Er setzte sich die Sonnenbrille auf und betrachtete sich im Spiegel. Nicht gerade überwältigend, aber besser als nichts. Er nahm sich vor, eine größere Brille mit größeren Gläsern zu beschaffen. Dann setzte er sich und las die Zeitung.

Auf der Titelseite war ein Artikel über die Rückkehr des Senators. Er las ihn sorgfältig, fand aber keinen Hinweis darauf, wo der alte Mann übernachten würde. Er blätterte die Zeitung durch, bis er auf einen zweiten Artikel stieß. Hier war ein Foto des Senators und seines Assistenten zu sehen, wie sie vor einem Gebäude aus einem Wagen stiegen. Nur ein Teil der Fassade war zu erkennen, aber es handelte sich eindeutig um ein Hotel. Man hatte ihm gesagt, daß der alte Mann nie hier in Denver gewohnt hatte. Er hatte seine Karriere als Mitglied des Repräsentantenhauses begonnen; damals lebte er in Pueblo, und er hatte angeblich heute noch einen Besitz dort. Wieder betrachtete er das Foto, suchte nach Hinweisen. Am Eingang stand ein Portier, der eines jener lächerlich, operettenhaften Kostüme trug, aber darauf waren keinerlei Insignien zu erkennen, und auch die Fassade wies keine Schrift auf – bis auf eine Zahl. Er lächelte. Das mußte reichen. 1905.

Er nahm das Telefonbuch und blätterte es durch, bis er die Seite mit der Überschrift «Hotels» gefunden hatte. Es gab Dutzende, aber er brauchte nicht lange, um das richtige zu finden. Das *Constellation*, in der neunzehnten Straße, Hausnummer 1905. Sicherheitshalber schaute er noch rasch die anderen Adressen durch, um zu sehen, ob es noch ein Hotel mit der Hausnummer 1905 gab – immerhin hatte er die Macht des Zufalls heute bereits zu spüren bekommen –, aber es gab keines. Das war's dann also. Er las die Seite noch einmal genau durch, suchte nach einer Anzeige des Hotels. Es gab keine. Dann schaute er unter «Restaurants» nach. Ein paar Sekunden später hatte er gefunden, was er suchte.

Er stand auf, packte seinen Koffer, zerwühlte dann sein Bett ein wenig, legte die Schlüssel auf die Kommode, schaute sich noch ein letztes Mal um, ob er etwas zurückgelassen hatte, bevor er das Licht ausschaltete. Danach ging er über die Hintertreppe hinunter und durch die Gasse nach vorn auf die Straße. Ein paar Blocks weiter gab es wieder ein Motel und eine Telefonzelle an der Tankstelle gegenüber.

Von dort aus rief er eine Taxigesellschaft an.

«Einen Wagen, bitte.»

«Wo sind Sie?»

Er las das Schild gegenüber. «Im *Wee Hours Motel* in der Colfax.»

«Und wohin wollen Sie?»

«Ins Restaurant *Pirate's Cove* an der Alameda.» Beinahe hätte er «Alameda und neunzehnte Straße» gesagt. Arbeite nie, wenn du müde oder verletzt bist.

«Gut. Es wird etwa fünf Minuten dauern.»

Sie sagten immer «fünf Minuten», dachte er. Jetzt zum Koffer. Hier konnte er ihn nicht loswerden. Vielleicht merkte die Polizei nicht, daß er die beiden Männer mit einem Stein erschlagen hatte, und suchte in allen Abfalleimern in der näheren und ferneren Umgebung nach einer anderen Waffe. Überschätze nie die Polizei, rechne stets damit, daß sie nur das Nächstliegende vermutet. Er entschloß sich, den Koffer vorerst zu behalten. Im schlimmsten Fall dachte der Taxifahrer, er versuchte, das Motel um die Rechnung zu prellen.

Er sah, wie das Taxi vor dem Motel anhielt. Der Fahrer schaute auf das Fenster des Empfangs, daher erblickte er den Mann mit dem Koffer erst, als dieser schon neben dem Wagen stand. Als er ihn sah, langte er nach hinten, öffnete ihm die Tür und fragte: *«Pirate's Cove?»*

«Ja, das bin ich.»

Das Taxi war mit einer Zusatzheizung versehen, die ständig einen Strom heißer, unangenehm riechender Luft auf die Rücksitze blies. Nach der Kälte draußen dachte er, daß er es wohl ein paar Minuten lang aushalten konnte. Er setzte sich genau an die Stelle, die der Fahrer schlecht sehen konnte.

«Verdammt kalte Nacht, wie?» sagte der Fahrer und fuhr los.

«Kann man wohl sagen. Ich bin froh, daß Sie so schnell hier waren.»

«Nicht viel los um diese Zeit. Fast nur Säufer, die ihren Führerschein schon losgeworden sind. Ein paar alte Leute, die sich gegenseitig besucht haben. Und hier und da eine Nutte.»

«Muß nicht leicht sein, einen Schnitt zu machen.»

«So schlecht ist es auch wieder nicht. Wenn das Geschäft in der Stadt flau wird, hängen wir am Flughafen herum, für die Nachtmaschinen. Wer ruft schon Tante Mary nachts um zwei an, damit sie einen am Flughafen abholt?»

«Da haben Sie sicher recht.»

Dann saßen sie eine Weile schweigend im Wagen. Einen Vorteil hatte die nächtliche Fahrt auf jeden Fall: Selbst auf der Colfax war der Verkehr sehr dünn, und das Taxi kam so glatt durch, daß es stets die Ampeln erreichte, wenn diese gerade auf Grün geschaltet hatten. Wieder schaute er auf die Uhr. Kurz nach Mitternacht. Die Zeit verging schnell. Dabei brauchte er gerade davon so viel wie möglich. Als sie am Restaurant angekommen waren, reichte er dem Fahrer einen Schein nach vorn. «Reicht ein Zehner?» fragte er und wandte sich vom Licht ab.

«Klar», antwortete der Fahrer. «Danke.» Er hatte ein großzügiges Trinkgeld gegeben, aber es war nicht so hoch, daß sich der Fahrer daran erinnern würde.

«Gute Nacht», sagte er, stieg rasch aus und ging auf die Glastür des Restaurants zu. Als er hörte, wie das Taxi losfuhr, bückte er sich, um sich die Schnürsenkel zu binden, bis der Wagen so weit weg war, daß ihn der Fahrer nicht mehr sehen konnte. Dann richtete er sich auf und ging weiter bis zum *Constellation Hotel.*

Es war siebenstöckig und hatte die Form einer Cornflakes-Schachtel. Er ging um den Block herum und betrachtete die Rückseite. Es gab eine Zufahrt zur Parkgarage und eine breite Laderampe. Links von der Rampe war ein Teil der Rückwand mit Ventilatoren gespickt, und darüber endete eine größere Zahl von Rohren – die Küche. Direkt davor war ein kleiner Holzzaun. Er ging darauf zu, öffnete die Tür und schaute hinein. Drinnen standen zwei große Müllcontainer. Er öffnete den ersten, und der Gestank erstickte ihn beinahe. Der zweite war überwiegend mit Pappdeckeln gefüllt: Kartons, die man zusammengelegt hatte, um Platz zu sparen. Er stellte den Koffer obendrauf und schloß den Deckel, dann ging er zum Hintereingang neben der Einfahrt zur Parkgarage.

Es gab einen Lift; er betrat ihn und betrachtete die

Knöpfe, drückte auf «Lobby» und wartete. Er hoffte, daß

die Hotelhalle einigermaßen belebt war. Wie er aussah, konnte er sich nicht allzu viele Beobachter leisten, aber allein in der Halle zu stehen wäre noch weniger wünschenswert gewesen. Als die Türen aufglitten, trat er rasch hinaus, senkte den Kopf und ging quer durch die Halle auf den Haupteingang zu. In einer Sitzgruppe in deren Mitte hatten es sich zwei junge Paare bequem gemacht, alle elegant gekleidet. Eine der Frauen hatte die Schuhe ausgezogen und massierte sich die Zehen. Der Mann, der neben ihr saß, sagte etwas von einem Schlaftrunk, und sie rollte angewidert die Augen.

Er wußte genau, wonach er suchte, hatte aber keine Ahnung, ob seine Annahme richtig war. Als er sich der Rezeption näherte, warf er rasch einen Blick auf die Postfächer. Zimmer 406, natürlich, dachte er. Er mußte es zumindest versuchen. Wenn um diese Zeit noch ein Postfach mit Briefen und Nachrichten angefüllt war, so mußte es sich um das des Senators handeln. Er ging weiter auf den Haupteingang zu, hinaus auf die Straße und um das Gebäude herum zum Eingang neben der Parkgarage. Dann drückte er im Lift den Knopf für den vierten Stock. Jetzt kam der schwierigste Teil seines Unternehmens.

Als die Türen des Lifts aufglitten, rechnete er damit, einen uniformierten Aufpasser zu sehen, und zugleich versuchte er sich einzuprägen, welche Zimmer besetzt zu sein schienen. Hinter einer Tür hörte er Stimmen, hinter einer anderen die Musik einer Fernsehshow. An einigen Türknöpfen hing das Schild «Bitte nicht stören». Er ging an Nummer 406 vorbei und den Korridor entlang, um einen Blick auf den anderen Lift und die Nottreppe zu werfen. Hier mußte er danach verschwinden.

Am Ende des Korridors war ein Zimmer, an dessen

Tür das Schild «Bitte bringen Sie das Zimmer in Ordnung» hing. Er überlegte. Es konnte sein, daß jemand das Schild, das auf der Rückseite die Aufschrift «Bitte nicht stören» trug, versehentlich verkehrt herum hingehängt hatte. Aber er blieb dennoch stehen und lauschte. Von drinnen kein Laut. Er entschloß sich, das Risiko einzugehen.

Aus seiner Brieftasche nahm er eine Kreditkarte, steckte sie vorsichtig zwischen Tür und Angel, dort, wo sich das Schloß befand, öffnete dann die Tür einen Spalt und rechnete damit, daß die Sperrkette eingehängt war. Aber die Tür ließ sich weiter öffnen; und so ging er hinein, stand einen Moment da, mit dem Rücken zur Tür, und lauschte. Während er darauf wartete, daß sich seine Augen an die Dunkelheit gewöhnten, versuchte er festzustellen, ob jemand im Bett lag oder nicht. Er kauerte nieder, um im schwachen Licht, das vom Fenster hereinkam, die Silhouette der Oberfläche des Bettes besser sehen zu können. Und dann war er sicher: Die Oberfläche des Bettes war flach.

Rasch trat er an die Glastür und hinaus auf den Balkon. Der Balkon des Senators war der fünfte von seinem aus gesehen. Er fragte sich, ob er das schaffen würde, müde und verletzt, wie er war. Aufmerksam betrachtete er die Reihe der identischen Balkone mit den Eisengittern. Ja, sagte er sich, das war der einzige Weg. Die Balkone waren so weit voneinander entfernt, daß kein fettarschiger Architekt auf die Idee käme, man könnte von einem zum anderen gelangen.

Danach ging er zurück ins Zimmer und schloß die Balkontür. Er sah sich nach etwas um, das lang genug war, um als Brücke verwendet werden zu können. An einer Wand stand ein langer, niedriger Tisch. Nein, der war am Boden festgeschraubt und auch zu schwer für ihn. Dann fiel ihm der Schrank auf, ein riesiger Schrank mit Doppeltüren, fast zu groß für ein Zimmer wie dieses. Er warf einen Blick hinein und entdeckte das Ablagebrett. Perfekt, dachte er. Dem Himmel sei Dank für solche alten soliden Hotels. Das Brett war festgeschraubt. Mit dem Taschenmesser drehte er die Schrauben heraus, nahm das Brett und trat damit hinaus auf den Balkon.

Er blieb stehen und prägte sich noch einmal den Raum und seine Einrichtung genau ein, dann schob er das Brett langsam und vorsichtig über den Abgrund hinweg hinüber zum nächsten Balkon. Es reichte. Als das Brett das andere Eisengeländer berührte, war nur ein ganz leises Geräusch zu vernehmen. Er hob das rechte Bein an und schob das Knie auf das Brett, dann zog er das linke nach. Dabei zuckte er zusammen vor Schmerzen. Er hatte die Wunde ganz vergessen. Es würde ein langer, schwerer Weg werden. Das Brett bog sich in der Mitte durch, als sein ganzes Gewicht darauf lastete, aber es schien stabil genug, um ihn zu tragen. Vier Stockwerke unter sich sah er den kleinen Zaun mit den Müllcontainern, ein winziges Viereck in einer Ecke des Parkplatzes. Einen Augenblick lang stellte er sich vor, wie er hinunterfallen würde, wie er zerschmettert auf dem Pflaster liegen würde, dort unten in der Kälte. Aber dann hatte er das andere Ende des Bretts erreicht. Er schwang die Beine auf den nächsten Balkon und zog das Brett zu sich heran. Das war der erste; folgten noch vier.

Er schaffte sie, einen nach dem anderen, und dachte an nichts anderes, nur daran, daß er die kalten, leeren Zwischenräume überwinden mußte, die ihn vom fünften Balkon trennten. Und dann war er da. Er lehnte das Brett gegen die Wand, überlegte es sich aber gleich danach anders. Vielleicht konnte man es von einem anderen Gebäude aus sehen. Daher legte er es flach auf den Balkon; dann strich er mit der Hand am Rand der Schiebetür entlang, um nach einem Riegel zu tasten. Es gab keinen auf der Außenseite. Ein sicheres Hotel, dachte er und versuchte es ohne Hoffnung beim Fenster. Nichts.

Er mußte also das Risiko eingehen, eine Spur zu hinterlassen. Er klappte sein Messer auf und schob die Klinge unter den Isoliergummi, ein paar Zentimeter unterhalb des Riegels, drückte sie dann langsam hoch. Die Glasscheibe bewegte sich minimal. Er lächelte und behielt das Lächeln bei, auch wenn es weh tat. Es war genau so, wie er es gehofft hatte. Der Riegel war sicher, aber das Glas war nicht gut genug in den Aluminiumrahmen eingepaßt. Mit sachtem, stetigem Druck seiner Fingerspitzen schob er die Scheibe so weit wie möglich vom Riegel weg, dann stopfte er sein Taschentuch in den Spalt, um ihn offenzuhalten. Prüfend betrachtete er, was er erreicht hatte. Etwa zwei Millimeter hatte er zur Verfügung. Sein Messer als Hebel benutzend, verbog er den Aluminiumrahmen um ein Weniges und gewann damit noch einen halben Millimeter hinzu. Nun richtete er die Spitze der Messerklinge auf die Stelle unter dem Riegel. Der Riegel war stark, aber es gelang schließlich, ihn zu öffnen und die Glastür zur Seite zu schieben. Als die Tür einen Spalt offenstand, blieb er stehen und drückte die Gummidichtung und den Aluminiumrahmen wieder so zurecht, wie sie gewesen waren. Dann wischte er mit dem Taschentuch über die Scheibe und den Rahmen, für alle Fälle. Sie würden es zwar nicht den Zeitungen melden, dachte er, aber sie würden jemanden herschicken, der sich alles genau ansah, auch wenn sie annahmen, daß der Senator an Altersschwäche gestorben war.

Er holte den Kugelschreiber, den er mitgebracht hatte, aus der Tasche und hielt ihn ins schwache Licht. Dann schraubte er ihn auf, nahm die Plastikmine heraus und sah sie an. Für einen, der es nicht wußte, war es eine Mine, die nur noch ein Drittel Schreibflüssigkeit enthielt. Aber die übrigen zwei Drittel waren mit einer klaren Flüssigkeit gefüllt, wie Wasser, nur dickflüssiger.

Er berührte die Tür mit dem Taschentuch, schob sie leise zur Seite und schlüpfte hinein ins Zimmer, dann schloß er sie hinter sich und trat in den Schatten. Unbeweglich stand er da und prägte sich ein, was er sah. Claremont schlief fest; sein langsamer, regelmäßiger Atem war nur schwach zu hören.

Jetzt das Richtige finden, dachte er. Vielleicht ein Arzneifläschchen. Oder ein Abführmittel. Alte Leute haben meistens Schwierigkeiten mit der Verdauung. Auf dem Couchtisch sah er ein Glas stehen. Er ging hin und schnüffelte daran – Alkohol. Das nützte jetzt nichts. Er fühlte, wie ihm die Sekunden entglitten, Sekunden, die er so nötig brauchte. Er ging hinüber ins Bad und strengte seine Augen an, um etwas zu finden, was seinem Zweck dienen konnte – zu dunkel. Er dachte schon daran, auch diesen Teil seines Plans aufzugeben und den Alten einfach mit einem Kissen zu ersticken, aber das war zu unsicher und risikoreich. Das Bett stand an der Wand; der Alte brauchte nur ein- oder zweimal dagegenzuschlagen in seinem Todeskampf ... Alt oder nicht, er konnte immer noch durch Geräusche auf sich aufmerksam machen.

Er kam aus dem Bad und starrte auf den Schlafenden.
 Nichts war da – nur das Bett und der Nachttisch mit dem

Glas. Es wäre ideal gewesen, wenn er es geschafft hätte, früher herzukommen, und ihm das Zeug ins Getränk hätte mischen können. Aber jetzt half das nichts mehr. Doch dann kam ihm zum Bewußtsein, daß es nicht dasselbe Glas war. Das Glas mit dem Alkoholgeruch stand auf dem Couchtisch!

Langsam und vorsichtig trat er näher an das Bett heran und starrte auf den Nachttisch. Dann näherte er das Gesicht dem Glas und hätte fast schallend gelacht. Falsche Zähne! Er langte langsam hinüber und leerte den Inhalt der Kugelschreibermine in das Glas.

Dann schlich er sich wieder hinaus auf den Balkon und schloß die Schiebetür hinter sich. Nach ein paar Sekunden war er bereits auf dem dritten Balkon und legte seine tragbare Brücke auf den Rand des zweiten. Wieder schaute er hinunter, diesmal geradezu stolz über die Höhe, aber er blieb vorsichtig, wollte nicht übermütig werden. Immer langsam arbeiten, wenn man müde ist, sagte er sich vor. Er konzentrierte sich voll auf die Arbeit, rutschte über das Brett, zog es auf den zweiten Balkon, legte es auf die nächste Brüstung und rutschte hinüber. Und dann war er am Ziel, ging zurück ins Zimmer, schloß die Tür und ließ sie einrasten. Er ging zum Schrank und legte das Brett wieder auf die Stützen. Einen Augenblick lang überlegte er sich, ob er es einfach so lassen sollte, aber nein! Später würde er es vielleicht bedauern. Er nahm sein Messer und schraubte das Brett sorgfältig fest. Dann zwang er sich, einen Augenblick lang still dazustehen. Hatte er alles bei sich? Hinterließ er alles so, wie es gewesen war? Er faßte in seine Jackentasche und schraubte den Kugelschreiber wieder zusammen. Dann atmete er ein paarmal tief durch, lauschte und trat hinaus auf den Korridor.

Im Lift drückte er auf den Knopf der Parkgarage. Die Türen seufzten und glitten sofort auf. Ein gutes Zeichen, dachte er, in der ganzen Zeit, seit er hier heraufgekommen war, hatte niemand den Lift benutzt. Er schaute auf seine Uhr. Es war erst ein Uhr fünfzehn. Und dann wurde ihm bewußt, daß er eine Erektion bekam. Er fand das sehr komisch, wagte es aber noch nicht, darüber zu lachen.

Als sich die Türen des Lifts wieder öffneten und die kalte Nachtluft hereindrang, vergaß er es. Er ging durch die Einfahrt hinaus auf den Parkplatz. Bei den Müllcontainern blieb er stehen und nahm wieder seinen Koffer an sich, dann ging er weiter. Als er an einem Abfallkorb vorbeikam, brach er seinen Kugelschreiber in zwei Stücke und warf sie zu den zerknüllten Pappbechern, Blechdosen und Papierfetzen. Dann schritt er weiter, wobei er trotz seines verletzten Knies genauso ging wie ein Mann, der einen nächtlichen Spaziergang unternahm.

Der Senator bewegte sich, wachte auf. Das Zimmer schien kalt zu sein. Das *Constellation* war auch nicht mehr wie früher, seit man es 1972 modernisiert hatte, dachte er. Diese komischen Fenster, die Balkone, lauter Unsinn. Die Handwerksarbeiten waren nicht mehr so gut wie zu seiner Zeit. Die Leute waren nicht mehr stolz auf ihren Beruf. Aber dann erinnerte er sich daran, daß er ein alter Mann war, alt und launenhaft, und daß ihm wahrscheinlich nur kalt geworden war, weil sein Kreislauf nicht mehr richtig funktionierte. Er drehte sich auf die andere Seite und versuchte wieder einzuschlafen.

KAPITEL 7

Das Klingeln des Telefons riß Elizabeth aus dem Schlaf. Es dauerte ein paar Sekunden, ehe sie sich erinnerte, wo sie war: in Ventura, in einem Motelzimmer. Und es dauerte vier weitere Sekunden, bis sie das Telefon sah und den Hörer abnehmen konnte. Der Anruf kam von Hart, welcher ihr vorschlug, sich mit ihr in zwanzig Minuten beim Frühstück zu treffen.

Elizabeth legte auf und ging zurück zum Nachttisch, wo sie auf die Uhr schaute. Sieben Uhr, auf die Minute. Dann ging sie hinüber ins Bad, um sich die Zähne zu putzen und zu duschen. Sie beeilte sich mit dem Morgenritual, versuchte aber, ihre wachsende Aufregung zu unterdrücken. Selbst wenn es einen Hinweis gab, etwas, mit dem man weiterarbeiten konnte, würde es vermutlich Wochen dauern, bis man dem Kern der Sache nähergerückt war. Und bis dahin kümmerten sich dann alle möglichen Leute um den Fall, würden auf verschiedenen, einander überlappenden Arbeitsgebieten daran beteiligt sein. Und bisher gab es noch keinen Grund zu der Annahme, sie habe tatsächlich die Spur eines echten Profikillers gekreuzt, ganz zu schweigen davon, daß seine Festnahme sie auch nur einen Schritt weiterbringen würde. Es kam ihr vor wie der Versuch, ein Tier zu jagen, welches so klein und selten und schwer faßbar war, daß man manchmal an seiner Existenz zweifelte – und wenn es wirklich existierte, war es obendrein in der Lage, seinen Jäger zu töten. Nein, noch schlimmer: Es nützte wenig, wenn man es erlegte. Man mußte versuchen, es lebend zu fangen und ihm dann das Sprechen beizubringen …

Als sie die Polizeistation von Ventura betraten, durchquerte gerade ein Sergeant mit einer Kaffeetasse in der Hand die

Halle und ging auf einen Korridor mit winzigen Büroräumen zu. Er drehte sich nach ihnen um und schenkte ihnen ein beruhigendes Lächeln. «Hallo – kümmert man sich schon um Sie?»

«Ich bin Agent Hart vom FBI, und das ist Miss Waring vom Justizministerium in Washington. Wir möchten den Chief sprechen», erklärte Hart und zeigte seine Dienstmarke.

«Okay», sagte der Sergeant. «Hier entlang, bitte.» Er warf einen Blick über die Schulter, als er sie durch den Korridor führte. «Weiß der Chief, daß Sie kommen?» fragte er.

«Ja», antwortete Hart.

Elizabeth schwieg; sie hatte sich, während sie die Stufen zur Polizeistation hinaufgegangen waren, überlegt, daß sie mehr erfahren würde, wenn sie zuhörte und beobachtete. Aber es war ihr nicht entgangen, daß Hart sowohl das FBI als auch das Justizministerium erwähnt hatte. Technisch war das FBI nur eine der vielen Unterabteilungen des Justizministeriums, obwohl man das leicht vergaß, wenn man sich einmal im wuchtigen Edgar-J.-Hoover-Komplex aufhielt mit seinen Millionen Akten, den hundert Millionen Fingerabdrücken und dem Kriminalmuseum. Aber vorläufig konnten ihr Protokollfragen gleichgültig sein.

Der Sergeant führte sie in eines der winzigen Büros, wo eine ältere Ausgabe seiner selbst hinter einem Schreibtisch saß und auf ein paar Blätter starrte, als würde er sie mühsam aus einer fremden Sprache übersetzen. Als er merkte, daß er Besuch bekommen hatte, blickte er erleichtert auf. Er legte die Blätter mit der Vorderseite nach unten in die entfernteste Ecke seines Schreibtischs, stand auf und streckte den beiden die Hand entgegen. «Sie müssen Mr.

Hart und Miss Waring sein», sagte er. «Ich bin Bob Donaldson. Und ich freue mich wie immer, mit dem FBI zusammenarbeiten zu können.»

«Danke», sagte Elizabeth. «Wie man Ihnen vermutlich am Telefon gesagt hat, interessieren wir uns für den Mordfall Veasy.»

«Ja nun, Ma'am», erwiderte der Chief ausweichend, «wir sind keineswegs überzeugt davon, daß es sich überhaupt um einen Mordfall handelt. Wir haben diese Hypothese zwar in Betracht gezogen, sind aber nicht sicher.»

«Oh, entschuldigen Sie.» Elizabeth lächelte. «Ich greife da wohl ein wenig voraus. Sagen wir, daß es ein Mordfall sein könnte.»

Das schien ihn zufriedenzustellen. «Ich habe die betreffende Abteilung darüber informiert, daß Sie herkommen würden, und sie gebeten, die Berichte der untersuchenden Beamten und so weiter bereitzuhalten. Darüber hinaus dachte ich, wir sollten erst einmal abwarten und Ihnen Gelegenheit geben, sich umzuhören und umzusehen und die Spuren herauszupicken, denen Sie folgen wollen.»

«Ich möchte mich als erstes mit den physischen Zeugnissen befassen, weil das meine Spezialität ist», sagte Hart ein wenig umständlich. «Miss Waring dagegen wird die Berichte studieren. So können wir zwei Dinge gleichzeitig erledigen.»

«Gute Idee», sagte der Chief, als käme sie ihm geradezu revolutionär vor. «Sergeant Edmunds, bringen Sie Agent Hart ins Labor, ja? Miss Waring, ich zeige Ihnen die Berichte.» Er nahm sie höflich, aber mit festem Druck beim Arm, so als führe er einen Gefangenen ab, der nicht gefährlich genug war, um mit Handschellen gefesselt zu werden, und ging mit ihr hinaus auf den Korridor.

Der Raum, an dessen Tür das Wort «Tötungsdelikte» stand, war unbesetzt, als sie ihn betraten. Donaldson bat Elizabeth, an einem Schreibtisch Platz zu nehmen, und reichte ihr dann einen Stapel von Berichten. «Ich komme gleich zurück», sagte er.

Elizabeth hörte seine Stimme im Büro nebenan. «Wo, zum Teufel, sind denn alle? Ich habe ihnen doch gesagt, daß diese Leute heute morgen hier eintreffen würden.»

Eine andere männliche Stimme erwiderte in gelangweiltem Bariton: «Im Außendienst. Vor einer halben Stunde hat man einen mexikanischen Zitronenpflücker erstochen in der Telegraph Road gefunden. Macaulay bat mich, es Ihnen zu sagen, wenn Sie kommen.»

«Aha», erwiderte die Stimme des Chief, jetzt wesentlich leiser. Danach herrschte eine Weile Schweigen. Schließlich sagte der Chief: «Wenn sie zurück sind, bestellen Sie Macaulay, daß ich ihn sprechen will.»

Elizabeth hörte ihn aus dem anderen Büro zurückkommen. Sie blickte auf, als er durch die Tür trat, und lauschte interessiert seinen Ausführungen, die wiedergaben, was sie eben mitgehört hatte. Sie fragte sich, wieso er nicht wußte, daß die einzelnen Räume so hellhörig waren, aber offenbar war das der Fall. Dann ging er, und Elizabeth hatte Gelegenheit, die Berichte in Ruhe durchzusehen.

Bis zum Augenblick seines Todes war Veasy kein sonderlich bemerkenswerter Zeitgenosse gewesen. Er hatte eine Frau, die er in der Abschlußklasse der High School in Ventura kennengelernt hatte, und drei Kinder, die im zweiten, vierten und fünften Jahr ihrer Ehe geboren worden waren. Sie wohnten in einem Vierzimmerhaus einer Wohnsiedlung und bezahlten es seit etwa acht Jahren ab. Veasy war Maschinenbauer und verdiente nicht schlecht bei seiner Firma, der Precision Tooling. Der untersuchende Beamte hatte seinen Aufzeichnungen die Bemerkung hinzugefügt, keine seiner Informationsquellen – die Ehefrau, der Abteilungsleiter in der Firma, zwei Mitarbeiter und ein Nachbar – könne sich vorstellen, daß Veasy irgendwelche Feinde gehabt hätte.

Es gab auch keinen Hinweis darauf, daß Veasy irgend jemandem Geld schuldete, ausgenommen natürlich die Hypotheken für das Haus. Er spielte nicht, abgesehen von gelegentlichen Pokerpartien im Gewerkschaftshaus und den Abenden in seinem Kegelklub, den er einmal wöchentlich besuchte. Er war nie festgenommen worden und hatte nichts mit bekannten Kriminellen zu tun. Elizabeth war mehr als enttäuscht; sie war geradezu gelangweilt. Das einzige, was die Berichte über diesen Mann lesenswert machte, war sein Tod.

Sie befaßte sich mit den Aussagen der Zeugen am Tatort. Das Ereignis war für alle völlig unerwartet gekommen. Nach der monatlich stattfindenden Sitzung im Gewerkschaftshaus war Veasy in seinen Transporter gestiegen, und der Wagen war explodiert. Das war alles, was die Zeugen dazu aussagen konnten.

Nach eineinhalb Stunden aufmerksamer Lektüre hatte sich Elizabeth nur zwei Notizen gemacht. Sie wollte sich mit Richard O'Connell, dem Gewerkschaftsvorsitzenden, über den Verlauf der Gewerkschaftssitzung unterhalten, und sie nahm sich vor, die Akten des Justizministeriums im Hinblick auf die Firma Precision Tooling und die Unterabteilung 602 der Metallarbeitergewerkschaft durchzusehen. Das mit den Akten freilich mußte warten, weil zur Zeit an der Ostküste gerade Mittagspause war. Sie ging zu einem der unbesetzten Schreibtische und wählte die Nummer der

Werkzeugfirma, die O'Connell dem Beamten der Mordabteilung angegeben hatte. Ja, sagte O'Connell, er sei bereit, um halb elf mit ihr zu sprechen.

Elizabeth saß noch eine Minute lang da und starrte auf die Akten. Dann nahm sie ihre Telefon-Kreditkarte heraus und entschloß sich, es doch mit Washington zu versuchen für den Fall, daß Padgett über Mittag arbeitete.

Sie stellte erleichtert fest, daß der Hörer am anderen Ende der Leitung abgenommen wurde, und vernahm die vertraute Stimme, die sich mit «Justiz – Padgett» meldete, als ob das ein Titel wäre.

«Roger», sagte sie, «ich weiß, daß du viel zu tun hast, wenn du um halb eins am Telefon zu erreichen bist, aber ich brauche etwas Hintergrundmaterial. Ich bitte dich, eine Firma in Ventura, Kalifornien, mit dem Namen Precision Tooling zu überprüfen, außerdem eine Unterabteilung der Metallarbeitergewerkschaft, nämlich Sektion sechshundertzwei.»

«Schön – und worauf soll ich besonders achten dabei?»

«Ich brauche in beiden Fällen alles, was du mir beschaffen kannst. Jeden Hinweis darauf, daß irgend etwas nicht ganz in Ordnung sein könnte. Vergangenheit, Kapital, Personen – alles.»

«Du weißt also noch nicht, wonach du suchen sollst.» Er sagte es ohne Emotionen, als habe er nichts anderes erwartet.

«Ich fürchte, du hast recht, Roger», antwortete Elizabeth. «Ich fische im trüben.»

«Ich setze gleich nach dem Lunch jemanden dran. Laß uns ein paar Stunden Zeit und ruf dann wieder an.»

«Danke, Roger, wird gemacht. Du bist ein Schatz.»

«Das bin ich wirklich. Aber Elizabeth ...»

«Was denn?»

«Versuche, die Sache in Grenzen zu halten. Fischen im ungewissen kann teuer werden.»

Sie steckte ihr Notizbuch ein und ging durch den Korridor zu Donaldsons Büro. Als sie eintrat, brütete er wieder über den Blättern, die er vorher beiseitegelegt hatte. «Chief», sagte sie, «kann mich jemand in einem Streifenwagen fahren? Agent Hart hat die Schlüssel für unseren Leihwagen, und ich will ihn nicht bei seinen Untersuchungen stören.»

«Aber selbstverständlich», sagte Donaldson, nahm den Hörer seines Telefons ab und sagte: «Ich schicke Ihnen eine Miss Waring. Bitte stellen Sie ihr einen Wagen und einen Fahrer bereit.»

Die Fabrik war ein verhältnismäßig kleines, rechteckiges Gebäude aus Wellblech, umgeben von einem Gitterzaun mit offenem Tor. Hier schien alles aus Metall zu sein; selbst die Geräusche waren metallisch: Maschinen, die Metall schnitten und schliffen, es erhitzten, bogen und wieder abkühlten.

Als sie die Halle betrat, nahm ein Mann, der an einem Schweißgerät arbeitete, eine Schutzbrille ab und kam auf sie zu. «Sind Sie Miss Waring?» fragte er. Er schien um die Fünfzig zu sein; der Schädel war fast kahl, und die Unterarme waren so muskulös wie bei einem Mann, der es gewohnt war, mit den Händen zu arbeiten.

«Ja. Mr. O'Connell?»

«Wir können hinten auf dem Hof sprechen; dort ist es ruhiger.»

Sie folgte ihm durch die Halle, wo das Heulen eines Motors von gelegentlichem Hämmern und dem Klirren von Ketten übertönt wurde, hinaus auf einen kleinen, asphaltierten Platz mit einem Picknicktisch und zwei Bänken. «Wird hier Mittagspause gemacht?» fragte sie.

«Richtig», antwortete O'Connell und ließ sich auf eine der Bänke nieder. «Nun, was kann ich Ihnen erzählen?»

«Mr. Veasy ist auf recht ungewöhnliche Weise ums Leben gekommen, wie Sie wissen, und wir arbeiten mit der Polizei von Ventura zusammen, um alles darüber in Erfahrung zu bringen. Wenn Ihnen irgend etwas einfällt, was Ihrer Meinung nach ins Protokoll gehört, dann werde ich dafür sorgen, daß das geschieht.» Sie beobachtete ihn einen Augenblick lang, aber er wartete darauf, daß sie fortfuhr.

«Ich möchte zum Beispiel wissen, was an dem bewußten Abend im Gewerkschaftshaus los war. Haben Sie ein Protokoll von dieser Sitzung? Soweit ich informiert bin, sind Sie der Vorsitzende.»

«Es gibt kein Protokoll. Wir haben über nichts abgestimmt, daher hätte es nicht viel zum Protokollieren gegeben», sagte O'Connell.

«Erinnern Sie sich an das, was besprochen wurde?»

«Wir sprachen über die Investition unseres Pensionsfonds. Wie man das Geld am günstigsten anlegt, und zwar so, daß es auch sicher ist – Sie verstehen schon. Das Übliche.» Er schaute durch sie hindurch – mit seinen klaren, leeren grauen Augen.

«Ist Ihnen noch etwas eingefallen, was Mr. Veasy gesagt hat?»

«Al? Klar.» Und bei der Erinnerung daran begann er zu lächeln. «Er war immer ein großer Redner. Er beklagte sich über die vierteljährlichen Berichte unserer bedeutendsten Investition. Sagte, wir würden nichts zurückbekommen für unser Geld, hätten spekuliert und würden möglicherweise alles Kapital, das wir angelegt haben, verlieren.»

«Sind Sie auch dieser Meinung?»

«Nein», antwortete er. «Ganz und gar nicht. Eine Gewerkschaft muß auch in dieser Hinsicht etwas riskieren, sonst frißt die Inflation die Einlagen des Pensionsfonds auf, bevor sie zur Auszahlung kommen. Man muß das Geld in Unternehmen stecken, die auf lange Sicht Profit bringen, auch wenn in den ersten paar Jahren nicht viel geschieht.»

«Was für eine Investition hat ihm denn Sorgen gemacht?»

«Nun», sagte O'Connell, «wir haben eine Menge Geld in eine Investitionsgesellschaft gesteckt, in die Fieldston Growth Enterprises.»

«Eine Versicherung?»

«Nein. Überwiegend Grundbesitz. Erholungsanlagen, Golfplätze, Altersheime. Al hatte von Anfang an etwas dagegen. Er wollte mehr über diese Anlagen wissen, aber da gab es nicht mehr zu wissen. Es gab nämlich keine Erholungsanlagen und so weiter. Und da hat er durchgedreht. Die Firma ist noch jung, daher gab es bisher nichts, was sie vorweisen konnte. Ich habe die Broschüren und Pläne gesehen: Es wird eine große Sache. Tut mir leid, daß Al es nicht mehr erleben konnte.»

«Was ist sonst noch geschehen an diesem Abend? Hat er mit irgend jemandem gestritten?»

«Nein, nicht gerade gestritten. Er und ich, wir sind uns ein bißchen in die Haare geraten wegen des Pensionsfonds, aber es war nichts Ernsthaftes und auch nicht persönlich gemeint.»

 «Hatten Sie das Gefühl, daß er noch irgendwelche anderen Sorgen hatte? War er in letzter Zeit deprimiert oder nervös?»

«Al Veasy hat nicht Selbstmord begangen», sagte O'Connell. «Sein Wagen ist explodiert, das ist alles. Vielleicht war die Benzinleitung undicht. Das kann jedem passieren, wenn man bedenkt, wie die Wagen heute zusammengeschustert werden. Wenn ich seine Frau wäre, würde ich gegen General Motors klagen.»

«Für Sie hat es also wie ein tragischer Unglücksfall ausgesehen?»

«Was denn sonst? Vielleicht Mord? Und wenn, warum?»

«Ich muß alle Möglichkeiten in Betracht ziehen, Mr. O'Connell.»

Elizabeth dankte ihm und ging dann zurück zu dem wartenden Streifenwagen. Beide Türen standen offen, und der Fahrer lehnte am Wagen und schaute durch seine verspiegelte Sonnenbrille die Straße hinauf und hinunter. Er sah vermutlich gut aus, dachte Elizabeth, aber um es beurteilen zu können, müßte man ihn erst ohne Uniform sehen. «Wohin jetzt?» fragte er.

«Grove Avenue siebenundzwanzig-vierundzwanzig.»

«Veasys Haus?»

«Stimmt», sagte Elizabeth. All diese Besuche waren nichts weiter als Routine, dachte sie – und bis jetzt gab es keine Möglichkeit, daraus auszubrechen, gab es niemanden, der etwas Neues zu berichten hatte.

Der Rest des Vormittags war für Elizabeth völlig unproduktiv. Was sie bei Mrs. Veasy erlebte, war sprachlose Trauer. Zum Glück hatten die untersuchenden Beamten ein wenig mehr über die Gewohnheiten des Toten ermitteln können. Sie waren erfahren darin, machten das vermutlich täglich und ignorierten, was die Leute zu sagen versuchten, überhörten deren Theorien, Meinungen über Menschen, Leben und Tod und achteten auf das, was dazu führte, die Situation für Außenstehende verständlich zu machen: spezifische Informationen über die Gewohnheiten eines Opfers, sein Verhalten, seine Freunde und seine Feinde.

Plötzlich merkte Elizabeth, daß sie müde wurde. Sie warf einen Blick auf ihre Armbanduhr und stellte fest, daß es fast Mittag war. «Fahren wir zurück zur Station», sagte sie. Der Polizeibeamte fuhr mit einer besonderen Art von Autorität auf der geraden, ebenen Straße; ein klein wenig schneller als alle anderen, so daß die übrigen Wagen auf die rechte Spur auswichen, um ihn vorbeizulassen. Sie schaute hinaus auf die Reihen niedriger Häuser in den Vororten, erblickte hier und da überrascht eine dicke Dattelpalme oder Gruppen riesiger Eukalyptusbäume. Ohne diese tropischen Gewächse hätte dies auch die Landschaft von Indiana sein können. Oder von Virginia. Hier wuchs nahezu alles – allerdings nicht an der Grove Avenue. Die Häuser standen dort so dicht nebeneinander, daß kaum Platz für kleine Rasenflächen war.

Als sie die Station erreicht hatten, rief sie vom Telefon des wachhabenden Sergeant aus noch einmal Padgett in Washington an.

«Hallo, Elizabeth», sagte er. Seine Stimme klang etwas seltsam; sie konnte den Ton nicht recht deuten. War es Amüsement oder Schadenfreude?

«Hallo, Roger», sagte sie. «Was hast du für mich?»

«Die Precision Tooling wird dir nicht viel helfen. Die Firma ist unschuldiger als ein Säugling. Gegründet sechsunddreißig durch zwei gute Maschinenbauer, die ein paar

Freunde einstellten, gewachsen mit dem Ausbruch des Krieges. Sie produzierte Flugzeugteile, Schiffszubehör, solche Dinge. Seit Kriegsende stellt sie Zulieferteile für Verteidigungswaffen her. Nichts von Bedeutung.»

«Gibt es vielleicht neue Anteilseigner? Ungewöhnliche Darlehen oder so?»

«Elizabeth, die Firma steht seit fünfunddreißig Jahren in unseren Büchern. Jedesmal, wenn der Vertrag erneuert wird, sehen wir sie uns genau an. Wir würden es wissen, wenn sie einen neuen Wasserspender einbauen. Und ich kann nur soviel sagen, daß sie in jeder Beziehung gesund ist.»

«Na schön – heb mir die Akten trotzdem auf. Was ist mit der Gewerkschaft?»

«Auch sauber, jedenfalls bis jetzt. Wir haben eine Akte gefunden, aber noch eine Rückfrage ans Arbeitsministerium gemacht. Bis jetzt wissen wir immerhin, daß sich keine zwielichtigen Gestalten um die Firma und die Gewerkschaft herumtreiben – das war alles, was das Verteidigungsministerium interessiert hat. Vielleicht weiß das Arbeitsministerium etwas mehr.»

«Wenn Sie dir antworten – frag sie doch mal nach Informationen über den Pensionsfonds.»

«Über was?»

«Über den Pensionsfonds der Gewerkschaft. Und ja – ich habe noch eine Adresse, die du überprüfen solltest. Die Fieldston Growth Enterprises. Die Gewerkschaft hat dort Geld investiert.»

«Na schön – aber halte deine Fischzüge auf ein Minimum beschränkt, klar?»

«Klar, Roger. Wie du meinst», sagte Elizabeth ohne Überzeugung. «Ich rufe morgen früh wieder an.»

«Einen Augenblick noch, Elizabeth», sagte Padgett. «Brayer will mit dir reden.» Jetzt lag wieder deutlich Ironie in seiner Stimme.

Dann sagte Brayer: «Elizabeth, haben Sie schon von Senator Claremont gehört?»

«Nein. Was ist mit ihm?»

«Er starb heute nacht in seinem Hotelzimmer in Denver. Es sieht aus wie ein Herzschlag oder ein Infarkt, aber die Autopsie dauert wohl noch eine Weile. Es wird eine offizielle Untersuchung geben, daher ziehe ich Sie von Ihrem derzeitigen Auftrag ab. Ich möchte, daß Sie heute am Spätnachmittag oder am frühen Abend in Denver sind.»

Elizabeth konnte nicht umhin zu fragen: «Aber wozu denn? Das ist doch verrückt. Ich arbeite gerade vier Stunden an diesem Fall hier, ganz zu schweigen davon, daß es nichts für mich zu tun gibt in Denver.»

«Bitte widersprechen Sie mir nicht, es nützt nichts. Sie fliegen nach Denver. Eine Anordnung aus dem Büro des Generalstaatsanwalts. Wir müssen einen unserer Außendienstleute hinschicken, und Sie sind der einzige, der einigermaßen in der Gegend und verfügbar ist. Die Sache, an der Roger arbeitet, sieht sehr vielversprechend aus, und jeder hier ist darin eingeschaltet.»

«Wollen Sie mir sagen, daß das FBI keinen Außendienstmann in Denver hat?»

«Verdammt, Elizabeth, ich habe keine Lust, mir den Rest des Nachmittags Ihre Einwände anzuhören. Es gibt Gründe für diesen Auftrag und basta. Also sehen Sie zu, daß Sie dort hinkommen.» Und damit legte er auf.

Elizabeth flüsterte ein «Jawohl, Sir», während sie den Hörer auflegte. Als sie hochschaute, kam Hart mit dem Polizeichef durch den Korridor.

«Chief, ich danke Ihnen für Ihre Hilfe», sagte er. «Sie hören von mir.» Es klang alles sehr freundlich, aber in seiner Stimme schwang ein Ton mit, der unterdrückten Zorn andeutete.

Als sie die Treppe der Polizeistation hinuntergingen zu ihrem Leihwagen, fragte er: «War das Ihr Anruf von zu Hause?»

«Ja. Haben Sie auch einen erhalten?»

«Natürlich. Vor einer Weile schon.» Jetzt war sein Zorn nicht mehr zu überhören.

«Ich verstehe das nicht.»

«Ich schon», sagte er. «Das ist eben Politik. Reine Politik. Sie müssen den Senatoren, die über die Budgets entscheiden, versichern, daß wir es ernst nehmen, wenn einer von ihnen das Zeitliche segnet. Selbst wenn es sich dabei um einen Herzschlag handelt.»

«Aber ich bin nicht einmal Außendienstmitarbeiter – ich bin Daten-Analytikerin.»

«Na und? Es gibt ja wohl auch nichts zu ermitteln. Wir sind nur da, um unsere Gegenwart zu demonstrieren.»

«Das erklärt noch nicht, warum sie uns von einem aktuellen Mordfall abziehen, während es mindestens dreißig Teams in der näheren Umgebung von Denver geben muß, die besser qualifiziert sind, zumindest besser als ich –»

«Woher wollen Sie denn wissen, daß es sich hier in Ventura um einen Mordfall handelt?» fragte er.

«Nun, es ist doch so, oder nicht?» erwiderte sie. «Alles andere ergibt keinen Sinn. Ich war heute vormittag im Haus von Veasy. Der Garten ist so groß, daß man ihn mit einem Bettlaken zudecken könnte, und da soll er zwei große Säcke mit Düngemittel in seinem Kleintransporter herumgefahren haben? Wozu, wenn ich fragen darf? Außerdem sind Sie wirklich wütend, und ich glaube nicht, daß Sie das wären, wenn Sie die Sache hier nicht für einen Mordfall hielten. Also sind wenigstens wir zwei der Meinung, wenn auch alle anderen es nicht glauben. Wenn Sie diesen Fall hier nicht für wichtig halten würden – das heißt, für einen Mordfall –, dann wäre es Ihnen vermutlich egal, daß sie uns abberufen haben.»

Während sie sprach, wurden ihre Sätze immer schneller, bis Hart ihr kaum noch zu folgen vermochte. Er nahm seinen Blick einen Moment von der Straße und sah, daß Elizabeth vor sich hin starrte, die Brauen etwas zusammengezogen, was bedeutete, daß dieses Thema für sie abgeschlossen war und daß sie bereits zum nächsten kam, was immer das auch sein mochte. Daher entschloß er sich, es ihr zu sagen, ehe sie ihm zu weit davoneilte. «Wollten Sie wissen, was ich heute vormittag auf dem Parkplatz des Gewerkschaftshauses entdeckt habe?»

Sie wandte sich ihm zu und sagte: «Natürlich, Bob.»

Er war nicht sicher, ob sie sich über ihn lustig machte, aber er fuhr trotzdem fort. «Ein paar Drahtstücke und das Stück einer Sprengkapsel. Beides stark verkohlt. Damit dürfte immerhin eines für uns feststehen.»

«Ja», sagte Elizabeth. «Es handelt sich um einen Mord. Wenn wir jetzt bloß nicht diesen Abstecher nach Colorado machen müßten! Wie ist denn das Wetter dort um diese Jahreszeit?»

«Kalt und klar. Ab und zu ein bißchen Schnee.»

«Großartig», sagte sie. «Und das alles, damit die Leute vom Senat in zwei Monaten ihren Bericht bekommen und sehen, daß auch zwei Beamte aus Washington dort gewesen sind.»

 «Ich fürchte, es ist noch schlimmer, Elizabeth. Die Senatoren brauchen nicht lange zu warten. Es wird dort wimmeln von Reportern, Fotografen und wahrscheinlich von allen nationalen Fernsehteams. Senator Claremont war ein sehr wichtiger Mann. Das ist der wahre Grund, weshalb sie gerade uns hinschicken, meine ich. Nach den Zeitungen, die morgen früh erscheinen, wird keiner der Beteiligten jemals wieder als Geheimagent tätig sein können. Wir können also einpacken und nach Hause fahren.»

«O mein Gott!» Sie ließ sich zurücksinken, wundervoll, dachte sie: Elizabeth Waring im Fernsehen, auf den Bildschirmen im ganzen Land, in ihrem dünnen kalifornischen Kleidchen, wie sie einen Tod durch Altersschwäche untersucht. Und inzwischen gibt es in Südkalifornien zwei Verkäufer, die dabei waren zu vergessen, wie der Mann ausgesehen hat, der bei ihnen die Zentnersäcke Dünger und die Sprengkapseln kaufte, am vergangenen Freitag um die Mittagszeit. Wahrscheinlich würden sie auch am Fernseher sitzen. Und was sie sahen, war ... Elizabeth Waring, in Denver, Colorado, in offizieller Funktion, nur um neunundneunzig Männern über sechzig Jahren zu versichern, daß es sich um weiter nichts als einen altersbedingten Tod gehandelt habe.

KAPITEL 8

Inzwischen war das meiste bereits geschehen, dachte er. Kurz nach dem Hellwerden war sicher jemand durch die Gasse gegangen und hatte die beiden dort liegen sehen. Gegen halb acht oder so war derjenige, dem der Wagen gehörte, aus dem Haus gekommen und hatte zur Arbeit fahren wollen. Und der Senator – schwer zu sagen, wann ein Senator morgens aufstand, aber sicher ziemlich früh. Keine Frage, daß er inzwischen tot war.

Es war eine lange, kalte Nacht gewesen, dachte er. Jetzt war es nicht mehr so schlimm – fast eine andere Welt. Aber er war müde, und die Schmerzen vermittelten den Eindruck, als wäre da noch etwas, etwas Schlimmeres, was nicht mit Müdigkeit zu tun hatte. Er ging alles noch einmal in Gedanken durch. Sicher, er hatte gewartet, bis er ein paar Meilen weg war, bevor er sich auch nur nach einem Wagen umgesehen hatte, den er kurzschließen konnte. Er hatte einen zwei Jahre alten Pontiac gefunden, der an der Straße geparkt war, und war mit ihm in Richtung Norden gefahren, über die Route 87 nach Cheyenne in Wyoming. Cheyenne war praktisch die einzige Wahl gewesen, und das bereitete ihm ein wenig Sorgen: nur zwei Fahrstunden von Denver entfernt! Aber er hatte den Wagen so abgestellt, daß er nicht so schnell gefunden werden würde. Darauf war er stolz, und das glich auch die Tatsache aus, daß man leicht auf Cheyenne kommen würde. Es dauert mindestens einen Tag, bis jemand merkt, daß ein Wagen, der auf dem Parkplatz eines Apartmentblocks steht, nicht zu einem der Bewohner gehört. Dann dauert es noch einen Tag, bis sich jemand entschließt, es zu melden. Der Fußmarsch zum Flugplatz hatte zwar einige Zeit gedauert, aber es war inzwischen dunkel gewesen, so daß ihn wohl niemand hatte beobachten können.

Es war ihm gelungen, den Flug um 7.00 Uhr von Cheyenne nach Salt Lake City zu erreichen, und jetzt saß er in der Mittagsmaschine nach Las Vegas. Er hatte vom Bringham Young Airport aus ein Zimmer im *Caesar's Palace* reserviert. Die warme, reine Luft im Flugzeug war ein Vorgeschmack auf das, was ihn in Las Vegas erwartete. Und dann war alles vorbei, sagte er sich. Keine Angst mehr, keine Kälte, nur die Möglichkeit, sich auszuruhen und seine Wunden zu pflegen. Es war die schlimmste Reise, die er jemals unternommen hatte. Ein Alptraum. Wenigstens hatte er jetzt die Stunden der Angst hinter sich. Das war das Schlimmste gewesen: die heiße, körperliche Angst, und auf der anderen Seite das Wissen, daß man zu schnell arbeiten mußte und daß man vielleicht Fehler machte, eben weil man Angst hatte. Das war jetzt alles vorbei. Wahrscheinlich suchten im Augenblick ein paar Polizeibeamte nach jungen Männern, die so aussahen, als seien sie in eine Rauferei verwickelt gewesen, und wenn, dann suchten sie nach ihnen in den ärmeren Vierteln von Denver, Colorado. Sie suchten vielleicht auch nach einem gestohlenen Pontiac Grand Prix, braun, mit weißem Vinyldach. Und wenn, dann sicher nicht auf dem Parkplatz eines Apartmentkomplexes in Cheyenne, Wyoming. Und nichts von alledem hatte etwas zu tun mit dem Mann, der sich heute nachmittag im *Caesar's Palace* ein Zimmer nehmen würde, ein Mann, der ein bißchen humpelte und eine dunkle Sonnenbrille trug, die ein paar blaue Flecken und eine Platzwunde verdecken sollte. Ein Mann, der auf einem Skihang zuviel gewagt hatte, würde in Las Vegas kaum Aufsehen erregen. Gerade diese Art von Leuten war es, die die teuren Zimmer bezahlte.

Die Triebwerke bremsten ihre Kraft, und das riesige Flugzeug schien mit seiner stumpfen Nase in dichtere Materie einzudringen, seine Geschwindigkeit zu verlangsamen und zugleich zu sinken. Hart blickte Elizabeth an, die zum Fenster hinausschaute auf die gezackten Formationen der Rocky Mountains, die Stirn gegen die Scheibe gepreßt. Es war etwas Besonderes, etwas Berauschendes, wenn man so nahe neben einer schönen Frau saß. Sicher, sie berührten sich nicht; Elizabeth hatte sich Platz geschaffen, ein paar Zentimeter, die ihr gehörten und die von ihrem Geruch getränkt zu sein schienen. Aber eine elektrische Spannung schien ihn näher zu ziehen, während sie zugleich ein Warnsignal auslöste, sich nicht allzu nahe herantreiben zu lassen, weil es dann zur Berührung kommen würde, mit dem Arm, mit der Schulter – und weil es dann zu spät wäre ... Unmöglich, sich in der unmittelbaren Nähe einer schönen Frau zu entspannen, es sei denn, es bestand eine Übereinkunft, die eine Berührung zuließ, weil man sich nicht zum erstenmal berührte. Hart fragte sich, ob auch Elizabeth diese Spannung wahrnahm.

Schöne Frauen wie sie waren für Hart immer ein besonderes Problem. Die großen, mandelförmigen grünen Augen, die schmale Taille, die unglaublich schlanken Handgelenke und die langen, eleganten Hände erweckten den Eindruck, als gehöre sie einer höheren Spezies an, einer, die kleiner und edler gebaut war als die normalen Sterblichen, und die zudem präziser war in allen ihren Lebensäußerungen. Er fühlte in sich ein überwältigendes Bedürfnis, sie zu berühren, sich zu vergewissern, daß sie wirklich da war und sich so anfühlte, wie es ihm seine Augen versprachen.

Sie wandte sich ihm zu. «Ich hoffe, wir bringen das schnell hinter uns und können dann zurück zu unserer normalen Arbeit.»

Hart fragte: «Glauben Sie, der Fall Veasy ist normale Arbeit? Ich meine, wir wissen, daß es kein Unglücksfall war, und wir wissen auch, daß Veasy wahrscheinlich den Dünger nicht selbst gekauft hat. Ich vertrete die Theorie, daß es sich um die Tat eines Profis gehandelt hat, denn sie benutzen, was sie gerade vorfinden.»

Elizabeth zog die Stirn in Falten. «Ja, das war immerhin eine unserer Überlegungen. Aber wir wissen eigentlich noch gar nicht, wonach wir suchen sollen, also ist alles, was wir herausfinden, gut für uns. Schließlich brauchte die Polizei einen Tag, um dahinterzukommen, daß es sich um Dynamit handelte, einen zweiten, um festzustellen, daß dies ein Irrtum war, und dann brauchten auch wir noch einen Tag, um nachzuweisen, daß die Explosion geplant war. Das zeigt doch, daß der Täter genau wußte, was er tat.»

«Aber das heißt noch lange nicht, daß es ein Fall ist, für den sich Ihre Abteilung interessieren muß, oder?»

«Nein, aber es gibt noch ein paar andere Dinge, die ich überprüfen muß. Die Art und Weise macht mir momentan am wenigsten Gedanken. Es reicht mir zu wissen, daß der Täter schlau genug vorgegangen ist. Was mir fehlt, ist das Motiv für irgend jemanden, einen Killer auf diesen Veasy anzusetzen. Bis jetzt habe ich nichts gefunden, was auf ein solches Motiv hinweist – und trotzdem bin ich der Meinung, daß es ein Mord im Auftrag eines Hintermanns gewesen sein muß. Menschen, die wütend sind aufeinander, benutzen Revolver oder Messer.»

Die Maschine senkte sich pfeifend auf die Landebahn, kam nach einiger Zeit kurz zum Stehen, bevor sie auf den Terminal zurollte. Elizabeth und Hart blieben sitzen, während sich die anderen Passagiere bereits auf dem Gang zwischen den Sitzreihen drängten. Als der Gang dann frei war, erhoben sie sich ebenfalls. Sobald sie sich in der teppichbelegten Röhre befanden, die das Flugzeug mit dem Terminal verband, sah Elizabeth den Mann. Er war nicht aufdringlich genug, um den anderen Passagieren aufzufallen. Er hätte ein Angestellter der Fluglinie sein können, war es aber nicht. Er stand neben einer Wand, achtete auf keinen der anderen und blickte direkt zu Elizabeth hinüber. Sie sagte zu Hart: «Wir werden abgeholt.»

«Was?»

Sie beugte sich zu ihm, bis ihr Mund ganz nahe an seinem Ohr war, und sagte: «Sie haben jemanden geschickt, der uns abholen soll.»

«Ich sehe ihn», erwiderte Hart. «Es ist gut. Vielleicht bringen wir die Sache tatsächlich rasch hinter uns.»

Sie gingen auf ihn zu, und der Mann sagte: «Mr. Hart? Miss Waring? Wenn Sie bitte mitkommen wollen.»

Sie folgten ihm, und Elizabeth sah mit Überraschung, daß er am Ende eine Seitentür der Röhre öffnete. Sie befanden sich in einem kleinen Raum mit einem Ausgang an der gegenüberliegenden Seite.

«Ganz pünktlich», sagte der Mann. «Ich bin Pete Turnbull vom FBI in Denver.» Er streckte beiden seine rechte Hand entgegen. Elizabeth betrachtete ihn und stellte fest, daß er nicht älter als fünfundzwanzig sein konnte, dies aber mit Hilfe seines blauen Anzugs und dem ernsten, kompetenten Gesichtsausdruck zu verschleiern versuchte. Es half ihm nichts – er wirkte nur frühreif und altklug wie ein übereifriger Juniorchef.

«Freut mich, Sie kennenzulernen», sagte Hart. «Und was nun?»

«Ich bringe Sie ins Büro, wo man Ihnen die Einzelheiten des Falles erläutern wird. Geben Sie mir Ihre Gepäckabschnitte, dann lasse ich die Sachen gleich hinbringen.»

Sie reichten ihm die Abschnitte, er verschwand kurz durch die andere Tür und kam dann lächelnd zurück. «Draußen wartet ein Wagen auf Sie», sagte er, und sie folgten ihm durch die Tür und einen langen Korridor in die Haupthalle. An den großen Drehtüren schlug Elizabeth ein

Schwall kalter Luft entgegen, so daß sie sich fester in ihren leichten Mantel hüllte, bevor sie hinter Turnbull hinaus ins Freie trat. Eine Sekunde später saßen sie in dem wartenden Wagen, der mit laufendem Motor in einer Ladezone stand. Turnbull setzte sich hinters Lenkrad und manövrierte sie geschickt hinaus auf die Hauptstraße.

«Was können Sie uns darüber sagen?» fragte Elizabeth.

«Über den Senator? Eigentlich nicht viel. Aber Sie werden alle Informationen bekommen, und zwar ausführlich. Wissen Sie, ich habe nichts damit zu tun. Ich weiß nur, daß er heute in den frühen Morgenstunden gestorben ist und daß ihn kurz danach sein Assistent gefunden hat. Soviel steht in den Zeitungen. Alles andere – falls es noch etwas anderes gibt – unterliegt vorläufig einer Nachrichtensperre.»

Elizabeth schaute Hart an, der nachdenklicher wirkte, als es der Fall bisher erforderte. Dann sagte er mit einer Stimme, die allzu beiläufig klang angesichts seiner ernsten Miene: «Wissen Sie, ob man eine Autopsie angeordnet hat?»

«Ich habe nichts davon gehört. Aber ich nehme es an. Ich weiß, daß man fünf unserer Leute auf den Fall angesetzt hat, und sie machen bereits Überstunden, also könnte ich mir denken, daß sie auch eine Autopsie durchführen lassen.»

Harts Ausdruck änderte sich nicht. Er lehnte sich zurück und schwieg.

Das Gebäude der Bundesbüros war ein Relikt aus jenen Zeiten, als die Politiker sich und ihre Wähler gern daran erinnerten, daß es sich immerhin um eine Zweigstelle der Regierung der Vereinigten Staaten handelte. Ein riesiger Bau mit vielen korinthischen Säulen, die nichts zu tragen hatten als die Ehrfurcht des Publikums und dessen Respekt.

Elizabeth und Hart betraten das Gebäude durch das große Portal in der Annahme, daß nach fünf Uhr abends gähnende Leere herrschen würde. Sicher, die breiten Rauchglastüren, die das Foyer von der Säulenhalle abtrennten, waren schon geschlossen, aber immer noch kamen und gingen Leute, und auf einer der massiven Eichenholzbänke saßen fünf Männer, denen man ansah, daß sie Reporter waren.

Am anderen Ende der großen Halle gab es eine Tafel mit einem Verzeichnis der Büros. Das FBI befand sich im ersten Stock, und sie gingen über die Marmortreppe nach oben. Elizabeth sah bestätigt, was sie schon beim Anblick des Hauses geahnt hatte. Es war wie mit dem Regierungsgebäude in Washington: Alles war ein paar Nummern zu groß für die Menschen. Das Geländer war so wuchtig, daß man es nicht umfassen konnte, die Türen waren mindestens drei Meter hoch, die Bänke in der Vorhalle ließen die Reporter wie Zwerge erscheinen. Es war, als hätte sich jemand größte Mühe gegeben, durch den Bau auszudrükken, daß es sich um einen bedeutenden Vorposten Washingtons handelte. Als sie den ersten Stock erreicht hatten, gab es keine Frage, wohin sie sich wenden sollten. Der höhlenartige Korridor war dunkel und leer bis auf ein einzelnes beleuchtetes Büro an seinem Ende.

Im Büro stand ein Schreibtisch, an dem tagsüber vermutlich eine Empfangsdame thronte. Agent Turnbull führte sie durch dieses Vorzimmer in einen Raum mit einem länglichen Konferenztisch, wo drei Männer in Hemdsärmeln saßen und sich über geöffnete Aktenordner hinweg unterhielten. Hart, der hinter Elizabeth stand, sagte: «Hallo, wir sind Waring und Hart.» Elizabeth fand, es klang so, als wären sie die Vertreter einer Firma für teure Stoffe, die sie britischen Gentlemen verkaufen sollten.

Die Männer standen auf und schüttelten ihnen die Hände, während der eine am oberen Ende der Tafel sagte: «Das sind Bill Greenley und Joe Mistretta. Ich bin Mike Lang. Bitte, setzen Sie sich, dann informieren wir Sie über den derzeitigen Stand. Ich glaube, Bill kann das am schnellsten.»

Greenley war ein Mann Mitte Dreißig, der Elizabeth so vorkam, als hätte er viel Zeit bei Zeugenaussagen in Gerichtssälen verbracht. Während der Begrüßung hatte er einen eher gehemmten Eindruck gemacht, aber jetzt begann er mit seinem Vortrag, als hätte er ihn zuvor geprobt und auswendig gelernt. «Wir haben die Todeszeit zwischen sechs Uhr dreißig und acht Uhr heute morgen eingegrenzt. Zu dieser Zeit befand sich niemand bei dem Verstorbenen. Der Assistent des Senators, Mr. Carlson, kam um acht Uhr in sein Zimmer, um ihn zum Frühstück abzuholen, und fand ihn tot im Bett vor. Der Vorbericht der Autopsie sagt, daß die Körpertemperatur um zehn Uhr noch dreißig Grad betrug, was bedeutet, daß der Tod höchstens vier Stunden zuvor eingetreten sein konnte. Claremont war zum Zeitpunkt seines Todes leicht bekleidet.» Er fügte hinzu: «So, als habe er sich fertiggemacht zum Frühstück. Im einstweiligen Bericht steht, daß es sich bei der Todesursache um Herzversagen handelt. Das Herz selbst weist keine Schäden auf – es scheint lediglich stehengeblieben zu sein.» Greenley legte das Blatt Papier weg, auf das er geblickt hatte, und nahm ein anderes zur Hand.

«Der zweite, ausführlichere Bericht allerdings weist darauf hin, daß sich im Blut des Senators Spuren einer noch unidentifizierten toxischen Substanz befinden, die vermutlich oral eingeführt worden ist.» Greenley wartete einen Augenblick und warf Elizabeth und Hart einen Blick zu, als wollte er diese Erklärung erst in ihr Bewußtsein sinken lassen, ehe er zum nächsten Punkt weiterging. «Diese toxische Substanz wird als vermutliche Todesursache angesehen.»

«Gibt es irgendwelche anderen Todesursachen?» fragte Hart.

«Nein», antwortete Greenley. «Keine Beulen, Blutergüsse, Wunden oder Anzeichen eines Kampfes. Herz und Kreislauf waren für sein Alter okay, nach Aussage des Coroner.»

«Haben Sie schon die Laboranalysen der Substanzen, die in dem Zimmer gefunden wurden?»

«Das Labor arbeitet noch daran», sagte Lang. «Aber wenn Sie meinen, es handle sich um eine Überdosis, muß ich Sie enttäuschen. Hier ist die Liste der Dinge, die man in seinem Zimmer gefunden hat. Das einzige Medikament war Aspirin.» Er reichte Elizabeth ein Blatt aus einem anderen Ordner, und sie hielt es so, daß Hart mitlesen konnte. «Rolaids, eine Rolle, ungeöffnet. Listerine-Mundwasser, Vierunzenflasche. Polident, eine Schachtel. Aspirin, eine Flasche mit hundert Stück. Ein leeres Glas, in dem sich vermutlich ein alkoholisches Getränk befunden hat. Ein Glas zum Aufbewahren der Zahnprothese. Ein Deodorantstift, Marke Mennen.»

Zum erstenmal meldete sich Elizabeth zu Wort. «Wer untersucht den Fall offiziell? Die Polizei von Denver?»

«Richtig», antwortete Lang. «Sie wußten, daß wir uns dafür interessieren würden, also haben sie uns von Anfang an mit einbezogen. Aber vorläufig ist die Untersuchung deren Angelegenheit.»

«Und wie sieht diese Zusammenarbeit praktisch aus?» fragte Hart.

«Eine Kooperation, die so eng wie möglich ist. Wir haben momentan die Laborarbeit übernommen; den Rest besorgt die Polizei von Denver. Wir sind übereingekommen, alle Informationen auszutauschen. Wenn jemand auf etwas stößt, was auf eine Spur außerhalb Denvers hinweist, übernehmen wir diesen Teil der Ermittlungen.»

«Und wenn sich herausstellt, daß es ein Mord war?»

«Die bisher unidentifizierte toxische Substanz läßt diese Möglichkeit als durchaus plausibel erscheinen», antwortete Lang. «Mir gefällt diese Theorie zwar nicht, aber es hätte wenig Sinn, sie außer Betracht zu lassen, und das ist der Grund, weshalb wir heute vormittag Unterstützung angefordert haben.» Elizabeth und Hart tauschten einen Blick, während Lang fortfuhr. «Wenn es so sein sollte, übernehmen wir ganz die Verantwortung. Der Mordanschlag auf einen Senator ist ein Verbrechen, das in die Kompetenz der Bundespolizei fällt.»

Elizabeth saß still da und fühlte, wie eine Welle der Müdigkeit sie überkam. Ventura schien jetzt weit hinter ihr zu liegen, in einer Distanz, die mehr aus Komplikationen als aus Zeit und Raum gebildet wurde. Für eine Weile hatte der Ventura-Fall vielversprechend ausgesehen, dachte sie. Nein, nicht eigentlich vielversprechend, aber so merkwürdig, daß etwas hätte unternommen werden müssen. Sie nahm sich vor, ihn nicht zu vergessen. Aber jetzt dies! Es mußte durchgestanden werden, bevor sie sich wieder mit ihrem eigenen Killer befassen konnte. Es überraschte sie, daß sie in solchen Kategorien dachte, aber sie war jetzt bereit, es zu akzeptieren. Der Ventura-Fall war der ihre. Ihr erster Fall.

«Und was sollen wir tun, während wir auf die Ergebnisse des Labors warten?» fragte Hart.

«Das gehört zu den Dingen, die wir gerade klären wollten, als Sie hier ankamen. Wir haben um alles gebeten, was Washington uns an Informationen liefern kann: die Freunde und Feinde des Senators, seine Gewohnheiten, sogar alte Zeitungsmeldungen. Es wird einige Zeit dauern, bis sie das beisammen haben, und wir werden nicht viel mehr daraus erfahren als das, was uns Claremonts Assistent bereits vor Stunden mitgeteilt hat. Das Beste, was wir momentan tun können, ist, uns soviel Hintergrundmaterial zusammenzusuchen wie nur irgend möglich, und uns zu überlegen, was zu tun ist, falls sich das toxische Material als Arsen oder Zyanid erweisen sollte. Vielleicht ist es vernünftig, wenn Sie inzwischen in Ihr Hotel fahren, um sich etwas auszuruhen. Es hat wenig Sinn, daß Sie beide hier herumsitzen.»

«Wie wär's mit dem Hotel des Senators?» schlug Hart vor. «Ich nehme an, es wird noch immer ziemlich streng bewacht durch die hiesige Polizei. Meinen Sie, daß wir denen auf die Zehen treten, wenn wir hinfahren und uns mal genauer umschauen?»

«Nein», erwiderte Lang. «Das gehört zu unserer Vereinbarung. Joe, kannst du die beiden hinbringen? Ich rufe Sie an, sobald die Ergebnisse des Labors eingetroffen sind.»

Hart und Mistretta warteten an der Tür und ließen Elizabeth den Vortritt, doch gleich nach ihr ging Mistretta hinaus und setzte sich an die Spitze der kleinen Gruppe, eilte durch den Korridor und zog sich noch im Gehen seine Jacke an. Die anderen folgten ihm die Marmortreppe hinunter und durch einen hinteren Korridor, der hinausführte auf einen Parkplatz mit einem Dutzend Fahrzeugen, die dort ziemlich verstreut herumstanden. Inzwischen hatte es leicht zu schneien begonnen.

Als Mistretta aus dem Parkplatz auf die Nebenstraße zum *Constellation Hotel* fuhr, sagte Elizabeth: «Joe, und was glauben Sie – was wird bei dem Fall herauskommen? Meinen Sie, daß es ein Mord gewesen ist?»

«Wenn Sie das Zimmer sehen, können Sie sich selbst eine Meinung bilden, Elizabeth», erwiderte Mistretta. «Ich will ungern Ihrem Urteil vorgreifen; in einer Stunde werden Sie zu der gleichen Vermutung gekommen sein wie ich. Die Tür war von innen verschlossen, die Balkontür von innen verriegelt, und es gibt keinen Grund zu der Annahme, daß der Senator vor acht Uhr morgens irgend jemanden eingelassen hat. Ich nehme an, im Lauf der Nacht bekommen wir einen Laborbericht, der uns sagt, daß es sich bei dem Gift um eine Substanz handelt, die man überall ohne Rezept kaufen kann. Und bis morgen mittag rechne ich mit einem vertraulichen Bericht der Ärzte des Senators vom Bethesda Naval Medical Center, in dem es heißt, daß der Senator an unheilbarem Krebs litt, oder einen noch vertraulicheren Bericht darüber, daß er erpreßt wurde – etwas von der Art. Denn woran er auch gestorben sein mag, die Wahrscheinlichkeit eines Selbstmords ist sehr groß. Wenn man mich also fragt: Ich zögere nicht, diese Theorie weiterzugeben.»

Elizabeth dachte ein paar Sekunden darüber nach, und Mistretta fügte hinzu: «Ein Selbstmord mit Gift.»

«So?» fragte sie. «Etwas ungewöhnlich, aber es soll vorkommen.»

«Das stimmt. Andererseits ist es schwer, ein Gift zu finden, das dem Opfer nicht ein paar schlimme, schmerzhafte Stunden bereitet, bevor es stirbt. Und wenn das Opfer nicht damit gerechnet hat, ist es sehr wahrscheinlich, daß es zum Telefon greift und jemanden anruft.»

Das Hotelzimmer sah aus, als sei es Schauplatz einer größte Unordnung erzeugenden technischen Panne gewesen. Jede glatte Oberfläche war mit einem dünnen Film von schmierigem Staub bedeckt. Das Bettzeug war zu einem Haufen zusammengelegt und am Fußende des Betts gestapelt. Auf dem Teppich in der Mitte des Fußbodens war die mit Kreide markierte Silhouette einer menschlichen Gestalt zu sehen; die Haltung erinnerte an eine groteske Tanzfigur.

Elizabeth stand im Zimmer und schaute sich alles an, ohne etwas zu berühren. Es war kaum vorstellbar, wie der Raum ausgesehen haben mochte, als er noch bewohnt worden war. Die Polizei hatte sich offenbar um alles gekümmert, den ganzen Raum nach Fingerabdrücken untersucht und alles, was beweglich war, zur Untersuchung ins Labor mitgenommen.

Elizabeths geübter Geist schaltete auf rein analytisches Denken um und konzentrierte sich auf die Dinge, die sie vor sich sah. Man hatte den Leichnam entfernt, die Tassen und Gläser mitgenommen und Claremonts Gepäck zur Untersuchung konfisziert. Sie schaute in den Schrank. Er war leer. Übriggeblieben waren die vier Wände und die Möbel, mit dem Staub der Fingerabdruckexperten bedeckt. Sie ging ins Bad hinüber. Sogar das U-förmige Teil des Abflußrohrs des Waschbeckens war abgeschraubt worden, so daß das Rohr dreißig Zentimeter über dem Boden endete. Und auch an der Toilette war herumhantiert worden: Der Deckel des Wassertanks lag auf dem Boden, bedeckt mit dem unvermeidlichen schwarzen Staub.

«Das hilft mir nicht viel», sagte Elizabeth. «Es sieht nicht mehr wie ein Hotelzimmer aus.»

«Ich weiß, was Sie meinen», antwortete Mistretta. «Wenn es hier überhaupt etwas gab, was für uns von Interesse gewesen wäre, dann wird es wieder in den Laborberichten auftauchen. Die Leute vom Erkennungsdienst waren sechs Stunden lang hier. Es sieht so aus, als hätten sie nichts übersehen.»

«Haben Sie was dagegen, wenn wir es mal auf andere Weise versuchen?»

«Warum nicht?» sagte Mistretta. «Bis der Autopsiebericht da ist, verspricht ein Versuch soviel wie der andere.»

«Dann möchte ich ein Zimmer ansehen, das genauso eingerichtet ist wie dieses hier. Am besten eines auf diesem Korridor, das zur Zeit leersteht», sagte Elizabeth.

«Gute Idee», meinte Hart. Er hatte die ganze Zeit über geschwiegen, war im Zimmer auf und ab gegangen, hatte sich Notizen gemacht, die Blätter vom Block abgerissen und sie sich in die Tasche gesteckt.

«Bitte, bedienen Sie sich», sagte Mistretta. «Vorläufig ist das ganze Stockwerk dieses Flügels gesperrt. Alle Zimmer sind leer.»

Sie versuchten es im Zimmer nebenan, aber das war ebenfalls völlig durchwühlt.

«Das Zimmer des Assistenten?» fragte Hart.

«Stimmt», bestätigte Mistretta, der die Tür schloß und sie zu einem anderen Zimmer führte.

Dort angekommen, erwachte sofort Elizabeths Phantasie. Das Zimmer hatte denselben Grundriß und die gleichen Möbel wie das des Senators, aber hier herrschte noch jene merkwürdige Atmosphäre, wie sie für Hotelzimmer typisch ist: so, als ob noch vor ganz kurzer Zeit jemand dagewesen wäre, so daß man, wenn man sich nur rasch genug umschaute, für einen kurzen Augenblick noch Reste des persönlichen Lebens des Vorbewohners entdecken könnte. Sie ging im Zimmer auf und ab, öffnete Schubladen, schaute in den Schrank, begutachtete das Bad. Alles glänzte vor Hygiene und Sauberkeit, die in ihr das Bedürfnis weckte, etwas Unordnung in diese Vollkommenheit zu bringen, so wie man gern durch frischgefallenen Schnee wandert. Aber statt des Körpers waren es ihre Gedanken, die wanderten, addierten und kalkulierten und Erinnerungen abriefen.

Als sie ins Zimmer des Senators zurückkehrte, kniete Hart auf der Türschwelle und untersuchte die Schlösser. Dann sagte er zu niemand Bestimmtem: «Die halten kaum jemanden auf, wenn die Sperrkette nicht vorgehängt ist.»

«Das führt uns nicht weiter», sagte Mistretta. «Der Assistent hat erklärt, sie hätten ihr Gepäck selbst vom Flughafen hergebracht, und sie seien nicht mehr ausgegangen, nachdem sie hier eingetroffen waren. Als er das Zimmer verlassen hatte, glaubte er gehört zu haben, wie der Senator die Sperrkette einhängte. Und am Morgen mußten sie erst einen Handwerker kommen lassen, der die Tür öffnete. Sein elektromagnetisches Werkzeug funktionierte nicht, weil die Kette sich ein wenig verklemmt hatte, so daß er sie schließlich aufschneiden mußte.»

Elizabeth fragte sich, warum ihr das nicht aufgefallen war, aber offenbar hatte es auch Hart nicht bemerkt. Ein schwacher Trost, dachte sie, während sie an die Balkontür trat.

Mistretta sah, wie sie den Riegel berührte und hin und her schob, und sagte: «Auch das ist überprüft worden. Die Aussparung ist zwar ein wenig locker, aber das Schloß funktioniert perfekt. Außerdem waren keine Abdrücke am inneren Griff, ebensowenig wie am äußeren.»

Elizabeth trat hinaus auf den Balkon. Inzwischen war es dunkel geworden, und der eisige Wind zerrte an ihrem Haar und an ihrem Rock. Sie warf einen Blick auf die identischen Balkone neben, über und unter sich. Nein, das war vermutlich allzuweit hergeholt. Vier Stockwerke darunter befand sich der Parkplatz, und die Wagen waren nichts als bunte Rechtecke ohne dritte Dimension. Wenn jemand die Absicht hatte, einen Senator zu töten, brauchte er sich nicht wie Tarzan an einem Seil von Balkon zu Balkon zu schwingen, hier draußen in der Kälte. Aber man kann ja mal fragen, dachte sie.

Sie kam wieder herein und schloß die Tür. Die Luft im Zimmer kam ihr unnatürlich sanft und warm vor. «Und was ist mit dem Balkon?» fragte sie. «Könnte man feststellen, ob sich jemand da draußen aufgehalten hat?»

«Es erschien zwar wenig sinnvoll», sagte Mistretta, «weil der Riegel der Schiebetür unversehrt ist, aber sie haben auch diese Möglichkeit überprüft. Keine Fingerabdrücke am Geländer, keine Seilspuren, nichts auf den Glasscheiben außer den üblichen Schmierflecken und ein paar sauberen Stellen, wo offenbar das Mädchen mal mit einem Staublappen darübergegangen ist.»

«Moment mal – das möchte ich mir gern ansehen», sagte Elizabeth.

Mistretta zuckte mit den Schultern. Hart war im Bad; er kniete neben der Wanne und betrachtete den Abfluß.

Elizabeth ging wieder zur Schiebetür, trat hinaus auf den Balkon und schaute von dort aus hinein in den erhellten Raum. Auf der gesamten Fläche der Glasscheibe lag eine dünne Staubschicht, getupft mit helleren Stellen, wo sie von Fingern berührt worden war. Aber an zwei Stellen, die etwa einen halben Meter voneinander entfernt waren, fielen ihr saubere Stellen auf. Man sah deutlich, daß hier jemand mit Kreisbewegungen darübergewischt haben mußte. Sie ging wieder hinein.

«Joe, die ganze Glasscheibe ist mit Fingerabdrücken, Schmierstellen und Staub bedeckt, bis auf zwei Stellen, die sauber sind. Das Fenster auf den anderen Balkonen hatte keine solchen Stellen.»

Das Telefon klingelte, und Elizabeth schrak zusammen. «Hallo?» sagte sie viel zu laut, als sie den Hörer abgenommen hatte.

«Mike Lang hier.»

«Ja, Mike», sagte Elizabeth.

«Ich glaube, es wird eine lange Nacht. Das Gift war Curare, ausgerechnet! Es befand sich in dem Glas, in dem er sein Gebiß aufbewahrt hat, und somit auf dem Gebiß. Sonst nirgendwo. Es wurde kein Behälter oder ähnliches gefunden, und die Schachtel mit den Gebißreinigungstabletten ist auch okay.»

«Also doch Mord», sagte Elizabeth.

«Ich möchte mich ungern festlegen, aber ich kann mir nicht vorstellen, wie man es anders erklären könnte. Falls er wirklich Curare bei sich hatte, mußte er es ja wohl irgendwo aufbewahrt haben, und kein Mensch tötet sich mit seinem eigenen falschen Gebiß. Zumindest nicht, wenn er auch nur einen Funken Würde besitzt.»

«Stimmt. Aber Curare? Sind Sie sicher? Nicht gerade das Lieblingsgift amerikanischer Giftmörder, oder?»

«Natürlich bin ich ganz sicher. Und ich kann Ihnen nichts sagen, was das Ganze plausibler erscheinen läßt. Inzwischen bin ich bereit, auf jede nur erdenkliche Theorie einzugehen.»

 «Ich glaube, es besteht doch die Möglichkeit, daß jemand vom Balkon hereingekommen ist», sagte Elizabeth. «Wir sind noch nicht sicher, aber es sieht so aus, als hätte jemand mit beiden Händen gegen die Scheibe gedrückt, etwa in Brusthöhe.»

«Sie meinen, es sind Fingerabdrücke dran?» fragte Lang. «Großartig!»

«Nein», antwortete Elizabeth. «Das ist es ja gerade. Jemand hat an diesen Stellen das Glas abgewischt. Aber niemand, der in einem Hotel angestellt ist, würde nur zwei Stellen in Brusthöhe an einer eins achtzig mal zwei fünfzig großen Fensterscheibe abwischen. Er würde das Fenster entweder ganz putzen oder es sein lassen. Und kein Gast würde das Fenster von außen abwischen, aus welchem Grund auch immer.»

«Ist Mistretta bei Ihnen?»

«Ja, er steht neben mir.»

Elizabeth reichte ihm den Hörer, und Mistretta hörte ein paar Sekunden lang zu, ehe er sagte: «Ja, es ist möglich, daß sie recht hat, aber wir müssen die Sache erst überprüfen.»

Er hörte wieder zu und sagte dann: «Die Polizei ist nicht dieser Ansicht. Nein. Zu auffällig, nehme ich an. Der Fensterriegel war das erste, was sie überprüft haben, nachdem sie den Toten weggeschafft hatten. Sie sagten, es gebe keinerlei Anzeichen für ein gewaltsames Eindringen.»

Er schwieg einen Augenblick lang. Dann: «Ja, das auch. Natürlich. Wir halten Sie auf dem laufenden.»

Mistretta legte auf und kicherte leise. «Das ist ein Ding, was?» sagte er zu Elizabeth. «Wir verdienen unser Gehalt bei dieser Sache. Womit wollen Sie anfangen? Wollen Sie beweisen, daß ein Mann durch die verriegelte Scheibe im vierten Stock hereingekommen ist, weil es *keine*

Fingerabdrücke gab, oder überlegen Sie sich, wie er auf die Idee gekommen ist, dem Alten Curare ins Glas mit dem falschen Gebiß zu geben, während er hier war? Ich glaube, der Bericht des medizinischen Sachverständigen wird Ihnen da nicht viel weiterhelfen, es sei denn, es handelte sich bei dem Täter um einen südamerikanischen Pygmäen.» Er schüttelte den Kopf, und seine aufgesetzte Munterkeit schwand so rasch, wie sie gekommen war.

Elizabeth schaute ihn nicht an. Sie stand am Fenster und hielt beide Hände vor sich. «Pygmäen leben nicht in Südamerika», murmelte sie geistesabwesend, während sie auf ihr Spiegelbild starrte.

«Ich glaube, wir sollten die Leute vom Erkennungsdienst wieder heraufholen», schlug Mistretta vor und nahm den Telefonhörer ab.

Elizabeth drehte sich noch immer nicht um, sondern sagte nur: «Ja. Und ich möchte hier sein, wenn sie eintreffen.» Das war ihr bisher nie aufgefallen, dachte sie. Wenn man die Handflächen gegen eine glatte Oberfläche preßte, befinden sich die Fingerspitzen genau in Schulterhöhe. Mit Schuhsohlen also in einer Höhe von eins siebzig bis eins fünfundsiebzig. Aber das würden die schon abmessen. Auf die Ergebnisse der Abmessungen konnte man sich fast immer verlassen.

Hart kam herein und brachte sein Notizbuch mit, in das er noch immer kritzelte. Er sagte: «Ich habe das Telefon läuten hören. War es der Laborbericht?»

«Stimmt», sagte Elizabeth. «Es handelt sich um Curare. Das Gift wurde in das Glas gegeben, in dem der Senator sein falsches Gebiß aufbewahrt hat, ob Sie es glauben oder nicht. Es mischte sich mit dem aufgelösten Reinigungsmittel.»

«Und was sagte der Bericht über das Zeug, das sie hier gefunden haben? War irgendein Behälter dabei, in dem das Curare gewesen ist?» Elizabeth kam es vor, als verberge er seine Überraschung im Hinblick auf das Gift, und das ärgerte sie ein wenig. Wieso war er nicht überrascht?

«Nein», sagte sie tonlos.

«Dann würde ich sagen, es gibt ein paar Dinge, die wir überprüfen müssen», erklärte er. «Möglichkeit Nummer eins wäre, daß ihm jemand nahe genug gekommen war, um das Gift auf eine der Reinigungstabletten zu praktizieren, und zwar *nur* auf eine. Vielleicht sein Assistent oder wer auch immer seine Koffer gepackt hat. Möglichkeit Nummer zwei: An dem Gepäck ist auf dem Flug von Washington hierher herumgefummelt worden.» Er zögerte einen Augenblick, aber Elizabeth war noch nicht bereit, ihm zu helfen, da er nicht einmal so anständig gewesen war, seine Überraschung zu zeigen. Dann sagte er: «Aber es ist sicher am wahrscheinlichsten, daß jemand durch die Fenstertür vom Balkon hereingekommen ist.»

«Die Leute vom Erkennungsdienst sind bereits unterwegs, um die Fenstertür noch einmal zu überprüfen», sagte Mistretta. «Elizabeth ist schon vor einer Weile auf den Gedanken gekommen.»

«Köpfchen, Elizabeth», sagte er, und es klang aufrichtig.

Aber Elizabeth war nicht bereit, das Kompliment entgegenzunehmen. Herablassende Chauvis, alle miteinander. Sie war in Gedanken längst weiter, dachte über den Killer nach. Er mußte athletisch oder zumindest körperlich fit sein, wenn es ihm geglückt war, von einem der anderen Zimmer zu diesem zu gelangen. Ganz gleich, wie, er mußte immerhin in der Kälte den Weg von einem Balkon zum anderen überbrückt haben. Das bedeutete zugleich, daß er kaum älter als vierzig sein konnte. Er war vermutlich zwischen eins achtundsiebzig und eins zweiundachtzig. Und er war geschickt – mein Gott, mußte er geschickt sein!

KAPITEL 9

Es war etwas unwahrscheinlich Reines, Reinigendes, dieses Sonnenlicht in Las Vegas. Selbst im Februar gab es ein blendendes, sengendweißes Licht, das, so schien es, keimfrei machte, ja fast eine ätzende Wirkung hatte, die alle Bazillen abtötete. Alles Ungehörige wurde einem von der Haut gebrannt und ausgesogen, so daß die leeren, trockenen Hüllen mit dem heißen Wüstenwind davongeblasen werden konnten. Selbst die Luft fühlte sich so an – eine Brise, die winzige Quarz- und Topasteilchen mit sich trug, zu klein, als daß man sie sehen konnte. Aber man fühlte, wie sie einen polierten.

Er drehte sich um und legte sich auf die Vorderseite. Besser vorsichtig sein, wenn man das erstemal draußen war. Ein Sonnenbrand auf den Kratzern und Blutergüssen wäre mehr als nur unangenehm gewesen. Er fühlte, wie die Sonne nach und nach seinen Rücken und die Schultern aufheizte, wie sie von Sekunde zu Sekunde mehr Energie auf ihn abstrahlte, so daß die Hauttemperatur sich allmählich erhöhte. Nach ein paar Minuten wollte er zurückgehen in sein Zimmer und sich duschen; danach würde er sich vor dem Dinner ein paar Stunden hinlegen. Alles heilt schneller im Schlaf, dachte er. Und es gab keinen Grund, vor dem kommenden Freitagabend an irgend etwas zu denken. Freitag war Zahltag.

Die weichen elektronischen Frauenstimmen der Rufanlage wechselten sich ab: «Telefon für Mr. Harrison Rand. Harrison Rand, Telefon. Telefon für Prinzessin Karina.

Prinzessin Karina, bitte ans Telefon.» Dieses unablässige Gemurmel breitete sich über dem Swimming-pool aus, schien aus dem Nichts zu kommen, und die Lautstärke war so gering, daß die Worte gerade noch wahrgenommen wurden. Die Stimmen klangen monoton wie das ständige Surren und Klicken der Spielautomaten im Casino. Las Vegas war der einzige Ort, der nicht von der Uhrzeit regiert wurde. Die Zeit wurde statt dessen nach der Füllung der Brieftasche bemessen – es sei denn, man ruhte auf einer Liege neben dem Swimming-pool. Dann erinnerte einen die Sonne sehr wohl an die Zeit, wenn man sich nicht in acht nahm. Genug für heute.

Er setzte sich auf und zog den dunkelblauen Frotteebademantel und die Sandalen an, die er an diesem Nachmittag in einem der Geschäfte in der Hotelhalle erworben hatte. Dann jedoch änderte er seinen Entschluß. Die weite, leere Oberfläche des Swimming-pools funkelte verlockend. Zeit genug, um noch einmal ins Wasser zu springen, dachte er. Es gab keinen Grund, etwas anderes zu tun als das, was ihm Spaß machte, und außerdem war Schwimmen immer gut für ihn – das Beste, was es für überanspruchte Muskeln gab, und er konnte ja immer aufhören, wenn er keine Lust mehr hatte.

Das Wasser war warm, fast zu warm, wie ein gigantisches römisches Bad. Er schwamm faul von einem Ende des Beckens zum anderen und prüfte die Geschmeidigkeit seiner Muskeln im Wasser. Es war ihm schon immer merkwürdig vorgekommen, daß es hier überall geheizte Swimming-pools gab, die doppelt so groß waren wie die Schwimmbecken, welche man bei Olympischen Spielen benutzte, und daß niemand außer ihm auf den Gedanken kam, darin zu schwimmen. Aber Leute, die sich wirklich fürs Schwimmen interessierten, fuhren nicht stundenlang durch die Wüste, um hier ihrer Leidenschaft nachzugehen. Er blieb am flacheren Ende und ließ sich im Wasser treiben, fühlte die köstliche Berührung wie die einer riesigen, sanften Hand. Dann legte er sich auf den Rücken, trieb dahin und betrachtete die Menschen, die sich auf den Liegen ausstreckten und das Sonnenlicht in sich einsogen. Die meisten waren vermutlich die ganze Nacht auf den Beinen gewesen, dachte er, beim Spielen, beim Trinken, beim Vögeln, und jetzt versuchten sie, ihre Batterien mit Sonnenenergie neu zu laden. Nein, das waren keine Schwimmer, aber es schien ihnen dennoch angenehm zu sein, sich in der Nähe des Wassers aufzuhalten. Etwas, das man durch die Gläser der getönten Sonnenbrille betrachtete, während man auf den Abend wartete.

Er schwamm zurück zum tiefen Ende und nahm bewußt die Reaktion seiner Muskeln wahr. Alles würde gut sein, alles fühlte sich genauso an, wie er es sich wünschte. Zumindest, was seinen Körper betraf. Mit dem Kopf würde es ein wenig länger dauern. Der fühlte sich groß und weich und empfindlich an, ein geschälter Kürbis, der auf einem zu dünnen Hals behutsam im Gleichgewicht gehalten werden mußte.

Schließlich hievte er sich über den Rand des Beckens aus dem Wasser und legte sich wieder auf seine Liege. Schon nach Sekunden fühlte er, wie das Wasser auf seinem Körper von der trockenen Wüstenluft aufgesogen wurde, so daß sich die Haut danach ein wenig spannte. Er ließ sich noch ein paar Minuten lang die Sonne ins Gesicht scheinen, dann setzte er sich wieder die Sonnenbrille auf. Danach schloß er die Augen und ließ sich in einen halbwachen
 Zustand sinken, der so angenehm war wie Schlaf, ohne daß

er dabei das Bewußtsein ganz aufgeben mußte. «Telefon für Mr. Arthur Walters. Arthur Walters, bitte ans Telefon. Telefon für Mrs. Natalie Beamish, Natalie Beamish, bitte ans Telefon», schnurrten die weichen, gelassenen Stimmen in monotonem Wechsel.

«Hast du das alles allein geschafft, oder hat dir jemand dabei geholfen?» sagte eine Stimme über ihm. Einen Augenblick lang öffnete er die Augen hinter den Gläsern der Sonnenbrille wie einen Kameraverschluß. Ein paar Sekunden lang blieb auf seiner Netzhaut das Abbild einer bekannten, wuchtigen Gestalt haften. Little Norman!

«Du weißt ja, wie es so geht, Little Norman», antwortete er. «Wenn man möchte, daß etwas richtig gemacht wird, muß man es selbst tun.»

Er hörte das Schaben und Kratzen, als Little Norman einen Liegestuhl über das Pflaster zerrte und neben den seinen stellte. Little Norman. Jeder, der den Namen hörte, fragte sich als erstes, wie denn wohl erst Big Norman aussehen würde. Little Norman war eins neunzig ohne seine handgeschusterten mexikanischen Cowboystiefel und mußte an die zweihundertzwanzig Pfund wiegen, ohne die zwei Rollen Vierteldollarmünzen, die er stets in den Taschen hatte – als ob diese Fäuste das Extragewicht nötig gehabt hätten! Und Little Norman war nicht mehr jung. Er mußte mindestens fünfundfünfzig sein und hatte sich weitgehend aus dem Geschäft zurückgezogen.

«Und was führt dich ins *Caesar's Palace*, Little Norman?» fragte er. «Ich dachte, du hängst meistens im *Sands* herum?»

«Schöner, sonniger Tag heute», sagte Little Norman. «Ein guter Tag, um sich ein bißchen Sonnenbräune zu besorgen.» Little Norman trug wie üblich einen Maßanzug, ein weißes Hemd mit steifem Kragen und dazu Perlen als Manschettenknöpfe. Und Little Norman war schwärzer als die tiefste Sohle eines Kohlenschachts.

«Da hast du recht. Ich bin gerade dabei. Dazu schwimm ich ein bißchen.»

«Das ist gut, mein Junge. Das hast du auch nötig, wenn man sich die blauen Flecken ansieht, die du abbekommen hast. Ein bißchen Sonne, ein bißchen Training – und viel Ruhe.» Er wiederholte: «Und viel Ruhe.»

Er nickte nur und ließ Little Norman weitersprechen.

«Zur Abwechslung gibt's ja immer noch die Spieltische. Man braucht nicht gleich etwas Ausgefallenes zu tun, um den Kreislauf in Schwung zu halten, wenn du weißt, was ich meine, alter Junge.»

«Klar weiß ich es, Norman.» Er lächelte, dann sagte er: «Ich arbeite nicht. Niemand arbeitet in Las Vegas, das weißt du doch.»

Little Normans längliches Gesicht verzog sich zu einem breiten Grinsen. «Das klingt vernünftig, Junge. Wenn man mit einem solchen Gesicht hierherkommt, fangen die Leute an, sich zu wundern. Ich frage nicht, woher du das hast, klar. Aber die Leute fragen sich, und sie denken, daß du vielleicht ein bißchen wütend darüber bist.»

«Wenn du irgendso jemanden triffst – tust du mir dann einen Gefallen?»

«Klar, Junge. Wenn ich jemanden treffe.»

«Sag ihm, daß ich nicht arbeite.»

«Wird gemacht.»

«Danke, Little Norman. Ich möchte nicht, daß sich jemand Sorgen macht über mein Wohlergehen.»

Little Norman stand auf, zupfte seine Krawatte zurecht und sagte: «Wenn du Zeit hast, kannst du ja mal auf einen Drink vorbeischauen. Du weißt doch, wo du mich finden kannst, oder?»

«Klar», sagte er.

«Also dann, bis später einmal.»

Er schaute zu, wie sich der riesige Rücken von Little Norman am Rand des Schwimmbeckens entlangbewegte in Richtung auf den Eingang neben dem Casino. Es hat nicht lange gedauert, dachte er. Er faßte in die Tasche seines Bademantels und zog seine Armbanduhr heraus. Vier Stunden. Er war noch keine vier Stunden in Las Vegas, und schon hatte ihn jemand gesehen und es Little Norman mitgeteilt. Aber Little Norman schien zumindest beruhigt zu sein. In der nächsten Stunde würde er in ganz Las Vegas herumlaufen und den reichen, mächtigen alten Männern sagen, daß man sich diesmal keine Sorgen zu machen brauchte. Bis jetzt hatte sich noch niemand ihren Tod erkauft. Es waren wirklich Ferientage. Und dieser unsichere Waffenstillstand würde anhalten bis zum Zahltag ... Eigentlich hätte er sich gleich mit Little Norman in Verbindung setzen sollen, dachte er, um sich zu vergewissern, daß er die Sache mit dem Urlaub verbreitet, bevor einer von den alten Männern nervös wurde. Es wäre nur höflich gewesen ...

KAPITEL 10

In seinem Zimmer schloß er die Tür, legte Kette und Riegel vor, zog dann den Bademantel aus und ging unter die Dusche. Little Norman machte ihm jetzt doch Kummer, weil ihm bis dahin noch nicht klargeworden war, daß sein Aussehen sie beunruhigen mußte. Es war nie gut, wenn man die Aufmerksamkeit jenes Dutzends von nervösen alten Männern erregte, die an diesem zerbrechlichen Zufluchtsort, in dieser offenen Stadt lebten. Ein jeder von ihnen hatte sich bis in seine derzeitige Senilität nur durch raubtierhafte Schläue retten können und die instinktive Vorliebe, als erster zuzuschlagen. Und keiner von ihnen würde das jemals vergessen. Ganz egal, ob man achtzig war und wie ein ausgestopfter Sack in einem Rollstuhl saß wie Castiglione – das würde man niemals vergessen.

So lange Little Norman das tat, wofür ihn die alten Männer bezahlten, war alles gut. Und es gab keinen Grund zu der Befürchtung, daß es anders sei. Aber jetzt hatte sich ein Quentchen Angst in sein Blut gemischt. Es reichte nicht aus, um das Vergnügen zu mindern, das er in der Sicherheit und dem Komfort von *Caesar's Palace* empfand, aber es war dennoch da. Es wäre vielleicht keine schlechte Idee, die Einladung von Little Norman zu einem Drink anzunehmen. Er hatte ihm gesagt, daß er Ferien machte, also sollte er sich dementsprechend verhalten. Abgesehen davon machte er tatsächlich Ferien. Zumindest bis zum Freitag abend.

Als er erwachte, war das Zimmer dunkel, und er hörte jemanden draußen auf dem Gang sagen: «System, das ist es. Hast du dir hier alles genau angeschaut, Alice? Das ist gemacht aus Systemen, wie sie sich die blöden Weiber aus Fullerton ausdenken.» Dann wurde eine Tür geschlossen, und er hörte Schritte auf dem Korridor. Er konnte nicht verstehen, was Alice antwortete, aber die Stimme des Mannes sagte: «Also schön – du hast einmal gewonnen. Das heißt noch nicht ...» Und dann waren sie außer Hörweite.

Er drehte sich herum und schaute auf das Leuchtzifferblatt seiner Armbanduhr. Halb zehn. Perfekt, dachte er. Genau die richtige Zeit, um den Abend zu beginnen. Er stand auf, schaltete das Licht ein und ging zum Schrank, um seine Kleidung herauszulegen. Der Schlaf hatte ihm bessergetan, als er zu hoffen gewagt hatte. Er fühlte sich frisch und klar im Kopf. Wenn er sich nicht im Spiegel gesehen hätte, hätte er gesagt, er sei hundertprozentig in Ordnung.

Es war Eddie, der ihm das mit dem Ausruhen verraten hatte. Eddie war der ungeschlagene Weltmeister im Ausruhen gewesen. Er hatte immer noch die ruhige, geduldige Stimme im Ohr: «Arbeite nie, wenn du müde bist, Junge. Du mußt nüchtern und klar denken können, und du mußt körperlich voll da sein. Es ist immer ein Wettbewerb, und wenn du dabei nicht erster wirst, bist du tot.» Eddie Mastrewski hatte seine körperlichen Fähigkeiten bis zum Ende behalten. In jener eisigen Winternacht in Philadelphia, als sie der Bauunternehmer auf der Straße erkannt und versucht hatte davonzulaufen, hatte er es erlebt. Er hatte gewußt, daß sie nicht schießen konnten, und war eine volle Minute lang wie gelähmt gewesen. Eddie dagegen hatte nur «Ach, du Scheiße!» gemurmelt, über die Lehne auf den Rücksitz des Wagens gelangt und war dem Bauunternehmer mit der Fahrradkette nachgelaufen. Er hatte ihn eingeholt und garottiert.

Aber Eddie besaß auch den robusten Körper, der dazu nötig war, dachte er. Ein Polacke aus Pennsylvania, aus dem Land der Kohlebergwerke – vielleicht die körperlich härtesten Männer dieser Erde, abgesehen von zentralasiatischen Hirten, die angeblich hundertvierzig Jahre alt wurden. Er hörte, wie Eddie ihn berichtigte: «Ich bin kein Pole, ich bin ein Lette. Das ist ein Unterschied, Junge. Ich weiß nur nicht, welcher.» Eddie hatte jedenfalls gewußt, wie man sich im Schlaf erholte. Er schien immer zu schlafen, wenn es keinen Grund dafür gab, daß er wach blieb. Selbst dann argwöhnte Eddie mitunter, daß der Grund zum Wachbleiben nicht stark genug sein könnte. Er hatte Eddie in Eisenbahnzügen, in Omnibussen und in Flugzeugen schlafen gesehen; in Bahnhöfen und hinter dem Lenkrad eines parkenden Wagens. Im Lauf der Jahre hatte er gelernt, daß etwas dran war an Eddies Theorie. Es war wirklich der Schlaf, der den entscheidenden Unterschied ausmachte. Vielleicht hatte Eddie nicht genug Schlaf gehabt an dem Tag, als es ihn erwischte. Oder vielleicht gab es von einem bestimmten Alter an nicht mehr genug Schlaf, um den in den Jahren zuvor versäumten nachzuholen.

Er zog sich das Sportsakko an, das er am Nachmittag in einem der Geschäfte im Hotel gekauft hatte, warf noch einen Blick auf seinen Krawattenknoten, schloß die Tür und ging durch den Korridor auf den Lift zu. Plötzlich zögerte er. Nein, dachte er, es wäre töricht, darauf zu verzichten. Er kehrte in sein Zimmer zurück, bückte sich, zupfte ein paar Fäden aus dem hellazurblauen Teppich und steckte sie, nachdem er die Tür geschlossen hatte, etwa zehn Zentimeter über dem roten Teppich des Korridors in den Türspalt. Es war besser zu wissen, als zu vermuten, dachte er, während er in den Lift trat.

Er bahnte sich einen Weg zum Vordereingang durch die Menge und den Lärm des Casinos. Die Türen öffneten sich automatisch und seufzten dabei leise, als er in die warme Nachtluft hinaustrat. Die absurde Pracht der übergroßen Fontäne schien die Aufmerksamkeit der blicklosen Kopien klassischer Statuen aus echtem Carrara-Marmor anzuziehen, die an der Auffahrt Wache standen. Sammy Cohen hatte sie einmal die versteinerten Verlierer genannt, aber so sahen sie eigentlich nicht aus. Es war, als starrten sie in betäubter Überraschung nach dem Aufwachen vor sich hin und wunderten sich, so weit von den vernünftigen, wohlabgestimmten Proportionen ihrer Heimat entfernt zu sein.

Er warf einen Blick auf die wartenden Taxis vor der Auffahrt, entschied sich aber für einen kleinen Spaziergang. Hunderte von Menschen schlenderten die Gehsteige des Strips auf und ab, in leichter Sommerkleidung, die die Farben wechselte, sobald sie an den erleuchteten gigantischen Markisendächern oder den glitzernden Fassaden der Casinos vorüberkamen. Er gesellte sich zu ihnen, mischte sich unter die Herde, die sich in Richtung auf das *Sands* bewegte. An jedem Eingang, in jedem Lichtkreis der Neonreklamen wurde ein Teil dieser Herde wie magnetisch angezogen und trennte sich von den übrigen. Andere kamen aus den Türen und ergänzten die Gruppe wieder.

Sie bewegten sich auf das Zentrum der Stadt zu, und je mehr sie sich ihm näherten, desto langsamer wurde der weißleuchtende Strom der Fahrzeuge auf der Straße, desto dichter folgten die Verkehrsampeln und die Lichtkreise der Vergnügungsstätten aufeinander, so daß die Portale zuletzt nur noch Löcher in einem einzigen Meer von Licht bildeten.

Dann entstand eine Lücke im Gefunkel, als sammelte sich alle Energie für einen noch gewaltigeren Effekt, und gleich danach ragte die monolithische Eingangshalle des *Sands* hinaus auf den Gehsteig, wo sie die nächtliche Szene beherrschte. Er schälte sich aus der dahintreibenden Menge, ging die Treppen hinauf und überquerte die Grenze zur klimatisierten Kühle des Casinos. Drinnen waren die Lichter, die Luft, die Farben und Geräusche völlig anders, was zu den Besonderheiten dieses Etablissements zu gehören schien: eine Insel, auf der die Welt aus dem leisen Summen gedämpfter Erregung bestand – wie ein Verlangen oder eine Hoffnung. Er machte rasch die Runde durch das Casino, eilte vorbei an den Reihen blinkender, summender und klappernder Spielautomaten, die sich gyroskopisch am Rande befanden, kam dann an der Zone der Rouletteräder und der Würfel-Tische vorüber und an den fächerförmigen Blackjack-Tischen, bewegte sich nach oben – im Sinne des Wohlstands – auf das mit Seilen abgetrennte Allerheiligste der Baccarat-Tische zu, wo die Croupiers schwarze Smokings trugen und die gewichtigen Mienen von französischen Finanzberatern zeigten.

Little Norman war nicht zu erblicken, aber er wußte, daß man ihm in Kürze mitteilen würde, wo er ihn treffen konnte. Eines jener unsichtbaren Wesen, die Norman aus seiner eigenen Tasche bezahlte, sprach inzwischen vermutlich bereits am Telefon mit ihm. Also schlenderte er müßig auf den Eingang des *Regency Room* zu und trat durch die Türen ein in das dort herrschende rotgoldene Schweigen. Seit jeher hatte er gefühlt, daß dieser Ort nicht nur durch Wände von der Kakophonie der Stadt getrennt war; er wirkte so isoliert, als ob draußen alles in Atome zerplatzen konnte, ohne daß man hier drinnen mehr als das leichte Flackern einer Kerzenflamme davon bemerken würde. Der *Maître d'hotel* komplimentierte ihn in eine Nische an der gegenüberliegenden Wand, in eine stille Ecke, wo ein Kellner durch Nicken seinen Respekt über die Bestellung eines Beefs Wellington und eines Mittelklasse-Bordeaux mit zwei Gläsern bekundete.

Er hatte das Beef Wellington fast aufgegessen, als Little Norman hereinkam und sich an seinem Tisch niederließ. «Hallo, Junge», sagte Little Norman. «Bist du hergekommen, um mich zu besuchen?»

«Genau, Norman; ich dachte, ich nehme deine Einladung an. Vermutlich hast du bereits gegessen.»

«Ja, aber da du ein zweites Glas hast kommen lassen, helfe ich dir gern mit dem Wein.» Norman schenkte sich ein, schnüffelte am Bouquet und sagte dann: «Gar nicht schlecht. Deine Idee – oder ein Vorschlag des Kellners?»

«Meine Wahl», sagte er und aß weiter.

«Dann hast du eine Menge dazugelernt, seit du mit dem alten Eddie zusammengearbeitet hast. Ich habe immer gehört, daß Reisen bildet.» Er kicherte.

«Ja, das sagt man.»

«Denkst du an was Bestimmtes, Junge? Du siehst nicht gerade besonders fröhlich drein. Ich meine, abgesehen von den blauen Flecken im Gesicht.»

«Es geht mir prima. Und mir fehlt nichts, was nicht ein paar Tage Ruhe kurieren könnten. Wie steht's bei dir, Norman? Hast du einen schweren Tag hinter dir? Bist du zufällig jemandem begegnet, der aus irgendeinem Grund nervös geworden ist?»

«Nein», erwiderte Norman und lächelte. «Ich bin ein paar Leuten begegnet, die nervös waren, aber ich habe ein natürliches Talent, die Menschen zu beruhigen. Hätte wahrscheinlich Psychiater werden sollen. Dann würde ich viel mehr Geld verdienen.»

Er betrachtete den schweren goldenen Ring an Normans Hand. Der Brillant mußte mindestens fünf Karat wiegen. Er sah sogar an der Pranke Little Normans riesig aus.

«Das möchte ich bezweifeln», sagte er.

«Vielleicht hast du recht. Die Weißen wollen keinen schwarzen Psychiater, und die Schwarzen haben kein Geld dafür. Sie bleiben einfach verrückt, genau wie ich – und ich habe gelernt, meinen Spaß daran zu haben.»

Er schob den Teller weg und stellte fest, daß Little Norman die Flasche geleert hatte. «Nun, und wie steht es mit dem Drink, den du mir versprochen hast, Norman? Nehmen wir ihn hier, oder gehen wir woanders hin?»

Little Norman lehnte sich zurück in seinem Sessel, damit der Kellner den Teller mit der Rechnung dort hinstellen konnte, wo zuvor der Teller mit dem Essen gestanden hatte. Er ließ sich Zeit, um den Rest des Weins in seinem Glas zu genießen, und sagte dann: «Weißt du, ich glaube, du bist wirklich überarbeitet. Wahrscheinlich warst du in letzter Zeit sehr in Druck und hast vergessen, dich zwischendurch zu entspannen. Du tust mir leid, und ich muß dich wohl daran erinnern, wie man das macht.» Er wartete, während der Kellner den Teller mit dem Geld wegnahm, stand dann auf und sagte: «Es hat wenig Sinn, verrückt zu sein, wenn es keinen Spaß macht.»

«Ich bin sicher, du willst mir nicht auf der Straße beibringen, wie ich mich erholen soll, Norman», sagte er und stand ebenfalls auf, um ihm zu folgen.

Elizabeth saß auf der Bettkante und beobachtete die Leute vom Ermittlungsdienst bei ihrer Arbeit. Es erforderte sehr viel Geduld, ihnen zuzusehen. Sie krochen auf allen vieren herum, betrachteten die Kanten aller glatten Oberflächen, suchten nach Abdrücken, machten sich Notizen, fotografierten, legten Bandmaße von der einen zur anderen Stelle an und machten sich weitere Notizen.

Es war bereits klar, daß sie nichts Neues im Zimmer finden würden, dachte sie, während sie einen Sergeant beobachtete, der zum Couchtisch kroch und ein und dieselbe Stelle zum drittenmal untersuchte. Sie sagte zu Hart: «Versuchen wir doch mal was anderes.»

«Haben Sie etwas bestimmtes im Kopf?»

«Wie wär's mit den anderen Zimmern auf diesem Stockwerk? Haben Sie eine Liste der Gäste, die sich gestern hier aufgehalten haben? Vielleicht könnten wir mit dem Hotelregister beginnen.»

«Das hat Mistretta, und er überprüft zur Zeit alle Gäste, nicht nur die aus dieser Etage.»

«Es sieht so aus, als wären wir hier am Ende angelangt.» Die Leute vom Erkennungsdienst packten ihre Ausrüstung in schwarze Metallkoffer und schickten sich zum Gehen an.

«Mann!» sagte der Sergeant. «Das war ein langer Tag.»

«Ach, wirklich?» erwiderte Elizabeth ein wenig vorwurfsvoll, weil diese Leute nicht die Bedeutung der Tatsache erkannt hatten, daß sich keine Abdrücke an der Fenstertür befanden.

«Ja, Ma'am», sagte der Sergeant. «Außer diesem hatten wir heute morgen noch zwei Mordfälle und drei Einbrüche – das alles innerhalb einer Meile rings um dieses Hotel.»

Ihre Verärgerung steigerte sich überraschenderweise. «Ma'am» und «Sir» – so sprachen Polizeibeamte mit Außenseitern. Alle Sympathie, die sie gegenüber einem übermüdeten Polizeibeamten empfand, der auf dem Boden herumkriechen und nach unsichtbaren Spuren suchen mußte, schwand in einem einzigen Augenblick. Aber sie sagte nur: «Bitte, schicken Sie Kopien der Untersuchungsberichte dieser Fälle an das FBI mit der Bezeichnung Ihres Reviers.»

«Es gibt keine denkbare Verbindung, Ma'am», erwiderte der geduldige Sergeant. «Bei den beiden anderen handelt es sich um Männer, denen jemand den Schädel eingeschlagen hat. Vermutlich eine Bandenschlacht in einer dunklen Gasse. Und die Einbrüche waren das Übliche: eine Wohnung, ein Laden mit Autozubehör und ein Geschäft für Stereoanlagen.»

Sie zeigte ebensoviel Geduld wie er. «Ich möchte die Berichte trotzdem haben. Es ist wichtig, alles zu erfahren, was in der vergangenen Nacht in diesem Teil der Stadt geschehen ist.» Dann gab sie nach: «Und sei es auch nur, um zu wissen, wo sich die Einsatzwagen befanden, als sich ein Mörder wie Tarzan an der Fassade dieses Gebäudes von Balkon zu Balkon schwang.»

«Ja, Ma'am», sagte der Sergeant. Er nahm seinen Fingerabdruck-Kasten, verpackte ihn und ging hinaus.

Elizabeth wurde bewußt, daß Hart neben ihr stand und sie betrachtete. Sie wandte sich ihm zu und sagte: «Ich weiß, es war nicht nett von mir. Aber es ist nun einmal so.»

Hart zuckte mit den Schultern. «Die örtliche Polizei kann sehr hilfreich sein, wenn sie will.»

«Also werde ich besonders charmant zu ihm sein, wenn er mir die Untersuchungsberichte und Protokolle überreicht. Auf diese Weise werden wir Freunde fürs Leben. Aber die hiesige Polizei dürfte vermutlich nicht die Hilfe bieten, wie wir sie in diesem Fall brauchen. Hat schon jemand –»

«Ja», unterbrach sie Hart. «Das CIA ist ebenso stutzig geworden wie wir, und man hat den ganzen Tag damit verbracht, unsere Erkenntnisse mit ihrer Liste der Möglichkeiten zu vergleichen, offensichtlich ohne Erfolg. Mike hat mir berichtet, daß sie ein Telex an ihre Außenstelle geschickt haben und warten, bis etwas eingeht, das einigermaßen plausibel erscheint. Er sagte mir auch, daß es nicht so aussieht, als ob sie Erfolg haben würden. McKinley Claremont war fast dreißig Jahre im Senat, ohne irgend etwas Spektakuläres im Bereich der Außenpolitik getan zu haben.»

«Dann können wir heute abend nicht viel mehr tun, als zu warten, bis sich die Leute vom Erkennungsdienst durch die anderen Räume auf dieser Etage gewühlt haben.»

«Darauf und auf unsere Ablösung», sagte Hart. «Seit einer Stunde sind wir eigentlich schon nicht mehr hier.»

«Schicken sie das erstbeste Team her?» fragte Elizabeth. «Wir haben doch gar nicht so schlecht gearbeitet, wenn man bedenkt, daß wir kaum die Zeit hatten, überhaupt damit anzufangen.»

«Nein, wir haben nicht schlecht gearbeitet», sagte Hart. «Trotzdem werde ich nicht erst lange meinen Koffer auspacken.»

«Weil wir schon davon sprechen: Hat Ihnen schon jemand gesagt, wo wir übernachten werden?»

«Man hat unser Gepäck bereits vor einiger Zeit hierherbringen lassen.» Er griff in seine Hosentasche und fischte zwei Zimmerschlüssel heraus. «So sind wir schnell erreichbar, falls sich irgend etwas Neues ergeben sollte.»

Elizabeth nahm den Hörer des Telefons ab und wählte eine vertraute Nummer. Eine unvertraute Stimme meldete sich. «Justiz.»

«Hier spricht Elizabeth Waring. Ich möchte eine Nachricht für Roger Padgett hinterlassen», sagte sie.

«Ich werde sie ihm übermitteln», antwortete die Stimme. «Wie lautet die Nachricht?»

«Ich brauche seine Berichte der Fluglinien für gestern abend und den heutigen Tag; er soll sie per Telex an die Außenstelle des FBI in Denver durchgeben. Es geht um sämtliche Flughäfen im Umkreis von fünfhundert Meilen um Denver. Die Information, um die ich ihn schon früher gebeten habe, soll er mir telefonisch ins *Constellation Hotel* durchgeben.»

«Ist das auch in Denver?»

«Ja», sagte Elizabeth. «Ich gebe Ihnen die Nummer.» Sie las sie langsam von der Wählscheibe des Apparats ab. Dann streckte sie Hart die Hand entgegen, und er legte einen der beiden Zimmerschlüssel hinein. «Zimmer zweihundertsechsundfünfzig.»

«Notiert», sagte die Stimme. «Noch etwas?»

«Nein, danke.» Elizabeth legte auf.

Erschöpfung übermannte sie, nachdem sie sich wieder aufs Bett gesetzt hatte, und sickerte durch ihr Gehirn wie Wasser, das in ein sinkendes Schiff eindringt. Zu viele Dinge hatten sich fast gleichzeitig ereignet, und sie verlor allmählich die Fähigkeit und die Willenskraft, sie voneinander zu trennen. Jetzt mischte sich alles, und das Bild wurde verschwommen. Sie wußte nicht mehr, ob sie Informationen sammelte, die sie in eine bestimmte Richtung führen sollten, oder ob sie wahllos das in sich aufnahm, was an Informationen auf sie eindrang.

Alles, was man sich zu überprüfen vorgenommen hatte, schien außer Reichweite zu geraten. Sollte man die Spur dieses ausgefallenen Gifts verfolgen, die Listen der Fluglinien nach verdächtigen Personen überprüfen, die Polizeiberichte, die anderen Zimmer im Hotel, das Privatleben des Senators, die Auskünfte der Leute vom CIA, Gott und die Welt?

Sie nahm wahr, daß Hart etwas zu ihr sagte und daß es die ermüdeten Rezeptoren in ihrem Gehirn berührte, ohne daß es schnell genug entziffert werden konnte. «Wie bitte?» fragte sie.

 «Ich habe gesagt, wir sollten zu Bett gehen.»

«Eine gute Idee», erwiderte sie und fühlte in ihrem Innern ein leises Beben. Dann erst merkte sie, daß sie ihn falsch verstanden hatte und ihm unwillkürlich ohne die üblichen Hemmungen entgegengekommen war. Sie merkte es gerade noch rechtzeitig, ehe sie sagen konnte: «Ach, Sie meinen, jeder von uns, nicht wir beide», mußte insgeheim lächeln, stand auf und ging mit Hart hinaus auf den Korridor. Alle Schranken schienen mit einemmal gefallen zu sein, und Gedanken drangen unwillkürlich durch, mit denen sie nicht einmal im Traum gerechnet hatte. Darüber mußte man nachdenken. Nicht, daß es viel bedeutete, aber es war interessant – wie ein Traum.

Sie gingen hinaus zum Parkplatz, stiegen in den weißen Mark VI von Little Norman ein und fuhren zum *Marina Hotel.*

An der Bar, die sich auf der Rückseite befand, einen Stock oberhalb des Casinos, sagte Little Norman: «Such dir einen Tisch, von dem aus ich alles überblicken kann; ich bin gleich wieder da.»

Er fragte: «Wohin gehst du denn?»

«Nur ein kurzer Anruf, Kleiner. Ich kümmere mich um deine Interessen.»

Er wartete, während sich Norman durch die Gruppen von Spielern einen Weg bahnte zu einer Reihe von Telefonen neben dem Eingang zur Herrentoilette. Als Norman angekommen war, wählte er eine Nummer und drehte sich dann wieder in seine Richtung. Er lächelte, während er sprach.

Die Kellnerin beugte sich mit Little Normans Glas über ihn, legte dabei einen Augenblick lang eine Brust auf seine Schulter. Hier war alles anders, dachte er. Alles darauf berechnet, Dinge, die einem insgeheim Freude machten, so außer Reichweite zu halten, daß man das Gefühl bekam, es sei dennoch eine zufällige Gelegenheit. Vermutlich besuchten die Mädchen einen Kurs, in dem ihnen das beigebracht wurde, genauso wie das letzte Mädchen in der Reihe bei der Dinner-Show im *Lido*, welches das Schrittband rein zufällig verlor, und zwar stets bei den letzten Takten der Vorstellung. Little Norman sagte: «Auf dein Wohl, Kleiner» und trank einen Schluck.

«Auf das deine», erwiderte er und trank ebenfalls, aber nur so viel, daß er seine Zunge anfeuchtete; dabei ließ er die Eiswürfel gegen die Zähne klicken. Es hatte wenig Sinn zu übertreiben, und er wußte, daß er übertreiben würde, wenn er beim Trinken mit Little Norman gleichzog. Außerdem war er seit einem Monat unterwegs gewesen, und er trank grundsätzlich keinen Tropfen Alkohol, solange er unterwegs war. Man mußte einen klaren Kopf behalten auf Reisen.

Auf der anderen Seite des Casinos, das man von der Bar aus überblicken konnte, sammelten sich die Leute um einen der Würfel-Tische. Der Mann, der gerade würfelte, trug ein Sportsakko, hatte sich aber gerade die Krawatte in eine Außentasche gestopft und den obersten Kragenknopf geöffnet. Er würfelte wieder, und rings um den Tisch waren unterdrückte Schreie zu hören, gedämpft und gerade laut genug, daß sie noch die Bar erreichten. Weitere Gäste des Casinos gingen an den Tisch und beobachteten den Spieler. Von dem Platz in der Bar, wo sie saßen, war nicht zu erkennen, ob Wetten plaziert wurden oder man nur zuschaute. Die raschen, mechanischen Bewegungen des Spielmachers verrieten es nicht. Aus dieser Entfernung sahen alle gleich gierig aus.

«Bist du ein Spieler?» fragte Little Norman.

«Vielleicht versuche ich später mal mein Glück», antwortete er. «Warum?»

«Es gibt Leute in unserem Beruf, die spielen, und andere, die es niemals versucht haben. Henckel hat in einer einzigen Nacht zwanzigtausend Dollar verloren. Ich persönlich hatte keine Lust dazu, bevor ich mich zurückgezogen hatte. Ich sah einfach keinen Sinn darin. Aber wenn man älter wird, braucht man andere Aufregungen – solche, die nicht mehr allein den Körper betreffen.»

Ein weiterer leiser Schrei erreichte sie vom Spieltisch unten im Casino, nicht unbedingt ein Triumph- oder Freudenschrei, sondern ein monotones, spontanes und unterdrücktes Aufheulen all derer, die sich um den Tisch versammelt hatten, als wäre es eine laut gewordene Reaktion ihres emporschnellenden Blutdrucks.

«Du hast dich ebensowenig zurückgezogen wie ich, Norman», sagte er. «Nur, daß du jetzt einen festen Job übernommen hast.»

«Da täuschst du dich, Junge», sagte Little Norman und schaute ihn mit großen Augen an. Das Lächeln auf seinem Gesicht war wie weggewischt. «Ich bin jetzt einundsechzig. Aber früher war ich gut. Einer der besten. Ruhig und zuverlässig. Vielleicht der beste Mann im Mittelwesten.» Dann verengten sich seine Augen wieder, und das vage Lächeln kehrte zurück. «Wenn auch nicht so gut wie du. Ich war wirklich überrascht, als ich dein Gesicht gesehen habe. Hätte nie gedacht, dich jemals so sehen zu müssen. Nie.»

«So was kommt eben vor», erwiderte er.

«Ich behaupte nicht, daß es nicht vorkommt», sagte Little Norman. «Ich sage nur, daß ich es nicht erwartet hätte. Das ist das Gesicht eines Verlierers, mein Junge.»

Unten im Casino würfelte der Mann wieder; diesmal herrschte tiefes Schweigen, ein Anhalten der Luft, das wie eine Mauer gespannter Erwartung wirkte. Von der Bar aus war schwer zu erkennen, ob er es wieder geschafft hatte, aber das Schweigen schien die Zuschauer noch näher an den Tisch heranzuziehen, wie Partikel, die sich beeilten, eine Lücke zu schließen. Als sich der Spielmacher über den Tisch beugte und die Chips mit einer einzigen sparsamen Bewegung einsammelte, war der Mann immer noch zu sehen, stand da mit dem Rücken zur Bar. Doch dann geriet die Menge der Zuschauer ein wenig in Bewegung, und er verschwand hinter den Köpfen und Schultern.

«Schon möglich», sagte er. «Man sollte nie von Sieg sprechen, bevor man das Geld gezählt hat.»

«Das ist eine schwer widerlegbare Tatsache», bestätigte Little Norman. Er kippte den Rest seines Whiskys hinunter und stand auf. «Auf bald, mein Junge. Ist mir immer ein Vergnügen, dich zu sehen.»

«Danke für den Drink, Norman.»

«Gern geschehen», sagte er, während er hinunterging ins Casino. Man konnte seinen Kopf und seine Schultern noch lange sehen, wie sie über die Menge emporragten, aber dann war er verschwunden.

KAPITEL 11

Er trank ebenfalls aus und verließ das Hotel. Nicht, daß es einen besonderen Grund gegeben hätte wegzugehen. Er brauchte sich vor niemandem zu verstecken und hatte auch kein besonderes Ziel vor Augen. Es war ganz normal, so automatisch, wie er mit den Augen blinzelte, so automatisch, wie er auf den Gehsteig hinaustrat und dann einen Augenblick neben der Tür stehenblieb, um zu sehen, ob der nächste, der herauskam, ebenfalls stehenblieb und schaute, welche Richtung er einschlagen würde. Noch zwei Tage Ferien. Kein Anlaß, sich in eine Position drängen zu lassen, in der er sich nicht wohl fühlte.

Er überquerte den Parkplatz, erreichte die Straße und schloß sich dann den Hunderten Anonymer an, die von Casino zu Casino schlenderten. Kurz bevor er das *MGM Grand Hotel* erreicht hatte, trennte er sich von seinen unbekannten Begleitern, nahm eine Abkürzung durch eine geschlossene Tankstelle und trat dann in den Schatten hinter dem niedrigen Gebäude. Niemand folgte ihm, und so ging er weiter. Wenn es einen Beobachter gab, dann hatte dieser wenigstens genügend Takt, Abstand zu halten und ihm nicht lästig zu fallen. Er betrat das *Grand Hotel* durch den Haupteingang und ging rasch ans andere Ende des gigantischen Casinos, wo die Blackjack-Spiele in einer Atmosphäre unechter Ruhe stattfanden. An einem Tisch stapelte ein Mann seine restlichen Chips vor sich auf dem grünen Filz und wartete, einen Fuß bereits auf dem Boden, um aufzustehen. Die geschickten Finger des Kartengebers blätterten Karten aus dem Stapel und legten sie vor dem Mann auf den Tisch, und der Mann registrierte, daß er eine Zehn und eine Vier bekommen hatte. Er schien weder überrascht noch enttäuscht zu sein, beobachtete lediglich, wie eine zweite Zehn erschien und wie die Hand des Kartengebers seine Chips zu sich hinüberstreifte. Dann schob der Mann endgültig den Stuhl zurück und stand auf.

Das Gesicht des Gebers schien nicht einmal bemerkt zu haben, daß der Mann gegangen war, ja, daß er überhaupt dagewesen war. Nur seine Zauberhände erkannten, daß an einem der Plätze keine Chips mehr lagen, und er bewegte sie daran vorbei, ohne Karten hinzulegen. Dem

Gesicht war auch nicht anzumerken, daß sich gleich danach ein anderer Mann auf den Stuhl setzte und auf die nächste Runde wartete. Eine der Hände schnappte sich die fünf nagelneuen Zwanziger und steckte sie in den Kassenschlitz, während die andere Hand einen Stapel Chips an ihre Stelle legte. Wenn der Blick des Gebers tatsächlich das neue Gesicht mit den scheußlichen Blutergüssen und der Wunde dicht über dem Haaransatz gestreift hatte, dann verweilte er jedenfalls nicht darauf. Die Augen dienten nur dazu, die Bewegungen der Hände zu dirigieren, und es gab immerhin eine Menge zu tun für diese Hände.

Als sich der Neue an den Tisch gesetzt hatte, warf er einen Blick auf seine Armbanduhr. Halb zwölf. Nicht, daß es ihm etwas ausmachte, wo er die nächsten paar Stunden verbrachte, aber es war wichtig, immer auf dem laufenden zu sein. Er setzte einen einzelnen Fünf-Dollar-Chip und beobachtete die Hände des Gebers, wie sie die Karten auf dem Tisch verteilten. Er bekam eine Dame und eine Zehn, und so wartete er, während der Geber zu seinem König und der Fünf noch einen König zog und verlor. Die Hände flatterten über den grünen Filz, der den Tisch bedeckte, arrangierten Chips und Karten neu, belohnten und bestraften mit den gleichen gleichmäßigen und gelassenen Bewegungen und löschten die Entscheidungen aus, die mit den Kombinationen aus Zahlen und Symbolen getroffen worden waren. Es gab jedesmal eine neue Kette von Entscheidungen; danach rechneten die Hände rein mechanisch ab und gaben die Karten neu aus. Der Geber war in einer Pechsträhne und verlor fast die Hälfte der nächsten zwanzig Spiele. Danach stellte sich der normale Ablauf der Wahrscheinlichkeit wieder her, der übliche Hausvorteil von fünf Prozent war wieder gewährleistet.

Als er das nächstemal auf die Uhr schaute, war es halb zwei. Zwei Stunden waren genug, sagte er sich. Er sammelte seine roten Chips ein und ging zum Schalter des Kassierers. Als er das Casino verließ und hinaustrat auf die Straße, hatte er sechs Zwanziger und einen Zehner in seiner Hemdtasche. Es war ein angenehmes Gefühl. Er war kein leidenschaftlicher Spieler, aber die Minimum-Einsätze hatten ihn gut über die Zeit und über die Runden gebracht. Und das war immerhin besser, als zu verlieren.

Draußen ergossen sich die letzten großen Menschenmengen von den Spätvorstellungen der großen Shows auf die Parkplätze. *Caesar's Palace* war praktisch gegenüber auf der anderen Straßenseite, und er mischte sich unter eine Gruppe, die in diese Richtung ging, und schaute sich nach einem Verfolger um, der sich bei Verlassen des Blackjack-Tisches an seine Ferse geheftet haben konnte. War ihm nicht dieser ältere Mann im grauen Anzug aufgefallen, der bei den Leuten an der Straßenecke stand? Früher schon, im *Sands*? Aber da war eine Frau in einem weißen Kleid bei ihm gewesen. Die meisten Leute gingen paarweise in die Shows. Er sah sich nach der Frau um, doch der Mann war allein und sah aus wie ein Geschäftsmann in mittleren Jahren aus irgendeinem Provinznest, der seine müde gewordene Frau im Hotelzimmer zurückgelassen hatte und sich selbst noch ein wenig umschauen wollte. Wenn das nicht der Fall war, würde die Frau vermutlich bald wieder auftauchen.

Er merkte sich, wo der Mann gestanden hatte, ohne noch einmal hinzusehen. Dann strömte ein Teil seiner Gruppe ins *Caesar's* und ein anderer Teil auf den Parkplatz, um nach den Wagen zu suchen. Im Casino bewegte er sich an dem Wald von Spielautomaten entlang. Und da stand sie, eine nette, silberhaarige Lady aus Missouri mit jenem hypnotisierten Blick, den sie alle bekamen, wenn sie unablässig ihre Zehn-Cent-Münzen aus einem Pappbecher in die Schlitze der Automaten steckten, als könnten sich die Rollen nicht schnell genug drehen, um die Münzen zu verschlucken. Nur daß sie diesmal ein blaues Kleid anhatte. Der Mann im grauen Anzug ging an ihr vorbei und hinüber zu den Aufzügen, ohne sich zu erkennen zu geben.

Auch gut, dachte er. Als Bewacher waren sie einigermaßen erträglich. Sie hefteten sich ihm nicht so dicht an die Fersen, daß es ärgerlich wurde, und jetzt, wo er sie erkannt hatte, konnte er sich entspannen. Er ging zur zweiten Reihe von Aufzügen und drückte den Knopf seiner Etage.

Der Korridor war leer. Er ging auf seine Zimmertür zu und warf einen Blick auf die Stelle zwischen Tür und Rahmen. Der kleine blaue Faden war noch da, eine Handbreit über dem roten Teppich des Korridors. Gut. Keine Überraschungen. Vermutlich waren die anderen vorläufig zufrieden.

Er öffnete die Tür – und versuchte einen Augenblick lang, sich zu erinnern, ob er das Licht im Bad hatte brennen lassen. Als die Tür weiter offen stand, sah er eine Ecke des Fernsehschirms, von dem bunte Farben ins Halbdunkel des Raums strahlten. Er trat zur Seite und wartete. Dann sagte eine Frauenstimme: «Komm rein, Baby, das ist das richtige Zimmer.»

Er trat über die Schwelle und überblickte rasch den ganzen Raum. Sie kniete in der Mitte des Betts und hatte offenbar nichts an. Er stieß die Tür ganz auf und ging vorsichtig weiter hinein. Außer ihr schien niemand dazusein. Er ignorierte sie einen Augenblick und sah sich nach Möglichkeiten um, wo sich jemand versteckt haben konnte.

Aber es war niemand im Bad und niemand unter dem Bett. Er schaute hinter die Vorhänge, dann hinaus auf den Balkon – niemand. Während er zur Tür zurückkehrte, schaute er die Frau auf seinem Bett an. «Was machen Sie hier?» fragte er.

«Ich bin ein Geschenk, Honey. Mit freundlichen Grüßen von Little Norman.» Sie kroch über das große Bett auf ihn zu, und er sah sie sich genauer an. Sie war klein und dunkelhäutig, mit langem, schwarzem Haar und großen, schwarzen Augen. Mexikanisch oder aus Puerto Rico, dachte er. Und sie konnte nicht viel älter als zwanzig sein.

«Wie sind Sie hier hereingekommen?» fragte er.

«Little Norman kennt jemanden.» Sie lächelte, dann blieb sie einen Augenblick lang in gespielt nachdenklicher Pose hocken, hatte dabei die Knie weit gespreizt und den Oberkörper aufgerichtet, damit er sie betrachten konnte. «Nein», sagte sie. «Little Norman kennt jeden.»

Er verschloß und verriegelte die Tür, dann lehnte er sich gegen die Wand und sah sich nach etwas um, womit er den Fensterriegel blockieren konnte. Sie war inzwischen vom Bett geklettert und stand vor ihm. «Sei doch nicht so nervös, Honey», sagte sie. «Ich dachte, du bist hier, um dich zu amüsieren.» Ihre Stimme klang kühl und einschmeichelnd. Ihre Hände fummelten an seinem Gürtel herum. «Also entspann dich erst mal ein bißchen.» Und dann war sie auf dem Boden, murmelte etwas mit weicher Kätzchenstimme, aber er konnte es nicht genau verstehen, weil sie zugleich seinen Penis in den Mund nahm.

Er stand da mit dem Rücken zur Wand, aufgerichtet und darauf bedacht, nicht völlig die Kontrolle zu verlieren, sondern einen Teil seiner Wachsamkeit zu behalten, während sie vom Rest seiner Person Besitz ergriff. Er war jetzt in zwei Personen gespalten: eine, die alles über sich ergehen ließ, was dieses Mädchen mit ihr anstellte, und eine andere, die ihr über die Schulter schaute, auf eine Bewegung hinter dem Vorhang achtete, die versuchte, über das leise Schnurren des Mädchens hinweg Schritte auf dem Korridor oder ein metallisches Klicken zu hören.

Nach ein paar Minuten war der Teil, der bis dahin standhaft Wache gehalten hatte, nicht mehr nervös und besorgt. Er hatte zwar die gebotene Vorsicht keineswegs abgelegt, gestattete aber dem anderen Teil, die schützende Wand zu verlassen, sich auszuziehen und das Mädchen auf das breite, verzierte Bett zu ziehen. Dennoch hörte der eine Teil nicht auf, zu lauschen und zu beobachten, einerseits, weil er dazu einfach nicht in der Lage war, und andererseits, weil noch immer der Faden an der Tür klebte, den jemand außer dem Mädchen gesehen und dort befestigt haben mußte.

Er lag ausgestreckt auf dem Bett und gab vor zu schlafen. Er hatte schon eine ganze Weile so getan, und sie hatte sich noch immer nicht bewegt. Vielleicht war sie kein abenteuerlicher Typ. Aber wie war das möglich? Immerhin nahm sie jeden Penis, der in ihre Richtung zeigte, solange er für sie hundert Dollar oder so bedeutete – ein paar Chips, die dem Spielmacher unten im Casino entgangen waren. Also mußte sie, wenn sie glaubte, daß er eingeschlafen war, versuchen sich wegzustehlen und noch ein paar Freier aufzureißen, bevor es hell wurde.

Dann merkte er, daß sie sich bewegt hatte. Im einen Augenblick hatte er sie noch berühren können, im nächsten nicht mehr. Er versuchte, ihre Bewegungen gefühlsmäßig zu erfassen, denn er konnte nicht die Augen öffnen, weil er wußte, daß sie die ganze Zeit über sein Gesicht beobachten würde. Sie machte das bestimmt nicht zum erstenmal, dachte er. Sie kannte sich gut genug aus, um nicht auf Händen und Knien über das Bett zu kriechen, rutschte offenbar nur ganz vorsichtig an die Kante. Es war vermutlich ein Talent, das ihr ziemlich viel einbrachte: vor allem dann, wenn es ihr gelungen war, einen besonders schwierigen Klienten vorübergehend bis zur Erschöpfung zu treiben, oder wenn sie eine ganze Nacht im voraus bezahlt worden war. Er vernahm ein leises Rascheln, als sie sich den Slip anzog, aber nicht das Schnappen des Gummizugs. Ein paar Sekunden danach hörte er das Knacken eines Druckknopfs, aber das war alles. Dann fühlte er, wie sie sich der Tür näherte, machte das kaum wahrnehmbare Rascheln von Kleidung aus. Es schien eine Ewigkeit zu dauern. Worauf, zum Teufel, wartete sie noch? O ja – die Brieftasche in seiner Hose! Sie war eben doch der abenteuerliche Typ.

Dann wurde die Tür geöffnet und geschlossen – so leise, daß er das Klicken nicht einmal hörte, sondern nur fühlte. Er öffnete die Augen und schaute sich im Zimmer um. Es war, als ob sie gar nicht hiergewesen wäre. Er ging zur Wand neben der Tür, blickte auf den Haufen von Kleidungsstücken, den er dort liegengelassen hatte, und tastete nach der Brieftasche. Gut. Wenigstens hatte sie sie nicht mitgenommen. Er sah hinein und zählte sein Geld – noch besser. Sie war schlau gewesen, hatte nur vier oder fünf von den Zwanzigern mitgenommen und alles andere unberührt gelassen. Wenn sie um zwei Uhr morgens mit einem Freier aufs Zimmer ging, der eine nicht unbeträchtliche Alkoholfahne hatte, konnte sie bei dieser Technik davon ausgehen, daß er überhaupt nichts merkte. Zumindest konnte der

Freier später nicht mit Sicherheit behaupten, daß sie etwas geklaut hatte. Er warf die Brieftasche aufs Bett und lächelte, während er sich frische Kleidung aus dem Schrank nahm. Er ärgerte sich nicht über das Geld, hätte ihr mindesten genausoviel als Trinkgeld gegeben, wenn sie die ganze Nacht geblieben wäre. Dann verwandelte sich sein Lächeln in ein Kichern. Wenn er ihr hätte trauen können, hätte er ihr dreimal soviel gegeben, damit sie ihn vorzeitig verließ und Little Norman nichts davon sagte. Und wie die Dinge standen, war er sicher, daß sie niemals Little Norman erzählt hätte, daß sie nicht die ganze Nacht bei ihm geblieben wäre. Nicht, wenn Little Norman sie dafür bezahlt hatte. Niemals. Nie im Leben.

KAPITEL 12

In ein paar Sekunden war er angezogen und fertig. Zeit, ein paar rasche Arrangements zu treffen. Wenn jemand vor Tagesanbruch das Mädchen sah, würde man nachprüfen, ob er sich noch in seinem Zimmer aufhielt. Er schlich sich hinaus auf den Korridor und ging über die Hintertreppe hinunter ins Parterre. Dann war er auch schon draußen auf der Straße in der milden Nachtluft. Er bemühte sich, so gut er konnte, nicht aufzufallen, wußte aber, daß es jetzt nicht ausreichte, langsam mit den paar letzten Spielern über die Straßen zu schlendern. Sobald sie ihn entdecken würden, mußte er damit rechnen, daß ihre Neugier unersättlich wurde.

Die Passanten, die sich über den Strip in Richtung auf die *Hacienda* bewegten, wurden immer spärlicher, und er fühlte, wie ihm seine Deckung immer ungenügender wurde. Dann war der letzte seiner Begleiter in eines der kleineren Motels eingebogen, und er stand allein auf dem Gehsteig. Es war unmöglich, zu Fuß weiterzugehen. Er mußte es riskieren, ein Taxi zu nehmen, und ging daher auf die Einfahrt zum Parkplatz der *Hacienda* zu. Um diese Zeit standen keine wartenden Taxis da, aber er wußte, daß jeden Augenblick eines vorbeikommen würde. Bis dahin blieb er im Schatten der Häuserwand und ging so langsam wie möglich, ohne Aufmerksamkeit zu erregen, auf den Haupteingang zu. Gleich darauf bog ein Taxi in die Auffahrt ein, hielt an, und ein junges Paar stieg aus. Er setzte sich in Trab und erreichte das Taxi, als der Fahrer gerade wieder einstieg. «Können Sie mich zum Flugplatz fahren?» fragte er und beugte sich so weit hinunter, daß man ihn vom Hotel aus weder genau sehen noch verstehen konnte.

Der Fahrer blickte ihn prüfend an und sagte: «Sicher. Steigen Sie ein.» Zwischen der *Hacienda* und dem Flugplatz war nur eine Meile verlassener Schnellstraße zurückzulegen, und der Fahrer entledigte sich dieser Aufgabe mit grimmigem Selbstvertrauen. Sie schienen noch die Fahrt zu beschleunigen, als das Taxi bereits in die Zufahrt bog.

Die Leihwagenfirma war nicht weit vom Haupteingang entfernt, neben dem Teil des Flugplatzes, den Bonbongeschäfte und Telefonzellen beherrschten. Auf dem Flugplatz würde es, wie er wußte, zwei verschiedene Gruppen von Beobachtern geben. Die zweite war die Polizei und sollte feststellen, ob irgendwelche bekannten Gesichter unter den unbekannten Namen hier auftauchten. Aber sie würden sich in der Nähe der Ticketschalter, der Gepäckaufbewahrung sowie der Zugänge zu den Flugsteigen herumtreiben; zwei Gruppen von Beobachtern, die sich die meiste Zeit gegenseitig beobachteten. Ab und zu würde ein Gesicht auftauchen, das entweder für die einen oder für die anderen eine Überraschung war und verstohlene Aktionen auslösen würde, wobei die eine Seite versuchen würde, das neue Gesicht durch Täuschungs- und Ablenkungsmanöver verschwinden zu lassen, während die andere versuchte, ihm unbemerkt zu folgen.

Aber das alles fand in anderen Bereichen des Flughafengebäudes statt, und die Schalter der Leihwagenfirmen waren davon so weit entfernt wie jeder andere Bezirk dieser Stadt. Mit dem Leihwagen gab es keine Schwierigkeiten. Der Führerschein, ausgestellt in Indiana, und die Kreditkarte auf den Namen Frederick G. Ackermann waren nicht gefälscht. Die Rechnungen wurden an ein Postfach in Gary geschickt, von wo aus man sie ihm nachsandte. Die Tatsache, daß ein nicht existierender Mann immerhin seine Rechnungen bezahlte, schenkte ihm ausreichende Identität.

Er fuhr mit einem Gefühl der Erleichterung. Es war so gut wie ausgeschlossen, daß man ihn am Flughafen beobachtet hatte, das fühlte er genau. Dennoch bog er ein paarmal ab und hielt dann in einer Seitenstraße an, um ganz sicherzugehen. Zehn Minuten lang sah er kein weiteres Fahrzeug, und das genügte ihm.

Er fuhr mit dem Wagen zurück zum Strip und schaute auf die Gebäude und die Schilder. Er mußte es jetzt gleich erledigen, also kamen die Geschäfte nicht in Frage. Die Leihhäuser waren zu gefährlich, weil man nie wußte, was für stille Teilhaber der Besitzer hatte – und welches Leihhaus war schon um vier Uhr morgens geöffnet, selbst hier in Las Vegas? Nein, die einzige Chance war eine Tankstelle, die richtige Tankstelle, und ob es die richtige war, würde ihre Lage entscheiden. Er beschrieb sie sich in Gedanken und benutzte diese Beschreibung als eine Art Landkarte, fuhr aus der Stadt hinaus und durch die mondhelle Wüste, bis er die richtige gefunden zu haben glaubte und neben der Druckluftpumpe anhielt. Wenn es die richtige Tankstelle war, dann würde sich eine Gelegenheit bieten. Er stieg aus und ging um den Wagen herum, starrrte, Überraschung zeigend, auf die Reifen des Wagens. In dem erleuchteten Kiosk saß ein Mann in ölverschmierter Kleidung und las eine Zeitschrift, wobei er die Beine auf den Schreibtisch gelegt hatte. Geräuschfetzen aus einem Radio wehten über das gelegentliche Brummen eines einsamen Fahrzeugs, das auf der entfernten Schnellstraße entlangfuhr.

Er überprüfte die Reifen und pumpte einen davon um ein Zehntel Atü weiter auf, dabei warf er hin und wieder einen Blick auf den Mann im Glaskasten. Dann stieg er wieder in den Wagen ein und fuhr an einer der Zapfsäulen vor. Er war froh darüber, daß die Leihwagenfirmen die Autos nicht mehr voll aufgetankt vermieteten wie früher. Nachdem er den Tankdeckel abgenommen und getankt hatte, betrat er den Kiosk, wo der Tankwart noch immer ungerührt in seiner Zeitschrift las. Er sah, daß es die *Newsweek* war, die Ausgabe vom 15. Juni. Das schien dem Tankwart nichts auszumachen; immerhin hatte er während der ganzen Zeit kein einziges Mal umgeblättert. Vermutlich hatte er einen Artikel gefunden, der ihn interessierte.

«Sie bekommen von mir vier fünfzig», sagte er und wedelte mit einem Zwanzigdollarschein vor der Nase des Tankwarts herum.

Der Tankwart erhob sich aus dem Stuhl und schlurfte, noch in der Haltung, in der er gesessen hatte, zur Kasse hin. Dort blieb er, die Schultern über die Schublade der Kasse gebeugt, stehen. Seine Haltung erinnerte irgendwie an eine Umarmung.

In ein paar Sekunden würde sich der Tankwart wieder in seinen Stuhl fallen lassen. Er mußte also jetzt fragen. «Ist das hier auch eine Art Laden?»

«Ein Laden? Nee. Die Läden sind in der Stadt», sagte der Tankwart. «Da kann man alles kaufen – lauter Zeug, das man dann doch nicht braucht.» Er drehte sich um und legte das Wechselgeld in die Hand des Fremden, ohne es vorzuzählen, als wollte er damit andeuten, daß ein Erwachsener sein Geld selbst zählen könne, und wenn nicht, dann sei er eben ein Idiot. Der Fremde rührte sich nicht, und der Tankwart warf einen sehnsuchtsvollen Blick auf seinen Stuhl, aber er blieb, wo er war: zwischen dem Kunden und der Kasse.

«Es sieht aber ganz wie ein Laden aus mit all dem Zeug, das Sie hier herumstehen haben.»

«Das?» fragte der Tankwart. «Das ist allerdings 'ne andere Sache. Nichts zum Verkaufen. Sicherheiten.»

«Sicherheiten?»

«Genau. Es gibt Leute, die verlassen Vegas und haben nicht mehr genug Benzin im Tank, um bis Los Angeles zu kommen. Sie fahren ein paar Meilen, dann merken sie, daß sie zu weit von zu Hause weg sind, um jemanden zu finden, der ihnen Benzin auf Kredit gibt. Und dann kommen sie zu mir.»

Er nickte nur, schenkte dem Tankwart ein wissendes Lächeln, und dieser fuhr fort. «Ich hab alle möglichen Typen kennengelernt. Brandneue Cadillacs und kein Geld, um sich Benzin kaufen zu können. Also lassen sie mir alles als Sicherheit hier. Armbanduhren, Brillantringe, alles mögliche. Sie schwören mir hoch und heilig, daß sie spätestens morgen zurückkommen, um mir das Geld zu bringen und das abzuholen, was sie mir als Pfand gegeben haben.

Und manchmal kommen sie auch wirklich wieder her, aber meistens nicht. Einer hat sogar mal seine zwei Kinder als Sicherheit hierlassen wollen.»

«Das alles hier haben sie gegen Benzin eingetauscht?»

«Nein», sagte der Tankwart, schüttelte den Kopf und schaute zu Boden. «Pfänder.» Er zeigte auf eine Herrenarmbanduhr, die an einem Haken neben einem Kreuzschlüssel hing. «Die Uhr hat einer vor über zwei Jahren als Sicherheit für einen Tank voll Super hiergelassen. Sechzig Liter, damals zehn Dollar. Dabei ist die Uhr mindestens zweihundert Dollar wert, und sie hängt immer noch hier.»

«Kaum zu glauben», bestätigte er dem Tankwart. «Sie sollten einiges von dem Zeug verkaufen. Machen damit wahrscheinlich einen ganz schönen Profit.»

«Da haben Sie recht», sagte der Tankwart. «Das sollte ich, aber ich habe beim Verkaufen nicht viel Glück. Auf dem Weg nach Vegas halten sie nicht hier, und auf dem Rückweg haben sie kein Geld mehr. Nur noch dieses Zeug. Radios, Anzüge, Schmuck, Revolver, Koffer, alles, was sie mitgebracht haben und nicht gegen Chips eintauschen konnten. Wenn Sie hier was sehen, was Ihnen gefällt, können Sie mir ja ein Angebot machen.»

«Vielleicht», sagte er. «Was haben Sie denn?»

«Alles mögliche. Das meiste steht im Raum nebenan und wartet darauf, daß sie wiederkommen und es auslösen. Schauen Sie.»

Im angrenzenden Raum, der zugleich als Werkzeugschuppen diente, war eine ganze Regalwand voll mit Habseligkeiten der zahlungsunfähigen Benzinkunden. Es sah aus wie die Sore eines Einbrechers. Stapel von Koffern, eine Stange, an der teure Kleidungsstücke hingen, ein Regal mit Kameras, Kofferradios, Ferngläsern, Schmuck,

Waffen und sogar ein Gemälde – Wellen, die gegen einen Strand schlugen, ein imaginäres Malibu, dem der Künstler noch ein paar graue Felsen beigefügt hatte.

Er überblickte das Warenlager, betrachtete ein Fernglas und eine Kamera, bevor er seine Aufmerksamkeit den Schußwaffen zuwandte.

«Ich gebe Ihnen hundert Dollar für das Ding hier», sagte er und zeigte mit dem Finger auf den schönen Nußbaumschaft eines Gewehrs mit Zielfernrohr.

«Hundert?» sagte der Tankwart. «Das reicht nicht. Allein das Fernrohr ist achtzig wert. Der Mann, dem das Gewehr gehörte, hat mit ihm, eine Woche, bevor ich es bekam, ein Bighorn-Schaf geschossen.»

«Das hat er Ihnen weisgemacht.» Er schaute den Tankwart verschmitzt an.

«Es ist auf jeden Fall ein gutes Gewehr. Ich nehme zweihundert dafür.»

Er betrachtete die übrigen Schußwaffen, die auf dem Regal lagen, dann sagte er: «Wenn ich diese Pistole dazubekomme, gebe ich Ihnen zweihundertzwanzig.»

Der Tankwart betrachtete das Gewehr genauer, dann nahm er die Pistole herunter und prüfte sie. Es war eine flache 32er Beretta. Der Tankwart überlegte einen Augenblick, dann fragte er: «In bar?»

Er nickte, und der Mann reichte ihm die Pistole. Er steckte sie in seine Jackentasche und blätterte elf Zwanziger aus seiner Brieftasche. Der Tankwart zählte die Scheine ein zweitesmal, bevor er sie zusammenfaltete und in die Tasche seines Overalls steckte. Dann drehte er sich um, blieb aber mitten in der Bewegung stehen und fügte hinzu: «Soll ich Ihnen auch Munition dafür verkaufen? Ich kann sie sowieso nicht gebrauchen.»

«Lassen die Leute denn sogar Munition hier?»

Der Tankwart grinste. «Nein, nur einer. Ein Bursche, der einen ganzen Karton davon dabeigehabt hat. Alle Arten. Vermutlich irgendein verrückter Sammler. Ich gebe sie Ihnen zum halben Preis, der auf den Schachteln steht.»

«Ich bin eigentlich nicht interessiert», sagte er. «Schließlich bin ich nicht auf einem Jagdausflug, aber ich nehme je eine Schachtel Gewehr- und Pistolenmunition, wenn sie nicht zu alt ist.»

«Ungefähr ein Jahr.» Der Tankwart beugte sich bereits über eine Stellage in der Ecke und zog eine Schachtel nach der anderen heraus, bis er die gefunden hatte, die er suchte. «Mal sehen, das wären elf Dollar.»

Als er den Tankwart bezahlt und die zwei Patronenschachteln an sich genommen hatte, bemerkte er, daß das Datum auf den Schachteln fast drei Jahre zurücklag, aber er hatte nur aus Neugier nachgesehen. Es spielte keine Rolle. Als er wieder bei seinem Leihwagen war, legte er das Gewehr und die Munitionsschachteln auf den Rücksitz, nahm nur die Beretta und ein Dutzend Patronen mit nach vorn. Dann schaute er auf die Uhr, während er wieder hinausfuhr auf die Schnellstraße. Das Ganze hatte nur fünfundzwanzig Minuten gedauert – weniger Zeit, als er gebraucht hätte, um auch nur den Antrag dafür in Los Angeles auszufüllen.

Blieb also noch ein Problem, und das war die Frage, wo er den Wagen lassen sollte. Er mußte leicht erreichbar sein, in der Nähe des *Caesar's*, aber an einer Stelle, wo er nicht auffiel. Wenn man das alles bedachte, gab es nur eine Möglichkeit. Er fuhr vor dem *Caesar's Palace* vor, hielt mitten auf dem Parkplatz an, da, wo er um diese Zeit noch besetzt war, und stieg aus. Dann öffnete er den Kofferraum so weit er konnte, ohne daß die Beleuchtung drinnen sich einschaltete, lud das Gewehr beim Licht des Mondes, steckte es dann so durch den Schlitz des Kofferraums neben dem Reservereifen, daß der Lauf nach hinten zeigte, und klappte schließlich den Deckel zu.

Einen Augenblick später war er im hinteren Foyer des Hotels, das das Casino und die Ladenstraße miteinander verband, und ging über die Hintertreppe hinauf zu seinem Zimmer. Es gab kein Anzeichen dafür, daß irgend etwas verändert war. Seine Kleidung lag noch in einem Haufen auf dem Boden neben der Tür, und der Fernseher funkelte geräuschlos in die Dunkelheit und warf bunte Schatten über das zerknüllte Bettlaken. Es war kaum möglich, daß man sein Weggehen bemerkt hatte, und falls sie hier drinnen etwas gesucht hatten, dann war das sicher schon früher am Abend geschehen. Es war ihm gelungen, sich einen Vorteil zu verschaffen – keinen sehr großen Vorteil, nur einen Wagen und zwei Schußwaffen, von denen sie nichts wußten. Und wahrscheinlich brauchte er diesen Vorteil gar nicht zu nutzen: Schließlich war er auf Urlaub hier.

Er lud die Pistole, ging dann zu seinem Koffer und nahm sechs große Heftpflaster heraus. Mit ihnen klebte er die Pistole fest gegen die Wand des Schrankes oberhalb der Tür, wo niemand nachschaute. Dann nahm er sein Taschenmesser heraus, schnitt einen dünnen Schlitz in das Futter seines linken Jackenrevers und schob die zwei Wagenschlüssel hinein. Keine grandiose Sache, dachte er, aber immerhin genug, um in Ruhe schlafen zu können. Es war fast fünf Uhr morgens: ein langer Tag für einen Mann, der Ferien machte.

KAPITEL 13

Die Papiere von Senator Claremont steckten in einer abgewetzten braunen Aktentasche aus Leder, die beim Flug nach Denver aufgegeben worden war. Jetzt stand die Tasche neben dem Rest seiner Habseligkeiten auf einem kleinen Tisch in der Ecke des Labors, und die Messingschlösser glänzten vom täglichen Benutzen wie dunkles Gold.

Elizabeth saß da, trank ihren Morgenkaffee und starrte auf das weiche, rissige Leder. «Hat schon jemand die Papiere durchgesehen?» fragte sie, und ihre Stimme blieb in der Kehle stecken, so daß nur ein heiseres Flüstern herauskam. Dabei fiel ihr auf, daß das der erste volle Satz war, den sie an diesem Morgen gesprochen hatte. Hart hatte einen Zettel unter ihre Tür gesteckt und ihr geraten, mit dem Taxi zum Gebäude des FBI zu fahren. Sie hatte ihn noch nicht gesehen und fragte sich, wo er wohl sein mochte. Elizabeth räusperte sich und wollte es noch einmal versuchen, aber Mistretta hatte sie verstanden.

«Noch nicht. Wir verhandeln noch mit dem Weißen Haus. Eine Protokollfrage. Man kann nie wissen, was sich in solch einer Tasche befindet. Vielleicht enthält sie etwas, was sie nicht als Beweisstück bei einem Mordfall verwendet haben wollen.»

«Schicken sie jemanden her?»

Mistretta zuckte mit den Schultern und fuhr in seiner Arbeit fort, die darin bestand, eine lange maschinengeschriebene Liste durchzusehen und auf einem Block daneben eine kleinere Liste aufzustellen. Elizabeth beschloß, nicht zu fragen, was das für eine Liste sei. Es sah allzusehr nach Knochenarbeit aus.

Sie verließ Mistretta und ging über den Korridor zum Hauptbüro. Als sie dort eintrat, sagte der Mann am Empfang: «Miss Waring, das hier ist gerade über den Fernschreiber von Washington für Sie angekommen.» Es war ein Computerausdruck. Elizabeth nahm ihn in Empfang, ohne einen Blick darauf zu werfen; sie hatte Padgetts Fluglinienlisten oft genug gesehen. «Gibt es einen Platz, wo ich das hier ausbreiten kann?» fragte sie.

Der Mann am Empfang warf einen Blick auf das Paket Blätter, schien die Gesamtlänge abzuschätzen und sie mit den ihm bekannten freien Flächen zu vergleichen. «Das beste wäre der Konferenzraum», sagte er und deutete auf das dahinterliegende Büro, wo Elizabeth am Abend zuvor empfangen worden war.

Elizabeth betrat den Raum und überlegte sich, ob sie die Tür schließen sollte, entschied sich dann aber dagegen. Nicht, daß die Fluglinienberichte keine Konzentration erforderten, aber diese Konzentration würde vermutlich ohnehin keine brauchbaren Resultate erbringen. Sie faltete die langen, zusammenhängenden Blätter auf dem Konferenztisch auseinander und ging dann ans Kopfende des Tischs, wo der Anfang des Ausdrucks lag.

FLUG 205 UNITED. DENVER CHICAGO: DEP 0503. ARR 0647. Darunter standen die Namen und Adressen der Passagiere. Sie wußte nicht, was sie damit anfangen sollte. Padgett benützte die Berichte, um die zwei- oder dreihundert Namen anzukreuzen, die er als seine «Freunde» bezeichnete. Man brauchte den Computer nur so zu programmieren, daß er die Namen, Adressen, Kreditkartennummern und die üblichen Aliasnamen speicherte. Das dauerte pro Tag nur Sekunden. Aber das hier war eine gewaltige Arbeit, und sie konnte nur durch Streichen der einzelnen Namen gemeistert werden.

Der Mörder arbeitete allein – ein paar Abdrücke auf dem Fenster, eine Gestalt, die im Dunkel herumschlich, um das schlafende Opfer nicht zu wecken – es mußte sich um eine Einzelperson handeln. Würde sie jedoch auch als Einzelperson reisen? Es wirkte wesentlich weniger auffällig, wenn man mit jemand anderem reiste: mit einer Frau, mit Familie, mit Kindern. Aber nein, das war nicht denkbar. Wenn er mit jemandem reiste, mußte der Begleiter Bescheid wissen. Und dieses Risiko wog höher als der Nutzen der Tarnung. Also eine Einzelreservierung. Und es handelte sich höchstwahrscheinlich um einen Mann zwischen zwanzig und vierzig. Die Abdrücke am Fenster waren zu hoch, selbst für eine überdurchschnittlich große Frau, und zum Herumklettern an der Fassade zwischen den Balkonen brauchte man soviel Mut und Geschicklichkeit, wie sie nicht einmal bei allen Athleten vorhanden waren.

Sie ging die Passagierliste des Fluges 205 durch, strich alle Frauennamen aus sowie die Namen der Männer, die mit ihnen reisten, dann alle Männer, die zu zweien, aber mit nur einer Reservierung reisten. Bei dieser Gruppe kamen ihr Bedenken, und sie begann noch einmal zu überlegen. Wer könnte der zweite Mann sein? Ein Partner? Aber wenn es sich um einen Partner handelte, dann mußte er auch für etwas verantwortlich sein, wofür er seinen Teil am Honorar erhielt, vorausgesetzt, es ging um Geld. Wenn es sich allerdings um einen politischen Mord handelte, dann gab es kein Mißtrauen zwischen den Partnern und kein Geld. Vielleicht war der Partner dann ein Bewacher, ein Kontrolleur, ein Meisterspion. Aber nein, auch das war unwahrscheinlich. Keine Organisation würde die Anwesenheit eines zweiten Agenten riskieren, der keine weitere Funktion auszuüben hatte, als zu kontrollieren. Schließlich fiel ihr ein, daß da ja immer noch die Aktentasche des Senators war. Wenn etwas aus der Tasche fehlte, konnte der zweite Mann derjenige sein, der die Beute an sich genommen hatte. Aber in diesem Fall wären die beiden sicher nicht mit einer Maschine gereist. Sie würden mit zwei verschiedenen Flugzeugen in verschiedene Richtungen reisen, oder einer davon würde überhaupt kein Flugzeug benützen. Die Übergabe würde stattfinden, bevor die beiden die Stadt verlassen hatten, wahrscheinlich sehr bald nach der Tat. Also doch ein Mann allein! Ein junger Mann allein. Elizabeth ging langsam an dem langen Konferenztisch entlang und strich die nicht in Frage kommenden Namen eines jeden der notierten Flüge aus. Dabei vergaß sie völlig die Zeit, und als sie am unteren Ende des Tischs angekommen war und sich aufrichtete, war ihr Rücken ganz steif. Sie merkte es und vergaß es gleich wieder, als sie zurückging zum oberen Ende der Liste.

Das nächste waren die Zeiten. Der Senator war am Montag abend nach 23.30 Uhr zu Bett gegangen. Das bedeutete, daß niemand vor Mitternacht in sein Zimmer hatte gelangen können. Wenn alles unwahrscheinlich gut gelaufen war, hatte der Täter das Zimmer frühestens um 0.30 Uhr wieder verlassen und um 1.00 Uhr von Denver abfliegen können. Elizabeth setzte sich auf den nächststehenden Stuhl und suchte die entsprechenden Flüge aus: einen Flug um 2.00 Uhr nach Cheyenne, um 3.00 Uhr nach Pueblo, um 3.30 Uhr nach Laramie, um 4.30 Uhr nach Boulder und kein Flug vor 6.00 Uhr nach Salt Lake City. Es mußte noch ein Kriterium bei den Zeiten geben, das ihr bis jetzt noch nicht ganz klargeworden war. Es war zu vage, nicht viel mehr als ein Gefühl, daß sie etwas von Bedeutung übersehen hatte. Sie zerbrach sich den Kopf, aber es wollte ihr nicht einfallen. Wieder stand sie auf und ging die Liste durch. Diesmal strich sie alle Flüge aus, die zeitlich nicht in Frage kamen.

Elizabeth betrachtete die Liste und dachte eine Minute lang nach – natürlich, die Adressen! Wenn jemand einen Senator umgebracht und danach ein Flugzeug bestiegen hatte, dann bedeutete das, daß er nicht in Denver lebte. Damit konnte man die Hälfte der übriggebliebenen Namen streichen, womit sie die nächste halbe Stunde verbrachte. Die Liste wurde allmählich kürzer, und sie konnte ganze Blätter abreißen und zur Seite legen.

Dann saß sie da und dachte die ganze Sache noch einmal von Anfang an durch. Es waren immer noch an die fünfhundert Namen übrig; zu viele, als daß man irgend etwas damit hätte anfangen können. Und es gab noch etwas, was sie beunruhigte: Es ging alles zu glatt, zu logisch, und sie kam stetig voran, wobei ein Schritt auf dem vorausgegangenen beruhte. Wenn ein einziger dieser Schritte falsch war, schlüpfte ihr der Täter durchs Netz. Es kam alles darauf an, daß auch er logisch dachte und sich alles so zurechtgelegt hatte, wie es Elizabeth im nachhinein zu rekonstruieren versuchte. Um ihrer Logik zu entkommen, brauchte er lediglich etwas Törichtes, Unlogisches zu tun – zum Beispiel einen Begleiter mitnehmen, dem er vertrauen konnte, oder etwas anderes dieser Art. Und da war noch etwas; sie kam ihm inzwischen ziemlich nahe, fühlte es ganz deutlich: Dieser Mann handelte nicht töricht. Er hatte bereits zuviel mit großer Sorgfalt durchgeführt, hatte zu viele Schritte unternommen, um sich dem Senator zu nähern, und war davongekommen, ohne zu versagen oder auch nur Zeit vergeudet zu haben. Er hatte immer die richtigen Entschlüsse getroffen, obwohl manche von ihnen verrückt gewesen waren. Verrückt, aber logisch.

Elizabeth betrachtete wieder die Liste, und auf einmal wurde es ihr klar. Sie hatte die falsche Liste vor sich. Was sie brauchte, war die Liste der Reservierungen. Jetzt wußte sie, daß sie ihn verstand. Er war ein Mann, der Entschlüsse traf, sowie es für ihn notwendig wurde. Er war nicht in das Hotelzimmer eines US-Senators geklettert in der Absicht, dessen Zahnprothese zu vergiften. Das hatte sie von Anfang an gestört. Es wäre zu absurd gewesen. Er hatte eine ganze Reihe von Optionen, die er für den Fall, daß er sie brauchte, wahrnehmen konnte. Er ließ sich bestimmt nicht auf das Risiko ein, keinen Platz zu bekommen oder eine Maschine zu verpassen – nein, er mußte sichergehen, daß er immer dann, wenn es notwendig war, mit der nächstmöglichen Maschine wegkam. Vielleicht hatte er mehrere Tage lang für jeden Flug eine Reservierung buchen lassen. Außerdem hatte er sich wahrscheinlich einen Leihwagen und vielleicht auch ein Busticket besorgt. Es war gleich, welches von den Verkehrsmitteln er schließlich benutzte, ob er ein Flugzeug erwischt hatte, mit dem Wagen weggefahren war, sich in Luft aufgelöst hatte oder einfach hiergeblieben war. Entscheidend war, daß er sich vermutlich all diese Optionen offengehalten hatte. Was er danach wirklich getan hatte, war jetzt nicht wichtig, und es gab auch kaum einen Weg, es jetzt noch herauszufinden. Das einzige, was Elizabeth mit großer Sicherheit vermutete, war die Möglichkeit, daß er bei mehr als einer Fluglinie gebucht hatte. Sie nahm ihre Ausdrucke und verließ damit den Konferenzraum.

«Wo ist Ihr Computer-Terminal?» fragte sie den Mann am Empfang.

«Zimmer einundzwanzig-siebzehn», antwortete dieser.

Lang, der FBI-Mann, den sie am vergangenen Abend

kennengelernt hatte, war gerade am Terminal und sprach mit einem der Programmierer, als Elizabeth eintrat. Er hörte ihr aufmerksam zu, als sie ihm zu erklären versuchte, was sie wollte. Der Programmierer verstand augenblicklich ihre Theorie. Er fragte: «Und welche Fähnchen setzen wir?»

«Was meinen Sie damit?» fragte Elizabeth.

«Was fragen wir den Computer, damit er nach Übereinstimmungen sucht?»

«Namen, Adressen, Kreditkartennummern, wenn es welche gibt. Alles, was öfter als einmal auftauchen kann. Die Idee ist, daß er mehrere Flüge reservieren ließ, wahrscheinlich von mehreren halbwegs nahegelegenen Abflugorten und zu verschiedenen Zeiten, beginnend mit Montag nacht und endend zu dem Zeitpunkt, als der Senator Denver wieder verlassen wollte. Wann wäre das gewesen, Mike?»

«An diesem Freitag abend», sagte Lang.

«Okay», sagte der Programmierer. «Ich fange mit den Fluglinien an. Sie interessieren sich vermutlich auch für Leihwagenfirmen, Busse und die Eisenbahn. Sonst noch was?»

«Nein», antwortete Elizabeth. «Wenn das nicht wenigstens eine Doppelbuchung bringt, muß ich mich mächtig geirrt haben.»

«Richtig», stimmte der Programmierer zu und begann mit fliegenden Fingern die Codes einzugeben, als hätten Elizabeth und Lang aufgehört zu existieren oder wären auf eine andere Wellenlänge geschaltet worden, mit der er nichts zu tun hatte.

Eine elektronische Stimme, die Elizabeth als den Geist des Mannes am Empfang identifizierte, sagte: «Agent

Lang, weißes Telefon» über die Sprechanlage. Lang ging zur Wand und nahm den Hörer ab. Dann hörte er einen Augenblick zu, sagte «Verstanden» und hängte ein.

Er ging zur Tür, bevor er sich nach Elizabeth umdrehte. «Wir können jetzt mit den Papieren beginnen, falls Sie sich daran beteiligen wollen.»

«Ja, ich glaube, das will ich», sagte Elizabeth. «Das mit den Reservierungslisten dauert vermutlich den ganzen Tag.»

Elizabeth rechnete damit, daß die anderen im Labor bereits in der Aktentasche herumstöberten, aber als sie und Lang den Raum betraten, war er leer. «Wo sind denn alle?» fragte sie.

«Hart arbeitet mit den Leuten vom Erkennungsdienst am Giftproblem. Sie haben heute Proben davon ins toxikologische Labor der Air Force gebracht und wollen untersuchen lassen, ob man die Herkunft des Giftes feststellen kann. Mistretta überprüft die Leute, die im *Constellation Hotel* gewohnt haben. Wir gehen dabei von der Theorie aus, daß derjenige, den wir suchen, sich ein Zimmer genommen hat, nicht unbedingt zu der Zeit, als der Senator dort war. Jeder, der den Senator töten wollte, hätte genug Informationen über ihn gehabt, um zu wissen, wo der Senator wohnte, wenn er sich in Denver aufhielt. Hobson arbeitet sich durch die Polizeiprotokolle aller Reviere in Denver, beginnend mit vergangenem Freitag. Davis macht das gleiche bei der Staatspolizei. MacDonald – ich glaube, Sie haben ihn noch nicht kennengelernt – koordiniert die Anfragen bei anderen Abteilungen und versucht sie zu veranlassen, ihre Informanten auszuquetschen: Alkohol, Schußwaffen, Rauschgift, CIA und so weiter. Andere Leute sammeln Hotel- und Motelregistrierungen aus der ganzen Stadt, beobachten Flughäfen und Eisenbahnstationen im Hinblick auf bekannte Gesichter, wieder andere geben alles zur Auswertung an Washington weiter. Unser Personal hier ist damit total ausgelastet. In ein paar Tagen haben wir alles Rohmaterial zur Verfügung, das wir bekommen können. Und wenn es uns nicht gelingt, in Kürze auf eine Spur zu stoßen oder zumindest eine Inspiration zu erhalten, wird jemand im Senat ein paar höchst unangenehme Stunden verleben.»

«Was meinen Sie damit?»

«Man erwartet von uns, daß wir ein spezielles Ermittlungsteam einsetzen, das herausfindet, was geschehen ist. Jemand vom FBI – vermutlich der Direktor persönlich – muß vor den Senat treten, mit allen Informationen, die wir ihm geben können. Wenn er keinen Täter vorweisen kann, muß er dem Senat beweisen, daß es so etwas wie das perfekte Verbrechen gibt.»

«Sie haben also nicht viel Hoffnung, oder täusche ich mich?» fragte Elizabeth.

Lang wandte sich ihr zu und schaute sie ein paar Sekunden lang an. Eine Art müdes Lächeln schien über sein Gesicht zu flackern, aber er unterdrückte es, nahm die Brille ab und betrachtete die Gläser aus der Nähe, bevor er sein Taschentuch herausnahm, um sie damit zu polieren. «Nein, ich habe nicht viel Hoffnung. Ich hatte von Anfang an keine. Einer, der so etwas plant und durchführt und es auch noch fertigbringt zu verschwinden, ohne auch nur einen Fingerabdruck oder irgendein anderes Indiz zurückzulassen, hat es praktisch bereits geschafft. Immerhin unterscheidet sich unser Täter vermutlich von keinem anderen Bürger dieses Landes.» Er setzte die Brille wieder auf und fügte hinzu, als wollte er mit dieser Geste seine Pointe unterstreichen: «Es läuft auf einen Einbrecher hinaus, der nichts gestohlen hat.»

Elizabeth dachte darüber nach und seufzte dann. Es war wirklich so, wie Lang es beschrieben hatte. Jetzt fühlte sie sich wieder müde, dabei war es noch nicht einmal Mittag. «Wir versuchen alles und beweisen damit nur, daß wir sorgfältig arbeiten. Ist es so?»

«O nein», erwiderte Lang plötzlich hellwach und lebhaft. «Wir tun nicht nur so – genausowenig wie Washington. Die ziehen dort wirklich die ganz große Nummer ab; sie suchen nach Motiven und schicken ihre eigenen Leute wie Sie und Hart herum, damit jedem erdenklichen Hinweis nachgegangen wird. Ich meinte damit nur, daß wir uns um zwei Dinge zugleich kümmern müssen: Wir müssen unseren Job tun und darauf vorbereitet sein, zu beweisen, daß wir ihn gut getan haben. Na schön – wenden wir uns der Aktentasche zu.» Er ging in die Ecke des Labors, um die Tasche zu holen. Dann blieb er an einem Schreibtisch stehen, zog ein gedrucktes Formblatt aus der obersten Schublade und kam damit zum Tisch zurück.

«Und so wird's gemacht», sagte er. «Wir stellen eine genaue Liste der Dinge auf, die sich in der Tasche befinden, dann unterzeichnet jeder von uns diese Liste. Eine Standardprozedur, wenn der Besitzer nicht selbst anwesend ist, um die Liste zu unterzeichnen, und wir müssen darauf achten, daß wir ja keinen Fehler machen. Ich möchte nicht, daß in einem Jahr ein Mann von der Nationalen Sicherheit mit dem Ding hier in der Hand bei uns erscheint und mich fragt, wie ein Dokument, das der Senator irgendwann einmal abgezeichnet hat, in Berlin, Hongkong oder Zürich zum Kauf angeboten werden konnte.»

Lang nahm die erste dicke Broschüre heraus. «Meines

Erachtens eine Kopie des Kongreßprotokolls», sagte er, «die Seiten tausendachtzehn bis zweitausenddreizehn, vom zwölften Januar bis zum ersten Februar. Mit – mal sehen – mit handschriftlichen Korrekturen und Kommentaren, die mit Bleistift angebracht wurden. Stimmen Sie zu?»

Elizabeth warf einen Blick darauf und nickte, während sie die Beschreibung in das Formblatt eintrug.

Als nächstes kamen ein Adreßbuch, Flugpläne verschiedener Gesellschaften, eine Ausgabe von *Time*, ein Auszug einer Rede über Einkommensteuer. Das Ganze war unangenehm und seltsam, nicht weil sie die persönlichen Dinge eines Toten durchgingen, sondern weil sie nicht das Gefühl hatten, daß dies alles einem Toten gehörte. Alles war halbfertig und unerledigt: das Magazin noch frisch und nach Druckerschwärze riechend, die Rede ohne einen Schluß, als ob der Verfasser mitten im Satz durch einen Anruf gestört worden war. Aber dann fiel ihr ein, daß das eben die Begleitumstände eines Mordes waren, die auftauchten, wenn man den Anblick des Bluts, den ersten Schmerz und den Zustand des Gelähmtseins hinter sich hatte. Elizabeth schrieb rasch, während Lang die Beschreibungen formulierte. Sie kamen ihr überpräzise vor, fast albern: «Spiralgeheftetes Notizbuch. Menge: eines. Farbe: blau. Hersteller: Gem Corporation. Größe: vierundzwanzig mal dreißig, numerierte Seiten eins bis zweihundert. Seiten acht, neunzehn, dreiundsiebzig und hundertsechs fehlen. Eine – nein, zwei Packungen Zigaretten, Marke *Sobraine*, ohne Filter. Verpackung unversehrt. Aktennotiz, datiert vom dritten Februar, gerichtet an alle Senatsbüros. Verfasser Mr. Deering von der allgemeinen Verwaltung. Thema: Unnütze Verschwendung elektrischer Energie.»

Während sie «elektrische Energie» niederschrieb, sagte sie: «Weiter.»

«Das ist alles», schloß Lang. «Halt: Aktentasche, braunes Leder mit Messingbeschlägen. Initialen MRC.»

Sie unterzeichneten beide die Liste, und Lang sagte: «Ich gebe das jetzt gleich nach Washington durch. Dann können sie dem Weißen Haus versichern, daß wir nicht hier sitzen und Däumchen drehen.»

«Kann ich jetzt mit diesen Papieren beginnen?» fragte Elizabeth.

«Klar», antwortete er. «Das einzige, was mir einigermaßen vielversprechend vorkommt, sind das Adreßbuch und das Notizbuch. Sie können jetzt gleich damit anfangen.» Er ging hinaus und schloß die Tür hinter sich.

Die ersten zwei Seiten des Notizbuchs hätten gereicht. Elizabeth blätterte die übrigen hundertsieben Seiten, die beschrieben waren, durch, und es wurde nicht besser. Das Notizbuch war eine Ansammlung aller Dinge, an die sich der Senator erinnern wollte. Termine mit anderen Senatoren und Termine bei seinem Arzt, Listen für die Lebensmittelhändler und fragmentarische, rätselhafte Eintragungen. *Akte Bannermann – N. G. anrufen. Carlson erinnern, daß er d'Orsini u. a. einlädt. Sonntag.* Sie fragte sich, ob sie auf einen brauchbaren Hinweis gestoßen war, als sie das doppelte Fragezeichen hinter dem Namen *Clayburn??* sah, aber dann entdeckte sie ein dreifaches Ausrufezeichen hinter *Brezeln!!!* Es gab einzelne Phrasen aus politischen Reden: *Das Schlimme ist, sie versuchen das Land wie ein Pokerspiel zu führen* – aber es gab keinen Hinweis darauf, wer das gesagt hatte, wo, wann und bei welcher Gelegenheit.

Elizabeth saß da und dachte nach. Es mußte doch eine Art systematisches Gitterwerk geben, das man konstruieren konnte, um alles, was in dem Notizbuch stand, zu klären. Im Grunde war es ganz einfach. Da die Vermerke und Termine notiert worden sein mußten, bevor sie stattfanden, konnte man die genauen Daten mit den anderen dabei Beteiligten abklären. Und man konnte die Notizen jeder Seite in Kategorien einteilen: Termine und Verabredungen, politische Referenzen, persönliche Referenzen und Vermischtes. Auf die Kategorie «Vermischtes» durfte man nicht verzichten. Vielleicht war es möglich, fast alles zu klären – wen er getroffen, mit wem er gesprochen, was er jeden Tag in den vergangenen zwei Monaten getan, worüber er nachgedacht hatte. Es würde einige Zeit dauern und vielleicht sogar nichts bringen. Und schließlich, wenn etwas im Busch gewesen wäre, hätte der Senator es nicht selbst rechtzeitig gemerkt und etwas dagegen unternommen?

Es gab vielleicht auch einen kürzeren Weg, um Aufklärung zu erlangen. Der Senator hatte einen Stab von Leuten unter sich gehabt, und diese Leute würden die meisten der Notizen deuten können, vielleicht alle. Da war sein offizieller Assistent. Wie hieß er noch? Sie blätterte das Notizbuch noch einmal durch, und der Name tauchte immer wieder auf. *Papiere über Callowy-Gesetz – Carlson soll N. G. anrufen. Betr.: Öl-Entw.-Genehm.*

Elizabeth ging zur Wand und nahm den Hörer des weißen Telefons ab. Es klingelte sofort, und erst jetzt fiel ihr auf, daß es keine Wählscheibe hatte. Die Stimme, die sich mit «Ja» meldete, war die des Mannes am Empfang. Mein Gott, dachte sie, arbeitet hier denn sonst niemand anderer? Aber sie sagte: «Hier spricht Elizabeth Waring; ich befinde mich im Labor des Erkennungsdienstes. Können Sie mir einen Termin mit Mr. Carlson, dem Assistenten des Senators, vermitteln, und zwar so bald wie möglich?»

«Tut mir leid, Miss Waring», antwortete der Mann am Empfang. «Mr. Carlson befindet sich auf dem Rückflug nach Washington. Ich bin sicher, ich kann ihn heute abend dort telefonisch erreichen.»

«Verdammt!» rief Elizabeth. «Wer hat ihm gesagt, daß er abfliegen soll, und warum, um alles in der Welt, wollte er zurück nach Washington?» Sie bedauerte es augenblicklich, aber schon antwortete die gelassene Stimme des Mannes vom Empfang: «Mr. Lang hat erst vor kurzem mit ihm telefoniert, kurz bevor er das Hotel verlassen hat.»

«Also ist er vielleicht noch nicht weg?» fragte Elizabeth.

«Seine Maschine fliegt heute mittag um halb eins und kommt in Washington um sieben Uhr fünfzehn Ortszeit an.»

Elizabeth warf einen Blick auf ihre Armbanduhr. Es war gerade Mittag. «Tut mir leid, aber dieses Telefon hat keine Wählscheibe. Können Sie die Fluggesellschaft anrufen und sie bitten, Mr. Carlson ans Telefon zu rufen? Es könnte sehr wichtig sein.» Sie war froh, daß sie «könnte» gesagt hatte. Allmählich hatte sie sich wieder unter Kontrolle.

«Ja. Wenn wir ihn erreichen, gebe ich das Gespräch ins Labor durch.»

Das Telefon klingelte nach ein paar Minuten, und Elizabeth meldete sich: «Waring.»

«Ich habe Mr. Carlson am Apparat», sagte der Mann vom Empfang.

«Mr. Carlson?»

«Ja, Miss Waring?» antwortete der Assistent des Senators. Hinter seiner Stimme war ein hohler Geräuschpegel zu vernehmen. Carlson sprach tonlos und zu laut, obwohl er die andere Hand an sein freies Ohr gepreßt hielt.

«Ich habe eine Reihe von Fragen, die nur Sie beantworten können, wie mir scheint, und ich –»

«Miss Waring, ich bedaure, aber ich habe einen Flug nach Washington gebucht, und die Passagiere gehen bereits an Bord. Kann ich zurückrufen, wenn ich heute abend zu Hause bin?»

«Ich fürchte, das wird nur nicht weiterhelfen. Ich habe hier nämlich etwas, was Sie sich ansehen müssen, damit Sie es mir erklären können. Wenn Sie einen späteren Flug nehmen könnten, wäre ich –»

«Ich bin bereits über vierundzwanzig Stunden lang interviewt und befragt worden, und – oh. Einen Augenblick.» Elizabeth hörte, daß eine andere männliche Stimme im Hintergrund dröhnte, gerade so weit entfernt, daß sie übers Telefon nicht zu verstehen war. Carlson antwortete. Die Diskussion dauerte ein paar Sekunden, und schließlich hörte sie, wie Carlson in den Hörer seufzte. Er sagte: «Ich habe meinen Flug verpaßt. Jetzt muß ich vier Stunden auf die nächste Maschine warten.» Es klang sehr traurig.

«Wo kann ich Sie treffen?» fragte Elizabeth.

«Warum nicht hier, wenn es sich nur um ein paar Minuten handelt? Ich bin in zwanzig Minuten am Schalter der American Airlines. Ich trage einen hellgrauen Anzug und sehe sehr ungeduldig aus. Und sie?»

«Ich bin die Person, die das Notizbuch des Senators in der Hand hat.»

Als sie ihn erblickte, stand er am Ticketschalter und starrte unverwandt auf seine Armbanduhr, dann reckte er den Hals aus dem steifen Hemdkragen, den Mund etwas geöffnet, als wollte er jedem in seiner Nähe demonstrieren, daß er ein Mann war, der durch widrige Umstände und gegen alles Recht aufgehalten worden sei. Als er sie mit dem Notizbuch in der Hand auf sich zukommen sah, lehnte er sich gegen die Theke des Schalters und schürzte die Lippen, was ihm einen Ausdruck spöttischen Mißfallens verlieh.

Elizabeth versuchte sich vor Augen zu halten, daß er wegen einer vermutlich ganz unbedeutenden Sache von ihr aufgehalten worden war – wegen eines Beweisstücks, das wahrscheinlich gar keines war –, aber sie wußte auch, daß die Leute in der Schlange vor dem Schalter sie für eine unzuverlässige Sekretärin halten mußten, die ein wichtiges Dokument verlegt hatte, und damit der Grund dafür war, daß ihr Arbeitgeber, dieser tüchtig aussehende, gepflegte Mann in dem eleganten Maßanzug, der sie jetzt zutiefst entrüstet anblickte, zu spät gekommen war. Und das konnte Elizabeth ihm nicht verzeihen. Deshalb sagte sie, als sie noch drei Meter von ihm weg war: «Immer mit der Ruhe, Mr. Carlson. Sie stehen ja nicht unter Arrest. Wir müssen nur miteinander sprechen.» Sie sagte es so, als wollte sie einem Mann Mut machen, der normalerweise ein Feigling war.

Seine Reaktion rief bei ihr ein Lächeln hervor, das sie nur mit Mühe unterdrücken konnte: Er sah aus, als hätte man ihm einen Dolch in den Rücken gestoßen. Zugleich stieß er sich von der Theke ab und ging so schnell weg, daß Elizabeth Mühe hatte, ihm zu folgen. Er blieb erst stehen, als ihn die Leute vor dem Ticketschalter nicht mehr sehen konnten. Kein Zweifel, er war entrüstet. «Miss Waring, ich dachte, Ihre Leute seien etwas diskreter.»

Elizabeth schaute ihn erstaunt an, dann tat sie so, als ordne sie sein seltsames Verhalten in eine Kategorie ein, die beruflichen Ermittlern wohlvertraut war – immerhin erlebte man in diesem Beruf die Menschen nicht selten in den schlimmsten Augenblicken ihres Daseins.

«Nun, können wir anfangen?» fragte sie. «Ich möchte nicht, daß Sie auch noch Ihren nächsten Flug verpassen.» Und sie sagte es so, als habe sie fast Mitleid mit ihm, obwohl beide genau wußten, was sie davon zu halten hatten.

«Na schön», erwiderte er. «Und wo?»

«Ich habe bereits einen Konferenzraum besorgt.»

Sie wurden am Schalter für den Extraservice des Flughafens erwartet. Der Konferenzraum befand sich neben der Haupthalle und enthielt zehn Stühle, von denen drei einigermaßen bequem aussahen, und einen langen Tisch. Es gab keine Fenster, aber ein Gemälde einer undifferenzierten Landschaft, das an der gegenüberliegenden Längswand hing. Die beiden nahmen am Tisch Platz. Elizabeth schlug das Notizbuch des Senators auf und holte dann ihr eigenes aus der Tasche.

«Mr. Carlson, warum fliegen Sie schon heute zurück nach Washington?»

«Weil Senator Claremont tot ist. Ich war offensichtlich nicht weiter von Nutzen, und Agent Lang meinte, ich könnte ohne weiteres abfliegen. Ihre Leute waren fertig mit mir. Werde ich verdächtigt?»

«Nein, natürlich nicht», sagte Elizabeth, als wäre sie niemals auf diesen Gedanken gekommen.

«Das ist gut, denn wenn das der Fall gewesen wäre, hätte ich dieses Gespräch sofort abgebrochen und meinen Anwalt verständigt.»

«Das hatte ich schon fast befürchtet», erwiderte Elizabeth, «aber es wäre wirklich reine Zeitverschwendung, und wir wollen Sie ja nicht länger als nötig aufhalten. Wenn Sie mit mir, so gut Sie können, zusammenarbeiten, bin ich sicher, daß wir es bald hinter uns haben. Sagen Sie mir, was Sie über dieses Notizbuch wissen.»

«Es gibt eigentlich kein Notizbuch, eher eine Art Kladde. Der Senator hatte es immer bei sich, um sich kurze Notizen zu machen, wenn er keine Zeit hatte, bestimmte Dinge zu erledigen», erklärte Carlson. «Er hatte ein sehr schlechtes Gedächtnis und war klug genug, es sich einzugestehen – daher hat er alles aufgeschrieben.»

«Und hat das funktioniert?»

«Meistens hat er zumindest daran gedacht, uns über alles zu informieren. Die Termine wurden dann in seinen Kalender eingetragen und so weiter. Aber manchmal hat er es auch vergessen. Er vergaß sogar, wohin er sein Notizbuch gesteckt hatte, hat es in einem Sitzungssaal oder bei einer Pressekonferenz liegengelassen, aber es ist immer wieder aufgetaucht.»

«Ich möchte gern ein paar Abschnitte davon mit Ihnen durchgehen. Vielleicht können Sie zur Aufklärung der einen oder anderen Eintragung beitragen», sagte Elizabeth.

«Sicher.» Carlson warf einen Blick auf seine Digitaluhr, als wenn er von nun an die Zeit berechnen würde. Dann schlug er das Notizbuch auf und begann laut daraus vorzulesen. «*Dinner am siebten – S. A.* Das war das Dinner, das der Botschafter von Saudi-Arabien am siebten Januar gegeben hat. Der Senator vergaß immer wieder den Namen des Botschafters, der Ruidh heißt. *Anruf R. T. T.* – das ist Robert T. Taber, der Kongreßabgeordnete aus Iowa. Vor ein paar Jahren hatten sie gemeinsam an einem Gesetz zur Förderung der Landwirtschaft gearbeitet, und jetzt teilte gelegentlich der eine dem anderen mit, wie dieses Gesetz funktionierte.»

Elizabeth schrieb schnell, versuchte soviel wie möglich zu erfassen und hoffte, daß ihr später diese Kurznotizen zu einem nützlichen Ergebnis verhelfen würden. Carlson fuhr fort und benahm sich dabei so, als handle es sich um ein Familien-Fotoalbum voll bekannter Gesichter. Er machte seine Sache gut, das mußte Elizabeth zugeben, schien zu wissen, was alles bedeutete und wie es zu den Eintragungen gekommen war.

Schließlich kam er zu einer Liste und hielt inne. «Ich weiß nicht, was das hier bedeutet», sagte er. «Es muß mit den Steuer-Hearings zusammenhängen, die er für den Herbst geplant hatte.»

«In welcher Weise zusammenhängen?»

«Nun», sagte Carlson, «das Komitee hat einen speziellen Stab von Mitarbeitern, die die Details für diese Art von Hearings ausarbeiten. Wahrscheinlich können Ihnen diese Leute mehr sagen als ich. Das sind Dinge, mit denen ich nichts zu tun hatte.»

«Aber was ist es Ihrer Meinung nach?»

«Eine Liste von Firmen aller Größen und Strukturen. Hier, sehen Sie: Bulova, General Motors, Eastman Kodak. Dann, hier, solche, von denen keiner jemals etwas gehört hat: Gulf Coast Auto Leasing, Standard Hardware, North Country Realty. Und ein paar sind öffentliche Versorgungsbetriebe: PG & E, Commsat, FGE, Con Ed.»

«Was hatte er Ihrer Ansicht nach mit diesen Firmen vor?»

«Vielleicht wollte er sie in einer Rede erwähnen, vielleicht wollte er ihre Bücher amtlich überprüfen lassen, vielleicht wollte er jemanden gegen sie aussagen lassen. Ich weiß es nicht. Es gibt eine spezielle Arbeitsgruppe dafür.»

«Und wer könnte es wissen?»

«Justin Garfield, der Vorsitzende der Arbeitsgruppe. Diese Liste ist über einen Monat alt, und wenn sie etwas mit dem Komitee zu tun hat, dann weiß Garfield vermutlich inzwischen darüber Bescheid. Man kann schließlich nicht bei General Motors anrufen und sagen, daß sie nächste Woche vorbeikommen sollen mit einem Schuhkarton voll Quittungen und Steuererklärungen. Es dauert seine Zeit, bis so etwas zusammengestellt werden kann.»

Elizabeth drehte das Notizbuch so, daß sie hineinschauen konnte, und warf einen Blick auf die Liste. «Was bedeutet PG & E?»

«Pacific Gas and Electric. Ach so, ich vergaß, Sie kommen von der Ostküste.»

«Und FGE?»

«Vermutlich Florida Gas and Electric.»

«Wie nehme ich Kontakt mit Justin Garfield auf?»

Carlson nahm ein ledergebundenes Adreßbuch aus seiner Aktentasche und las: «Zweinullzwei-sechsneunzweizwölfvierundfünfzig. Nebenstelle zwei. Können wir weitermachen?»

«Bitte.»

Carlson kehrte zu seiner Übersetzung zurück und schien mit jeder Seite neues Selbstvertrauen zu gewinnen. Elizabeth wurde klar, daß Senatoren nicht viel Zeit für ihr Privatleben hatten. Carlson wußte, wen der Senator getroffen, wen er angerufen hatte und worüber gesprochen worden war. Zweimal mußte er sein eigenes Adreßbuch zu Rate ziehen und eine Telefonnummer mit seinen eigenen Eintragungen vergleichen, aber nur, um sicherzugehen. Nach einer Weile waren sie am Ende angekommen, und Carlson fragte: «Ist das alles, was Sie von mir wissen wollten?»

«Ja, Mr. Carlson. Ich danke Ihnen für Ihre Unterstützung. Wo kann ich Sie erreichen, wenn wir noch weitere Fragen haben sollten?»

«Vorläufig im Büro des Senators. Wenn sich meine Situation verändern sollte, mache ich dem FBI davon Mitteilung.» Wieder warf er einen Blick auf seine Armbanduhr und sagte dann: «Also, leben Sie wohl.» Sie schüttelten sich nicht die Hände, bevor er hinausging und die Tür hinter sich zuzog.

Im *Constellation Hotel* gab es nur ein Anzeichen dafür, daß sich etwas ereignet hatte, was nicht von der tüchtigen und umsichtigen Geschäftsleitung geplant worden war: Die Aufzüge hielten nicht im vierten Stock.

Erst als Elizabeth die Tür ihres Zimmers geschlossen hatte, fiel ihr ein, daß sie vergessen hatte, beim Büro des FBI vorbeizufahren und das Notizbuch des Senators zurückzugeben. Sie zog das Telefon zu sich heran, während sie in ihrer Handtasche nach der Nummer von Agent Lang suchte. Als das Telefon klingelte, fuhr sie zusammen.

«Hallo?» rief sie viel zu laut.

«Hallo, Kleine», sagte die Stimme.

«Hallo, Padgett», antwortete sie. «Was hast du?»

«Eine Blase am Finger. Ich rufe schon den ganzen Tag an.»

«Ich war beim FBI – arbeiten.»

«Brauchst du mir nicht zu sagen. Ich bin nicht für die Reisespesen zuständig. Geht es wenigstens voran?»

«Wir haben ein paar Dinge, mit denen wir weiterarbeiten können, aber meistens nur Vermutungen oder ziemlich wackelige Indizien. Immerhin genug, um uns in Bewegung zu halten. Hast du was Neues in der Sache Veasy?»

«Genau das, wonach du gefragt hast. Bei dem Pensionsfonds der Gewerkschaft ist Mist gebaut worden, zumindest sieht es so aus.»

«Ach –»

«Ich meine Mist, Dummheit. Keine Gaunerei. Sie haben einen Großteil des Geldes in Luftgeschäfte gesteckt. Das meiste in die Firma, nach der du dich erkundigt hast: Fieldston Growth Enterprises. Sieht zwar ganz legal aus, aber es sind Spekulanten, schlicht und einfach Spekulanten. Sie kaufen eine Menge unerschlossenes Land in Erholungsgebieten und dergleichen. Das läuft schon seit acht Jahren, und dabei hat sich eine Menge Papier angesammelt, aber kein wirklicher Profit, auf den die Gewerkschaft oder auch nur die Steuerbehörde die Hand legen könnte.»

«Wo ist der Sitz dieser Firma?»

«In Las Vegas.»

«Das dachte ich mir. Und wer ist der Besitzer?»

«Der größte Anteilseigner ist Edgar Fieldston selbst; er hat zweiundvierzig Prozent. Es gibt nicht viele Informationen über ihn. Niemals festgenommen, zahlt seine Steuern pünktlich und so weiter. Er ist Vorsitzender des Aufsichtsrats und erhält dafür ein Gehalt von fünfundsiebzigtausend. Nummer zwei ist die Maschinenbaugewerkschaft, die fünfzehn Prozent der Anteile besitzt. Der Rest sind Einzelpersonen, ein paar Banken mit kleinen Einlagen.»

«Und woher hast du das alles?»

«Ganz einfach – sie geben einen jährlichen Bericht heraus. ‹FGE für die Zukunft›. Dann habe ich mich bei ein paar Leuten von SEC und FTC erkundigt –»

«Du sagst FGE.»

«Klar. Fieldston Growth Enterprises.»

«Ist Brayer in der Nähe? Ich muß mit ihm sprechen.»

KAPITEL 14

Er erwachte, weil er sein eigenes Gesicht vor sich sah: so, als wäre es ein Gebilde mit Eigenleben, das während der Nacht ins Zimmer gekommen war und jetzt eine Ecke darin ausfüllte wie ein Möbelstück, das erst beiseite geräumt werden mußte, bevor irgend etwas anderes geschehen konnte. Es war trocken und heiß, wenn man es berührte.

Er sprang auf und rannte zum Spiegel, schaute sich an.

Es war nicht so schlimm, wie es sich anfühlte, dachte er – keine Infektion jedenfalls. Aber es würde einige Zeit dauern, bis alles abgeheilt war, und selbst dann dürfte eine Narbe zurückbleiben. Die Blutergüsse und Beulen würden in ein, zwei Wochen verschwunden sein, aber nicht die Narbe. Das Knie war steif, doch er fühlte, wie es allmählich wieder durchblutet wurde, sich ein wenig leichter bewegen ließ.

Er schaute auf seine Uhr. Schon elf! Vorsichtig rasierte er sich, ließ das Wasser aus der Dusche über seine Wunden strömen, zog sich frische Kleidung an und ging dann hinaus auf den Korridor. Es war Zeit, sich den Beobachtern zu zeigen und danach etwas zu essen. Vermutlich warteten sie in der Nähe von einem der beiden Haupteingänge. Er ging weiter, dabei prüfte er die Belastbarkeit seines verletzten Knies, und es fühlte sich so an, als sei die frühere Elastizität zurückgekehrt. Er ging quer durch das Casino und machte eine Runde durch die Lobby, bevor er sich in die Schlange vor dem Ballsaal stellte. Frauen in der Livree des Hotels standen an einer Kasse und wiesen den Gästen die Tische zum Brunch. Dies erledigten sie mit einer eisernen, fast abstoßend wirkenden Betriebsamkeit, wobei sie die Handzeichen der Kellnerinnen mit den gleichen leidenschaftslosen Blicken wie die Croupiers registrierten.

Diesmal waren seine Beobachter schwerer auszumachen. Er sah kein bekanntes Gesicht und auch niemanden, der an ihm vorbei ins Leere starrte. Sicher, er wußte, daß das ältere Paar inzwischen durch jemand anders ersetzt worden war, aber er hatte nicht damit gerechnet, daß dieser Einsatz weniger auffallend sein würde als die beiden vom Tag zuvor. Er warf einen Blick auf die Schlange vor sich. Wenn sein neuer Beobachter nicht besonders gut war, würde er ihn in dem Augenblick erkennen, in dem er sich abwandte, seine Brille zurechtrückte oder zumindest irgendwie sein Gesicht berührte – doch das tat niemand.

Im Innern des Ballsaals war ein Buffet angerichtet, das dem staunenden Auge bewies, daß jeder Anfall menschlicher Gier und Gefräßigkeit mühelos in unerschöpflicher Fülle erstickt werden konnte. Pyramiden von Champagnergläsern, die bis an den Rand gefüllt waren, türmten sich hinter Bergen von Rühreiern und gebratenen Würstchen; blutende Stücke von Roastbeef wurden mit blitzenden Messern in rosige Scheiben geschnitten; Stapel von Hühnerbrüsten schienen sich über silberne Tabletts zu ergießen und die kunstvoll verzierten Pasteten zu erdrücken. Menschen aller Art stürmten die Tische, um ihren Eintritt in dieses Schlaraffenland zu feiern, wo kein Wunsch unerfüllt bleiben würde.

Mütter stapelten riesige Pasteten, triefende Mayonnaisehaufen und Gebäck auf die Teller ihrer Kinder; ältere Leute balancierten zusätzliche Teller auf ihren mageren Unterarmen, während sie sich einen Weg zu ihren Tischen bahnten.

Sie tranken und aßen und eilten zu den Buffets zurück, um noch mehr anzuhäufen, während ihre ersten Teller noch halb voll waren. Und überall im ganzen Ballsaal kreisten die unterwürfigen Funktionäre dieser Völlerei in ihren sternchenbesetzten Jacken wie gute Geister, schenkten Gläser nach, sammelten heruntergefallene Essensreste und zerbrochenes Geschirr von den Gängen auf und füllten unermüdlich den Glanz der Buffettische immer wieder aufs neue auf – das alles, um bei jedem Gast die Illusion zu wekken, daß es ihm irgendwie gelungen war, das ganze Bankett mit der Fülle seiner Wünsche und seiner Unersättlichkeit zu umfassen.

Er mußte ein wenig länger warten, weil er allein war, und die Geschäftsleitung ließ sich immer etwas Zeit, ehe sie einen Tisch an eine Einzelperson freigab. Aber er wußte, daß es Kellnerinnen gab, die sich erinnerten, daß die Trinkgelder von Männern wesentlich großzügiger auszufallen pflegten, wenn sie nicht von ihren Frauen begleitet wurden. Es dauerte ein paar Sekunden, ehe eine von ihnen auf ihn aufmerksam wurde, ihn aus der Schar der Wartenden herausfischte und in ihr Revier am Rand des Ballsaals führte. Es war ein kleiner Tisch für zwei Personen an der anderen Seite des Saals. Von seinem Platz konnte er unauffällig den ganzen Raum überblicken.

Erst als er Orloff sah, wußte er, wo er sich nach dem Beobachter umsehen mußte. Orloffs gedrungener, korpulenter Körper reihte sich in die Schlange derer ein, die auf einen Tisch warteten, und ein Mann in einem hellblauen Cowboyhemd nickte ihm zu und ging weg. Das war typisch für Orloff, dachte er – immer in Eile, immer drei Minuten zu spät bei einer Verabredung. Seine dicklichen Finger fuhren über die makellose Oberfläche seines grauen Anzugs, als befinde sich etwas außerordentlich Wichtiges in einer der Taschen.

 Er beobachtete Orloffs fette, weiße Hand, wie sie einer

vorbeigehenden Kellnerin ungeduldig entgegenflatterte, dann auf seinen Tisch an der Wand zeigte. Die Kellnerin nickte, und Orloff watschelte rasch durch den Gang auf ihn zu. Als er bei ihm angekommen war, lag ein dünner Schweißfilm auf seinem Gesicht, als wäre er durch eine Wolke gegangen. Er war ein bißchen außer Atem, aber es hörte sich eher nach Aufregung als nach Erschöpfung an. Er atmete stoßweise durch seine schmalen, roten Lippen und blies die Luft in nervösen, kurzen Stößen durch die weit geöffneten Nasenlöcher.

Er schob den Stuhl gegenüber mit dem Fuß zurück, und Orloff ließ sich darauf nieder, hatte gleich danach auch schon die Ellbogen auf dem Tisch.

«Hast du den Verstand verloren?» fragte Orloff.

«Warum? Hast du ihn vielleicht gefunden?» antwortete er.

«Heute ist Mittwoch, der fünfzehnte Februar», zischte Orloff, dann schnaubte er ein paarmal, um seine Erklärung zu unterstreichen. «Wir hatten vereinbart, daß du am Freitag, dem siebzehnten, gegen Abend hier eintriffst.»

«Ich bin eben früher fertig geworden.»

Orloffs Gesicht schien anzuschwellen vor unterdrücktem Zorn. In diesem Augenblick kam eine Kellnerin mit einem Glaskrug voll Kaffee an ihren Tisch und schenkte die Tassen mit geübter Präzision aus dreißig Zentimeter Höhe ein. Als sie verschwunden war, erklärte Orloff mit boshaftem Triumph: «Du hast einen schweren Fehler gemacht.» Dann schüttelte er den Kopf, daß seine fetten Backen wabbelten. «Es war nicht sehr besonnen. Ganz und gar nicht besonnen.»

«Keine Sorge», antwortete er. «Was du darüber denkst, kümmert sie einen Dreck. Sie wollen nur wissen, ob ich zum Arbeiten hier bin, und das habe ich bereits geklärt.» Er trank einen Schluck Kaffee, den er recht gut fand. Wie schade, daß Orloff ihn ablenkte. Er war ziemlich hungrig.

«Das kann ich mir vorstellen», seufzte Orloff. «Du tauchst drei Tage früher als vereinbart hier auf, mit einem solchen Gesicht, und dann wagst du es, mir zu erklären, es sei alles in Ordnung. Du wirst entschuldigen, wenn ich nicht gerade überschäume vor Begeisterung über dein Verhalten.»

«Bitte sehr – ich bin nicht dein Psychiater.»

Orloff lächelte beinahe. «Der Zustand deines Gesichts läßt vermuten, daß du dich bereits einmal getäuscht hast.»

«Wenn du dir darüber Sorgen machst, brauchst du mich nur sofort auszuzahlen. Dann bin ich eine Stunde später verschwunden.»

«So einfach ist die Sache nicht», sagte Orloff, und seine Hände begannen wieder an seinem Anzug herumzufummeln, bis er sein Taschentuch gefunden hatte und sich damit die Stirn abwischte. «Es handelt sich um eine beträchtliche Summe, und die ist momentan noch nicht hier. Hättest du dagegen die Vereinbarungen eingehalten, wäre sie in dem Augenblick verfügbar gewesen, wo du hier eintriffst.»

«Komm mir jetzt bloß nicht damit, daß das ein Vertragsbruch ist», erwiderte er. «Du bist vielleicht ein großartiger Anwalt, aber solche Märchen kannst du dir für den Gerichtssaal aufsparen. Niemand weigert sich, mich auszuzahlen.»

«Aber du hast es viel komplizierter gemacht! Was glaubst du, was es bei denen für einen Eindruck macht, wenn wir eine so große Summe an dich übergeben? Es ist viel schwieriger, als du denkst.» Er starrte auf die Kaffeetasse, als wäre er überrascht, sie vor sich auf dem Tisch zu sehen. «Viel schwieriger und viel teurer.»

«Du hast gehört, was ich sagte. Niemand weigert sich, mich auszuzahlen.» Dazu lächelte er.

Orloff legte den Kopf auf die Seite und schaute ihn an. «Nein», sagte er. «Ich glaube auch nicht, daß sie sich weigern.» Er schob die Kaffeetasse weg, als fürchte er, den Kaffee zu verschütten, und erhob sich wie ein Luftballon, dem man die Schnur abgetrennt hat. «Freitag», sagte er. Dann ging er zurück und schaute im Gehen auf die Uhr.

Er blickte dem fetten Mann nach, wie er den Ballsaal verließ, dann trat er an eines der Buffets, um sich etwas zum Essen auszuwählen. Es war zu dumm, auch nur darüber nachzudenken, sagte er sich. Orloff hatte Angst, weil er wußte, daß ihre Verbindung sichtbar werden würde, sobald er das Geld erhielt. Und was hatte Orloff getan? Er war in aller Öffentlichkeit auf ihn zugegangen, hatte sich an seinen Tisch gesetzt – dort, wo man sie mit Sicherheit sehen mußte. Weshalb? Vielleicht um irgend jemandem zu beweisen, daß er keine Angst hatte? Angst – wovor?

Doch das konnte den alten Männern im Grunde egal sein. Es handelte sich um einen Vertrag zwischen Außenseitern und Außenseitern. Er nahm sich mit einer Silberzange frisches Gemüse von einer der Platten. Vielleicht hatte es etwas mit dem Geld zu tun: Orloff hatte erklärt, es sei nicht leicht, die Summe zusammenzubringen. Aber das sagten sie immer, die Leichtgewichte und Amateure – als ob sie fürchteten, er würde mehr verlangen, wenn sie nicht so taten, als bekomme er ihren letzten Penny. Trotzdem ergab es im Grunde keinen Sinn. Offenbar machte sich Orloff über irgend etwas echte Sorgen.

 Er ging am Buffet entlang und wählte kleine Portionen

von den Köstlichkeiten, die so aussahen, als würden sie ihm guttun. Als er an seinen Tisch zurückkam, hatte er das Problem in Gedanken bereits ganz durchgespielt. Vermutlich gab es eine dritte Seite, eine Partei, vor der Orloff Angst hatte. Und wenn Orloff vor dieser dritten Seite mehr Angst hatte als vor ihm, dann war es vielleicht durchaus angebracht, wenn er selbst anfing, sich darüber Gedanken zu machen.

Elizabeth versuchte sich zu trösten, während sie die Rükkenlehne ihres Sitzes in der Maschine nach hinten drückte. Es gab nicht viel, womit sie sich trösten konnte, aber sie versuchte es dennoch. Erstens war sie lange genug weg gewesen. Es würde schön sein, wieder im eigenen Bett schlafen zu können und sich keine Gedanken mehr darüber machen zu müssen, wie das bißchen Garderobe, das sie in den Koffer geworfen hatte, immer wieder neu zu kombinieren war. Dann betrachtete sie Harts Profil, der neben ihr saß: Natürlich, auch seine Zeit war um. Das FBI hatte ihn wie erwartet nach Washington zurückbeordert. Der Mittwoch war das Zeitlimit gewesen. Es spielte keine Rolle, daß sie beide von Unglück zu Unglück geflogen waren wie zwei Sensationsreporter und immer ein paar Stunden zu spät, um mehr tun zu können, als den Tatort zu besichtigen, wo sich die Katastrophen ereignet hatten. Und in ihrem Büro wartete eine Menge Arbeit auf sie, wie ihr Brayer schon am Telefon zu verstehen gegeben hatte. Vermutlich war es keine Arbeit, die sich vom Üblichen unterschied, aber schließlich mußte auch das Übliche erledigt werden, und da sie dafür ihr Gehalt bezog, wartete die Arbeit eben auf sie. Elizabeth schaute der Stewardess zu, die mit ihrem Getränketablett noch einmal durch die Kabine ging und jedem

Passagier etwas zu trinken anbot, ob er es wollte oder nicht, ob er schlief oder wachte. Jeder Platz mußte mit derselben gelassenen Freundlichkeit bedient werden, auch wenn die Stewardess wußte, daß die Leute in den nächsten fünf Reihen nicht gestört werden wollten und daß in der sechsten Reihe schon seit geraumer Zeit einer mit einem leeren Plastikbecher und einem Zwanziger durch die Luft wedelte. Man folgte den Standardprozeduren, und deren Logik lag in Statistiken begründet. Organisationen verließen sich nur auf Statistiken. Es war der einzelne, der plötzliche Vorteile nutzte, Abkürzungen wählte – und Fehler machte.

Hart begann zu sprachen.

«So schlimm ist es auch wieder nicht», sagte er. «Sie sehen ziemlich deprimiert aus für jemanden, der nach Hause fliegt.»

«Es ist doch so schlimm», antwortete Elizabeth. «Ich habe genau gemerkt, wie wir dem Kern immer näher gekommen sind. Ich konnte es fühlen. Aber jetzt fliegen wir zurück, und alles, was wir herausgefunden haben, wird unter Stapeln von Akten begraben.»

«Sicher», sagte er.

«Was meinen Sie damit?» fragte Elizabeth. «Ist es wirklich so einfach? Keine Ergebnisse, weil sie uns einfach nicht gestattet haben, eine richtige Untersuchung durchzuführen? Großartig.»

«Ich meine, wir haben getan, was man von uns erwartet hat – wir haben uns alles angesehen, haben über zwei verschiedene Fälle ein paar Informationen erhalten, und das alles findet Eingang in die Akten; vielleicht trägt es zur Lösung der beiden Angelegenheiten bei. Das war alles, worum es gegangen ist.»

 «Angelegenheiten?» sagte Elizabeth. «Mein Gott!»

«Sie dürfen nicht davon ausgehen, daß Sie diese Probleme selbst lösen können. Ihre Aufgabe besteht darin, einen Beitrag zu leisten bei der Bemühung, Informationen zu sammeln, und das sollten Sie möglichst schnell kapieren, sonst führen Sie in Zukunft ein sehr unglückliches und frustriertes Leben in diesem Beruf. Vielleicht kann Sie ein nettes Abendessen aufmuntern. Wir kommen um halb sechs in Washington an, und ich könnte Sie um acht abholen. Vielleicht habe ich sogar Glück und bekomme noch einen Tisch im *Le Provencal* oder im *Sans Souci*, an einem schlichten Mittwoch. Ich habe dort immer ungeheure Trinkgelder gegeben, für Notfälle wie diesen.»

Sie lächelte so freundlich wie möglich. «Nein, danke», sagte sie. «Ich bin müde und möchte heute abend etwas für mein Aussehen tun, bevor ich morgen früh zur Arbeit wanke.»

Er schien nicht entmutigt zu sein. Es sprach manches für Männer, die sich nicht entmutigen ließen, dachte sie, aber es war nicht genug, um weiterzumachen. Amüsiert hörte sie zu, wie er sich so würdevoll wie möglich auf neutralen Boden zurückzog: «Also dann ein einsamer Hamburger für jeden von uns.» Er grinste. «Und vielleicht – ein andermal.»

«Ein andermal, ja», stimmte sie ihm zu. Aber würde es ein andermal geben? Auch diese Dinge waren irgendwie geheimnisvoll. Manchmal geschah etwas und manchmal nicht. Das alles war zu subtil und zu unbestimmt, als daß man darüber Regeln aufstellen konnte. Sie lehnte sich zurück und beobachtete die Stewardess, die sich ihrer Reihe näherte. Kein Grund, auf einen Drink zu verzichten, dachte Elizabeth. Schließlich hatte sie für diesen Abend nichts mehr vor.

Donnerstag morgen. Er schaute in den Spiegel und strich mit den Fingerspitzen über die Haut an seinen Wangen. Nicht schlecht. Er war noch jung genug, daß alles rasch heilte, dachte er. Noch ein, zwei Tage, und die Sonnenbräune und das erholsame Leben hatten die schlimmsten Spuren beseitigt; vielleicht blieb gar keine Narbe zurück. Anschließend stand er eine Viertelstunde unter der Dusche und überlegte sich, wie er die nächste Stufe meistern sollte. Es gab zuviel, was er nicht wußte. Er zog sich an und überprüfte dann das Ergebnis. Auch nicht schlecht – ein Grundstücksmakler aus Phoenix, der einen kleinen Abstecher machte auf dem Nachhauseweg von einer Geschäftsreise oder einem Skiurlaub – wenn nicht die Blutergüsse gewesen wären. Aber dagegen half weitgehend die große Sonnenbrille.

Am Ende des Korridors wartete er einen Augenblick, um zu sehen, ob sich irgendeine der anderen Türen öffnete, aber der Korridor blieb leer. Wahrscheinlich hatte das Zimmermädchen den Auftrag, es jemandem zu melden, den sie für den Assistenten des Geschäftsführers hielt, wenn der Gast von Zimmer 413 wegging. Er benutzte wieder die Hintertreppe hinunter zum Casino und schlenderte dann durch die Menge in Richtung auf den Haupteingang. Hier standen die Telefone zu dicht neben den Spielautomaten. Er konnte noch nicht erkennen, wer ihn an diesem Tag beobachtete, nicht einmal, ob es eine Art elektronisches Lauschsystem gab. Es machte nichts, denn wenn man sogar jedes Blatt am Blackjack-Tisch mit Videokameras beobachten und aufzeichnen konnte, dann konnte man auch jedes Gespräch, das von einem der Haustelefone geführt wurde, aufzeichnen und wußte nie, was danach mit den Tonbändern geschah.

Draußen auf der Straße blieb er stehen, um sich aus

einem Verkehrsautomaten eine Zeitung zu ziehen, dann ging er in *Onkel Johns Pfannkuchen-Haus*. Er wartete am Eingang, um zu sehen, ob die Bewacher so dicht folgten, daß man sie erkennen konnte. Dann ging er zur Telefonzelle und rief an.

Er zählte sechs Freizeichen, bis sich die Stimme am anderen Ende meldete: «Dapper – Chemische Reinigung.»

«Mr. de la Cruz, bitte», sagte er.

Eine Stimme brüllte «de la Cruz» über das Summen der Maschinen hinweg.

«Kreuzer, ich will nicht lange sprechen, also hör zu. Ich hab da eine kleine Arbeit zu vergeben, vielleicht zwei Tage, nichts Besonderes; die kann jeder erledigen, solange er nicht auffällt. Kannst du mir jemanden besorgen?»

«Hallo, Amigo, hab gehört, daß man dich hier gesehen hat, aber ich hab es nicht glauben wollen. Bring mir ein paar Hemden.» Dann war die Leitung tot. Er sagte «Wiedersehen» in die tote Leitung und ging dann zu der Reihe von Gästen, die geduldig warteten, bis sie einen Tisch zum Frühstücken bekamen.

Er setzte sich an einen frei gewordenen Platz an der Theke und aß rasch, wobei er die Zeitung überflog. Es war nicht gut, wenn Kreuzer zu lange warten mußte; seine anderen Interessen riefen ihn vielleicht aus der Wäscherei fort. Sobald er gehen konnte, ohne daß es allzu eilig wirkte, war er wieder draußen auf der Straße. Es sah nicht so aus, als ob das Zimmermädchen schon bei ihm gewesen wäre, zumindest hatte sie das Zimmer noch nicht aufgeräumt. Rasch suchte er einen Stapel schmutziger Hemden zusammen und steckte sie in einen Plastiksack des Hotels. Wieder draußen, ging er die zwei langen Blocks bis zum *Flamingo*, um die Beobachter weit genug von ihren Wagen wegzulocken, bevor er in ein Taxi stieg. Zu seiner Enttäuschung sah er niemanden, der auf einen Wagen zuspurtete, während er im Taxi losfuhr. Das war eine von Eddies Lieblingsweisheiten: «Tu immer so, als würdest du eine Sache tun, und tue eine ganz andere, aber langsam und ruhig. Schau nicht drein, als hättest du deine Meinung geändert. Ein blöder Beobachter verrät sich sonst zu früh und kommt direkt auf dich zu. Wenn sie beschließen, sich dir zu nähern, tauschen sie grundsätzlich einen Blick, als würden sie dich vom einen zum anderen weiterreichen. Sie können einfach nicht anders.» Aber das galt nur, wenn die Beobachter nicht besonders gut waren. Waren sie gut, erkannte man sie – oder auch nicht.

Als er die Wäscherei betrat, entdeckte er Kreuzer, der in der Reinigungsabteilung auf ihn wartete. Kleidungsstücke auf Bügeln, die am Förderband an der Decke hingen, wischten wie Gespenster an Kreuzers dunkler, leicht gebückter Gestalt vorbei. Dann hielt das Band abrupt an, und die Kleider, Mäntel und Jacken bewegten sich einmal nach vorn, dann nach hinten, schließlich beruhigten sie sich und bildeten einen halb durchsichtigen Vorhang. Kreuzer trat zwischen ihnen hervor.

«Hallo, Amigo», sagte er, nahm den Wäschesack und schüttelte die Hemden auf die Theke. «Was gibt's?»

«Nur eine kleine Überwachung bis morgen abend. Nichts Besonderes.»

«Wieviel?»

«Reichen vierhundert?»

«Und der Bonus?»

«Noch mal vierhundert für gute Arbeit. Für einen, der bestimmt wach bleibt und sich nicht erwischen läßt.»

Kreuzer lächelte, schlug einmal mit der Faust auf die

Theke und sagte dann: «Gemacht», bevor er die Hemden sortierte. «Der Name?»

«Harry Orloff. Er steht im Telefonbuch. Brauchst du eine Anzahlung?»

Kreuzer nickte. «Alles bis auf den Bonus.» Er schaute hoch, nachdem er die vierhundert Dollar entgegengenommen hatte. «Du weißt, ich kann nichts tun, ohne daß ich die Lappen zumindest sehen lasse, Amigo. Und falls du am Freitag nicht dasein solltest, wenn ich die Hemden ausliefere – ich will nicht behaupten, daß du nicht zahlen willst, aber es kann schließlich alles mögliche passieren –, dann sitze ich in der Klemme. Ich muß hier leben, Mann und –»

«Ist schon gut. Aber mach dich dran, sobald du kannst. Ich möchte die Hemden am Freitag um sieben, okay?»

«Klar, Amigo. Also, bis dann. Wenn es was zu reden gibt, bringe ich die Hemden früher. Bist du im *Caesar's*?»

«Ja. Vierhundertdreizehn.»

«Okay», sagte Kreuzer und verschwand hinter dem Vorhang von Kleidern.

Draußen auf der Straße warf er einen Blick auf seine Uhr. Schon halb zwölf. Die beste Zeit, um zum Strip zurückzukehren, war nach zwölf, wenn die ersten DC 10 und 747 aus dem Osten angekommen waren und ihre Passagiere auf dem McCarron-Flugplatz abgeladen hatten. Jeden Tag strömten die Taxis zum Strip, um die Gäste, verwirrt, wie sie waren, und mit viel zu schwerem Gepäck, unter den gigantischen Markisen der großen Hotels abzuladen. Und dann brausten die Taxis wieder hinaus zum Flughafen, um entweder noch jemanden von diesem Flug in die Stadt zu transportieren oder den ersten Passagier des nächsten –

den Mann, der es besonders eilig hatte, in die Stadt und in eines der Casinos zu kommen, und der meistens verschwenderische Trinkgelder gab.

Er entschloß sich, zu Fuß zu gehen. Sonne und Bewegung waren die besten Heilmittel der Welt. Er fühlte sich bereits kräftiger, auch wenn mit seinem Knie immer noch etwas nicht ganz in Ordnung war. Vielleicht würde er bis zum Abend wissen, was Orloff Kummer machte. Vielleicht war es nur, daß ihn jemand mit Little Norman gesehen und Angst bekommen hatte, aber es konnte natürlich alles mögliche sein. Was das betraf, hatte sich Little Norman auch etwas sonderbar verhalten. Komisch, sobald er hier aufgetaucht war, mit ein paar blauen Flecken im Gesicht, hatte sich jeder ihm gegenüber verändert – als wäre er ein unerwünschter Gast, der die Preise für die Hotelzimmer oder den Appetit der Gäste verderben würden.

Er erreichte den Strip bei der Sahara Avenue und ging auf die andere Straßenseite, kam am *Circus Circus* vorbei, am *Stardust,* am *Silver Slipper* und betrat das *Frontier.* Es war etwas ruhiger um diese Tageszeit, und die Stimmung war gedämpft. Er ließ sich an der schummerigen Bar neben dem großen Casino nieder und bestellte eine Bloody Mary. Er mochte sie nicht besonders gern, aber wenn man tagsüber trank, mußte man das bestellen, was auch die anderen tagsüber tranken.

Während er an seiner Bloody Mary nippte, sah er, daß die Mittagsflüge bereits angekommen waren. Schon füllte sich die Halle jenseits des Casinos mit Leuten, die zuviel anhatten für dieses Klima und entschuldigend zur Seite traten, um Gepäckkarren auszuweichen, welche von den Pagen unnachsichtig auf die Lifttüren zugesteuert wurden.
 In einer halben Stunde würden die ersten Maschinen wie-

der aufgetankt und zum Start bereit sein, und die Szene hier würde kompliziert werden durch die Ehemänner, die in langen Schlangen vor der Rezeption standen, während die Frauen die letzte Handvoll Münzen in die Spielautomaten pumpten. Wenn er bis dahin noch Bewacher hatte, mußten die erst mal mit der Menschenmenge hier drinnen fertig werden.

Es war genau richtig, dachte er. Er würde nicht so lange außer Sicht bleiben, daß man sich Gedanken darüber machte, sondern den Beobachtern Gelegenheit geben, seine Spur wiederaufzunehmen, woraufhin sie behaupten würden, daß sie sie nie verloren hatten. Jetzt merkte er, daß sich auch die Bar füllte. In ein paar Minuten würden mehr Kellnerinnen erscheinen, und dann würde das Licht unmerklich und ganz allmählich heller werden, damit sie die Drinks servieren konnten, ohne miteinander zusammenzustoßen oder einen Gast zu übersehen.

Er drückte sich weiter in den Schatten und beobachtete die Leute, die in die Bar kamen. Es waren die üblichen Paare – ein paar Ehemänner in mittleren Jahren, die Sportjacketts trugen und sich darüber freuten, daß sie endlich einmal auch am Werktag keine Krawatte umzubinden brauchten. Die Frauen in tadellosen knitterfreien Hosenanzügen, welche dem Entwurf und der Herstellung nach das Wort Geld signalisierten – ein junges Paar: zwei Leute, die sich noch nicht ganz aneinander gewöhnt hatten, der Mann noch jünger und unerfahrener aussehend als die Frau, obwohl er das nie zugeben würde. Dann ein paar Einzelgänger, Männer wie Frauen, alle um die Vierzig, die sich dort hinsetzten, wo sie das Casino am besten überblikken konnten. Sie rauchten meist stark, tranken aber wenig – tranken vermutlich nur, weil das der Preis war, den sie für ihren Platz an der Bar bezahlen mußten, während sie sich von dem langen Flug erholten und das Casino musterten, um festzustellen, an welchem Tisch sie am leichtesten ihr Glück machen würden. Nach dem ersten Drink mußten sich die meisten von ihnen Wechselgeld besorgen, weil sie keine kleineren Scheine als Hunderter bei sich hatten.

Dann plötzlich fielen ihm drei Männer auf, die irgendwie anders waren. Zwei trugen Anzüge wie jüngere Bankiers oder Versicherungsmanager, der dritte war wie ein Cowboy einer Zigarettenreklame gekleidet: Stiefel, Jeans und ein blaues Hemd mit Druckknöpfen an den Taschen. Sie kamen zusammen herein, setzten sich aber an verschiedene Plätze der Bar. Er konnte nicht sagen, ob es Aufsichtsbeamte der Glücksspielkommission des Staates Nevada waren oder Aufpasser, die das Casino angestellt hatte, damit sie die Nutten vertrieben, die nur die Spieler ablenkten.

Und dann sah er den alten Mann, der durch die Halle auf die Lifts zuging, seinen Leibwächter vor sich, der dafür sorgte, daß ihm niemand zu nahe kommen konnte, seinen Anwalt neben sich, der die Umgebung nach etwas in Augenschein nahm, was nicht hierherpaßte, und dann, fünf Schritte hinter ihm, der Gepäckträger mit dem Karren. Jetzt war es unwichtig, wer die Männer in der Bar für das Beobachten des alten Mannes bezahlte. Schon die Tatsache, daß Carlo Balacontano hier auftauchte, war Grund genug, sich nicht hier aufzuhalten. Dieser alte Mann war eine Industrie. Es würde vor Leibwächtern wimmeln. Höflichkeitsbesuche der alten *Dons* aus dieser Gegend, Gunstsuchende, Speichellecker und Geschäftspartner – sie alle würden versuchen, eine Audienz bei Carl Bala zu erhalten.
 Und vermutlich würden auch Polizisten plötzlich da sein,

die sichergehen wollten, daß er nicht in die Stadt gekommen war, um stiller Teilhaber bei einem der Casinos zu werden, und natürlich auch, um notfalls in der Nähe zu sein, falls es einem von denen, die ihn haßten, schließlich doch gelang, ihn umzulegen – nicht, um das zu verhindern, sondern um danach rasch Ordnung zu schaffen, damit das Publikum nicht allzu brutal und allzu lange gestört wurde. Nein, jetzt war das *Frontier* alles andere als ein guter Aufenthaltsort.

Der alte Mann war in wenigen Sekunden aufgetaucht und wieder verschwunden.

Er wartete, bis die drei Männer ausgetrunken und die Bar verlassen hatten, dann trank auch er seine Bloody Mary aus. Und anschließend drückte er sich durch das Labyrinth von blinkenden, summenden und klingelnden Spielautomaten zum Seiteneingang hinaus auf den Parkplatz.

Elizabeth fühlte sich noch nicht ganz munter, obwohl es in Washington bereits zehn Uhr vormittags war. Immerhin war das ihre dritte Zeitzone in einer einzigen Woche; und daß es diesmal diejenige war, die sie eigentlich gewohnt sein sollte, half gar nichts. Zudem zerstörte die Tatsache, daß sie schon nach einer Viertelstunde von ihrem drei Tage alten Berg von Arbeit wieder abberufen worden war, ihre Illusion, sie könnte allmählich wieder zur üblichen Routine zurückkehren. Sobald er ihr begegnet war, hatte Brayer erklärt: «Lassen Sie das liegen. Padgett braucht Ihre Hilfe.»

So bearbeitete sie jetzt, als Aschenbrödel für die ganze Abteilung, Padgetts Außendienstberichte, während die Computer hinter der Glaswand immer neue Stapel von Arbeit für ihren Schreibtisch heruntertickten. Manchmal glaubte sie, es geradezu hören zu können, aber das war ausgeschlossen. Nein, es war nicht nur die Arbeit. Sie war immer den unvorhergesehenen Zufällen ausgeliefert, konnte jeden Augenblick von ihrer eigentlichen Arbeit abkommandiert werden, um Padgett oder Richardson oder irgend jemand anderem zu helfen. Dabei standen sie eigentlich alle auf einer Stufe, waren Daten-Analytiker wie sie selbst. Aber wenn Elizabeth einmal in Bedrängnis geriet mit ihrer Arbeit, kam Brayer nicht auf die Idee, einen der anderen ihr zur Seite zu stellen. Und die anderen sahen es überhaupt nicht und würden es nicht sehen, auch wenn sie so alt werden würden wie das Denkmal von George Washington. So waren die Dinge nun einmal. Jedesmal wenn einen von Padgetts «Freunden» die Hämorrhoiden juckten und er sich entschloß, einen Arzt in Des Moines aufzusuchen, mußte Elizabeth alles stehen- und liegenlassen und Außendienstberichte einprogrammieren oder Hintergrundanalysen betreiben oder was auch immer. Und wenn dann die «Krise» vorüber war und sogar die Abschlußberichte fertig vorlagen, weil ihnen Elizabeth diese Arbeit abgenommen hatte: Kümmerte sich dann vielleicht auch nur ein einziger von ihnen um Elizabeths liegengebliebene Arbeit? Nein, verdammt, kein Schwein kümmerte sich darum. Sie standen gemütlich drüben im Aufenthaltsraum herum, unterhielten sich oder nahmen ein paar Tage dringend benötigten Urlaub.

Und diesmal war es noch schlimmer als sonst. Vier von Padgetts alten Mafiosi waren zur gleichen Zeit aus ihrem Stammsitz verschwunden, und inzwischen waren zwei davon in Las Vegas aufgetaucht. Es waren alte, reiche Männer. Was sollten sie schon tun im Winter, als sich an einem warmen Ort zu vergnügen? Und natürlich würden sie haltmachen in Las Vegas. Was hatte sich denn John gedacht? Daß sie sich allein mitten in die Wüste setzen und Gibbons *Abstieg und Fall des Römischen Weltreichs* lesen würden? Und nachdem Elizabeth drei Wochen lang als Padgetts Schlattenschammes gearbeitet hatte, waren vermutlich alle vier das Leben in den großen Hotels, das Spielen und das Golfen und die Hurerei satt und kehrten nach Hause zurück, um sich von den Ferien zu erholen. Genau wie Padgett selbst.

Aber nicht Elizabeth. Sie würde an ihren eigenen Schreibtisch zurückkehren und weitere drei Wochen lang zwölf und vierzehn Stunden pro Tag schuften, um das Liegengebliebene aufzuarbeiten. Und sie würde keinen Ton verlauten lassen, weil es nichts zu sagen gab, was dieses unglaublich stupide System zu überwinden half. Wenn sie es wirklich einmal versuchte, blinzelten sie sich nur hinter ihrem Rücken zu und sagten, sie habe eben mal wieder ihre Periode. Sollen sie mich doch am Arsch lecken, dachte sie – und nicht einmal das konnte man ihnen sagen, weil sie dann behaupten würden, sie sei ein ordinäres Luder, und damit hätten sie noch ein Argument, das sie gegen sie ins Feld führen konnten.

Dann wurde ihr klar, daß sie schon seit einiger Zeit nicht mehr arbeitete – sie hatte nur auf die Außendienstberichte gestarrt und sich selbst leid getan. Das brachte sie auch nicht weiter. Sie zwang sich, den Bericht zu lesen.

«Diesmal finden sich keine der üblichen Hinweise auf Reibereien oder Animositäten. Balacontano ist in die Präsidentensuite des *Frontier Hotel* gezogen, das, obwohl es nur über Sicherheitseinrichtungen der Klasse B verfügt, offenbar nicht mit irgendwelchen Gewalttätigkeiten rechnet. Die Suite ist hervorragend ausgestattet. Der übliche Preis ist sechshundert Dollar pro Übernachtung, und die Suite wird häufig von Stars der Unterhaltungsindustrie genutzt, die in einer der Hotel-Shows auftreten. Derzeit gibt es keinen Hinweis auf die Dauer des Aufenthalts von Balacontano. Der Learjet (geleased von der Firma Airlift Transport, Nutley, New Jersey, Registriernummer N-589 632) wurde sofort nach der Landung aufgetankt. Allerdings ist noch kein Flugplan für das nächste Ziel bei der FAA eingereicht worden. Und seit der Ankunft am Donnerstag vormittag um 11.45 Uhr hat es noch keinerlei Kontakte zu Personen außerhalb der Suite gegeben.»

Was soll das schon sein, dachte Elizabeth. Er hat sich nach Las Vegas fliegen lassen und ist dort in einem Hotel abgestiegen. Aber man war nervös dort, das merkte sie deutlich. Das war immer so, bis tatsächlich etwas passierte, und dann ging es los, dann zählte jedes Wort; jetzt dagegen war es eigentlich nur Geplauder, um die Zeit zu überbrükken und das Gefühl zu haben, daß hier jemand zuhörte.

Sie blickte auf und sah, wie Padgett mit sorgenvoller Miene an ihr vorbeiflitzte, einen Aktenumschlag in der Hand. Wichtig, wichtig, der große Mann mit dem großen Job: Jetzt badete er in seinem Ruhm, dachte sie. Wahrscheinlich hat einer der Mafiosi beim Zimmerservice einen Drink bestellt, und der Agent an Ort und Stelle ruft um Hilfe. Padgett klopfte an Brayers Tür und trat dann ein.

Elizabeth befaßte sich wieder mit ihren Berichten.

«Toscanzio ist im *MGM Grand Hotel*, und zwar schon mindestens vierundzwanzig Stunden lang.» Aha, dachte sie, auch so eine Sache. Jemand hatte die Spur von einem der «Freunde» verloren, und jetzt soll die ganze Organisation das ausgleichen, indem sie alle doppelt so scharf bewacht – als ob das diesen Tag zurückbringen würde.

«Elizabeth», sagte Brayer von seiner Bürotür aus, «kommen Sie doch bitte rein. Ich glaube, wir haben etwas.»

Sicher, Mr. Brayer, sagte sich Elizabeth, als sie die Blätter beiseite legte und in Brayers Büro ging. Wahrscheinlich das einsame Farmhaus, dachte sie. Immer, wenn die Agenten nervös wurden, war es Zeit für das einsame Farmhaus. Außendienstleute schienen mit der Vision eines einsamen Hauses zu leben, weil sie mal was von der Appalachen-Konferenz gehört hatten und von Boiardos Privatfriedhof. Es war für sie wie der Heilige Gral, und man wußte, daß sie nervös waren, wenn das Farmhaus in den Berichten auftauchte.

«Was gibt's?» fragte sie.

«Die Hölle scheint loszubrechen», sagte Padgett. Es war also nicht das Farmhaus. Vielleicht waren sie schon bei Stufe zwei, dem «Mann mit einem Gewehr», der in Abschlußberichten stets zu einem «Mann mit einem langen, schmalen Paket» wurde – ein Golfschläger, ein Besenstiel oder ein Billardqueue.

«Und wie macht sich das bemerkbar?»

«Drei Morde in Las Vegas in den letzten zwei Stunden – mindestens zwei davon Auftragsarbeiten, jedenfalls der Art nach. Das dritte Opfer scheint eine Art Geschäftsmann zu sein, der nur im Weg stand, während sie den ersten erledigten. Natürlich überprüfen wir die Sache.»

«Und warum glauben Sie, daß das wichtig ist?»

«Weil Balacontano seinen ersten öffentlichen Auftritt hatte, während die Morde stattfanden. Er ging zu den Hundert-Dollar-Tischen und setzte hoch an den Würfel-Tischen, kümmerte sich nicht einmal darum, ob er gewann oder verlor, ließ sehr viel Geld sehen und zog die Aufmerksamkeit aller auf sich.»

«Und was ist mit den beiden anderen? Toscanzio und Castiglione?»

«Größte Aufregung in den ersten Minuten, dann Totenstille. Verbarrikadiert in ihren Häusern und Hotels. Ansonsten keine Truppen, fast so, als hätte ihnen jemand Nachricht gegeben, daß kein Anlaß zur Sorge besteht. Es kommt mir so vor, als würden sie es vorläufig ignorieren. Vielleicht haben sie es allerdings auch schon im voraus gewußt. Das ist auf diese Entfernung schwer abzuschätzen, und die Berichte lauten alle ungefähr gleich: ‹Wir stehen bereit.›»

Brayer schwieg immer noch und betrachtete das Blatt auf seinem Schreibtisch. Elizabeth wartete darauf, daß er etwas sagte, aber er schwieg, und sie fragte daher Padgett: «Weiß man schon, wie es passiert ist?»

«Nein», antwortete Padgett. «Gib mir zehn Minuten Zeit. Wir haben einen Bericht bei der Polizei von Las Vegas angefordert, sobald das Team der Mordkommission zurück ist.»

Sie schaute auf ihre Armbanduhr: zwölf. Also neun Uhr morgens in Las Vegas. Freitag. Zu früh, um irgend etwas in Erfahrung zu bringen. Wahrscheinlich waren einige dort noch nicht einmal wach. Die stündlichen Berichte am Nachmittag würden vermutlich zuverlässiger sein.

«Was glauben Sie, Elizabeth?» fragte Brayer schließlich.

«Ich glaube, wir sollten die beiden anderen überwachen und feststellen, wohin sie wollen. Wenn es in Las Vegas eine ‹Konferenz› geben sollte und wenn es sich tatsächlich um Balacontano handelt, werden sie sich vermutlich auf den Heimweg machen. Wenn sie in Las Vegas auftauchen, hat die Sache überhaupt nichts zu bedeuten.

Und wenn nicht, beweist das noch lange nicht, daß sie etwas vorhatten; aber dann ist es wert, die Sache zu überprüfen.»

«Einverstanden», sagte Brayer. «Und, Padgett, seien Sie so gründlich wie möglich bei der Überprüfung der Opfer. Lassen Sie nicht locker. Wenn es Ihnen gelingt, irgendeine Querverbindung festzustellen, kann uns das helfen herauszufinden, was dort vor sich geht. Dann wissen wir zumindest, wer auf wen eine Wut hat.» Danach fügte er hinzu: «Obwohl uns das vermutlich nicht viel nützen und denen nicht viel schaden wird.»

Padgett drehte sich um und ging zur Tür, Elizabeth folgte ihm. Brayer saß bewegungslos da und starrte auf das Blatt. Elizabeth hätte ihn beinahe nach dem Inhalt gefragt, aber dann überlegte sie, daß sie ja eine Kopie beim Monitor finden würde. Brayer plante entweder seine drei nächsten Schritte oder er betrachtete die Nutzlosigkeit seiner letzten drei. Wenn es ihm dabei half, daß er auf einen Text starrte, den er inzwischen auswendig kennen mußte, um so besser.

KAPITEL 16

«Amigo», sagte er, «ich hab ein paar Hemden für dich.»

«Ich hol sie ab.»

«Keine gute Idee, Amigo. Ich bin schon unterwegs. Zehn Minuten, dann bin ich bei dir.»

«Gut.» Die Leitung war tot.

Scheiße, dachte er. Alle Neuigkeiten bedeuteten Ärger, und es war – wieviel? Zehn Stunden vor der Zeit, zu der die Hemden abgeliefert werden sollten. Er schaute auf seine Armbanduhr. Neun. Der Kreuzer war niemals um neun in seinem Geschäft. Die meisten seiner Kunden schliefen noch um diese Zeit. Und selbst die Wäscherei öffnete erst um halb elf.

Er hatte kaum Zeit, sich anzuziehen, als er es schon klopfen hörte, und als er die Tür aufriß, schlüpfte der Kreuzer mit herein, als wäre er daran befestigt gewesen; dann warf er die Schachtel mit den zusammengelegten Hemden auf das Bett.

«Amigo», sagte der Kreuzer, «du hast mich ganz schön reingeritten.» Der Kreuzer lächelte, das erste Mal, daß er ihn lächeln sah. Er zeigte seine schlechten Zähne und schien in kurzen Stößen zu atmen.

«Was ist passiert?» fragte er.

«Du hast gesagt, es ist keine große Sache. Es war aber eine. Und das hättest du mir sagen sollen. Du kennst dich doch aus, Amigo. Das hättest du mir nicht antun dürfen.»

«Es ist keine große Sache. Orloff schuldet mir nur Geld.»

«Nicht mehr. Er ist tot.»

«Wie?»

«Ich habe einen Mann zu seinem Büro geschickt, damit er es überwacht. Er hat die ganze Nacht in einem geparkten Campingbus gesessen, und heute morgen wollte ich jemand anderen hinschicken, zur Ablösung. Es war mein Vetter. Nicht besonders schlau, aber ich dachte, laß ihm diese leichte Sache, damit er sich ein bißchen Geld verdient. Doch er war eben nicht schlau, deshalb habe ich um sieben meinen Jungen Jesse hingeschickt, damit er nachschaut, ob mein Vetter nicht eingeschlafen ist. Er war wach. Mein Gott! Überhaupt mal etwas zu tun, war für ihn eine so große Sache, daß er die ganze Nacht über kein Auge zugetan hat. Er saß da auf seinem Stuhl und überwachte durch ein Guckloch, das er sich gebohrt hatte, ein leeres Büro. Als Jesse kam, hat er ihn nach etwas zum Essen geschickt. Und Jesse ist gerade noch rechtzeitig zurückgekommen, um es mitzukriegen. Orloff ist vor dem Büro vorgefahren und wollte gerade aus dem Wagen steigen. Die drei tauchten auf, als kämen sie aus dem Nichts. Jesse sagt, er glaubt, daß der mit dem Gewehr aus dem Haus gekommen ist und einer von der anderen Straßenseite, wo der Campingbus parkte. Der dritte war vielleicht hinter irgendwelchen Büschen, aber das hat er nicht genau sagen können. Sie waren einfach da. Orloff stand zitternd neben seinem Wagen, und der mit dem Gewehr hat ihm den Schädel weggepustet. Jesse sagt, mein Vetter hat durchgedreht, ist auf den Fahrersitz gesprungen und hat versucht, den Campingbus zu starten. Er hat wahrscheinlich den anderen übersehen, der ganz in der Nähe war. Jesse meint, der Kerl hat nicht mal überrascht dreingeschaut oder so, ist einfach neben den Bus getreten und hat eine Pistole ans Fenster gehalten. Er hat fünf oder sechsmal gefeuert. Danach hat Jesse nichts mehr gesehen. Er ist weggerannt.»

«Es tut mir leid, daß das passiert ist. Wo ist Jesse jetzt?»

«Draußen im Wagen; er wartet auf mich. Ich muß sehen, daß wir alle aus der Stadt verschwinden.»

«Reicht ein Tausender?»

«Ich glaube. Aber du weißt, daß ich es sagen muß, wenn sie mich in die Mangel nehmen. Mit Jesse und Ascenciòn –»

«Klar. Aber versuche, mir Vorsprung zu geben. Hau jetzt gleich ab und halte dich nicht unterwegs auf. Ich wollte, ich könnte dir irgendwas sagen, was dir helfen könnte, sie zu erkennen, aber ich weiß nichts. Er hat mir nur Geld geschuldet und ist mir irgendwie nervös vorgekommen. Weiß der Junge denn nicht, wie sie ausgesehen haben?»

«Nein. Er hat nur gesagt, es waren drei Anglos. Der eine war wie ein Cowboy angezogen, die beiden anderen hatten Anzüge an. Sie haben nicht einmal so ausgesehen, als ob sie zusammengehörten.»

«Danke für die Hemden», sagte er.

«Jaja», erwiderte der Kreuzer. «Also dann, bis irgendwann.» Er schlüpfte hinaus und war verschwunden.

Er verriegelte die Tür und setzte sich auf das Bett. Das war nicht gut. Dabei konnte man noch nicht einmal sagen, ob es irgend etwas mit ihm zu tun hatte. Jeder, der mit Orloff Geschäfte machte, konnte früher oder später auf den Gedanken kommen, ihn umzulegen. Orloff war schlau und gierig, und manchmal wurde er nervös. Doch die drei, die es getan hatten, mußten dieselben sein, die er an der Bar im *Frontier* gesehen hatte, und das bedeutete, daß es etwas mit Carl Bala zu tun hatte – aber was? Entweder sie hatten Bala beobachtet oder ihn. Und außerdem war da ja noch das Geld – eine Menge Ärger für nichts und wieder nichts. Sein Bein begann bei dem Gedanken weh zu tun.

Außerdem konnte er vorläufig nicht weg. Wenn er jetzt verschwand, mußten sie glauben, daß er es getan hatte: die Regeln gebrochen und den Waffenstillstand zwischen den Familien gestört, auf den sie sich geeinigt hatten und der nun schon fast dreißig Jahre gehalten hatte. Dazu kam noch sein Gesicht und die Tatsache, daß man ihn zusammen mit Orloff gesehen hatte – dieses blöde Schwein! Aber jetzt mußte er bleiben, wo er war, und hoffen, daß seine Reaktion das Dutzend alter Männer, die sich jetzt in ihren Häusern und Hotels verkrochen hatten, davon überzeugte, daß er für sie keine Drohung und keine Unannehmlichkeiten bedeutete. Wenigstens konnte er sicher sein, daß derjenige, der Claremont aus dem Weg geräumt haben wollte, nichts von ihm wußte. Orloff war nie so dumm gewesen, seine Rolle als Mittelsmann überflüssig zu machen. Sein Leben hing ja davon ab. Also konnte er eigentlich diese drei Männer vergessen, es sei denn, jemand erkannte die Verbindung zwischen dem Toten in dem Campingbus und dem Kreuzer und verfügte über die Mittel und die Ausdauer, ihn zu finden. Und Kreuzer war vermutlich bis zum Spätnachmittag in Mexiko.

Das Klingeln des Telefons erschreckte ihn. Er riß den Hörer von der Gabel und sagte: «Ja?»

«Hallo, Kleiner. Norman hier.» Die tiefe, samtige Stimme war unverkennbar – leise und ungerührt.

Er riß sich zusammen. «Hallo, Norman.» Der Test begann also schon. «Was kann ich für dich tun?» Und er fügte hinzu: «Ziemlich früh für uns beide, findest du nicht. Wie spät ist es eigentlich?»

«Fast zehn, Junge», sagte Little Norman. «Ich dachte, daß du schon seit Stunden auf wärst. Vielleicht Tennis spielen. Du willst dich doch in Form halten, oder?»

«Klar, Norman.»

«Gut, dann komm nach unten; ich lade dich zum Frühstück ein. Ich bin im Coffeeshop.»

«Ich komme.»

Er zog sich rasch aus, nahm eine Dusche, rasierte sich und kleidete sich wieder an, nahm ein Jackett aus dem Koffer und eine Krawatte. Am Schrank blieb er einen Augenblick stehen und dachte an die Pistole, die er dort ganz oben an die Wand geklebt hatte, aber dann kam er sich lächerlich vor. Was auch immer geschehen würde – er brauchte keine Schußwaffe auf dem Weg von seinem Zimmer zum Coffeeshop. Jetzt war nicht die Zeit, nervös zu werden.

Im Coffeeshop schien Little Norman eine ganze Seitenwand einzunehmen; er hatte die Arme auf der Lehne in einer der Nischen ausgebreitet wie ein Gorilla, der dabei ist, jemanden zu umarmen, und das Sportjackett aus Kamelhaar sah aus, als gehörte es zum Polster. Als er sich gesetzt hatte, fiel ihm auf, daß Norman nicht lächelte. «Du bekommst Schinken und Eier, Junge», sagte Little Norman. «Ich habe sie inzwischen bestellt.»

«Danke, Norman. Das ist prima.» Und er fügte hinzu: «Tut mir leid, daß du warten mußtest, aber du hast mich aus dem Schlaf geholt.»

«Ich bin hier, weil ich dir was sagen will», erklärte Little Norman.

«Und was?»

«Ich habe gerade gehört, daß Harry Orloff gestorben ist.» Seine dunklen Augen bewegten sich nicht, sie schienen ihn zu durchbohren.

«Aha», sagte er. «Tut mir leid. Aber er hätte dringend abnehmen müssen.»

«Spiel mir bloß nicht diese Nummer vor, Junge», zischte Little Norman und beugte sich, auf die Ellbogen gestützt, vor, so daß sein großes Gesicht nur dreißig Zentimeter von ihm entfernt war. «Ich war der beste – zu einer Zeit, als du noch gar nicht geboren warst. Du hast ihn vor zwei Tagen getroffen.»

«Entschuldige, Norman», sagte er. «Und was jetzt?»

Little Norman lehnte sich zurück, um der Kellnerin Platz zu machen, damit sie die Teller auf den Tisch stellen konnte. Schließlich begann er zu lächeln. «So ist es schon besser.»

«Ich habe es nicht getan, das weißt du», sagte er. «Ich arbeite nicht in Vegas.»

«Ich weiß, daß du es nicht getan hast», antwortete Little Norman. «Wie ich hörte, schuldete er dir Geld.»

Er nahm Messer und Gabel und begann ein Stück Schinken abzusäbeln. «Wie gewonnen, so zerronnen», sagte er.

«Aber nicht diesmal, mein Junge», erwiderte Norman. Er beugte sich wieder nach vorn und senkte die Stimme. «Du wirst bezahlt, und dann haust du ab. Heute abend spielst du Blackjack im *Silver Slipper.*» Er wartete nicht auf eine Antwort. Während er den Satz gesagt hatte, war er aufgestanden, und dann ging er auch schon zur Tür, wobei sein breiter Rücken in dem fabelhaft sitzenden, beigefarbenen Jackett sich einmal zur Seite bog, als er einer Bedienung auswich, deren billige Perücke ihm knapp bis an die Schultern reichte.

«Was, zum Teufel, soll das heißen?» fragte Padgett. Der Computer klickte, und die Zeilen waren in Grün auf dem Bildschirm zu sehen. «Ein Wagen hielt bei Rot an einer Verkehrsampel, wurde von zwei anderen Wagen an der Weiterfahrt gehindert, und ein dritter Mann kam einfach hin und erschoß die ganze Familie, die in dem gestoppten Wagen saß.»

«Hat das für uns irgendeine Bedeutung?» fragte Brayer.

«Das ist immerhin Nummer vier, fünf und sechs», sagte Padgett. «Es muß etwas bedeuten. Wieso denn nicht?»

Elizabeth drückte auf den Kopierknopf und wartete darauf, daß das Gerät das noch warme, fast dampfende

Blatt ausspie. Dann überflog sie den Bericht der Polizei von Las Vegas, der im Grunde gar nichts aussagte. Ein Mann, seine Frau und ihr zehnjähriger Sohn. Angehalten an einer Kreuzung, wo sie auf Grün warteten. «Wenn wir etwas mehr darüber wüßten, könnten wir vielleicht daraus Schlüsse ziehen», sagte sie.

«Was brauchen Sie?» fragte Brayer.

«Alles. Womit sich der Mann seinen Lebensunterhalt verdiente, wo sie wohnten. Was sie eventuell mit sich hatten. Und vielleicht auch, wohin sie unterwegs waren.» Sie schaute aus dem Fenster auf den zweiten schweren Schneesturm des Monats und versuchte es sich vorzustellen: ein schöner, sonniger Morgen in Las Vegas und ein Wagen, der im Verkehrsfluß anhalten muß. Der Mann und die Frau vermutlich auf dem Vordersitz, der Junge hinten im Fond. Und dann kreischende Reifen, Wagen, die kreuz und quer stehenblieben, Schüsse durch die Fenster, der Aufprall der Geschosse, die zunächst nur runde Spinnennetze auf Scheiben malten und dann das Glas wie kleine Diamanten über die Toten streuten. «Ja, ich glaube, das wär's fürs erste», sagte sie. «Wohin fuhr der Wagen?»

Er hatte Angst. Die Angst war wie eine dicke, ölige Flüssigkeit, die auf irgendeine Weise in seine Eingeweide gesickert war und ihn lähmte. Sein Körper schien aufgehört zu haben, die Nahrung zu verdauen; das Essen, das er hineingeschlungen hatte, bildete eine fettige, unbewegliche Masse. Er fühlte es: Sein Körper wollte etwas tun, wollte kämpfen, laufen, leicht werden und davonfliegen – aber die Angst war immer noch da und hielt ihn am Boden fest.

Nein. Er hatte es zu oft gesehen. Sie saßen da und starrten ihn an, und ihre Finger flatterten unwillkürlich, ein bißchen Vögeln ähnlich, während ihr Blick blöde wurde. Und erst wenn es zu spät war, versuchten sie, etwas zu tun – die Hände griffen nach dem, was ihnen am nächsten war, oder die Beinmuskeln spannten sich zu einem Sprung, aber dann waren sie bereits tot. Aber ihm würde es nicht so ergehen. Er saß auf dem Bett und dachte darüber nach. Little Norman hatte gesagt, daß sie ihn auszahlen würden. Das war etwas, woran er immer denken mußte.

Er fühlte sich etwas besser. Sie würden ihn auszahlen! Das bedeutete, daß sie ihre Schuld anerkannten und daß Orloff etwas anderes getan haben mußte. Aber nein, das paßte auch nicht, es sei denn, sie glaubten, Orloff hätte ihm verraten, woher das Geld kam, das er ihm übergeben sollte. Aber wie war es dann zu verstehen, daß sie ihn dennoch ausbezahlen wollten? Er schaute auf die Uhr – fast Mittag. Noch neun Stunden, also konnte er sie durchaus erst einmal beruhigen.

Er langte nach dem Telefon und ließ sich die Nummer der United Airlines geben. Schon während er seinen Flug reservieren ließ, fragte er sich, wer wohl an einem Samstagmorgen um acht von Las Vegas abfliegen würde. Die übrigen Passagiere würden vermutlich lauter Leute sein, die nur hier zwischengelandet waren.

Es würde schwierig sein, sich neun Stunden lang verborgen zu halten, bei hellem Tageslicht. Sie würden ihn zu scharf bewachen. Und er wußte, daß er jetzt sofort anfangen mußte, wenn er es schaffen wollte.

Er blickte sich in seinem Zimmer um, überlegte, was er für seinen Zweck benutzen konnte: das Bett, die Dusche, das Telefon, die Klimaanlage – alles Standard. Da, die Massage-Vorrichtung, die in sein Bett eingebaut war. Er betrachtete sie genauer. Die Schaltbox auf dem Nachttisch hatte einen elektrischen Wecker, der das Massagegerät in Betrieb setzte. Der Münzeinwurf war zu stabil gebaut, aber an die Drähte kam man desto leichter heran. Sobald er die Rückenwand des Kästchens abgeschraubt hatte, war es ziemlich einfach. Die Drähte, die zum Zeitschalter führten, paßten durch den Spalt in der Rückwand, sobald man ihre Isolation abgemacht hatte. Er stellte den Wecker auf zwölf und probierte es einmal aus. Der Funke war nicht überwältigend, aber er würde ausreichen. Er setzte das Gerät wieder zusammen und zog die Drähte bis an sein Kissen. Dann ging er zur Kommode, nahm sein Rasierwasser heraus und las den Aufkleber: 98prozentiger Alkohol. Er stellte den Wecker, goß das Rasierwasser in einen Pappbecher, pflanzte diesen auf das Bett und richtete dann die Drähte entsprechend. Es war nicht viel, aber es würde helfen. Wenn er nicht bis zwei Uhr zurück war, würde in Zimmer 413 ein Feuer ausbrechen.

Das war einer von den Ratschlägen, die ihm Eddie gegeben hatte. «Du mußt alles wissen. Und wenn du nicht mehr weißt, als deine Beute weiß, mußt du dafür sorgen, daß etwas Unerwartetes geschieht.» Das Wichtigste war jetzt, hinauszugelangen. Er hatte den Wagen, und es bestand ja auch noch die Chance, seinen reservierten Flug zu nutzen. Außerdem gab es Eisenbahnen und Busse. Er mußte sich am Nachmittag danach erkundigen. Aber so spät abends gab es vermutlich nicht mehr viele Verbindungen, und es konnte sein, daß er gar nicht dorthin gelangte, wo er einen Zug oder einen Bus nehmen konnte.

Wahrscheinlich sind es nur die Nerven, dachte er. Man würde ihn sicher nicht im *Silver Slipper* umlegen, und man würde ihn erst recht nicht umlegen, nachdem man ihm zweihunderttausend Dollar gezahlt hatte. Ansonsten schien jedoch nichts zu stimmen bei dieser Sache. Keine Frage, daß etwas ganz Großes schiefgelaufen sein mußte und daß sie jetzt versuchten, so gut wie möglich aufzuräumen. Was immer es war, es hatte die Sache mit Orloff notwendig gemacht; und sie hätten so etwas niemals in Las Vegas getan, wenn es nicht unbedingt erforderlich gewesen wäre.

Was immer es sein mochte: Er mußte versuchen unterzutauchen, bis es Zeit war für die Auszahlung. Wenn sie vorhatten, ihn umzulegen, dann wahrscheinlich zuvor und nicht erst danach. Er überprüfte das Schloß und den Riegel an der Tür, hängte die Sperrkette ein, stellte zuletzt noch die Kommode vor die Tür. Dann ging er zum Schrank, nahm die Pistole aus ihrem Versteck und überprüfte das Magazin. Anschließend schaltete er den Fernsehapparat ein.

KAPITEL 17

Die Luft war kalt, nachdem die Sonne schon vor zwei Stunden untergegangen war. Der heiße, stetige Wüstenwind hatte sich in etwas Rauheres, Durchdringenderes verwandelt, das in eisigen Stößen den Strip entlangwirbelte, ihn ergriff und von oben gegen ihn ankämpfte, während er wartete, um die Straße zu überqueren. Er beugte die Schultern nach vorn und schob sich in die Mitte der Menschenmenge, die ebenfalls dort wartete. Es war, als ob die frostige Leere der Berge hier eingedrungen wäre, um ein Gleichgewicht wiederherzustellen, das durch all das Licht, die Geräusche, Bewegungen und Farben gestört worden war. Er zog die Jacke fester um seinen Oberkörper und fühlte das Klebeband, das an seinem Bauch zerrte. Die harte, scharfe Kante des Sicherheitsbügels der Pistole kratzte ein wenig an seiner Haut, aber dagegen konnte er jetzt nichts unternehmen. Die Beobachter befanden sich bestimmt in unmittelbarer Nähe. Außerdem war das der einzige Platz, wo er die Waffe hatte verstecken können. Es mußte in der Nähe seines Körperschwerpunkts sein, wo ihn das Gewicht am wenigstens störte. Ausgeschlossen, ein Pfund Stahl an der Seite oder am Bein mit sich zu tragen, ohne daß man sich unwillkürlich etwas anders bewegte. Eines der ersten Dinge, die er gelernt hatte, war, daß man sich nach dem Mann umschaute, der den einen Arm einen Zentimeter weiter vom Körper abgestreckt hatte als den anderen, oder nach dem Mann, der ein wenig steif und breitbeinig dahinschritt.

Schon bevor die Ampel umschaltete, traten die ersten auf die Straße, und die übrigen eilten ihnen hinterdrein. Er achtete auf seine Schritte, um in ihrer Mitte zu bleiben. Dann schaute er wieder auf die Uhr. Er hatte noch genügend Zeit. Es war nur die Kälte, die den Weg so endlos erscheinen ließ. Über ihm am dunklen Nachthimmel drehte sich in absurder Weise der hochhackige Schuh der Riesendame mit seinen weißen Glühbirnen.

Innerhalb einer einzigen Sekunde schlossen sich die pneumatischen Türen hinter ihm wie eine Luftschleuse, und er befand sich in der warmen Helligkeit des Casinos. Er ging weiter hinein. Keine Frage, daß sie ihn inzwischen erspäht hatten. Irgendwo außerhalb seiner Sichtweite würde ein Telefonhörer abgenommen werden, und eine Stimme würde sagen «Er ist da» – und das wäre alles.

Er schlenderte an der Reihe von Blackjack-Tischen vorbei, und seine Augen richteten sich auf die grünen Filzbespannungen, suchten nach einem Zeichen, blickten auf die ungerührten Gesichter der Kartengeber in ihren weißen Hemden. Und er erkannte es ohne Mühe: Eine neue

Schicht von Gebern kam durch den Mittelgang, und diesmal stellte sich einer von ihnen hinter einem leeren Tisch auf, fächerte die Karten auf den Filz und stand dann mit verschränkten Armen da in der üblichen Pantomime ostentativer Muße, welche die Eröffnung eines neuen Tisches ankündigte. Das Schild neben dem Filz des Gebers verkündete: Minimum-Einsatz 25 Dollar. Es würde also keine geheime oder persönliche Übergabe werden, sondern sie würde unter Zeugen stattfinden, vermutlich sogar von den Fernsehkameras aufgezeichnet. Das Minimum war niedrig genug, daß sich der Tisch bald füllen würde. Er wartete, bis zwei Spieler Platz genommen hatten, dann setzte er sich ebenfalls. Der Geber ließ die Hand über den Filz gleiten, und der Fächer von Karten wurde wieder zu einem Stapel. Während die Hände das Ritual des Mischens vollführten, wurden die übrigen Plätze am Tisch besetzt.

Die leeren Augen des Gebers schienen über die Köpfe der Spieler hinweg auf einen Punkt in der Ferne gerichtet zu sein, während seine Fingerspitzen das Kartenspiel in die Mischmaschine steckten. Der Geber sah jung aus; sein sorgsam frisiertes Haar war gebleicht von der Sonne, aber er hatte bereits den alterslosen Ausdruck gleichgültiger Kompetenz, der ihnen allen aufs Gesicht geschrieben war. Er klatschte einmal in die Hände, hielt seine geschickten Finger hoch, drehte sie den Spielern zu, damit sie die Handflächen sehen konnten, und sagte: «Viel Glück, Ladies und Gentlemen.»

Die Karten schienen aus der Mischmaschine zu fliegen und in der richtigen Reihenfolge vor jedem der Spieler liegenzubleiben. Die Spieler beachteten einander kaum, während jeder der Reihe nach gegen den Geber spielte und die Herausforderung der aufgedeckten Karten des Gebers annahm.

Er beobachtete die Hände des Gebers, wie sie über den Filz glitten, Karten einsammelten und Chips hin und her schoben, mit unnachsichtiger, zuverlässiger Tüchtigkeit. Er warf einen Blick auf die Karten, die vor ihm lagen: eine Dame und eine Zehn. Die Neunzehn des Gebers gewann die Chips von vier Mitspielern und ließ einen fünften gewinnen. Die Karten tauchten wieder auf dem Filz auf, und der Geber verlor; die Hände bewegten sich in einem Halbkreis und verdoppelten fünf der Stapel von Chips. Dann gab es neue Karten, und mit der Siebzehn mußte der Geber vier seiner Herausforderer auszahlen. Als das Spiel weiterging, wurde die Taktik klar: Er gewann drei von vier Blatt bei Minimumeinsätzen. Drei der anderen Mitspieler bekamen Zufallspaare von Karten, manchmal gute, manchmal schlechte. Der Geber manipulierte nur die zwei übrigen Spieler.

Der eine war ein fetter Mann in einem blauen Sportsakko, der immer wieder ein As und eine Karte im Wert von zehn Punkten erhielt. Der andere war eine kleine, verkniffen dreinschauende Frau Mitte Vierzig, die nach einem geheimnisvollen System zu spielen schien, das sich offenbar auszahlte.

Er fragte sich, welchen der Geber er als ersten ausnehmen würde. Dabei sammelte er seinen stetig wachsenden Gewinn ein, ließ den Geber die Verluste in höherwertigen Chips bezahlen, damit die Stapel vor ihm nicht allzu groß wurden, und beobachtete zugleich die beiden anderen Spieler, um zu erraten, wann es mit ihnen soweit war.

Als der fette Mann seine Einsätze verdoppelte, wußte er es. Jetzt änderte sich die Taktik allmählich. Der Mann verlor und verdoppelte noch einmal. Nach wenigen Minuten zupften die dicklichen Finger ein weiteres Paar von Hundert-Dollar-Noten aus der Seitentasche des blauen Jacketts; der fette Mann kaufte sich Chips. Die Karten kamen, und jede Runde kostete den Mann mehr. Schließlich stand er auf und ging. Als er seinen Stuhl zurückschob, verließ auch ein anderer von den Spielern den Tisch. Inzwischen gewann die kleine Frau so regelmäßig, daß sich die anderen für sie zu interessieren begannen. Und niemand bemerkte den unauffälligen Mann neben ihr, der Fünfundzwanzig-Dollar-Chips setzte. Zwei der Spieler zuckten mitleidig mit den Schultern, als die Glückssträhne der kleinen Frau erschöpft zu sein schien. Einer sagte: «Kluge Entscheidung», als sie sich erhob, solange sie noch einen Teil ihres Gewinns vor sich stehen hatte. Einer nach dem anderen verließen die Spieler den Tisch und wurden durch neue Gesichter ersetzt, bis er selbst als einziger der ursprünglichen Spieler am Tisch war. Die neuen Leute gewannen oder verloren, und keiner von ihnen blieb lange genug, um zu bemerken, daß der stille Mann in dem grauen Tweedanzug eine unglaubliche Glückssträhne hatte. Der Geber zahlte ihm gerade einen weiteren Gewinn aus, als ein Kollege kam, um ihn abzulösen. Der Geber klatschte noch einmal in die Hände, sagte: «Viel Glück, Ladies und Gentlemen» und ging davon.

Statt dem neuen Geber beim Mischen zuzuschauen, warf er einen Blick auf den letzten Stapel von Chips. Der dritte im Stapel war etwas kleiner als die übrigen. Er tat so, als würde er die Chips ordnen, und nahm den kleineren in die Hand. In der Mitte, wo bei den anderen *Silver Slipper* eingeprägt war, stand bei diesem *Flamingo.* Er steckte ihn in die Hosentasche, sammelte dann die übrigen Chips ein und verließ den Tisch. Der Kassierer gab ihm fast zehntausend Dollar dafür.

Draußen schien es noch kälter geworden zu sein. Das *Flamingo* war mehrere lange Blocks entfernt, aber er nahm dennoch kein Taxi. Und sowie er bei den Blackjack-Tischen angekommen war, erkannte er die «Einladung». Diesmal war es eine Frau in mittleren Jahren, die etwas männlich wirkte im weißen Hemd der Kartengeber. Der Abend erreichte jetzt den Höhepunkt. Plätze an den Tischen waren knapp. Das Fünfundzwanzig-Dollar-Minimum an ihrem Tisch schreckte niemanden ab, als sie den Fächer von Karten ausbreitete. Und dann ging es genauso weiter wie im *Silver Slipper*. Immer wieder bekam er neunzehn oder zwanzig Punkte. Mit ihren siebzehn oder achtzehn sammelte die Geberin die meisten Chips der anderen Spieler ein; ein paarmal überzog sie die Einundzwanzig. Er gewann stetig, während die Gesichter rings um ihn wechselten. Nach etwa einer Stunde zahlte ihn die Geberin mit einem Chip von *Dunes* aus. Als er diesmal seinen Gewinn einlöste, erhielt er rund vierzigtausend Dollar. Und während er zum *Dunes* wanderte, fragte er sich, wo er den Rest seines Geldes bekommen würde. Als er das *Dunes* wieder verließ, war es fast Mitternacht, und die Freitagsabend-Spieler waren zu sehr mit sich selbst beschäftigt, um zu bemerken, daß der Kassierer dem Mann im grauen Tweed sechzig Tausender ausbezahlte. Im *Aladdin* war es das gleiche. Und als ihm der Geber im *Tropicana* einen Chip vom *Caesar's Palace* in den Stapel steckte, schätzte er, daß er an die zweihunderttausend Dollar gewonnen hatte. Jetzt, wo seine Taschen gefüllt waren mit Geld, schickten sie ihn nach Hause. Er mußte zugeben, daß es fast komisch war:

Sie hatten tatsächlich eine Möglichkeit gefunden, ihre eigenen Geber einzuschleusen, ohne daß die Managertypen in den großen Hotels argwöhnisch wurden. Wenn wirklich etwas passierte, blieb der Schwarze Peter bei den Casinos hängen.

Am Haupteingang des *Tropicana* wehte der Wind jetzt stetig und heftig durch die Straße hinein ins Zentrum.

Er schaute auf seine Uhr und sah, daß es halb zwei war. Das Feuer, das er in seinem Zimmer programmiert hatte, würde um zwei Uhr ausbrechen, wenn er es nicht zuvor verhinderte, und die Zahl der Fußgänger hatte sich besonders hier, am äußeren Ende des Strips, wesentlich vermindert. Er nahm das Angebot des Türstehers für ein Taxi an. «*Caesar's*», sagte er, und der Wagen raste über die Auffahrt auf die Straße zu, wo er stehenblieb. Der Fahrer sagte «Entschuldigung, Sir» und stieg aus. Er bückte sich, als würde er den linken Vorderreifen überprüfen.

Es dauerte nur eine Sekunde, ehe ihm klar wurde, was da geschah, und als zwei Wagen zu beiden Seiten des Taxis anhielten, erkannte er das Gesicht des Mannes im Cowboyhemd. Der Mann war bereits aus seinem Wagen gesprungen und langte nach dem Türgriff des Taxis. Der zweite, auf der anderen Seite, war ein paar Schritte langsamer.

Er entschied sich für den zweiten.

Und fühlte nicht den Schmerz, als er die Pistole herausriß, die an seinem Bauch mit Klebestreifen befestigt war, nur die Kälte, dort, wo das Klebeband gewesen war und sein Hemd jetzt offenstand. Der Aufprall des Geschosses riß den Mann ein paar Schritte rückwärts, und zugleich war er selbst draußen auf der Straße und zielte mit der Pistole auf den Kopf des Taxifahrers, bevor der andere auch nur den Boden berührt hatte. Das Gesicht des Taxifahrers zeigte äußerstes Erstaunen, als die Pistole losging.

Er wußte, daß der mit dem Cowboyhemd irgendwo hinter dem Taxi in Deckung gegangen sein mußte, hatte aber keine Zeit, nachzusehen. Statt dessen setzte er sich hinter das Lenkrad des Taxis, riß den Vorwärtsgang hinein und drückte mit dem rechten Fuß das Gaspedal durch. Das Taxi schoß vorwärts, während er versuchte, den Wagen unter Kontrolle zu bringen, ohne den Kopf über das Armaturenbrett zu heben. Er hörte Schüsse, als er hinausfuhr auf den Strip, aber das Dröhnen des Motors übertönte den Einschlag der Geschosse in die Seite des Taxis. Bei der ersten Möglichkeit bog er rechts vom Strip ab und wartete, um zu sehen, ob ihm die anderen Wagen folgten. Nach ein paar Sekunden wurde ihm klar, daß sie stehengeblieben waren, um die Toten einzusammeln, und er fuhr das Taxi auf einen Parkplatz hinter einer geschlossenen Tankstelle und stieg aus. «Mein Gott», sagte er laut. «Also waren es die Taxis!» Vor jedem der Casinos hatte eines für ihn bereitgestanden. Und das war auch der Grund, weshalb sie sich Casinos ausgesucht hatten, die möglichst weit auseinanderlagen ...

Sollte sie doch der Teufel holen!

Jetzt konnte er nichts weiter machen, als so schnell wie möglich wegzukommen. Er mußte versuchen, auf irgendeine Weise zu seinem Wagen zu gelangen, der auf dem Parkplatz vom *Caesar's* stand – und dann nichts wie weg! Aber zum Teufel! Das alles war völlig unnötig gewesen. Er hätte nicht im Traum daran gedacht, Carl Bala zu bedrohen, der dort oben in seiner Suite im *Frontier* saß, umgeben von einem Dutzend konzentrischer Kreise aus Sicherheitsleuten des Hotels, der Polizei und des Syndikats, die sich alle gegenseitig und zugleich ihn beobachteten. Ja, er wußte nicht einmal, ob Bala derjenige war, der seine Exekution angeordnet hatte.

Er lief parallel zum Strip hinter den größeren Gebäuden entlang und schaute in jede Gasse, ob es jemanden gab, dem er sich anschließen konnte, sah aber nur verlassene Gehsteige und die Rücklichter vorbeifahrender Wagen. Gott! Diese Idiotie! Sie hätten einfach dasitzen und nichts tun müssen; und nicht einmal gewußt, wer ihm das Geld geschuldet hatte. Er wäre bestimmt nicht mit offenen Händen vor der Tür von Carl Bala aufgetaucht. Und wenn, hätte er es nicht anders verdient, denn dann hätte er sich wirklich wie ein Trottel benommen. Sie hatten sein Leben für nichts und wieder nichts opfern wollen, als wäre er irgendein armer Teufel, der zufällig etwas zu nahe gestanden hatte, als irgendeine größere Aktion stattfand. Es war fast ein Witz.

Jetzt befand er sich hinter dem *MGM Grand Hotel.* Der Parkplatz des *Caesar's* war nur noch einen Block entfernt, aber es gab keine Möglichkeit, ungesehen dorthin zu gelangen. Zuviel menschenleere Gehsteige, um sie allein und zu Fuß hinter sich zu bringen, während die anderen höchstwahrscheinlich mit ihren Wagen auf dem Strip hin und her kreuzten.

Hinter dem *MGM Grand* hatte er tausend Wagen zur Auswahl. Er entschied sich für einen, der ihm bequem genug erschien für den Fall, daß er die Nacht darin verbringen mußte, einen dunkelblauen Chevrolet. Er schloß die Zündung kurz, und Sekunden später fuhr er vom Parkplatz hinaus auf die Straße. Vor dem *Caesar's* sah nichts ungewöhnlich aus. Noch immer wanderten Spieler über den Parkplatz, um ihre Wagen zu suchen, und sogar ein paar späte Ankömmlinge bogen noch in den Parkplatz ein. Er wußte, daß sie ihn momentan nur auf der Schnellstraße suchen würden. Bis sie es hinter der Tankstelle entdeckten, nahmen sie wahrscheinlich an, daß er noch in dem Taxi saß. Wenn es nach einer Weile nicht auftauchte, würden sie die Taxifirma veranlassen, den Wagen bei der Polizei als gestohlen zu melden.

Er bog in die Einfahrt ein und fand einen Parkplatz in der Nähe seines Leihwagens, blieb dort stehen und wartete. Irgendein Gefühl hinderte ihn daran, die Drähte zu entfernen, mit denen er den gestohlenen Chevrolet kurzgeschlossen hatte. Der Leihwagen war keine zehn Meter von ihm entfernt, aber diese zehn Meter waren genug für die anderen, falls sie hier auf ihn warteten. Wenn sie im Laufe der Woche dahintergekommen waren, daß er sich diesen Wagen gemietet hatte, war ohnehin alles aus. Dann saßen sie irgendwo versteckt und warteten darauf, daß er den Zündschlüssel umdrehte und sich selbst in die Luft jagte. So saß er in dem Chevrolet mit laufendem Motor, hatte die Scheinwerfer ausgeschaltet und starrte in die Dunkelheit nach irgendwelchen Hinweisen auf die Anwesenheit der anderen: einen geparkten Wagen mit der Silhouette eines Kopfes darin, einen Mann allein, der zu Fuß über den Parkplatz schlenderte und seinen Wagen nicht zu finden schien, einen Wagen, der hier herumkreiste, statt hinauszufahren über eine der zahlreichen Ausfahrten.

Er schaute auf seine Armbanduhr. Zehn nach zwei. Inzwischen mußte das Feuer in seinem Zimmer ausgebrochen sein. Die Rauchsensoren hatten vermutlich bereits Alarm geschlagen. In ein paar Minuten würde die Feuerwehr eintreffen. Um diese Tageszeit kamen sie mit siebzig oder achtzig Sachen über den Strip voran, und ihre Blinklichter waren meilenweit zu sehen. Er versuchte, das Fenster seines Zimmers ausfindig zu machen, suchte die Glasfront im vierten Stock nach einem verdächtigen Flackern ab. Der Teufel sollte sie holen! Sie waren nicht sorgfältig, sie waren nicht schlau, und dennoch war es schwer, eine Chance zu bekommen, weil sie so viele waren und wie eine Affenherde hier herumlungerten. Ganz gleich, was man tat – mit ihrer blöden, stupiden Hartnäckigkeit würden sie einen entweder langsam wie ein Gletscher oder schnell wie eine Lawine überrollen und auch die raffiniertesten Tricks zunichte machen. Es war zu spät, um vorsichtig zu sein, zu spät sogar, um Angst zu haben. Jemand von den Mächtigen, vielleicht Carlo Balacontano, der dort oben in seiner Suite im *Frontier* saß, hatte sich über Orloff geärgert, also mußte Orloff und jeder in seiner Umgebung aufhören zu existieren. Ein Wunder, daß sie nicht auch noch Orloffs Büro in die Luft gesprengt hatten, um jeden Hinweis, daß er jemals existiert hatte, zu beseitigen.

Aber jetzt war keine Zeit, etwas zu unternehmen. Wenn er nicht bald handelte, blieb ihm keine Möglichkeit mehr, um von hier wegzukommen. Er tastete im Futter seines Revers nach den Schlüsseln für den Leihwagen, hielt sie in der rechten Hand. Dann schaltete er den Motor des Chevrolet ab, griff unter das Armaturenbrett, bis er die Reihe der Sicherungen ertastet hatte, und riß sie, eine nach der anderen, aus ihren Halterungen. Er konnte nicht erst lange ausprobieren, zu welchem Stromkreis die Innenbeleuchtung gehörte. Und wenn er die Tür öffnete, wollte er unter keinen Umständen in Licht gebadet sein.

Jetzt war er draußen, bewegte sich rasch. Er hörte keinen Motor, der gestartet wurde, sah kein Lebenszeichen, während er die zehn Meter geduckt zu seinem Wagen sprintete. Wenn sie hier in der Nähe waren, hatten sie sich nicht gerührt. Er bückte sich so weit hinunter, als würde er seine Schuhbänder knoten oder einen Reifen überprüfen oder etwas aufheben, dabei schaute er sich im Umkreis nach Füßen um. Während er unten war, schloß er die Tür des Leihwagens auf, wartete dann.

Plötzlich hörte er das dünne, weinerliche Geräusch von Sirenen, irgendwo weiter oben am Strip. Es wurde lauter, näherte sich. Keine Frage, was das bedeutete. «Die Kavallerie», sagte er leise zu sich selbst. «Endlich die Kavallerie!» Von nun war es nur noch eine Frage der Zeiteinteilung.

Das Geheul der Sirenen wurde immer lauter, während sich die Wagen der Feuerwehr näherten. Er duckte sich, war bereit. In dem Augenblick, als der erste Feuerwehrwagen zu sehen war, schlüpfte er hinein in den Wagen, wobei das Innenlicht höchstens eine Sekunde lang aufleuchtete. Selbst wenn er beobachtet wurde; die Beobachter würden in diesem Augenblick auf die Feuerwehrwagen starren, und sei es nur für Sekunden – so etwas geschah ganz unwillkürlich. Der erste Wagen, ein langes Fahrzeug mit Kran und Leiter, holperte mindestens mit fünfzig die Einfahrt hinauf; die Sirene verstummte, als sei ihr der Atem ausgegangen, während das Fahrzeug vor dem Portiko anhielt. Ein zweites rumpelte auf den Parkplatz neben dem Seiteneingang und verschwand hinter dem Gebäude. Jetzt waren auch kleinere Wagen zu sehen, aber er beobachtete sie nicht. Statt dessen ließ er seine Blicke über den Parkplatz schweifen.

Er sah sie sofort. Drei Wagen tauchten aus der Dunkelheit auf, beleuchteten die Umrisse von drei Männern, die rasch ausstiegen. Er duckte sich und lauschte auf die

Schritte, aber das Dröhnen der riesigen Dieselmotoren der Feuerwehr erschütterten nun anstelle der Sirenen die Luft rings um das Hotel. Er sah einen der Männer an seinem Wagen vorbeilaufen, aber der Blick des Mannes war auf den Ausgang des Casinos fixiert. Jetzt waren die Löschfahrzeuge an Ort und Stelle, nach irgendeinem genau festgelegten Einsatzplan der Feuerwehr. Die Beobachter hatten Stellung bezogen an den Hotelausgängen und warteten darauf, daß er in die Schar der verängstigten Gäste auf die Straße hinausstürmen würde.

Einen Augenblick lang kämpfte er gegen einen noch vorhandenen Rest von Angst, als er den Zündschlüssel umdrehte, aber er wußte bereits, daß man keine Bombe in seinen Wagen gelegt hatte – sonst hätten sie nicht auf dem Parkplatz in ihren Autos gesessen, um die Explosion zu beobachten. Er fuhr rückwärts aus der Parklücke und dann hinaus auf den Strip. Wenn einer seiner Bewacher ihn sehen würde, wäre es für sie schon zu spät, weil inzwischen bereits vier oder fünf andere Wagen mit Hotelgästen wegfuhren, womit er gerechnet hatte. Die Hotelgäste drängten sich auf den Gehsteigen, auf den Parkplätzen und rings um die Wagen der Feuerwehr; aber viele der Spieler, die nur das Casino besucht hatten, liefen auf ihre Wagen zu, um irgendwoanders hinzufahren, wo es kein Feuer gab, das die Casinoleitung zwang, die Tische zu schließen, während sie gerade ihre Glückssträhne zu fassen bekommen hatten.

Er war ihnen jetzt entkommen, in einem sicheren Wagen, den man nicht aufspüren konnte, mit gefülltem Tank und zweihunderttausend Dollar in den Taschen seines Jacketts. In den Augen der anderen war er bereits tot. Er war schon tot seit dem Augenblick, als sich einer dieser alten Männer in Gedanken mit ihm befaßt und ihn zum möglichen Störfaktor erklärt hatte. Was danach noch blieb, war die rein mechanische, automatische Übertragung des Gedankens in die Tat, und an solchen Einzelheiten hatte dieser Mann vermutlich schon vor vielen Jahren das Interesse verloren. Nachdem er die Stirn gerunzelt, mit dem Kopf genickt oder gesagt hatte: «Räumt ihn weg», hatten sich seine Gedanken sicher gleich mit einem anderen Problem befaßt.

Also war er tot. Sollten sie ihn doch am Arsch lecken. Er fand sich nicht damit ab. Und sie würden noch zu spüren bekommen, daß er nicht tot war.

KAPITEL 18

Sie stand vor John Brayers Schreibtisch mit einem Computerausdruck in der Hand. «Fieldston Growth Enterprises», sagte Elizabeth. Als Brayer nicht reagierte, legte sie den Ausdruck vor ihn hin und zeigte mit dem Finger auf die betreffende Zeile. «Fieldston Growth Enterprises steht auf dem Gebäude, vor dem dieser Rechtsanwalt Orloff ermordet wurde. Es ist außerdem die Gesellschaft, deren Name bei der Untersuchung des Veasy-Mordes in Kalifornien auftauchte.»

«O ja – Sie haben da nicht viel ermitteln können, wie? Zu schade, daß wir Sie so schnell abziehen mußten. Aber Sie sind doch in Verbindung mit der dortigen Polizei, oder?»

«John», sagte Elizabeth und ließ eine Spur Verzweiflung in ihrer Stimme erkennen, «diese Firma ist jetzt mindestens zweimal bei der Untersuchung von Mordfällen aufgetaucht, die sich innerhalb einer Woche ereigneten und die durchaus von professionellen Killern begangen worden sein können. Alles paßt genau zusammen, und ich vermute sogar, es gibt noch einen dritten Zusammenhang.» Sie wartete so lange, bis er etwas dazu sagen mußte.

«Na schön», sagte Brayer schließlich. «Es ist zwar fadenscheinig, aber ich bin bereit, die Sache zu verfolgen – bis zu einem bestimmten Punkt. Der dritte Zusammenhang, von dem Sie sprechen, in dem diese Firma auftaucht, das sind diese Initialen, die irgendwo in den Aufzeichnungen von Senator Claremont erscheinen, wenn ich mich richtig erinnere.»

«Sie wissen es ganz genau», sagte sie.

«Wie heißt noch der Leiter von Claremonts Steuerkomitee?» Er begegnete ihrer Ungeduld mit einer guten Imitation lässiger Selbstgefälligkeit, aber sie sah, daß er bereits den Telefonhörer in der Hand hatte.

«Justin Garfield», antwortete sie in überaus freundlichem, munterem Tonfall, den er ihr bei jeder anderen Unterhaltung abgenommen hätte.

«Sie können an Ihrem Schreibtisch auf mich warten», sagte Brayer. «Wenn dieser Kerl sagt, FGE ist Fieldston Growth Enterprises, dann brauche ich von Ihnen einen Bericht, mit dem ich die Durchsicht der Akten dieser Gesellschaft erzwingen kann, bevor Sie ins Flugzeug steigen.»

«In was denn für ein Flugzeug?»

«In die Maschine, die Sie dorthin bringt, wo diese Firma sitzt – ach ja», sagte er und schaute wieder auf den Computerausdruck, den sie ihm auf den Schreibtisch gelegt hatte. «Nach Las Vegas.»

Er wußte, was er zu tun hatte, konnte an nichts anderes mehr denken. Als er am *Frontier* vorüberfuhr, erkannte er die zwei Beobachter, ohne auch nur den Kopf zur Seite drehen zu müssen. Der eine saß in einem Mark VI, der genau so vor der Vorderausfahrt des Parkplatzes stand, daß er sie blockieren konnte, wenn er die Handbremse löste und den Wagen ein paar Meter vorwärtsrollen ließ. Der andere war drinnen in der beleuchteten Halle und wartete auf ein Taxi, obwohl ein halbes Dutzend davon nur ein paar Meter neben dem Eingang standen.

Er fuhr ostwärts ans andere Ende der Stadt.

Es gab keinen einfachen Weg; er konnte es nicht schaffen, ohne eine Menge Lärm zu verursachen. Ihm stand nicht die Zeit zur Verfügung, die man benötigte, um die Sache schlau einzufädeln, und außerdem schwirrten bestimmt eine Menge Leute herum, die genau das verhindern wollten. Castiglione war alt, aber so, wie ein pensionierter Präsident alt wurde; er lebte hinter einem hohen Zaun in einem Haus, das wie ein Fort gebaut war und vermutlich eine schöne Stange Geld gekostet hatte. Selbst wenn man einen Grund angeben konnte, ihn zu sprechen, war es schwer genug, dort einzudringen, aber ohne Grund riskierte man bei einem Versuch sein Leben. Dennoch, es mußte Castiglione sein. Er war der einzige, der noch immer genügend Einfluß hatte, um Balacontano und Toscanzio unter Kontrolle zu halten. Wenn er von der Bildfläche verschwand, würde totale Konfusion herrschen. Jeder der Capos würde glauben, daß es einer von ihnen getan hatte, um Castigliones Nachfolge anzutreten.

Es war durchaus möglich, daß danach einer von ihnen an die Spitze gelangte, aber das würde Zeit kosten, Zeit, in der die Verlierer niedergemacht werden mußten. Solange er nicht sicher war, wirklich denjenigen zu erwischen, der seinen Tod angeordnet hatte, war Castiglione die beste Wahl.

Er fuhr langsam die Grayson Street hinauf, ein guter

Bürger von Las Vegas, der versuchte, die Nachbarn nicht

zu wecken, wenn er in seinem Thunderbird von der Nachtschicht oder von wo auch immer heimkehrte. Die Grayson Street war eine schnurgerade Allee mit einer Wendeschleife an ihrem Ende, die von der imponierenden Klinkerfassade von Castigliones Haus beherrscht wurde. Als er an dem Haus vorbeifuhr, betrachtete er es ebenso wie seine Umgebung mit großer Sorgfalt. Niemand draußen, der im Garten patrouillierte. Vermutlich hatte es sich als überflüssig erwiesen, daß sich jemand im kalten Wüstenwind den Arsch abfror, um einen Mann zu beschützen, dessen persönliche Feinde bereits seit Jahrzehnten tot waren. Die Ziegelmauer um das Anwesen verdeckte nicht die Sicht auf das Haus, das auf einer leichten Anhöhe, umgeben von einer weiten Rasenfläche, erbaut war. Kein Gesträuch wuchs in einem Umkreis von dreißig Metern um das Gebäude, so daß jeder, der sich ihm näherte, von der Straße bis zum Haus ungedeckt war. Und es gab bestimmt Flutlichter, obwohl er sie auf den ersten Blick nicht sehen konnte: große Außenscheinwerfer, die in der ersten Sekunde der Gefahr die Nacht in hellen Tag verwandeln würden. Die Fenster waren unbedeutende Luken in der spanischen Fassade und vermutlich nur deshalb da, weil eine blanke Mauer in dieser Größe ohne irgendeine Unterbrechung das Auge beleidigt hätte.

Nicht sehr vielversprechend, dachte er. Castiglione hatte zu viele Jahre in großer Gefahr gelebt, bevor er sich hierher zurückgezogen hatte. Neben dem Haupteingang gab es eine Seitentür, die auf einen Plattenweg zum Swimming-pool hinausführte. Er parkte den Wagen in der Einfahrt eines Nachbargrundstücks, mit dem Kühler zur Straße. Dann nahm er das Gewehr aus dem Kofferraum und begann seine Runde um Castigliones Mauer. Jetzt, wo er Haus und Grundstück genauer betrachten konnte, erschien ihm die Festung noch uneinnehmbarer als zuvor. Es gab nur die beiden Eingänge, die er schon von der Straße aus gesehen hatte, und auf der Rückseite fehlten sogar die kleinen Fenster, die die Fassade zierten. Inzwischen wünschte er sich, eine Tonne Dynamit zur Verfügung zu haben. Er sah im Haus kein Licht brennen, wußte aber, daß der Alte, der hier wohnte, jemanden wachen ließ, und sei es auch nur, daß nicht sein Schlaf durch Telefonanrufe gestört werde.

Er war enttäuscht und frustriert. Es würde äußerst unangenehm werden. Vorsichtig kletterte er über die Mauer und näherte sich dem Haus, wobei er genau darauf achtete, wohin er trat. Es war nicht auszuschließen, daß dieser alte Gauner den Rasen vermint hatte. Vorsichtig ging er um das Haus herum und sah sich nach Schwachstellen um, bis er das fand, was er brauchte. Es gab eine gemauerte Grillmulde, groß genug, um einen halben Ochsen darüber zu braten, und in der Nähe des Swimming-pools befanden sich zwei Stahltüren in der Hauswand. Als er sie sah, begann sein Herz schneller zu schlagen. Es war also doch möglich! Er nahm sein Taschenmesser und öffnete damit leise die erste der Türen. Dahinter war der Heißwasserboiler für das Haus. Hinter der zweiten Tür befand sich ein Sammelsurium verschiedenster Dinge: Gartengeräte, Grillkohle, ein Kanister Flüssigkeit zum Anzünden der Grillkohle, Flaschen mit Chlorin für den Swimming-pool und ein langer Schlauch, der an einen Hahn angeschlossen war. Er lehnte sein Gewehr gegen die Hauswand.

In der Dunkelheit war es schwierig, geräuschlos zu arbeiten, aber er bewegte sich behutsam und vorsichtig. Erst nahm er die Holzkohle und einen Kanister mit der

Brennflüssigkeit und ging damit zur Vordertür des Hauses. Dort schichtete er die Kohle gegen die riesige, schwere Tür aus Eichenholz und tränkte sie mit der Flüssigkeit, wobei er darauf achtete, soviel wie möglich auf die Tür selbst zu gießen. Das Holz mußte erst die Flüssigkeit einsaugen, daher ging er zurück zum Patio, holte sämtliche Gartengeräte heraus und breitete sie auf dem Pflaster vor der Seitentür aus. Den Schlauch klemmte er zwischen zwei Vierliterflaschen Chlorin, so daß er von der Seite her auf die Tür zielte. Dann überprüfte er die Magazine des Gewehrs und der Pistole und legte das Gewehr auf die Terrasse neben den Swimming-pool. Er blickte sich um, ob alles bereit war. Der Heißwasserboiler war der Schlüssel zu dem Ganzen, also mußte er damit anfangen. Er drehte den Gashahn ab und trennte das Gasrohr vom Boiler. Dann ging er wieder nach vorn und zündete die Holzkohle an.

Danach trottete er gemächlich zurück zum Patio, drehte das Gas auf, entzündete es. Die Flamme war hoch genug, um die Decke des Raumes zu erreichen. Jetzt drehte er den Wasserhahn auf und stellte den Druck so ein, daß ein stetiger, harter Wasserstrahl auf die Seitentür zielte. Schließlich kehrte er zum Swimming-pool zurück, ließ sich auf der flachen Seite ins Wasser gleiten und hielt den Atem an. Das Wasser war kälter, als er erwartet hatte. Er duckte sich und wartete, hielt dabei das Gewehr stets über der Wasseroberfläche und schützte seine Augen vor dem immer heller werdenden Feuer dadurch, daß er sich ganz an den Rand des Beckens drängte, dort, wo er dem Haus am nächsten war.

Es schien lange zu dauern. Er lugte über den Beckenrand auf das Haus. Noch immer war kein Licht zu sehen, aber er sah das Feuer vor dem Haus, und der Gasbrenner stieß eine große, stetige Flamme aus. Inzwischen hatten die hölzerne Regenrinne und das Dach Feuer gefangen. Die Ziegelfassade begann zu zerspringen, und die Holzverkleidung darunter fing knisternd Feuer. Er begann zu frösteln – ob von der Kälte des Wassers oder dem nächtlichen Wind, konnte er nicht sagen. Plötzlich kam ihm der Gedanke, Castiglione könnte gar nicht zu Hause sein. Was, wenn er nicht hier war?

Aber dann gingen im Haus die Lichter an, eines nach dem anderen, bis alle Fenster erleuchtet waren. Das Feuer der Boilerflamme mußte sich ins Innere des Hauses gefressen haben. Wieder duckte er sich unter den Rand. Sobald sie bereit waren, das Haus zu verlassen, würden sie die Außenbeleuchtung einschalten. Er lauschte auf die gedämpften Schreie aus dem Inneren des Hauses und versuchte daraus zu erkennen, wie viele Stimmen es waren. Türen wurden zugeschlagen, man hörte rasche Schritte. Und er wußte, daß jemand die Haustür erreicht hatte, weil er einen Aufschrei vernahm, der bis hinaus in die Nachtluft drang, dann Schritte, die sich rasch wieder zur Hinterseite entfernten. Das Schwimmbecken war ungefähr zwanzig Meter von der Seitentür entfernt. Er legte das Gewehr auf den Betonrand und versuchte zu zielen.

Endlich wurde die Seitentür aufgerissen, und ein Mann kam auf den Patio herausgelaufen. Als er vom Wasserschlauch angespritzt wurde, drehte er sich um und schoß darauf, fluchte dann, als er auf eine Harke trat. Gleich danach lief er wieder auf den Schlauch zu, weil er ihm in seinem benebelten, verängstigten Gehirn als Ursprung aller Gefahr erschien. Er war leicht zu erledigen, weil er stehenblieb, als er merkte, daß niemand den Schlauch hielt, und sich dabei deutlich vor dem Feuer abzeichnete. Ein anderer Mann kam weit genug, um sich über seinen gefallenen Kameraden beugen zu können; dann blickte er sich um, suchte den Gegner, auf den er schießen konnte, bevor sich das Gewehr auch auf ihn richtete.

Im Innern des Hauses wußte niemand, was draußen vor sich ging. Es waren Schüsse gefallen, und von irgendwoher drang Wasser ein, aber das konnten sie nicht miteinander in Verbindung bringen, konnten nicht in der Lage sein zu erkennen, was zu tun war. Jemand versuchte, das Feuer mit dem Schlauch zu löschen – das dachten sie vermutlich drinnen im Haus, denn die beiden nächsten, die in der Tür erschienen, waren unbewaffnet. Er ließ einen von ihnen fast bis zur Gasdüse gelangen, ehe er ihn abknallte. Der andere stand noch innerhalb des Türrahmens, ohne zu ahnen, daß sein Begleiter bereits tot war.

Von seinem Punkt aus im dunkeln Schwimmbecken entschloß er sich, ein Risiko einzugehen. Er brüllte: «Holt den alten Mann raus!» Dann duckte er sich in den Schatten und wartete. Aus dem Inneren des Hauses erklangen deutlich vernehmbare Geräusche, und dann sah er das, worauf er gewartet hatte. Ein Mann im Pyjama schob vorsichtig einen Rollstuhl zur Tür und heraus auf den Patio.

Er zielte auf die Mitte der Rollstuhllehne, war bereit abzudrücken. Dann spürte er, daß etwas nicht stimmte. Sowie der Helfer den Rollstuhl auf den Patio geschoben hatte, lief er selbst mit gezückter Pistole zur Vorderfront des Hauses. Da war etwas doch nicht in Ordnung! Man würde nie und nimmer den Alten allein lassen, ganz gleich, was geschah.

Er betrachtete den Rollstuhl durch das Zielfernrohr. Es saß jemand drauf, aber nicht der Alte. Irgendein Held?

Nein, auf dem Fußbrett waren Schuhe zu sehen, aber die lederne Rückenlehne des Rollstuhls spannte sich nicht an den richtigen Stellen. Er überlegte rasch. Die Vordertür? Ausgeschlossen. Die stand in hellen Flammen. Es mußte einen anderen Ausgang geben. Aber wo?

Die Garage! Sie versuchten, den Alten wegzubringen. Die Garage war hinter ihm, zu weit entfernt für einen Invaliden, vor allem in einem Notfall. Aber plötzlich ergab alles einen Sinn: Das Haus war wie ein Fort erbaut; dennoch lag die Garage fast hundert Meter entfernt davon. Also gab es einen Tunnel unter dem Rasen! Sie wollten den Alten wegfahren und erst dann das Flutlicht einschalten. Er mußte aus dem Wasser, bevor sie die Sicherheit der Garage erreicht hatten.

Er beruhigte sich und zielte auf den einzigen Mann, den er sehen konnte: den unter der Tür. Sah zu, wie er nach hinten fiel. Dann warf er das Gewehr ins Wasser, hievte sich aus dem Becken und sprintete auf die Garage zu. Er schaffte es gerade in dem Augenblick, als die elektrisch betriebene Tür zu surren begann. Er hörte, wie der Motor angelassen wurde, und dann glitt der dunkle Schatten des Wagens nach vorn, blieb ganz dicht vor der aufgehenden Garagentür stehen.

Er erstarrte in der Bewegung und wartete, bis der Fahrer mit ihm auf einer Höhe war, dann feuerte er die Pistole auf seinen Kopf ab. Der Wagen glitt vorwärts, kein Fuß war auf der Bremse, um ihn anzuhalten. Als der Rücksitz neben ihm in Sicht kam, erkannte er das Gesicht des alten Mannes, das einen Augenblick zu einer Maske der Überraschung und des Entsetzens erstarrt war, wie auf einem Foto. Als er die Pistole abfeuerte, kippte der Kopf zur Seite. Sicherheitshalber lief er neben dem rollenden Wagen her und schoß noch zweimal auf den alten Mann, ehe er wieder neben der Garagentür in Deckung ging.

Er wußte, daß in wenigen Sekunden die Außenscheinwerfer eingeschaltet werden würden. Also sprintete er auf die Mauer zu, schaute sich nicht mehr um, rannte einfach vorwärts und versuchte, in den noch bleibenden Sekunden der Dunkelheit soviel Abstand wie möglich zu gewinnen. Als er die Mauer erreichte, sah er eine geduckte Gestalt, die ihn dort erwartete, die beiden Hände vor sich ausgestreckt, als ziele sie mit einer Pistole. Er hörte den Mann etwas brüllen, bevor er auf ihn feuerte. Die Pistole des anderen ging los durch eine letzte Bewegung der Finger, und er hatte den Toten schon hinter sich gelassen, als ihm bewußt wurde, daß der Mann «Nicht! Aufhören!» gerufen hatte. Aufhören? Was hatte das zu bedeuten? Er lief weiter, blickte aber einen Augenblick zurück, und dabei bemerkte er, daß der Tote ein weißes Hemd und eine Krawatte unter der Jacke trug. Seltsam, dachte er. Um drei Uhr morgens? Aber er hatte keine Zeit, darüber nachzudenken, setzte über die Mauer und lief geduckt daran entlang. Hinter ihm wurde das Flutlicht eingeschaltet, und er hörte, wie der fahrerlose Wagen gegen ein Hindernis krachte. Als er die Einfahrt erreicht hatte, in der sein Wagen parkte, sprang er hinein, ließ den Motor an und gab soviel Gas, wie er riskieren konnte, ohne die Scheinwerfer einzuschalten. Im Rückspiegel sah er, daß der bedeckte Nachthimmel helles Licht widerspiegelte, ein Chaos aus weißen Scheinwerfern und orangerotem Feuer, und er hörte die ersten Schüsse, die über die verlassene Rasenfläche ins Dunkel sirrten. Als er um die Ecke gebogen war und den Wagen auf fünfundfünfzig Stundenkilometer beschleunigt hatte, grinste er und nickte sich selbst zu. Jetzt war er nicht mehr so wütend wie zuvor.

KAPITEL 19

Erst die vollklimatisierte, dröhnende Röhre des Flugzeugs, dann die zwei Stewardessen, die wie Tänzerinnen eines Balletts neben ihrer Küchennische standen, als würden sie sich ein letztesmal vor dem Vorhang verbeugen – und dann der weiße, blendende Sonnenschein eines Morgens in Las Vegas. Elizabeth kniff die Augen zusammen, als sie die Gangway hinunterging, und schaute zu Boden, um das Licht zu meiden, das von allen Seiten gleichzeitig auf sie eindrang.

Am Eingang des Terminals warteten keine Gruppen glücklicher Verwandter und Freunde auf die ankommenden Passagiere – hier war jeder ein Fremder. Die einzigen, die sie in Empfang nahmen, waren Gepäckträger mit nüchternen, mürrischen Gesichtern. Während sie sich nach einem Hinweis umschaute, wo sie ihr Gepäck wiederbekommen konnte, kam eine Durchsage über die Lautsprecher.

«Elizabeth Waring, bitte kommen Sie zum Informationsstand der United Airlines. Elizabeth Waring, zum Informationsstand der United Airlines, bitte.»

Brayer, keine Frage, dachte sie. Natürlich hatte er vergessen, ihr etwas zu sagen, und wollte nicht warten, bis sie im Hotel angekommen war. Sie ging auf den Informationsstand zu und sagte: «Ich bin Elizabeth Waring.»

Der Mann hinter dem Pult reichte ihr einen Zettel, auf dem stand: Bitte rufen Sie so bald wie möglich John Brayer an. Das «Bitte» war mit Sicherheit ein Zusatz der Fluglinie. Sie ging zu der Reihe von öffentlichen Telefonen an der Wand der Halle und wählte. Er meldete sich nach dem ersten Rufzeichen.

«Da tut sich was, Elizabeth», sagte Brayer. «Ich weiß noch nicht, was, aber es hat einen von unseren Außendienstleuten erwischt.»

«Mein Gott», sage Elizabeth. «Sind Sie sicher? Wen denn?»

«Die Polizei von Las Vegas hat uns vor einer halben Stunde angerufen. Sie fanden DiGiorgio heute morgen, als sie ein abgebranntes Haus durchsuchten. Er lebt, aber im Garten lagen fünf tote Männer, und man weiß noch nicht, ob sich weitere Personen im Haus befanden.»

«Und was soll ich tun?»

«Warten Sie ein paar Minuten. Ein Polizeibeamter kommt zum Schalter der United Airlines und bringt Sie von dort aus ins Krankenhaus. Wenn man Sie mit DiGiorgio sprechen läßt, versuchen Sie, ihn auszuquetschen. Wenn nicht, lassen Sie sich alles geben, was die Polizei ermittelt hat, und melden Sie sich dann wieder bei mir. Wenn Sie soweit sind, wird mir schon was einfallen. Aber arbeiten Sie momentan nur über mich. Versuchen Sie nicht, mit einem der anderen Außendienstleute in Kontakt zu treten. Ich weiß nicht, was da los ist, und möchte vermeiden, daß man Sie erkennt, bevor ich die Sache durchschaue.»

«John», sagte Elizabeth, «ich kann den Polizeibeamten am Schalter sehen. Ich glaube, ich mache jetzt Schluß und erlöse ihn.»

«Gut. Aber rufen Sie zurück, sobald Sie können. Wir haben unsere Leute über ganz Las Vegas verstreut, und wenn sie in Gefahr sind, müssen wir das rechtzeitig wissen.»

Elizabeth hängte ein und ging auf den Schalter zu, gerade als sich der Polizeibeamte umgedreht hatte, um ihr entgegenzukommen. «Ich bin Elizabeth Waring», sagte sie.

Der Polizeibeamte nickte und berührte das polierte Schild seiner Mütze, dann gingen sie auf den Ausgang zu. Der Mann war groß, und schon bei seinen beiden ersten Schritten blieb Elizabeth einen Meter zurück.

«Mein Gepäck», sagte sie. «Ich habe es noch nicht abgeholt.»

«Wo wohnen Sie?» fragte er.

«Im *Sands.*»

Er schaute sie etwas überrascht an, sagte dann aber: «Wenn Sie mir die Abschnitte geben, lasse ich es Ihnen ins Hotel schicken.» Er kehrte an den Schalter zurück und gab dem Mann von der United die Gepäckabschnitte. Dann kam er zu ihr zurück und ging mit ihr hinaus, wo sein Streifenwagen mit laufendem Motor und offener Fahrertür am Gehsteig stand. Aus dem Funkgerät kamen Stimmen, Quaken und Zischen.

Sie setzte sich neben den Polizisten, und er fuhr hinauf auf den Zubringer. «Wie geht es DiGiorgio?» fragte sie.

«Kritisch», antwortete der Polizeibeamte mit steinerner Miene. Sie nahm an, daß er Frauen nicht mochte, aber das machte nichts. «Er hat sehr viel Blut verloren, bevor sie ihn gefunden haben. Ein Schuß in den Oberkörper aus nächster Nähe, mit einem kleinen Kaliber.»

Elizabeth dachte kurz darüber nach. «Weiß schon jemand, was da eigentlich passiert ist?»

Die Augen des Polizeibeamten richteten sich einen Moment auf ihr Gesicht, dann wieder auf die Straße. «Wir hofften eigentlich, daß Sie uns da helfen können, Ma'am.» Da war es wieder, dachte sie. Die übertriebene Höflichkeit, wie sie für Außenseiter reserviert war. Für Außenseiter und für Frauen. «DiGiorgio ist schließlich Ihr Mann.» Es klang fast wie ein Tadel.

«Er sollte eine Überwachung durchführen», erwiderte sie. «Aber aus der Entfernung. Er sollte auf keinen Fall direkten Kontakt aufnehmen.»

Der Polizeibeamte nickte. «Das haben wir uns gedacht.» Dann fügte er hinzu: «Natürlich wußten wir nicht, daß er hier war. Wir waren sehr überrascht, als wir ihn identifiziert hatten.» Das war es also, dachte sie. Ein Agent der Bundesbehörde taucht auf, die örtliche Polizei weiß nichts davon und fühlt sich somit übergangen. Aber so wurde das nun einmal gehandhabt, das wußten sie beide, und keiner von ihnen war dafür verantwortlich, obwohl es in gewisser Weise ein Affront war für die Leute hier.

Er schien sich mit diesem Gedankengang bereits vor ihrer Ankunft beschäftigt zu haben, daher kam er schnell wieder zu seinem Bericht zurück. «Das Haus gehörte Salvatore Castiglione, deshalb nehmen wir an, daß DiGiorgio ihn überwacht hat.»

«Gehörte?» fragte sie. «Ist das Haus denn völlig zerstört?»

«Nein», erwiderte er. «Aber Castiglione ist tot. Und weitere fünf Männer, die offenbar dort wohnten. Vier von ihnen wurden mit einem Scharfschützengewehr erschossen. Wir fanden die Waffe im Swimming-pool. DiGiorgio, Castiglione und ein anderer Mann wurden mit einem kleineren Kaliber getötet. Vielleicht haben sie gegenseitig aufeinander geballert. Das werden wir erst wissen, wenn wir das Ergebnis der Schußwaffensachverständigen und die Autopsien vorliegen haben.»

Elizabeth überlegte einen Augenblick: Castiglione tot. Sie versuchte, die Fakten zusammenzusetzen. DiGiorgio wird als Agent erkannt, Castiglione ordnet an, daß man ihn umlegt, DiGiorgio wehrt sich – und tötet sechs Männer?

Außerdem war da dieses Gewehr im Swimming-pool. Und Castiglione wurde seit vielen Jahren beobachtet; das gehörte zu seinem Leben. Wieso sollte er da jetzt plötzlich durchdrehen? Nein. Versuch es noch einmal. DiGiorgio beobachtet Castigliones Haus, und aus irgendeinem Grund bricht unter den Männern im Haus ein Streit aus. Es kommt zu einer Schießerei, einer von ihnen hat ein Gewehr, DiGiorgio versucht einzuschreiten und wird angeschossen. Aber was war dann mit dem Feuer? Noch mal von vorn. DiGiorgio beobachtet das Haus. Männer kommen und versuchen das Haus in Brand zu setzen und Castiglione zu töten. Castigliones Leute wehren sich. DiGiorgio ist dort und bemüht sich, die Sache zu stoppen oder jemanden festzuhalten, und wird verletzt. Sie versuchte es mit Kombinationen der drei Theorien und mußte zugleich verzweifelt die eine aus ihren Gedanken verbannen, die immer wieder vor ihr auftauchte: DiGiorgio steht draußen vor dem dunklen Haus mit einem Scharfschützengewehr in der Hand; er wartet auf den alten Mann, der herauskommen muß, um dem Feuer zu entrinnen. DiGiorgio hat zu viele Jahre in kalten Autos vor feinen Restaurants gesessen, hat zu oft die Zulassungsschilder an geparkten Limousinen überprüft und auf Band aufgezeichnete Gespräche in Berichte übersetzt; DiGiorgio ist leidenschaftlicher Jäger ...

Der Polizeibeamte hatte das Mikrofon in der Hand und sagte: «Bitte kommen.»

Es klickte im Lautsprecher, dann sagte eine Stimme: «Du kannst direkt ins Hotel fahren.»

«Verstanden», antwortete er und schob das Mikrofon in die Halterung.

«Was ist?» fragte Elizabeth.

 «Ich glaube, Ihr Mann hat es nicht geschafft.»

«Das war aber schnell», sagte Brayer. «Und was haben Sie rausgefunden?»

«Nicht viel», erwiderte Elizabeth. Sie stand an der Glastür zum Balkon und schaute hinaus auf den Swimming-pool des Hotels, wo die Gäste bewegungslos in langen, bequemen Liegestühlen ruhten, die Körper glänzend von Öl, als würden sie ihr Fett ausschwitzen. Aber Elizabeth mußte daran denken, daß die Grundrisse dieses Zimmers ganz ähnlich denen des Zimmers in Denver waren, in dem der Senator umgebracht worden war. Sie stellte sich dicht an die Wand, um im einfallenden Licht die Fingerabdrücke auf der Glasscheibe besser sehen zu können. «DiGiorgio starb, bevor ich das Krankenhaus erreichen konnte. Ich habe gerade mit den Leuten von der hiesigen Mordkommission gesprochen; sie sagten, er hätte seit seiner Einlieferung im Koma gelegen.» Sie wartete, aber Brayer sagte nichts. Nach einer Weile fügte sie hinzu: «Tut mir leid.»

«Also hat er ihnen auch nichts mehr sagen können.» Brayers Stimme klang barsch.

«Jedenfalls nichts, was uns nützen könnte», sagte Elizabeth. «In der Ambulanz hat er nur phantasiert. Ich glaube, er hat von einem ‹Scheiß-Krieg› gesprochen.»

«Was?»

«Von einem Scheiß-Krieg. Immer wieder. Vielleicht erinnerte er sich an Vietnam. Ich kannte ihn kaum, aber er war doch früher bei den Marines, oder? Allerdings war das, was er zuletzt erlebt hat, nicht weit davon entfernt, nach dem, wie man es mir beschrieben hat. Man brauchte nicht im Delirium zu sein, um eine solche Verbindung herzustellen. Außer DiGiorgio haben sechs Männer tot dagelegen, und das Haus stand in Flammen.»

«Einschließlich Castiglione», sagte Brayer. Er wartete einen Augenblick, ehe er sagte: «Passen Sie auf, Elizabeth: Es könnte sein, daß er damit beschreiben wollte, was er gesehen hatte. Zugegeben. Aber vielleicht wollte er damit auch beschreiben, was da seiner Meinung nach vor sich ging. Vielleicht hatte dieser Orloff seine Finger in irgendeiner schlimmen Sache, sagen wir, er arbeitete für Castiglione, und jemand anders, vielleicht Toscanzio oder Carl Bala, wollte die Herrschaft übernehmen und hat ihn als ersten aus dem Weg geräumt. Und dann diese Familie, die in ihrem Wagen abgeknallt wurde. Ein Racheakt? Und außerdem noch diese Schießerei vor dem *Tropicana* von gestern abend! Kein Mensch weiß wirklich, was da geschehen ist, denn als alles vorbei war, haben die Überlebenden die Toten schnell in ihre Wagen gepackt und sind davongefahren. Aber das Pflaster war noch ganz blutig danach. Bis jetzt ist niemand als vermißt gemeldet worden, und kein Arzt im Umkreis von hundert Meilen hat irgend jemanden mit Schußverletzungen behandelt. Wir haben uns erkundigt. Na, wie sieht das in Ihren Augen aus?» Er wartete nicht, sprach einfach weiter. «Ich sage Ihnen, wie es aussieht. Wie ein ‹Scheiß-Krieg›.»

«Glauben Sie?» fragte Elizabeth. «Aber wer gegen wen? Und was können wir dagegen unternehmen?»

«Nun, ganz offensichtlich war Castiglione die eine Partei. Und wer immer als neuer Spitzenmann in Erscheinung treten wird, ist die andere Seite. Ich habe keine Ahnung, was wir unternehmen können. Aber ich werde Ihnen sagen, was ich tun möchte. Ich möchte am liebsten alle unsere Leute einschließlich Ihnen ein paar tausend Meilen nach Osten verfrachten und warten, bis diese Schweinehunde sich gegenseitig umgebracht haben. Wenn es nicht darum ginge, daß dieser Rachefeldzug irgendwie mit dem Mord an dem Senator in Zusammenhang steht, würde ich es auch tun.»

«Und wenn Sie nicht so neugierig wären», sagte sie und hörte, wie er leise und humorlos lachte.

«Sie haben wahrscheinlich recht», antwortete er. «Und wenn nicht das mit DiGiorgio gewesen wäre.»

«Ja», sagte sie. «Es tut mir leid, John. Ich habe ihn, wie gesagt, kaum gekannt, aber Sie kannten ihn gut, glaub ich.»

«O ja», erwiderte er tonlos. Dann wurde seine Stimme wieder lebhaft. «Mein Gott», sagte er, «am meisten regt mich auf, daß DiGiorgio dort eigentlich gar nichts zu suchen hatte. Er sollte nur dasitzen und beobachten, ganz gleich, was geschehen mochte. Aber vermutlich hat er versucht, dieses alte Stück Dreck vor dem Schicksal zu bewahren, das er schon vor Jahren verdient hatte.»

Elizabeth erwiderte nichts. Sie sah keinen Anlaß, ihn daran zu erinnern, daß DiGiorgio der einzige war, den man am Tatort gefunden hatte und der nicht dort wohnte, und daß man ihn im Garten gefunden hatte, nicht in seinem Wagen, wo er laut Anweisung und den Regeln seiner Abteilung hätte sitzen müssen. Ihr war klar, daß auch Brayer darüber nachgedacht hatte, seit er am frühen Morgen über die Sache informiert worden war.

«Jetzt müssen wir versuchen, soviel wie möglich herauszufinden, ohne Zeit zu vergeuden», sagte Brayer. «Aber tun Sie um Himmels willen nichts Unüberlegtes.» Er sagte es so, als ob er an etwas ganz Spezielles dächte. «Versuchen Sie, alles über diese Firma in Erfahrung zu bringen, nicht mehr. Sobald Sie auf etwas stoßen, das illegal sein könnte, berichten Sie es uns. Und wenn es Ihnen oberfaul erscheint, steigen Sie in die nächste Maschine und besprechen die Sache mit mir persönlich. Haben Sie mich verstanden?»

«Sicher, John», antwortete Elizabeth. «Aber keine Sorge – ich bin kein Held.»

«Ich bin schon zufrieden, wenn Sie kein Narr sind.» Er legte auf.

KAPITEL 20

Das Gebäude sah nicht so aus, als ob dort erst vor kurzem ein Mord geschehen wäre. Und es sah noch weniger aus wie der Sitz einer Gesellschaft, deren Name im Notizbuch eines Senators der Vereinigten Staaten stand. Das Ganze war ein ebenerdiger Bau, aus Hohlziegeln, mit einem kleinen Schild Fieldston Growth Enterprises daran und einem winzigen Stück Rasen, der von verdurstenden Geranien umgeben war.

Als Elizabeth das Büro betrat, hörte die Sekretärin zu tippen auf und lächelte sie freundlich an. Elizabeth kam das Lächeln aufrichtig vor. In einem Büro wie diesem konnte sich eine Sekretärin recht verloren fühlen. Sie hatte nichts um sich als die holzgetäfelten Wände, die Schreibmaschine und das Telefon.

«Hallo», sagte Elizabeth. «Ich bin Elizabeth Waring vom Justizministerium der Vereinigten Staaten.» Sie streckte der Sekretärin ihren Dienstausweis entgegen, und als die Frau keinen Blick darauf warf, steckte sie ihn wieder in die Handtasche.

Die Empfangsdame war Mitte Vierzig, und ihr Haar war bläulich gefärbt, wahrscheinlich mit einem Tönungsshampoo, dachte Elizabeth; die Farbe sollte vermutlich auf ihre etwas nichtssagenden blauen Augen hinweisen. Diese Augen blinzelten nicht, schienen völlig unbeweglich zu sein. Jeder Besucher hier war offensichtlich eine angenehme Überraschung.

«Kann ich Ihnen helfen?» fragte die Sekretärin, und ihr Lächeln wurde breiter. Elizabeth revidierte ihre Schätzung, als sie die kleinen Fältchen um den Mund sah. Mitte Fünfzig, dachte sie, aber gut gepflegt.

«Ich möchte mit Mr. Fieldston sprechen.»

«Oh, ich bedaure, Miss Waring», erwiderte die Sekretärin. Sie schien geradezu bedrückt zu sein über die Enttäuschung, welche sie der Besucherin bereiten mußte. «Mr. Fieldston ist heute nicht hier.»

«Vielleicht können Sie mir sagen, wo ich ihn erreichen kann? Ich muß unbedingt mit ihm sprechen.»

«Mr. Fieldston ist in dieser Woche nicht in der Stadt», sagte die Sekretärin – so, als wäre er dadurch in einen Bereich entschwunden, der keinerlei menschlicher Kommunikation zugänglich war.

«Kann ich ihn wenigstens anrufen? Wissen Sie, meine Zeit hier ist knapp bemessen.»

«Tut mir leid», sagte die Sekretärin. «Mr. Fieldston trifft sich mit einem Klienten, und ich bin nicht befugt, irgend jemandem zu sagen, wo er sich aufhält, wenn er verreist ist. Ich bin sicher, Sie verstehen das.»

Elizabeth verstand es nicht, aber jetzt wurde die Sache allmählich interessant. «Und warum wird das so gehandhabt?»

«Das Geschäft mit Investitionen ist ziemlich kompliziert. Wenn Mr. Fieldstons Konkurrenten im voraus erfahren, was er zu kaufen beabsichtigt, könnten die Verhandlungen durch weitere Angebote erschwert werden. Wenn bekannt wird, daß er dabei ist, einen bestimmten Besitz zu erwerben, könnten die Preise für alle umliegenden Besitze in die Höhe schnellen.» Und der Tonfall, mit dem sie «Und so weiter» hinzufügte, deutete an, daß ihr entweder die Ausflüchte ausgegangen waren oder ihr Verständnis für das Geschäft, wobei Elizabeth sich nicht für das eine oder das andere entscheiden konnte.

«Dann möchte ich wenigstens meine Telefonnummer hinterlassen», sagte sie. «Ich wohne im *Sands.*» Sie fischte in ihrer Handtasche und fand eine Besuchskarte, schrieb dann auf die Rückseite «*Sands Hotel*, Zimmer 219». «Falls Mr. Fieldston anruft, bitte sagen Sie ihm, er möchte sich mit mir in Verbindung setzen.» Dann drehte sie sich um.

«Und was soll ich Mr. Fieldston ausrichten?» fragte die Sekretärin, die bereits Kugelschreiber und Notizblock gezückt hatte. «Ist es wegen Mr. Orloff?»

Elizabeth zögerte, aber sie nahm an, daß es zumindest teilweise um Mr. Orloff ging. «Ja, das ist es», erwiderte sie.

«Ein Jammer», sagte die Sekretärin. Elizabeth sah, wie sie «Betr. Mr. Orloff» auf den Block schrieb, dann ihre Karte an den Zettel heftete und in das Kästchen mit der Aufschrift «Ausgänge» legte. Es war das einzige Stück Papier in dem Kästchen.

Jemand hatte tagsüber ihren Koffer in ihr Zimmer gebracht. Daran klebte ein Zettel von der Rezeption: «Bitte rufen Sie Mr. Bechtmann, Zimmer 403, an.» Die Zeit, die notiert war: halb fünf. Also vor zwei Stunden.

Elizabeth wählte die Nummer, und eine Stimme sagte: «Elizabeth, bleiben Sie, wo Sie sind. Ich bin gleich bei Ihnen.» Sie setzte sich auf die Bettkante, den Hörer des Telefons noch am Ohr. Brayer!

 Sein kariertes Sportsakko und die Sonnenbrille waren

weniger eine Verkleidung: Sie bewirkten eine völlige Veränderung seiner Persönlichkeit. Nach mehr als einem Jahr, in dem sie ihn nur in dunklen, konservativen Anzügen gesehen hatte, die schon ein wenig spreckig waren, vor allem an der Sitzfläche, fand Elizabeth diesen Wandel faszinierend.

«Großartig, John.» Sie lächelte. «Sie sehen aus wie ein kubanischer Spion.» Aber sie dachte etwas anderes: Dieser Mann war einfach perfekt. Er sah aus wie eine Variation dessen, was er tatsächlich war: ein Mann in mittleren Jahren von der Ostküste. Ein Mann, der seine Jahre mit zuviel Arbeit verbracht hatte und nicht so viel verdiente, daß er die Zeichen der Abnützung verbergen konnte – aber der heute einmal ausnahmsweise frei hatte und versuchte, das Beste daraus zu machen. Vielleicht war er zu einer Tagung hergekommen, vielleicht auch mit seiner kleinen Frau, und vielleicht gelang es ihm, sich ein paar Stunden freizumachen und sich an den Spieltischen zu vergnügen.

Aber die Stimme war die des John Brayer vom Justizministerium. «Was haben Sie bis jetzt herausgefunden?» fragte er sofort.

«Bis jetzt nicht sehr viel», antwortete sie. «Edgar Fieldston ist unterwegs, um eine Anlagemöglichkeit zu prüfen. Die Sekretärin gibt vor, niemandem sagen zu dürfen, wo er sich aufhält, aber sie lügt wahrscheinlich und weiß es selbst nicht. Danach bin ich zur Polizei gefahren, um zu sehen, was die dort haben. Es war auch nicht besonders viel.»

«Sie haben sie nicht nach der FGE gefragt, oder?» zischte Brayer.

«Nein», sagte Elizabeth. «Es gab auch keinen Anlaß dafür. Ich dachte mir, Sie wollten Genaueres über DiGiorgio hören, also –»

«Richtig», sagte Brayer. «Was gibt es da Neues?»

«Das Haus war okay. Wenn Castiglione sich mit etwas Speziellem befaßte, dann fand das meilenweit von seinem Haus entfernt statt. Außer Castiglione hat keiner der Getöteten jemals mit der Polizei zu tun gehabt, und sie besaßen für die Waffen, die sie trugen, entsprechende Waffenscheine. Offiziell waren sie Angestellte einer privaten Sicherheitsfirma – natürlich ist es keine Frage, was sie wirklich waren, aber das hätte man vor keinem Gericht beweisen können. Das Gewehr, mit dem sie getötet wurden, ist vor über zwanzig Jahren hergestellt worden; der letzte offizielle Eintrag über den Verkauf einer solchen Waffe stammt aus einem Waffengeschäft in San Diego und ist vom Jahre siebenundsiebzig. Es wird einige Zeit dauern, bis man den Mann findet, der es damals gekauft hat, vorausgesetzt, er lebt überhaupt noch. DiGiorgio, Castiglione und der Chauffeur wurden mit einer Pistole Kaliber 32 erschossen. Inzwischen nimmt man an, daß der Überfall von drei Männern ausgeübt wurde: einer mit dem Gewehr in der Nähe des Schwimmbeckens, einer mit einer Pistole bei der Garage und einer an der Vorderfront des Hauses, der das Feuer in Gang setzte und danach vom Fluchtweg aus die Vorderfront, die Ausfahrt und die Straße überwachte.»

Brayer hörte ihr aufmerksam zu und nickte dann. «Okay. Also vermutlich die drei Männer, die diese mexikanische Familie umgelegt haben. Und DiGiorgio sah, was da vor sich ging, übersah dabei aber einen von ihnen oder wurde im entscheidenden Augenblick abgelenkt.» Elizabeth merkte, daß er versuchte, die Szene zu rekonstruieren wie einer, der etwas Wertvolles verloren hat.

Er setzte sich auf die Bettkante und nahm die Sonnenbrille ab. Seine Augen wirkten müde. «Okay», sagte er wieder. «Das ist vermutlich alles, was wir darüber erfahren werden. Das Gewehr ist bestimmt schon vor Jahren verloren oder gestohlen worden. Und die Pistole liegt wahrscheinlich auf dem Grund des Lake Mead, in fünf Teile zersägt, bevor die Polizei überhaupt die Ermittlungen aufnehmen konnte. Also sind keine größeren Überraschungen zu erwarten.»

«Tut mir leid, John», sagte sie. «Ich fürchte, Ihr Flug hierher war Zeitverschwendung.»

Er schaute überrascht hoch, riß plötzlich die Augen weit auf und funkelte sie dann wild an. «Aber nein, wir fangen je eben erst an», sagte er. «Der Grund meiner Anwesenheit ist die Fieldston Growth Enterprises. Alle Ihre Hühnchen sind in den Stall heimgekehrt, Elizabeth.»

«Was wollen Sie damit sagen?» fragte Elizabeth.

«Ich meine, daß etwas oberfaul sein muß mit dieser Firma. Als ich mit Justin Garfield sprach, sah es zunächst noch so aus, als ob nicht viel dahinter wäre. Der Name auf der Liste war nur ein statistischer Zufall. Sie haben bei der Steuerfahndung einen Computer so programmiert, daß er die Namen derjenigen Firmen ausspuckt, die im vergangenen Jahr ungewöhnlich hohe Gewinne gemacht haben, aber das meiste davon wieder investierten, um keinen allzu großen Gewinn in der Bilanz ausweisen zu müssen – mit anderen Worten, die ihr Geld wieder untergepflügt haben. Senator Claremont sah sich nach Beweisen um, daß man Investitionen als Betriebskosten verschleiert hatte. Und er wollte diese Beweise dazu verwenden, sein neues Steuergesetz zu untermauern. Die Fieldston hatte eine gewaltige Diskrepanz zwischen hohem Einkommen und geringem Reingewinn aufzuweisen, daher kam sie auf die Liste. Also insgesamt keine große Sache. Garfield meinte, es sei möglich, daß der Senator bei einer der nächsten Anhörungen des Komitees einen Mann von der FGE vorladen wollte, aber vielleicht hätte er auch darauf verzichtet. Die Sache war eigentlich nicht groß genug, um daran ein Exempel zu statuieren. Und der Senator hatte eine Vorliebe fürs Dramatische.» Er nahm ein Notizbuch aus der Außentasche seines Jacketts und starrte darauf.

«Und warum sieht es jetzt doch interessant aus?» fragte Elizabeth.

«Garfields Leute haben ein bißchen herumgestochert und Basisarbeit für das Komitee geleistet. Dabei sind ihnen ein paar sehr merkwürdige Tatsachen aufgestoßen. Edgar Fieldston hat die Gesellschaft im Jahre einundsiebzig gegründet, also begannen sie mit ihm. Es sah zunächst ganz gut aus. Eine alte kalifornische Familie. Sie besaß Farmland, das sie in den Dreißigern erworben hatte. Die Farm war zwar nicht erfolgreich, aber das machte wenig, denn das Geld, das sie dabei investiert hatte, kam beim Verkauf dreifach wieder heraus und machte sie so vermögend, wie man sein muß, um gut leben zu können. Außerdem konnte seinerzeit niemand ahnen, was Grund und Boden in fünfzig Jahren wert sein würden. Wie gesagt, Fieldston sah zunächst gut aus, bis auf eine Kleinigkeit. In den Jahren neunundsechzig und siebzig war er mit seiner Steuer im Rückstand. Er mußte immer höhere Strafen und Zinsen dafür bezahlen.»

«Dann gründete er einundsiebzig die Firma», sagte Elizabeth, «und stand danach wieder gut da.» Sie zuckte mit den Schultern.

«Richtig», bestätigte Brayer. Sein Mund verzog sich zu einer Art Lächeln, das jedoch kalt und hart wirkte. «Zwei Jahre lang konnte er seine Steuern nicht bezahlen. Im dritten Jahr hatte er genug Geld, um die Steuern, die Strafen und alles andere bezahlen und obendrein eine Firma gründen zu können mit einem Anfangskapital von – mal sehen ...» Er warf einen Blick in sein Notizbuch. «Vierhundertsechzigtausend Dollar.»

«Ein stiller Teilhaber?» fragte Elizabeth.

«Muß wohl so sein.» Brayer klappte das Notizbuch zu und steckte es wieder ein. «Und niemand ist argwöhnisch geworden. Er war der Sproß einer alten Familie mit viel Geld. Vielleicht hatte er etwas Grundbesitz verkauft, vielleicht war eine alte Tante gestorben, vielleicht hat ihm ein Freund das Geld geliehen. Die Reichen haben reiche Freunde. Jedenfalls hat keiner irgendwelche Fragen gestellt.»

«Bis der Name der Firma im Zusammenhang mit verschiedenen Mordfällen auftauchte», sagte Elizabeth. «Mit anderen Worten: Bis sie leichtsinnig geworden waren.» Sie erwärmte sich inzwischen für die Jagd, und ihre Gedanken waren bereits beim nächsten Schritt angekommen, aber Brayer stoppte sie.

«Nein», sagte er. «Im Gegenteil. Bis Garfields Computer durch Zufall den Namen der Firma ausspuckte. Ich glaube, Fieldstons stille Teilhaber haben irgendwie Wind davon bekomen und sofort reagiert, um die Firma zu retten. Garfields Leute sahen keinen Grund zu übertriebener Geheimhaltung. Sie überprüften Schecks, sprachen mit Bankdirektoren und so weiter.»

«Aber das ergibt doch keinen Sinn», entgegnete Elizabeth. «Ich fürchte, jetzt haben wir die Fährte verloren.» Sie war aufgestanden und ging im Zimmer auf und ab. «Erstens war da dieser Veasy. Ein Maschinenbauer in Ventura, in Kalifornien. Er war möglicherweise eine Bedrohung, weil er eine kritische Haltung einnahm gegenüber den Investitionen seiner Gewerkschaft bei der FGE, aber keine sehr ernsthafte Bedrohung – es sei denn, er hätte sich an das Komitee des Senators gewandt, aber ich glaube, er kann nichts davon gewußt haben. Außerdem: Wenn er wirklich etwas davon gewußt hätte, wäre es sehr leichtsinnig gewesen, ihn umzulegen, weil das die Polizei und möglicherweise das FBI ins Spiel gebracht hätte.» Sie ging hin und her, als brächte sie jeder Schritt ihrem Ziel näher. «Auch der Mord am Senator hätte ihnen nicht viel geholfen, denn da war ja immer noch das Komitee – und Orloff war ihr eigener Mann, ihr Anwalt. Nein, John, da muß etwas anderes dahinterstecken. Etwas, was uns noch fehlt.» Sie blieb stehen und schaute ihn prüfend an, aber er lächelte noch immer selbstsicher und kalt.

«Sie haben recht», sagte er, «was den ersten Teil betrifft – aber mit dem Rest täuschen Sie sich. Veasy war zwar zeitlich der erste, aber nicht nach der Logik. Sehen Sie, das ist es, was Sie auslassen: Der Senator war die wichtigste Person. Sie gingen davon aus, daß, sobald sie ihn los waren, das Komitee sich nicht mehr auf die FGE versteifen würde, weil er sich als einziger für diese Firma interessiert hatte. Garfield sagte mir heute, daß die Resultate von Claremonts Nachforschungen bereits weggepackt sind. Am Ende der nächsten Legislaturperiode werden sie in den Reißwolf kommen, weil sie weder Teil eines offiziellen Berichts noch Teil eines laufenden Projekts waren. Es gab keinen Grund zu der Annahme, der Tod des Senators hätte irgend etwas mit der FGE zu tun, bestimmt nicht für die Polizei, denn die einzigen, die jemals von der FGE gehört hatten, waren die Leute vom Stab des Komitees, und die hatten nie etwas von Veasy, von Orloff und den anderen gehört. Sie wußten nur, daß diese Firma eine von hundert

Firmen war, die sie für eine Anhörung durchleuchten sollten.»

Elizabeth schüttelte immer noch den Kopf. «Es muß noch mehr geben, was wir nicht wissen. Viel mehr. Zugegeben, sie brauchten nicht damit zu rechnen, erwischt zu werden. Warum? Weil niemand soviel Phantasie haben würde, sie mit dem Senator in Verbindung zu bringen. Und das gilt auch jetzt noch. Denn niemand würde einen US-Senator umbringen, nur weil er vielleicht Bücher überprüfen oder den aufrechten, braven Edgar Fieldston zu einer Anhörung vorladen wollte.»

«Lassen Sie mich weitermachen», sagte Brayer. «Sie würden auch keinen Maschinenbauer in Ventura umbringen, nur weil er die Investition seiner Gewerkschaft in eine Firma kritisierte, die er noch nicht einmal von außen gesehen hatte.» Sein Lächeln war immer noch da, selbstsicherer, als zuvor.

«Und da ist immer noch Orloff», sagte Elizabeth. «Das ist schon eine etwas andere Sache.»

«Es ist genau dieselbe», sagte Brayer. «Es kommt nicht darauf an, wie es gemacht wurde und in welcher Reihenfolge. Sie stopften alle möglichen Lecks, versuchten alle Schwachstellen auszumerzen, die ihnen als solche erschienen. Vielleicht ist das alles geschehen, um etwas anderes zu schützen, etwas, das ihnen sehr wichtig war und das herauskommen würde, sobald sich irgendeine Behörde näher mit der FGE befaßte. Etwas, das zu dicht unter der Oberfläche liegt.»

«Und was?» fragte Elizabeth. «Das kann doch nicht nur der stille Teilhaber sein. Und doch – er muß es sein.»

«Irgendwo gibt es da einen wunden Punkt, und das haben sie gewußt. Jetzt versuchen sie, sich Rückendeckung zu verschaffen. Und das wird ihnen gelingen, wenn wir nicht bald den wunden Punkt aufdecken. Das einzige, was wir bisher gefunden haben und was in das Schema paßt, ist die Tatsache, daß sie eine ganze Zahl von komplizierten Investitionen haben – Tochtergesellschaften, sozusagen. Eine davon ist eine Beraterfirma im Ölgeschäft. Auf diese haben wir uns vorläufig konzentriert. Es wird etwas dauern, bis wir alles aufgedeckt haben.»

«Warum gerade auf diese?» fragte Elizabeth.

«Weil bei dieser Firma Menschen und kleinere Mengen hochentwickelter Geräte von einem Ort zum anderen bewegt werden. Das meiste davon ins Ausland. Da gibt es Hunderte von Möglichkeiten: Schmuggelgeschäfte, Geldwäschen, Drogenhandel – vielleicht auch nur ein Vorwand, um jemanden mit einem legalen Grund zum Reisen auf ihrer Gehaltsliste zu haben.»

«Einen Killer?» fragte Elizabeth.

«Bitte keine voreiligen Folgerungen», warnte Brayer. «Das ist eine von hundert Möglichkeiten und bestimmt nicht die wahrscheinlichste. Von allen wäre sie wohl am schwersten auszuforschen, und wir nehmen ja an, daß es ihnen um eine Sache geht, die wesentlich offensichtlicher ist. Vielleicht ist die Tochtergesellschaft auch nur ein Vorwand, um im Ausland Bankkonten oder Investitionen anzulegen.»

Elizabeth setzte sich wieder. «Deshalb sind Sie also hier», sagte sie. «Sie versuchen, Druck auszuüben und zu beobachten, wer darunter zusammenbricht. Wer ist sonst noch daran beteiligt? Das FBI? Handelt es sich vielleicht um eine Art Mann-Deckung?»

Brayers Lächeln wurde ein wenig breiter, als er nickte, doch dann verschwand es rasch wieder. «Ich fürchte, diesmal ist es ein bißchen anders», sagte er. «Eine Mann-Dekkung, ganz richtig. Ich wußte nicht, daß Sie was vom Basketball verstehen. Aber der Vergleich paßt. Nur daß wir es den Gegner nicht gleich in vollem Umfang spüren lassen können.»

Elizabeth merkte, daß ihn etwas bedrückte. Es dauerte einen Augenblick, bis sie wußte, was es war. «Und mich haben sie in diesem Spiel bereits ausgemacht», sagte sie.

Er nickte. «Ja, sie wissen, daß Sie mit von der Partie sind.»

Sie saß einen Augenblick da und dachte darüber nach. Dann stand sie auf und sagte: «Na schön. Und was muß ich jetzt tun?»

«Wir haben die Auslieferung der Hauptbücher der FGE beantragt. Morgen früh dürften wir die Zustimmung in Händen haben. Ihr Name steht darauf: als Vertreter des Justizministeriums.»

KAPITEL 21

Die Bäume reckten die kahlen Äste gegen einen Himmel, der aus Stein zu sein schien. Hier und da fegte ein eisiger Windstoß durch die Straße und trug Papierfetzen und alte Zeitungen mit sich. Er war schon einmal in dieser Straße gewesen. Vor drei, vielleicht vier Jahren. Damals hatte er nicht angehalten, sich nur vergewissert, daß es die richtige Adresse war, dann war er weitergefahren. Auch damals war er allein gewesen, hatte etwas Zeit gehabt und Eddie versprochen nachzusehen. Eddie war sehr vorsichtig gewesen, so vorsichtig, daß er ziemlich lange am Leben geblieben war. Es wäre dumm gewesen, nicht zu tun, was Eddie einem riet. «Das ist eine Adresse, die du vielleicht einmal brauchen wirst, mein Junge», hatte er gesagt. «Schreib sie dir nicht auf. Aber geh dorthin, wenn du mal in Buffalo bist, und präg sie dir genau ein. Kann sein, daß du es sehr eilig hast, wenn du sie mal benutzen willst.»

Der größte Teil des Schnees war vom Wind in den Rinnstein gefegt worden, so daß er mühelos vorankam, wenn er den zugefrorenen Pfützen am Rand der Gehsteigkante auswich. Es gab nur ein paar vermummte Gestalten, die sich im Gehen gegen den Wind lehnten. Sie drückten sich dicht an die Ladenfronten und schauten nur hier und da nach vorn, um einander auszuweichen, die Gesichter dem Wind abgewandt. Stahlgitter und Rolläden verbarrikadierten die Türen und Fenster der Erdgeschosse. Kein Geschäft war geöffnet am Sonntagmorgen in diesem Teil der Grant Street. Er ging schneller. Der Mantel, den er sich gekauft hatte, war warm, aber seine Ohren waren fast taub vor Kälte. Der Kragen war nicht hoch genug, um sie zu schützen.

Nur noch ein Block. Einen Augenblick lang wünschte er, er hätte den Wagen behalten. Aber das wäre töricht gewesen. Erstens wäre er dann erst morgen abend oder übermorgen früh hiergewesen – und zweitens in einem Wagen mit Kennzeichen aus Nevada. Man konnte nicht einfach durch Städte wie St. Louis oder Cleveland in einem Wagen mit Kennzeichen aus Nevada fahren, ohne damit aufzufallen.

Jetzt gab es wieder einzelne Häuser entlang der Straße, und er wußte, daß er seinem Ziel nahe war. Die Häuser waren weiter von der Straße zurückgesetzt, und er vermißte den Schutz der Ladenfronten. Schließlich erreichte er das Haus, das er suchte: Nummer 304. Er erinnerte sich an das, was Eddie ihm gesagt hatte: «Klopf an und frag nach dem Weg, irgendwohin. Ganz egal. Aber frag nicht nach ihm, sonst kommst du nicht über die Schwelle.»

Er ging über den vereisten Plattenweg und dann die Stufen hinauf zur Haustür, klopfte an und lauschte, aber der Wind war das einzige Geräusch. «Er heißt Harkness», hatte Eddie gesagt, «und er ist ein Nigger. Bleib nicht zu lange an der Tür stehen, weil dein weißes Gesicht auffallen könnte.» Noch immer nichts zu hören – doch dann öffnete sich die Tür. Ein alter Mann in einem weißen Hemd, bis oben zugeknöpft, schaute heraus und sagte kein Wort.

«Können Sie mir sagen, wie ich von hier zum Albright-Knox-Museum komme?» fragte er.

«Es ist kalt draußen», sagte der Mann und trat zurück. Er folgte ihm hinein in die dunkle, warme Diele. Der Boden war teppichbelegt, aber darunter hörte er das Knarren der Dielen. An der Wand rechts von ihm stand eine Reihe Gummistiefel, darüber war eine Reihe von Haken, an denen dicke, feuchte Mäntel hingen. Es war still hier drinnen, so still, daß er die Anwesenheit von anderen Personen im Haus fühlte, die irgendwo warteten.

«Wer hat dir gesagt, daß du zu mir kommen sollst?» fragte Harkness.

«Eddie Mastrewski hat es gesagt – ich soll herkommen, wenn ich mich mal verlaufen habe», erwiderte er.

Der Alte starrte ihn an, dann fragte er leise: «Wie geht es Eddie?»

«Er ist tot», sagte er.

Der Alte nickte, ging dann in einen großen, dunklen Wohnraum und ließ sich in einen dick gepolsterten Sessel sinken. Er sah aus wie ein mageres Kind in der dunklen Umarmung des Sessels. Nach einem Augenblick sagte Harkness mit Nachdruck: «Ich kenne dich.»

Er wartete, und die leise Stimme war wieder zu hören. «Ich weiß, wer du bist.»

Er zuckte mit den Schultern. «Ich kann bezahlen.»

Die leise Stimme sagte: «Ich weiß. Was schlägst du vor?» Plötzlich wußte er, warum ihm alles so vertraut vorgekommen war – das Haus, der alte Mann, die Möbel: Es war die feierliche, ruhige Art, wie sich sein Großvater bewegt, wie er gesprochen hatte, als er selbst noch ein kleiner Junge war. So bewegten sich Menschen aus jener Zeit, wenn sie ernsthaft Geschäfte besprachen.

Er sagte: «Ich stecke in Schwierigkeiten und –»

Harkness unterbrach ihn, nicht scharf, nur, um den unnötigen Satz abzukürzen. «Das brauchst du mir nicht zu sagen. Niemand kommt hierher, wenn er nicht in Schwierigkeiten steckt. Was willst du von mir?»

«Ich muß untertauchen, aber vorher muß ich noch ein paar Ausflüge machen. Das kann einige Zeit dauern.»

Der Alte saß bewegungslos und schweigend da und betrachtete ihn. «Ich verstehe», sagte er. Dann: «Es kostet zwanzigtausend Dollar. Mehr, wenn es länger als einen Monat dauert. Vorausgesetzt, es ist überhaupt möglich.»

Er wartete, und der Alte fuhr fort: «Nur zweitausend sind für mich. Der Rest ist dazu bestimmt, dich am Leben zu halten, während du unterwegs bist.»

«Warum soviel?»

«Ich habe gesagt, ich kenne dich. Ich will nicht wissen, warum du untertauchen mußt, aber ich weiß, daß es nicht wegen der Polizei ist. Wenn jemand dahinterkommt, wie du reist, enden diejenigen, die dir dabei helfen, nicht in einer warmen, gemütlichen Zelle.»

«Und was bekomme ich dafür?»

«Einen Leibwächter. Gute Deckung, wenn sie nicht allzu scharf darauf sind, dich zu finden.»

 Er zog die Stirn in Falten. «Einen Leibwächter? Verdammt, ich kann doch nicht mit einem Leibwächter reisen! Sie würden uns sofort finden.»

«Mit diesem kannst du es. Sie ist der beste Leibwächter, den ich mir denken kann.»

Sie brauchte lediglich mit den Leuten vom FBI mitzugehen und offiziell die Akten in Empfang zu nehmen. Man übergab den Durchsuchungsbefehl demjenigen, der gerade dort war, und ließ die FBI-Beamten die Arbeit tun. Sie würden wissen, wo sie zu suchen hatten und wonach. Das war es, was Brayer gesagt hatte. «Gehen Sie ihnen einfach aus dem Weg. Und machen Sie sich keine Gedanken. Diese Leute wissen genau, was sie tun. Lassen Sie sich den Durchsuchungsbefehl geben und treffen Sie sich mit den FBI-Beamten vor dem Büro der Fieldston Growth Enterprises.»

Was zieht man zu einer Razzia an, überlegte sie sich. Denn das war es ja in Wirklichkeit. Sie erhob sich vom Bett und drehte die Dusche auf. Der Wasserstrom war heiß und stark, und sie fragte sich, woher mitten in der Wüste das Wasser kam. Ach ja. Der Lake Mead. Sie zog ihr Nachthemd aus.

Das Telefon klingelte, und sie drehte den Hahn ab – genau sieben Uhr, es mußte Brayer sein.

Brayers Stimme fragte: «Elizabeth, sind Sie wach?»

«Ja, so einigermaßen», antwortete sie. «Was Neues?»

«Ich wollte nur sichergehen. Nicht, daß irgend etwas mit dem Zeitplan durcheinandergerät. Bis jetzt sieht es gut aus. Sie haben nicht die leiseste Idee, was vor sich geht. Das Haus wird seit gestern früh beobachtet, und nichts ist rausgeholt oder vernichtet worden.»

«Sind Sie sicher?»

«Natürlich. Wir haben den Müll durchsucht und die Post, die abgeschickt wurde. Es gibt nur vier Angestellte, und sie sind mit leeren Händen weggegangen.»

«Sie haben an alles gedacht.»

«Ja, das habe ich», sagte er. In seiner Stimme lag keine Ironie. «Übernehmen Sie nur die Rolle, die Ihnen zugedacht ist, und alles wird bestens laufen. Selbst wenn wir nichts in den Büchern der Firma entdecken, dürfte die Durchsuchung immerhin den stillen Teilhaber zu irgendwelchen Reaktionen veranlassen. Er wird sich fragen, ob wir nicht doch etwas finden.»

Elizabeth ging wieder unter die Dusche. Sie hatte gerade genügend Zeit, um das Gefühl des Wachwerdens zu genießen, als das Telefon erneut klingelte. Sie schlang sich ein Handtuch um und ging wieder hinaus ins Zimmer. Vermutlich hatte Brayer seine Meinung in irgendeinem Punkt geändert.

«Agent Waring», sagte eine unbekannte Stimme. «Hier spricht John Tollar vom FBI in Las Vegas.» Es klang wie eine Ansprache. Mein Gott, waren das humorlose Kerle!

«Ja?»

«Wir wurden eben über eine Änderung des Plans informiert. Können Sie sich so bald wie möglich mit mir unten am Empfang treffen?»

«Ich komme.» Das klang nicht so, als ob Brayer ungeduldig geworden wäre, dachte sie: Da war etwas im Busch. Vielleicht hatten die anderen durchgedreht und etwas unternommen. Elizabeth zog sich so schnell wie möglich an und fuhr dann mit dem Lift hinunter zum Empfang. Es war kein Problem, die beiden FBI-Agenten zu erkennen. Es waren zwei untersetzte, kräftige Männer in zu engen Anzügen, die am Lift auf sie warteten. Ihre breiten, sonnengebräunten Gesichter erinnerten Elizabeth an Footballspieler von den Pittsburgh Steelers, die in einer Rasierwasserreklame im Fernsehen auftraten. Bei ihrem Anblick empfand sie ein wenig schmerzlich, daß Hart nicht bei ihr war, aber nur einen Augenblick lang – diese beiden waren sicher hervorragend geeignet für ihren Job. Brayer hatte sie vermutlich sorgfältig ausgesucht, weil sie genauso aussahen wie das, was sie waren: Ihre fleischigen, faltenlosen und ungerührten Gesichter verbreiteten eine gnadenlose und tüchtige Unschuld, die jeden erschreckte, dem sie mit einem Durchsuchungsbefehl entgegentraten.

«Miss Waring?» fragte der eine von ihnen. «Ich bin John Tollar, und das hier ist Bill Hoskins. Unser Wagen steht vor der Tür.»

Elizabeth streckte ihnen die Hand entgegen und sah, wie sie in ihren harten, glatten Pranken fast verschwand, dann folgte sie ihnen durch den Korridor, vorbei am Casino und durch die Hotelhalle. John und Bill, prägte sie sich ein. Leicht genug zu merken – schwerer war es schon, zu behalten, wer von ihnen wer war. John trug den dunkelgrauen Anzug und Bill den dunkelblauen. Sie wartete, bis ihr der eine den Wagenschlag geöffnet hatte, während sich der andere auf dem Fahrersitz niederließ.

Als der Wagen hinausfuhr auf die Straße, fragte Elizabeth: «Warum so früh? Ist etwas geschehen?»

Tollar antwortete. «Ich weiß nicht genau, ob etwas geschehen ist. Wir sind nur vom Büro angerufen worden. Wir sollten uns gleich in Bewegung setzen.»

Es mußte etwas geschehen sein! Typisch, daß das Büro ihnen nichts darüber gesagt hatte und daß sie sich in ihrer Gegenwart weigerten, Mutmaßungen darüber anzustellen. Es war eigentlich nicht Brayers Art, die Chance verstreichen zu lassen und sie noch einmal beim Duschen zu stören. Doch das hier war vermutlich die Show des FBI und nicht die von Brayer. Diese zwei waren die Vollzugsbeamten, und sie selbst war nur – ja, was eigentlich? Der Lockvogel.

Am Gerichtsgebäude hielten sie vor dem Haupteingang, und Bill stieg aus, um Elizabeth die Tür zu öffnen. Zum erstenmal fiel ihr auf, daß er eine Schußwaffe trug, in einem Schulterhalfter. Jetzt fühlte sie eine Welle der Dankbarkeit gegenüber John Brayer. Er war immer vorsichtig, versuchte stets seine Leute zu schützen, so gut er konnte. DiGiorgios Tod mußte ihm sehr nahegegangen sein, aber das ließ er sich nicht anmerken; er sorgte nur um so intensiver dafür, daß etwas Derartiges nicht wieder vorkam.

Sie fanden schnell die Amtszimmer von Richter Stillwell. Der Sekretär des Richters wartete bereits mit dem Durchsuchungsbefehl, und sobald ihm Elizabeth den Dienstausweis gezeigt hatte, händigte er ihr das Dokument aus. Auch hier war die Handschrift Brayers zu erkennen, dachte sie: Alle Vorbereitungen mit äußerster Gründlichkeit durchgeführt. Elizabeth ging rasch durch den leeren Korridor hinaus zum Wagen.

Sie warf einen Blick auf ihre Armbanduhr. Fast acht. Sie würden gerade eintreffen, wenn das Büro geöffnet wurde. John Tollar steuerte den Wagen mühelos durch den morgendlichen Verkehr. Offensichtlich war dieser Auftrag nichts Besonderes für die beiden – nichts weiter als ein Durchsuchungsbefehl von vielen, eine Reihe von Hauptbüchern, die überprüft werden mußten. Vielleicht waren die beiden ein wenig eifersüchtig auf die anderen Beamten, welche die Festnahmen durchführten und den damit verbundenen Kribbel erleben konnten. In Kürze würden sie in einem Büro sitzen und Zahlen in ihre Rechenmaschinen eintippen. Sie fuhren offenbar eine Abkürzung zum Gebäude der Fieldston Growth Enterprises, eine lange, schnurgerade Straße, die an Lagerhäusern und Holzstapeln vorbeiführte. Sie holperten über drei Eisenbahngleise, kamen an einer Müllkippe vorbei, wo sich ausrangierte Autos türmten. Das war das andere Gesicht der Stadt, dachte sie, so anders als die Hotels und Casinos, daß man es kaum unter dem Begriff Las Vegas einordnen konnte. Sie fragte sich, ob der Lastwagenfahrer und die Eisenbahnleute an diese Gegend hier dachten, wenn sie den Namen Las Vegas hörten: ein riesiges Depot in der Mitte der Wüste, wo man Tonnen von Alkohol und Bettzeug, Nahrung und Zigaretten ablud und dann weiterfuhr nach Kingman in Arizona oder nach Albuquerque in New Mexico, bevor die Sonne zu hoch stand und das Kühlwasser zum Kochen brachte.

Aber dann bogen sie um eine Ecke, und sie erkannte das niedrige, plumpe Gebäude mit dem Zeichen der FGE. John parkte den Wagen hinter dem Haus, und die drei gingen hinein. Die Sekretärin deckte gerade ihre Schreibmaschine ab. Sie hatte noch die Handtasche daneben liegen. «Guten Morgen», sagte sie und schaute die drei freundlich an.

Elizabeth reichte ihr den Durchsuchungsbefehl und wartete, bis sie ihn gelesen hatte. «Was ist das?» fragte die Sekretärin.

«Ein Durchsuchungsbefehl», antwortete Elizabeth so freundlich wie möglich. «Wir möchten Ihre Buchhaltung überprüfen.»

Die Sekretärin starrte Elizabeth verständnislos an. Dann wurde ihr bewußt, daß das, was sie eben gehört hatte, etwas zu bedeuten hatte. «Die letzte Tür», sagte sie und wedelte mit dem Durchsuchungsbefehl in Richtung auf den Korridor hinter sich.

Die FBI-Beamten waren zwei Schritte vor Elizabeth, ehe sie sich in Bewegung setzen konnte. Sie gingen durch den Korridor in das Büro der Buchhaltung und zeigten den drei Angestellten, die sich dort aufhielten, ihre Dienstausweise, dann begannen sie sofort, die Aktenschränke zu öffnen und die Unterlagen herauszunehmen. Elizabeth ließ sie ihre Arbeit verrichten und wandte sich den überraschten Angestellten zu. «Wir sind zu einer Buchprüfung hier», erklärte sie. «Es wird nicht lange dauern, bis wir das haben, was wir benötigen; danach werden wir Sie nicht länger stören.» Sie versuchte beruhigend zu wirken, aber sie kam sich vor wie bei einem Banküberfall, wenn der Täter dem Schalterbeamten zuruft: «Keine Bewegung, dann passiert Ihnen nichts.»

Die beiden FBI-Leute arbeiteten rasch, stapelten die Akten auf dem nächstgelegenen Schreibtisch und kramten dann in den Schubladen und Schränken nach weiteren Unterlagen. Elizabeth war es unangenehm, dabeizusein. Sie ging durch den Korridor zurück zur Vorderseite des Hauses. Die Sekretärin starrte immer noch auf den Durchsuchungsbefehl, hatte immer noch ihre Handtasche in der anderen Hand.

Dann kam Tollar aus dem Büro, einen Stapel Akten unter dem Arm, gefolgt von Hoskins. «Kann ich helfen?» fragte Elizabeth.

«Nein, danke», erwiderte Tollar. «Nur noch eine Ladung, dann sind wir fertig.» Sie gingen zum Wagen, kamen zurück, verschwanden durch den Korridor in das Büro der Buchhaltung und kamen mit einem zweiten Schwung Akten zurück. «Das war's», sagte Hoskins.

Auf der Rückfahrt zum Hotel blieb Elizabeth stumm, weil ihr nichts zu sagen einfiel. Die FBI-Prüfer hatten jetzt die Akten, und sie konnte nichts weiter tun, als das Ergebnis der Überprüfung abzuwarten. Was immer die geübten Augen der FBI-Prüfer in diesen Unterlagen finden mochten, die drei erschreckten Buchhalter hatten keine Ahnung davon gehabt. Es war ein wenig deprimierend.

Als sie vor dem *Sands* anhielten, stieg Elizabeth aus. «Melden Sie sich bei uns, sobald Sie etwas gefunden haben.»

«Das machen wir», sagte Tollar, dann fuhren sie weiter.

Elizabeth hatte Lust auf ein Frühstück, zugleich aber wäre sie gern zurückgegangen in ihr Zimmer und hätte ein wenig Schlaf nachgeholt. Sie entschied sich für das Frühstück; vermutlich würde sie doch keinen Schlaf finden und die ganze Zeit überlegen, was man wohl in den Akten der FGE finden mochte. Sie schaute auf ihre Armbanduhr. Halb elf, und die Razzia bereits beendet!

Mit Erleichterung stellte sie fest, daß es im *Sands* einen Coffeeshop gab. Ein richtiges Restaurant hätte kaum zu ihrer augenblicklichen Stimmung gepaßt; außerdem ging es dort schneller. Sie setzte sich an die Theke und bestellte ein Stück Blätterteig und eine Tasse Kaffee. Eigentlich wollte sie nur Kaffee, aber es wirkte vermutlich etwas anständiger, wenn sie etwas dazu aß. Als sie fertig war, ging sie durch das Casino zu den Aufzügen und fuhr nach oben in ihr Zimmer. Brayer wartete vermutlich bereits auf eine Nachricht von ihr.

Als sie die Tür öffnete, hätte sie beinahe einen lauten Schrei ausgestoßen. Brayer saß genau gegenüber der Tür.
 «Gott, haben Sie mich erschreckt!» sagte sie.

«Gut», zischte Brayer.

«Na ja, ich bin immerhin zurück. Und alles ist so gelaufen, wie wir es geplant haben.»

Brayer schaute sie wütend an. «Was ist gelaufen? Und wo, zum Teufel, sind Sie gewesen. Die Prüfer warten seit fast einer halben Stunde auf Sie. Ich habe halb elf gesagt, verdammt noch mal.»

Elizabeths Herz setzte einen Schlag aus. Was wäre, wenn ... Aber nein, das war unmöglich. Vermutlich ein Übermittlungsfehler beim FBI. Sie sagte: «John, ich habe den Durchsuchungsbefehl pünktlich um acht Uhr präsentiert, und die Prüfer des FBI haben mich hier um halb elf abgesetzt. Wenn das nicht den Anweisungen entspricht, dann stecken wir – das heißt ich – ganz schon im Schlamassel.»

Brayer schaute sie zugleich wütend und bestürzt an, sagte aber: «Nein, das entsprach nicht den Anweisungen. Wer hat Ihnen das gesagt?»

«Die Prüfer. Hoskins und Tollar vom FBI.»

Brayer sprang auf, ging zum Telefon, nahm den Hörer ab, und von da an war sein Gesicht angespannt und konzentriert. Er wählte eine Nummer und brüllte fast in den Hörer: «Ray, gibt es bei euch zwei Agenten mit den Namen Hoskins und Tollar?»

Elizabeth überlegte. Sie hatte doch ihre Dienstausweise gesehen, oder? Nein, sie hatte nur gesehen, wie die beiden etwas Ähnliches im Büro der FGE den erschreckten Beamten gezeigt hatten. Sie selbst hatte die Ausweise nicht gesehen! Jetzt wurde ihr fast schwindlig ...

Und Brayer sagte: «Dann brauchen wir einen Fahndungsbefehl nach zwei Männern, und zwar so schnell wie möglich. Hier, ich gebe Ihnen jemand, der sie genau beschreiben kann.» Er reichte Elizabeth den Hörer. Sie war nicht sicher, hoffte aber, daß sie diesen Augenblick und auch die nächste Stunde irgendwie durchstehen würde. Aber irgendwann, das wußte sie genau, würde sie sich zurückziehen, und dann würde sie sich vermutlich eine Weile ausheulen.

KAPITEL 22

Ihre Mienen wirkten nicht anklagend. Sie waren leer und kalt und aufmerksam wie die der Croupiers und der Spielmacher unten an den mit grünem Filz überzogenen Tischen. Sie verurteilten sie nicht wegen dem, was geschehen war, sagte sie sich immer wieder. Aber jedesmal, wenn sie versucht war, sich selbst zu glauben, fiel ihr wieder ein, daß jeder von ihnen sie bereits in den ersten Sekunden verurteilt und dann vergessen hatte. Sie dachten nicht mehr an das, was geschehen war, es sei denn, es lieferte ihnen Anhaltspunkte für das, was als nächstes zu geschehen hatte. Es war einfach eine Tatsache, etwas, was man in Rechnung stellen mußte: Einer ihrer Agenten war getötet worden, weil er sich nicht an die üblichen vorgeschriebenen Richtlinien gehalten hatte. Und ein zweiter Agent war töricht genug gewesen, wichtiges Beweismaterial zwei Männern in die Hände zu spielen, die er noch nie gesehen hatte – nur weil sie wie FBI-Agenten ausgesehen hatten.

Jeder wartete darauf, daß Martin Connors zu sprechen begann. Es war sein Vorrecht als Leiter der Spezialabteilung für organisiertes Verbrechen beim Justizministerium; er war wichtiger als alle Anwesenden im Raum, und zwar nicht nur wegen seines Rangs und seines weißen Haars, sondern auch weil er als letzter hier angekommen war, einen Sonderflug von Washington arrangiert hatte, nachdem eine seiner Einheiten einer großen Sache auf der Spur gewesen war und sie weitgehend verpatzt hatte.

Connors lehnte sich zurück in seinem Sessel und paffte an seiner Pfeife. «Also gut – ich glaube, ich begreife die Situation. Das Element, das dieser Theorie nach den Mord an dem Senator und den an diesem Veasy verbindet, ist die Fieldston Growth Enterprises. Dann wird dieser Anwalt Orloff direkt vor deren Haus erschossen. Eine Überprüfung der Steuerberichte schien interessant genug, in Betracht gezogen zu werden; zwei Betrüger haben daraufhin die Unterlagen der Firma gestohlen; bis hierhin scheint mir die Sache klar genug. Fragt sich also nicht, ob die FGE der richtige Ort war, um nach Beweismitteln zu suchen, die eine Verbindung zwischen den Morden an Veasy, Senator Claremont und Orloff herstellen können, sondern ob sie das noch immer ist.»

«Stimmt, Martin», sagte Brayer.

«Es sieht allerdings nicht sehr gut aus», fuhr Connors fort. «Schlechte Leistung von beiden Seiten, möchte ich sagen.» Er paffte wieder an der Pfeife und sagte dann: «Wir brauchen kaum daran zu zweifeln, daß alles in der Firma, was uns helfen könnte, verschwunden ist – schließlich haben sie ja die Unterlagen selbst ausgesucht.» Elizabeth merkte, wie sie errötete.

Der Außendienstleiter des FBI wandte ein: «Vielleicht finden wir die zwei Männer früher oder später, und wahrscheinlich können wir uns auch das eine oder andere auf andere Weise besorgen.»

«Das stimmt», Connors nickte. «Aber darauf kam es ihnen gar nicht an. Sie haben sich mit ihrer Aktion einen Vorsprung zu schaffen versucht, und genau das ist ihnen gelungen. Wie groß sind die Chancen, daß Sie diese Männer erwischen? Ich meine überhaupt, nicht nur, solange sie diese Akten noch bei sich haben?»

Der FBI-Mann machte einen Rückzieher. «Nicht sehr groß, und von Sekunde zu Sekunde wird sie geringer. Sie könnten den Wagen mit den Akten im Kofferraum auf einem der Hotelparkplätze abgestellt haben, und wir würden eine Woche brauchen, um ihn zu finden. Außerdem sieht mindestens jeder dritte hier in Nevada wie ein Footballspieler aus.» Er selbst sah auch ein wenig danach aus, dachte Elizabeth.

Connors sagte: «Richtig. Und wir müssen vorläufig vergessen, was wir bei der Sache versäumt haben, und uns auf das konzentrieren, was sie uns gegeben hat. Mit dieser Aktion haben sie uns immerhin bewiesen, daß die FGE die Verbindung ist. Jemand, der sehr wichtig ist – oder war –, ist mindestens in zweifacher Hinsicht verwundbar. Erstens: Der Anwalt Orloff wußte einiges – vielleicht, um wen es sich bei dem stillen Teilhaber handelte. Das ist eine kaltgewordene Spur, weil sie ihn ausgeschaltet haben, bevor er reden konnte. Und zweitens: In den Büchern der Firma befinden sich Informationen, die wir ihrer Meinung nach gegen sie hätten verwenden können. Dabei fällt auf, daß sie sich die Bücher auf eine höchst ungewöhnliche Weise beschafft haben. Sie sind dabei ein verdammt großes Risiko eingegangen. Unsere Beobachter hätten aufmerksam werden können, als sie das Haus betraten. Warum ist das übrigens nicht geschehen?»

Brayer antwortete: «Es war ein Bluff, Martin. Unser Beobachtungsteam hat Miss Waring gesehen und nahm an, die Männer in ihrer Begleitung scien vom FBI – während die FBI-Leute dachten, es seien unsere Leute.» Er schaute peinlich berührt drein. Sein Vorgesetzter starrte ihn an, sagte aber keinen Ton, um ihm irgendwie entgegenzukommen.

Statt dessen wandte sich Connors an Elizabeth. «Also schön, Miss Waring – Sie selbst waren ja dabei. Was glauben Sie, werden die anderen als nächstes unternehmen?» Elizabeth schaute auf den Teppich. Sie mußte Connors' Strategie bewundern. Immer erst die Person fragen, die den untersten Rang einnimmt: Wenn man zuerst den Vorgesetzten fragt, bekommt man aus den Untergeordneten keinen Ton mehr heraus.

«Ich bin mir nicht sicher, Mr. Connors», sagte sie. «Eines steht fest: Sie versuchen, diese Verbindung zu unterbrechen. Wenn das aber stimmt, gibt es mehrere Personen, um die wir uns kümmern sollten. Die erste ist Edgar Fieldston. Die anderen sind die Leute, die für die Morde verantwortlich sind. Und ich meine, man sollte dabei auch den Mord an Castiglione berücksichtigen.»

«Warum?» fragte Connors. «Natürlich sind wir an seiner Person und seinem Ende interessiert. Wir haben eine Menge Leute darauf angesetzt, aber er war nicht der stille Teilhaber.»

«Weil sein Tod ein ungeheures Ereignis darstellt für die Leute, an denen wir interessiert sind. Warum ist es gerade jetzt passiert, und hier, in dieser Stadt? Es ergibt keinen Sinn, es sei denn, es besteht eine gewisse Verbindung zu den anderen Morden.»

Connors zuckte mit den Schultern und paffte. «Lassen Sie Ihre Hypothese hören.»

«Also schön, ich biete Ihnen eine Theorie an. Castiglione benützte die FGE als Fassade für verschiedene Organisationen, einschließlich eines Deckmantels für berufsmäßige Killer. Er hatte mit anderen mächtigen Personen zu tun – vielleicht mit den Köpfen anderer ‹Familien›. Als das Komitee des Senators auf ihn aufmerksam wurde, ließ ihn

Castiglione umbringen. Die anderen, deren Beziehungen zu ihm herauskommen konnten, wurden nervös und entschlossen sich, Castiglione loszuwerden, ebenso wie den Anwalt der Firma und die belastenden Unterlagen.»

«Das klingt plausibel», sagte Connors.

«Natürlich ist es plausibel», unterbrach Brayer. «Alles ist plausibel, wenn man die Antworten kennt. Aber man muß von dem ausgehen, was wir wissen. Was wir wissen, ist folgendes: Jemand hat Claremont umgebracht, außerdem Veasy und Orloff, und die FGE ist der gemeinsame Nenner. Außerdem hat jemand Castiglione umgebracht. Vielleicht hängt dieser Mord mit den anderen zusammen, vielleicht auch nicht. In allen Fällen wurden die Morde von professionellen Killern begangen, und die erwischen wir nur, wenn wir ganz ungewöhnlich großes Glück haben. Was also bleibt?»

«Das sollen Sie mir sagen», antwortete Connors. «Und ich erwarte eine gute, brauchbare Antwort, denn wenn wir hier fertig sind, muß ich das Büro des Generalstaatsanwalts bitten, entweder die Gelder für Ihre weiteren Untersuchungen zu bewilligen – oder ich muß ihm sagen, daß ich die Operation eingestellt habe.»

«Aber so einfach ist die Sache nicht, Martin», erwiderte Brayer. Er hatte die Hände um die Armlehnen des Sessels verkrampft.

«Ich weiß. Aber das ist eine kostspielige Operation, und was haben wir bisher vorzuweisen? Sie haben einen Mann verloren und viel Zeit und Geld vergeudet.»

Elizabeth konnte nicht länger schweigen. «So darf man das nicht sehen, Mr. Connors», sagte sie. «Es stimmt, wir haben nicht viel – bis auf die FGE. In einer Woche aber haben wir möglicherweise den Mann, der einen US-Senator umgebracht hat. Es tut sich etwas Großes augenblicklich, und meines Erachtens ist das erst der Anfang. Vielleicht gelingt es ihnen eine Weile, die Spur der FGE zu verwischen, aber wir werden bald mehr aufdecken. Inzwischen sollten wir alle in Frage kommenden Kandidaten beobachten, um zu sehen, ob wir einen dabei erwischen, wie er versucht, die Verbindung zur FGE abzubrechen.»

«Martin», sagte Brayer. «Sie erschießen einander auf den Straßen wegen einer Sache. Wenn wir sie gut genug beobachten, haben wir eine riesige Chance, und dabei geht es dann nicht nur um Steuerhinterziehung oder um Investitionsbetrug.»

Connors saß bewegungslos da und paffte immer wieder kleine Rauchwolken in den Raum. Endlich begann er wieder zu sprechen. «Ich nehme an, es gibt keine Alternative. Wenn nötig, werde ich mit dem Generalstaatsanwalt selbst sprechen.» Er stand auf und nickte den anderen Anwesenden zu. «John, meine Maschine fliegt in einer Stunde, und ich wäre Ihnen dankbar, wenn Sie mich zum Flughafen bringen könnten. Ich komme um halb zehn Uhr abends in Washington an, und bis dahin erwarte ich einen Anruf von Ihnen mit einer Liste der Dinge, die Sie benötigen. Sie können gleich hinzufügen, was Sie brauchen, um Edgar Fieldston aufzustöbern und ihn, wenn nötig, ausliefern zu lassen. Ich persönlich nehme an, daß er tot ist – aber die zusätzlichen Gelder werden Ihnen etwas Spielraum geben.»

Er öffnete die Augen und war sofort wach, als wäre er durch eine Tür getreten, die Schlaf und Wachsein voneinander trennte. Schon seit Jahren hatte er sich nicht mehr den Luxus gestattet, so tief zu schlafen, daß er nicht mehr wußte, wo er war, als er die Augen geschlossen hatte. War da vielleicht irgendein Geräusch gewesen? Nein, es war nur sein Instinkt, der ihm sagte, daß es Zeit war. Die Schatten im Zimmer vertieften sich und verschmolzen mit der Dunkelheit. Er setzte sich auf und versuchte, die Ziffern auf seiner Armbanduhr zu erkennen. Es war halb sieben Uhr abends; der Alte war seit über fünf Stunden weg.

Er stand auf und lauschte auf das Atmen des leeren Hauses: das leise Summen der Heizung unten im Keller, das dumpfe Klappern der Fensterläden im bitterkalten Wind. Es rief die Erinnerung an das Haus in Pennsylvania wach, als er noch ein Kind war – nicht weit von hier, aber vor vielen, vielen Jahren. Es war, als sei er davongelaufen, und als er zurückschaute, war diese Welt so tief in der Vergangenheit versunken, daß niemand mehr übrig war, der sich auch nur daran erinnerte. Das Haus stand vermutlich noch, genau wie dieses, aber jetzt lebte jemand anderes darin.

«Es ist ein sicheres Haus», hatte Eddie gesagt. «Niemand spricht darüber, weil er nicht weiß, ob er es eines Tages braucht. Menschen sind durch diese Tür gegangen, und niemand hat sie jemals wieder auf der anderen Seite herauskommen sehen. Meines Wissens verwandelt er sie in Nigger.»

Er hörte ein Geräusch draußen vor dem Haus und riß die Beretta aus dem Gürtel. Langsam und vorsichtig schlich er in die Küche, das Ohr ganz auf das Geräusch eingestellt. Es waren Schritte, die um das Haus herum zur Hintertür gingen. Er duckte sich an der Küchentür und richtete die Pistole auf die hintere Diele. Jetzt hörte er es deutlicher: zwei Paar Füße, wobei das eine Paar ein wenig über das Pflaster schlurfte – wahrscheinlich der Alte –, während das andere Paar schneller und fester auftrat, wobei sogar ein leichtes Klappern zu vernehmen war. Das mußte die Frau sein; ihre Schritte waren kürzer. Aber er rührte sich nicht. Was hielt den Alten davon ab, ihn zu verkaufen? In fünf Stunden hätte er mühelos jemanden finden können, der bereit war, ihn zu kaufen.

Der Schlüssel drehte sich im Schloß, und der Alte rief in die Dunkelheit: «Ich bin's», bevor er die Tür öffnete.

«Komm rein», sagte er, trat hinter die Tür, um sich von der Stelle zu entfernen, an der er eben gestanden hatte. In der Küche ging das Licht an, und er konnte sie sehen. Während der Alte mühsam seinen Mantel auszog, betrachtet er die Frau. Sie sah aus, als ob sie die Richtige wäre. Etwa eins fünfundsechzig groß, also nicht zu klein, aber auch nicht so groß, um aufzufallen. Sie war hübsch, wie er feststellte, aber klug genug, um nicht auf den ersten Blick neugierige Augen auf sich zu ziehen – sie hatte sich vielleicht ein wenig häßlicher gemacht, als sie in Wirklichkeit war. Es war das Haar und vermutlich das Make-up. Das dunkle, glänzende Haar war kurzgeschnitten und in Locken gelegt, was die Kanten des Gesichts weicher erscheinen ließ, angenehm, ohne auffällig zu sein. Er konnte nicht viel von ihrer Figur erkennen, aber sie schien schlank zu sein, sogar in dem dicken Wollmantel, den sie anhatte. Solange der Mantel keine Riesentitten oder eine Wespentaille verbarg, würde sie zu gebrauchen sein: eine attraktive Lehrerin vielleicht oder eine Sekretärin auf Reisen – aber nicht der Typ, der mit dem Chef reiste – eine Sekretärin auf Reisen in Begleitung ihres Mannes.

«Das ist Maureen», sagte der Alte.

Er nickte ihr zu, und sie erwiderte den Gruß, ohne ein Wort zu sagen. Er erklärte: «Sie sieht okay aus. Wann reisen wir ab?»

«Das hängt nicht von mir ab», antwortete der Alte. «Ich gehe hinüber ins andere Zimmer zum Fernsehen, während du das hier ausklamüserst. Danach gehe ich zu Bett. Laß einfach meine zweitausend auf dem Buffet liegen und schließ die Tür ab, wenn du gehst. Falls das Geld morgen früh dort liegt, habe ich nie etwas von dir gehört.» Er verschwand durch die Küchentür und schloß sie hinter sich.

«Wir können jederzeit weg», sagte Maureen. «Alles, was ich brauche, ist im Wagen.»

«Ich hole meinen Koffer», sagte er und ging zurück ins Wohnzimmer. Der Alte war weg, aber man hörte den Fernseher im Schlafzimmer. Der Koffer stand in der vorderen Diele, da, wo er ihn abgesetzt hatte. Nachdem er in die Küche zurückgekommen war, legte er die zweitausend Dollar auf das Buffet und stellte eine Kaffeetasse auf die Scheine.

Er ließ sie als erste hinaus, folgte ihr dann in den kalten Nachtwind. Sie nahm einen anderen Weg, die Einfahrt entlang und vorbei an einer kleinen Garage. Auf deren anderen Seite war eine zweite Garage und eine Auffahrt, die zu der Straße hinter dem Haus führte. Er folgte Maureen zu einem drei Jahre alten Chevrolet, der am Randstein parkte.

Sie reichte ihm die Schlüssel und wartete, während er den Koffer im Kofferraum verstaute. Dann ließ er sie einsteigen und setzte sich hinters Lenkrad. Der Motor des Wagens klang gut; er lief ruhig und gleichmäßig. Er fühlte, wie die Heizung bereits das Innere wärmte. Als er losfuhr, merkte er am Knirschen der Reifen auf dem Schnee und den Eisstückchen, daß es noch kälter geworden sein mußte.

«Weißt du, wohin du fahren mußt?» fragte sie.

«Ja», antwortete er.

«Gut. Dann können wir reden, während du fährst. Du brauchst mir nichts zu sagen. Das gehört nicht zu unserer Vereinbarung. Aber wenn es etwas gibt, was uns helfen kann, möchte ich es gern hören.»

Er überlegte einen Augenblick, dann faßte er seinen Entschluß. Sie wußte wahrscheinlich schon so ziemlich alles. Selbst wenn sie daran dachte, ihn hereinzulegen, würde es ihnen vermutlich nicht gelingen, ihn zu erwischen, ohne daß sie nicht gleichfalls mit dran sein würde. Also entschloß er sich, es rasch zu erledigen. «Ich hatte ein Abkommen mit einem Mann, der im Auftrag von jemand anders arbeitete. Nachdem ich mein Teil getan hatte, haben sie den Mann umgelegt, ließen mich aber in dem Glauben, daß ich trotzdem mein Geld bekommen würde. Und ich habe es geschafft. Das war vor zwei Tagen. Jeder kann der Auftraggeber gewesen sein, aber Carlo Balacontano tauchte zur gleichen Zeit dort auf.»

«Carl Bala», sagte sie. «Scheiße.» Sie dachte ein paar Sekunden lang nach. Dann sagte sie: «Ich möchte nur noch eines wissen, dann frage ich nichts mehr. Wie sehr wollen sie dich? Ist es nur wegen des Geldes, oder haben sie Angst vor dir? Der Alte hat gesagt, daß du ein Profi bist.»

Er warf ihr einen Blick zu, aber ihr Gesicht war im Dunkeln. Er fuhr weiter durch die Nacht. Nach ein paar Minuten fand er die Zufahrt zur Schnellstraße und lenkte den Wagen über die Rampe in den Strom der Fahrzeuge, die in Richtung Süden fuhren. Es dauerte über eine Stunde, ehe einer von ihnen wieder ein Wort sprach. Sie fragte ihn, ob sie eine Zigarette rauchen könne, und er sagte: «Bitte, gern.»

Elizabeth studierte den Bericht. Man konnte ihn fast nicht so nennen, weil er ihr nichts verriet, was sie nicht schon seit einer Woche wußte; genau gesagt, enthielt er sogar zwei Absätze, die sie selbst der Polizei von Ventura als Außenstellennotizen hatte zukommen lassen. «Veasy, A. E., Tod durch Detonation von Explosivstoffen, die in seinem Wagen deponiert waren. Vermutlich Mord. Keine Verdächtigen, kein Motiv, keine Identifikation der Herkunft dieser Explosivwaffen, keine Zeugen, die den Täter bei den Vorbereitungen beobachtet hatten, keine Ähnlichkeiten mit anderen Fällen. Vorgeschlagene Untersuchungsmethoden: keine.» Sie hatten die Sache bereits aufgegeben. Sicher, kein Fall mit einem Bericht, in dem es hieß: «Mord durch unbekannten Täter», konnte jemals zu den Akten gelegt werden, aber der Bericht wies die saubere, glatte Charakteristik eines Dokuments auf, das für die Archive bestimmt war. Sie wußten, daß das nicht mehr als ein Blatt Papier war und daß sie sich damit abfinden mußten. Verdammt!

Sie wandte sich der Akte über den Senator zu. Diese enthielt bereits fünf- oder sechshundert Seiten Außenstellenberichte, chemische Analysen, Gesprächsprotokolle und die Auskünfte verschiedener anderer Dienststellen. Aber sie unterschied sich nicht wesentlich von Veasys Akte. Hier würde es nur etwas länger dauern, bis man die Nachforschungen aufgab. Aber auch hier hatten die Resümees schon den Charakter einer Archivsache. An verschiedenen Stellen fand sie Bemerkungen wie «Gegenstand nicht erforschbar» oder «Ohne Ergebnis überprüft» statt des üblichen «Untersuchung im Gange». Es war lediglich eine Zeitfrage, nicht mehr. Eine Woche für einen Maschinenbauer, und wie lange für einen Senator? Einen Monat? Ein Jahr? Das war nicht entscheidend, denn in ein paar Wochen würden die wirklichen Untersuchungen zu Ende sein – vielleicht war es bereits jetzt soweit. Wenn es noch Beweise für die beiden Morde gab, dann mußten sie bei der Fieldston Growth Enterprises zu finden sein. Und das hieß, sie waren verschwunden. Dank Elizabeth Waring.

Als Elizabeth wieder aufschaute, war Brayer bereits zurück. Sie wandte sich wieder ihrer Arbeit zu, ohne mit ihm zu sprechen. Seit Connors gegangen war, wurmte sie der Anblick von John Brayer. Sie hatte ihn durch ihren Fehler bloßgestellt, und er hatte es akzeptiert und sie noch verteidigt. Jetzt war er für sie eine unwiderstehliche Versuchung: der einzige, der ihre Tat billigen und das Schuldbewußtsein und die Erniedrigung der letzten vierundzwanzig Stunden von ihr nehmen konnte. Aber sie hätte ihn nicht darum bitten, ja dieses Zeichen nicht einmal annehmen können, wenn er es ihr angeboten hätte. Und er würde es ihr nicht anbieten, weil er sonst nicht John Brayer wäre, der nur schätzte, was tüchtig und produktiv war, und alles andere mißbilligte.

Aber die Akte war vervollständigt worden. Nachdem sie Denver verlassen hatte, war das FBI sogar Elizabeths Theorie nachgegangen, daß der Täter mehrere Reservierungen vorgenommen haben könnte. Wenn das zutraf, mußte er sehr schlau vorgegangen sein. In diesem Fall hatte er mehr als einen Namen benützt und möglicherweise weitere falsche Spuren gelegt, an die bisher noch keiner auch nur gedacht hatte. Er war entkommen und in Sicherheit, dachte Elizabeth. So frei und unbelastet, daß er sich selbst um das Amt eines Senators bewerben konnte, jetzt, wo einer dieser Posten frei geworden war.

«Elizabeth», sagte Brayer. Seine Stimme klang normal, ja, fast glücklich. Sie schlug die Akte zu.

Es war nicht möglich, dachte sie. Sie hatten doch nicht Tollar und Hoskins geschnappt ...

«Es gibt wieder Bewegungen in unserer Sache. Ich bin eben vom *Flamingo* angerufen worden. Man hat einen Gepäckpagen in Toscanzios Suite gerufen. Sieht so aus, als wollte er nach Hause fahren.»

Er erwachte und blickte Maureen an. Sie steuerte den Wagen die Schnellstraße entlang und blickte durch die untertassengroßen, runden Gläser ihrer Sonnenbrille auf den Verkehr. Sie ist gut, dachte er. Selbst wenn sie nichts anderes kann, als einen Wagen zu lenken und wach zu bleiben, wenn ich nicht mehr dazu in der Lage bin. Ich bin ein anständiger Geschäftsmann, der mit seiner Frau eine Reise macht.

Der erste Zwischenaufenthalt würde ihm zeigen, wie der Rest zu meistern war. Er hatte in Detroit gearbeitet. Es gab Leute, die ihn vom Sehen kannten. Also mußte er dorthin – das war der Test. Er schaute hinaus auf die düsteren Hügel, auf die Baumgruppen zwischen grau gewordenen Schneeflecken. Selbst das war ihm vertraut – gerade das. Es erinnerte ihn an den Mann, der allein auf einem der Hügel gestanden hatte, ein Mann, so allein, daß er auf der Oberfläche des Jupiter oder in der Finsternis und dem Schweigen des Meeresgrundes hätte dahintreiben können. Sobald der Mann sein Gesicht gesehen hatte, war es ihm klargewesen. Der Mann war früher Bote bei illegalen Wettbüros gewesen oder so etwas ähnliches. Der Mann war kurz aufgetaucht. Er hatte eine reelle Chance gehabt, hatte sie aber nicht genutzt. Und als sie sich so nahe gekommen waren, daß sich ihre Blicke begegneten, hatte der Mann gewußt, daß das nicht nur eine Warnung war. In diesem Augenblick hatte sich die Welt rings um ihn ins Nichts aufgelöst, und er war der einsame Mann auf einem Hügel geworden, ein dunkles, bewegungsloses, vertikales Objekt, das auf dem grauen Schnee stand. Er hatte sich nicht einmal die Mühe gemacht, zu dem Mann zu sagen: «Warte, ich habe Geld.» Er hatte überhaupt nichts gesagt, denn als er sah, wen sie geschickt hatten, um ihn zu erledigen, hatte er bereits gewußt, daß jedes Angebot, und sei es noch so viel Geld, in eine Millionen Meilen entfernte Welt gehörte, eine Welt, an der er nicht mehr teilhatte. Der Mann hatte einfach dagestanden, und dann hatte ihn die Kugel getroffen und umgerissen. Danach hatte er auf dem einsamen Hügel gelegen, und sein Blut war auf den grauen Schnee gespritzt, und er hatte über dem Toten gestanden und so oft durchgezogen, bis das Magazin der großen 45er Pistole leer war. Später hatte er die Pistole leer war. Später hatte er die Pistole in einen Fluß geworfen: ein schweres Militärmodell, das bereits auf wenige Meter sein Ziel verfehlte und beim Feuern den Arm durch den Rückstoß nach hinten riß.

In Detroit hatte er sich sehen lassen. Damals war er jung gewesen und hatte es nicht besser gewußt. Erst viel später war ihm bewußt geworden, daß dieser Tag kommen und es dann noch Leute geben würde, die in den langen Winternächten sich an sein Gesicht erinnerten und sich fragten, ob es wohl einmal das letzte sein würde, das sie sehen würden.

Sie näherten sich der Stadt. Er sagte: «Jetzt fahre ich. Such dir einen Platz, wo du kurz anhalten kannst.»

Maureen nickte und bog bei der nächsten Ausfahrt ab. Es war eine Raststätte mit einer Tankstelle, einem Parkplatz, einem Howard-Johnson-Restaurant und einem kleinen Souvenirladen. Sie stiegen aus, suchten die Toiletten auf und tankten den Wagen voll, bevor er ihn wieder hinauslenkte auf die Schnellstraße.

Er fuhr noch eine halbe Stunde; der Verkehr wurde dichter, als mehr und mehr Wagen von den Seitenstraßen, die in die Stadt führten, auf die Schnellstraße drängten. An der Ausfahrt Woodward Avenue scherte er auf die rechte Spur aus und lenkte den Wagen über die Rampe bis zur Verkehrsampel.

«Was soll ich hier tun?» fragte Maureen.

«Nichts», antwortete er. «Wir machen nur einmal kurz halt und fahren dann weiter. So schnell wie möglich rein und raus. Ich gehe hinein, und du bleibst im Wagen, damit wir keinen Strafzettel bekommen.»

Er lenkte den Wagen durch die ihm bekannten Straßen, von Stopplicht zu Stopplicht, vorbei an großen Warenhäusern, Geschäftshäusern und Banken. Hier hatte sich nicht viel verändert. Er suchte nach einem Platz, wo er den Wagen parken konnte. Jede Lücke war ihm recht. Er kam an der Midwestern Bank vorbei und bog nach rechts ab.

Maureen fragte: «Wie wär's hier? Du bist gerade an einem Parkplatz vorbeigefahren. Da vorne ist noch einer.»

«Nein», sagte er. «Ein paar Parkplätze hier im Zentrum sind an Leute vermietet, die ich nicht sehen will. Ich gehe kein Risiko ein.»

Kurz nach der nächsten Kreuzung wollte ein Lieferwagen gerade in die Fahrbahn einscheren. Er blieb stehen, machte dem Fahrer ein Zeichen und fuhr dann auf den leer gewordenen Platz. «Bleib hier», sagte er und stieg aus. Dann ging er zurück zur Woodward Avenue und sah sich nach einem passenden Geschäft um. Innerhalb der nächsten Blocks fand er eines: Hudson's Department Store. Er hatte keine Mühe, den geeigneten Aktenkoffer zu finden.

Es war einer von der Art, wie sie viele Männer in dieser Stadtgegend bei sich hatten: ein Schalenköfferchen mit einem Kombinationsschloß.

Nach zehn Minuten überquerte er die Straße vor der Midwestern Bank. «Es gibt ein Zauberelixier, das dich verschwinden läßt», hatte Eddie gesagt. «Es heißt Geld. Wenn du genug davon hast, kannst du überall hingehen und alles tun, und niemand wird dich fragen, womit du das Geld verdient hast. Aber das gilt nur, wenn du wirklich genug hast davon, so daß du nichts mehr tun mußt, um mehr zu bekommen.»

Am Schalter sagte er: «Ich möchte zu meinem Safe, bitte.» Dabei achtete er darauf, daß das Mädchen den Aktenkoffer sah. Ein Mann mit einem Aktenkoffer brachte etwas, was er in den Safe legte, oder er tauschte etwas aus. Man konnte nie wissen, aber er sah aus, als hätte er sich nur kurz freigenommen und sei in Eile.

Das Mädchen am Schalter sagte: «Ihr Name, bitte.»

«David R. Fortner.»

Sie machte eine Handbewegung, und ein Mann tauchte neben ihr auf. «Bitte kommen Sie mit mir», sagte der Mann, führte ihn in einen kleinen Raum, in dem nur ein Tisch und ein Stuhl standen, nahm den Schlüssel entgegen und kam mit der Kassette zurück.

Er bat den Mann, draußen zu warten; es würde nur einen Augenblick dauern.

Als er allein war, öffnete er die Kassette. Drinnen waren die Scheine, genauso, wie er sie vor fünf Jahren hineingelegt hatte. Es hatte keinen Sinn, sie zu zählen; eine Summe von hunderttausend Dollar in Hunderterscheinen zu zählen dauerte eine ganze Weile. Die Bündel paßten genau in den Aktenkoffer. Er schaute zu, wie der Mann die

Kassette wieder in den Safe an der Wand des Tresors einschloß, in einer Wand gleichartiger Safes, dann ließ er sich den Schlüssel wieder aushändigen.

Als er zurückging zum Wagen, schaute er auf die Uhr. Ein Uhr fünfunddreißig. Es hatte weniger als eine halbe Stunde gedauert, und nun konnte er weiterfahren und Detroit hinter sich lassen.

Maureen saß schweigend da, als er zurückfuhr auf die Schnellstraße. An jedem dritten Block schaute sie hinter sich auf den Verkehr, aber nachdem sie auf der Schnellstraße angekommen waren, lehnte sie sich zurück und zündete sich eine Zigarette an.

Er hatte vorgehabt, eine Stunde zu fahren und erst dann eine Pause einzulegen, aber als die Stunde vorüber war, fuhr er weiter und legte noch mehr von den eintönigen Meilen zwischen sich und Detroit. Es war wundervoll glatt gelaufen. Er war in die Bank gegangen und wieder herausgekommen, und es bestand kaum die Möglichkeit, daß ihn jemand dabei beobachtet hatte. Aber er fühlte sich noch immer nicht so, wie er es sich wünschte, deshalb fuhr er weiter und warf alle paar Sekunden einen Blick in den Rückspiegel, um zu sehen, ob sich irgend ein Wagen zu lange an ihn hängte. Es war ein nervöser Tatendrang, wie er genau wußte, und nicht das sichere und zuverlässige Gefühl der Vorsicht, das er im Lauf der Jahre erworben hatte. Aber er fuhr weiter, hinein in die Nachmittagssonne, und vergrößerte die Zahl der Meilen zwischen sich und jenen Tagen, in denen er sich bemüht hatte, den Geldstapel in seinem Schließfach zu vergrößern.

Er fuhr an South Bend und Gary vorbei und war auf der breiten achtspurigen Schnellstraße, die die nach Westen fahrenden Wagen nach Chicago schleuste, als Maureen sagte: «Ich glaube, wir sollten uns ein Quartier für die Nacht suchen.»

«Noch nicht», entgegnete er. «Wenn es dunkel ist, kommen wir schneller voran.»

«Aber ich bin müde und hungrig, und ich glaube, wir sollten wirklich eine Pause einlegen. Ein Grundstücksmakler aus Syracuse auf Ferienreise fährt nicht die ganze Nacht, und seine Frau sieht nicht so aus, als ob sie in ihrem Kleid geschlafen hätte. Warum halten wir nicht bei einem Motel der richtigen Preisgruppe an und essen in einem entsprechenden Lokal zu Abend? Wir dürfen nicht aussehen, als ob wir vor etwas davonlaufen würden. Denk doch mal vernünftig darüber nach.»

Natürlich hatte sie recht. Außerdem, dachte er, würden sie uns bestimmt nicht dort zu schnappen versuchen, wo es großes Aufsehen erregen würde. Eine dunkle Straße wäre ihnen sicher lieber. Falls sie mich gesehen hatten. Und das war immerhin denkbar. Nein, die Möglichkeit war äußerst gering. Es dauerte vielleicht eine Woche, bis sich in Detroit herumgesprochen hatte, daß sein Anblick bares Geld wert war. Außerdem hatte niemand außer ihm selbst etwas von dem Safe bei der Midwestern Bank gewußt.

Er sah ein Holiday-Inn-Schild rechts auf sich zukommen. Genau der richtige Platz für ein Ehepaar, das den ganzen Tag gefahren war und nicht in den Stoßverkehr der Großstadt geraten wollte – außerdem lag es in der richtigen Preiskategorie. Und dort gab es auch etwas zu essen. Erst jetzt wurde ihm bewußt, daß er schon lange Hunger hatte.

Auf dem Parkplatz legte Maureen ihre Hand auf seinen Unterarm und hielt ihn zurück. «Hier werde ich damit anfangen, mir mein Geld zu verdienen», sagte sie. «Tu, was ich dir sage, und alles läuft glatt. Ich mache das schon lange und meistens mit Leuten, die nicht viel mehr als Ballast sind.»

«Was soll ich denn tun?» fragte er.

«Für das Aushängeschild bin ich zu anständig. Dafür hast du bezahlt, und ich weiß, daß ich es gut mache. Wir sind Mr. und Mrs. Prentiss aus Syracuse, bis wir wieder allein sind. Von jetzt bis morgen früh, bis wir weiterfahren, ist der Vorhang ständig auf, und du stehst ununterbrochen auf der Bühne.»

Er lächelte. «Ist das nicht ein bißchen übertrieben?»

Sie zuckte mit den Schultern. «Du zahlst dafür, also triffst du die Entscheidungen. Wenn an dem Schlamassel, in dem du steckst, einer wie Carl Bala beteiligt ist, halte ich es keineswegs für übertrieben. Aber du weißt das vermutlich besser als ich. Ich kann nur eines sagen: Bis jetzt habe ich noch keinen einzigen Patienten verloren.» Er saß einen Augenblick lang still da und dachte nach. Dann fragte er: «Wie dick ist der Deckmantel?»

«So dick wie alles, was ich je benutzt habe. Der Wagen ist auf den Namen William Prentiss registriert, der Führerschein ist nicht heiß, und die Adresse gibt es wirklich. Wenn wir die Kreditkarten benutzen, werden die Rechnungen pünktlich bezahlt.»

«Na schön», sagte er. Er nahm seine Brieftasche heraus und überprüfte noch einmal den Führerschein, den Registrierschein für den Wagen und die Kreditkarten. Sie waren entweder echt oder sehr gute Fälschungen. Er stieg aus und ging auf das Büro des Motels zu.

«Warte auf mich», sagte sie und holte ihn ein. «Von nun an bleiben wir zusammen.»

Drinnen im Büro trat er an das Empfangspult, während Maureen auf die andere Seite des Raums ging und so tat, als betrachte sie die Postkarten, die in einem Regal steckten. Als der Empfangschef ihn nach seinen Zimmerwünschen fragte, zögerte er einen Augenblick, aber Maureen sagte: «Ein Doppelbett wäre schön.»

Sobald sie in dem Zimmer angekommen waren, ging Maureen drinnen auf und ab, schaute unter das Bett, hinter die Spiegel und ins Bad, bis sie zufrieden zu sein schien. Dann schaltete sie den Fernseher an.

Erst jetzt näherte sie sich ihm und flüsterte ihm ins Ohr, so leise, daß er es kaum verstehen konnte. «Du hast noch nie mit einer Frau gearbeitet, oder?»

Er schüttelte den Kopf.

«Du mußt jetzt einfach anders denken. Schau mich an. Wenn du mein Mann wärst, ein junger Grundstücksmakler aus Syracuse, würdest du dann getrennte Betten haben wollen? Sicher, du würdest ein Zimmer mit zwei Betten *nehmen*, aber du würdest es bestimmt nicht *verlangen*. Siehst du, das sind die Dinge, auf die ein Schnüffler stoßen und es vielleicht einem Freund verraten könnte.»

Dann hellte sich ihre Miene auf, und sie sagte: «Gib mir eine Minute Zeit, damit ich mich menschlich herrichte – danach gehen wir zum Essen. Schau im Telefonbuch nach, vielleicht findest du dort ein nettes Restaurant.» Sie beugte sich vor, berührte seine Wange mit den Lippen und verschwand dann ins Bad.

Der Kuß hatte ihn fast erschreckt, aber er tat, was sie angeordnet hatte. Im Telefonbuch fand er ein Restaurant, das genau das richtige zu sein schien: Die Adresse war in derselben Straße wie das Motel, die Anzeige in den gelben Seiten nicht allzu großspurig. Es stand nichts von Shows dabei – das war wichtig, denn Shows mußten sie auf jeden Fall vermeiden. In einigen Klubs im Mittelwesten war es schwer für Sänger und Komiker, überhaupt Arbeit zu finden, ohne von den Italienern gefördert zu werden. Und immer saß ein stiller Mann im Publikum, betrachtete die Vorführungen, begutachtete den Applaus und wartete auf den Augenblick, in dem der Künstler soweit war, in den großen Klubs in Los Angeles, Las Vegas oder New York eingesetzt zu werden.

Sie war gleich danach zurück. «Was hast du gefunden? Ich warne dich: Bloß keine Hamburger!» Er kam sich ein wenig albern vor. Sie hatten nichts anderes gegessen, seit sie aus Buffalo weggefahren war.

«Das hier», sagte er. «Das *King's Coach*. Es liegt an dieser Straße und sieht so aus, als ob es das richtige wäre.»

Sie schaute ihn so sorgenvoll an, daß er fast lachen mußte. «Können wir uns das denn leisten?»

«Ich weiß nicht», antwortete er. «Es sieht nicht allzu vornehm aus. Aber schließlich sind wir ja auf einer Ferienreise, oder?» Er kam sich noch alberner vor: wie ein Mann, der aus dem Publikum ausgewählt worden war, um einen einzigen Satz auf der Bühne zu sagen.

«Nun, ich habe nichts dagegen», versicherte sie ihm und ging bereits zur Tür. «Komm, ich habe großen Hunger. Das Gepäck können wir später reinbringen.»

Er schloß die Tür und begleitete Maureen zum Wagen. «Was, zum Teufel, sollte das?» fragte er. «Waren wir denn nicht allein?»

«Ich weiß es nicht», antwortete sie. «Los, fahren wir.» Er ließ den Motor an und fuhr hinaus auf die Straße. Sie sagte: «Ich habe zwar überall genau nachgesehen und nichts gefunden. Aber wir können es uns nicht leisten, zufällig in eines der Motels zu kommen, wo es Abhöranlagen gibt, damit man die Geschäftsleute ein bißchen erpressen kann. Und der einfachste Weg, die Zimmer abzuhören, geht über das Radio oder über den Fernseher, vor allem, wenn der Fernseher an das Kabelnetz angeschlossen ist. Das kann man aber nur dann feststellen, wenn man die Geräte fast völlig zerlegt. Eine Videokamera ist schwerer zu verstecken. Ich glaube nicht, daß wir eine in unserem Zimmer haben, aber auch das wäre möglich.»

«Aber wenn du gedacht hast, wir könnten abgehört werden – warum hast du dann überhaupt gesprochen, als du im Zimmer warst?» fragte er.

«Ich mußte sichergehen, daß du genug weißt, um deine Rolle spielen zu können. Der Ton des Fernsehers überdeckt sicher alles, was nur geflüstert wird, aber wenn du etwas laut gesagt hättest, wären wir bei der Rückkehr in das Zimmer ein Risiko eingegangen. Wenn das Zimmer eine Falle ist, dann haben sie bis jetzt nichts Ungewöhnliches gehört. Und vielleicht lenken sie ihre Aufmerksamkeit dann auf andere Gäste.» Sie lachte plötzlich. «Vielleicht auf ein verdächtig aussehendes Paar, das in Wirklichkeit ein Grundstücksmakler mit seiner Frau ist.»

«Du weißt eine ganze Menge», sagte er.

Ihre Fröhlichkeit verschwand. «Ich habe dich auch nicht gefragt, woher du dein Geld hast, oder?»

«Okay», sagte er. «Dann erzähl mir was über Prentiss. Wieviel Geld mache ich mit dem Grundstücksgeschäft? Was kann ich mir in einem Restaurant leisten?»

Sie dachte einen Augenblick lang nach, starrte ihn dabei abschätzend an und sagte schließlich: «Nun, du bist ziemlich gut im Geschäft, aber natürlich kein Weltmeister. Ich würde sagen, du verdienst zwischen zwanzig- und dreißigtausend im Jahr. Wenn es das richtige Lokal ist, kannst du alles essen, was auf der Speisekarte steht. Aber sei nicht allzu ausgefallen mit deinen Wünschen. Du willst zum Beispiel keine Schnecken, weil du so etwas nicht ißt. Solange du auf der Steak-mit-Kartoffeln-Seite bleibst, bist du sicher. Wein ist okay, aber nichts Extravagantes, falls du Neigungen in dieser Richtung verspüren solltest. Und übertreibe auch nicht die Bescheidenheit. Versuche nicht, die Namen falsch auszusprechen beim Bestellen. Du bist ein ganz normaler Kerl, aber kein Stoffel. Verhalte dich so, wie sich ein normaler Kerl verhält. Und zupf deine Krawatte zurecht.»

Während er auf den Parkplatz des *King's Coach* einbog, sagte Maureen: «Perfekt. Ziemlich normal und viele Wagen auf dem Parkplatz. Vielleicht ist sogar das Essen gut.»

Er nickte. Es sah zumindest sicher aus.

«Nur noch eines», fügte sie hinzu. «Wenn wir auf einen Tisch warten müssen, gehen wir an die Bar. Ich trinke einen Martini, und du trinkst einen Bourbon mit Wasser oder einen Scotch, wenn du den lieber magst. Möchtes du über unsere Kinder sprechen, oder müssen wir etwas erfinden? Ich glaube kaum, daß du dich im Immobiliengeschäft auskennst, oder irre ich mich?»

«Ich glaube, ich kann ein bißchen mitreden, wenn es nötig ist. Wie heißen die Kinder?»

«Tom ist vier und Jo Anne ist zwei, also erzähle nicht, daß Tom Captain seiner Footballmannschaft ist. Und jetzt hinein – ich bin schon am Verhungern.»

Das Essen verlief ohne Zwischenfälle. Sie unterhielten sich eine Weile und hielten sich dabei an die zwei vereinbarten Themen. Als der Kellner die Rechnung brachte, fühlte er sich recht wohl als William Prentiss. Das war das Wichtigste, wenn man eine Rolle spielte, hatte Eddie immer gesagt. «Du mußt der sein, der du zu sein vorgibst.» Doch er war es nicht gewohnt, mit einer Frau zusammenzuarbeiten, und das machte ihm ein wenig Sorgen. Es gab zu viele Möglichkeiten, ertappt zu werden.

Als sie vor dem Wagen standen, sagte er: «Jetzt bist du dran. Zurück zum Motel?»

Sie überlegte einen Augenblick: «Ja, ich glaube. Aber sei vorsichtig. Wenn wir hineingehen, sehe ich erst mal nach, ob inzwischen jemand in unserem Zimmer gewesen ist. Wenn ja, gibt es wahrscheinlich Wanzen. Wenn ich das Haar mit der rechten Hand bürste, ist vermutlich alles in Ordnung. Wenn ich die linke Hand dazu nehme, mußt du auf der Hut sein. Als nächstes werde ich zu der Stelle gehen, wo ich das Problem vermute. Also schau mir zu und tu nichts, was ich nicht ausdrücklich sage. Und tu oder sage vor allem nichts, was auffallen würde.»

«Woher willst du es wissen?»

«Ich erkenne es an den üblichen Zeichen. Du hast dich auf das Bett gesetzt, als du hereingekommen bist. Es waren also Falten auf der Decke. Ich habe ein Haar auf den Knopf der Badezimmertür gelegt, innen. Als ich die Vorhänge zuzog, habe ich sie einen Daumenbreit offengelassen. Das erste, was ein Amateurerpresser tut, ist, sie ganz zuzuziehen. Vielleicht erinnert er sich und öffnet sie vor dem Weggehen wieder ein wenig, aber er wird nicht mehr genau wissen, wie weit sie offenstanden. Als ich den Fernseher einschaltete, habe ich mit meiner anderen Hand einen Schmierfleck auf den Bildschirm gemacht. Wenn sie etwas damit angestellt haben, haben sie ihn weggewischt oder irgendwie verändert.»

«Muß ich sonst noch etwas wissen?»

 «Nutze nur deinen gesunden Menschenverstand. Ich

habe eine Schußwaffe in meiner Handtasche. Wenn nötig, kannst du sie ziehen.» Sie lächelte. «Ich weiß, das sind sehr viele Dinge, dabei stehen die Chancen eins zu einer Million, daß überhaupt irgend etwas in der Luft liegt. Aber du weißt, daß es keine verschwendete Mühe ist.»

«Ich weiß», sagte er. Vorsichtsmaßnahmen waren nie verschwendet. Er mußte lernen, mit ihr zu arbeiten, und wenn sie ihm die nötige Deckung verschaffte, mußte er sich auch nach ihr richten.

An der Tür zu ihrem Motelzimmer kramte Maureen, die sich anschickte, als erste einzutreten, in ihrer Handtasche und schaute sich dabei nach allen Seiten um. Er trug das Gepäck, stellte es aber vor der Tür ab, um nach dem Schlüssel zu suchen. Dann beobachtete er, wie Maureen einen Blick auf die ein wenig geöffneten Vorhänge hinter dem Fenster neben der Tür warf. Sie nickte, er öffnete die Tür, und sie ging als erste hinein, die Hand immer noch in ihrer Tasche. Er stieß einen Seufzer aus, der der Seufzer eines Ehemannes über das zu schwere Gepäck sein konnte. Dann schloß er die Tür von innen ab. Mit Bedauern sah er, daß es keine Sperrkette gab. Er schaute Maureen bei ihrer Inspektion zu. Sie nahm eine Haarbürste aus ihrer Tasche, ging damit zum Fernseher, kniete sich davor und schaltete ihn ein. Dann begann sie wieder zu sprechen, erhob sich und ging ins Bad, wobei sie immer noch die Handtasche bei sich hatte.

Er hörte ihr zu und wartete auf das Zeichen, daß alles in Ordnung war. «Und dieser Kellner», sagte sie. «Ich habe schon gedacht, er kippt uns den Kaffee über den Tisch und wischt ihn dann mit deiner Krawatte ab. Warum verwechseln sie immer die Bestellungen, wenn nur zwei Leute an einem Tisch sitzen?» Die Tür zum Bad wurde geschlossen.

Er zwang sich zu einem Kichern und starrte dann auf den Bildschirm, wo ein Detektiv, wie jede Woche, gerade dabei war, seinen Fall mit Bravour zu Ende zu bringen, indem er seinen Klienten als Verbrecher entlarvte. Der Klient zog, ebenfalls wie jede Woche, eine Pistole hervor und gab dann höhnisch grinsend alles zu. Im nächsten Augenblick würde er davonlaufen, vielleicht noch ein paar Schüsse auf den Detektiv abgeben und dann weiterrennen, immer eine Treppe oder eine Feuerleiter hinauf, höher und höher, bis er in der Falle saß. Oben angekommen, würde ihm die Munition ausgehen, dann würde er dem Detektiv die Pistole ins Gesicht werfen und den darauffolgenden Kampf mit bloßen Fäusten verlieren. Jedenfalls würde er rechtzeitig zum Werbefilm am Boden liegen.

Er warf einen Blick auf das Bett, zog seine Jacke aus und lockerte die Krawatte. Auf der Decke waren Falten. Dieselben wie zuvor?

Einen Augenblick später ging die Tür zum Bad auf, und Maureen kam heraus, den Kopf zur Seite gelegt. Sie sagte: «Ich hätte gern das Rezept für das Zeug gehabt, das sie über den Spargel gegossen haben.» Er gab keine Antwort. Sie warf ihren Kopf nach hinten und bürstete dann das Haar mit der linken Hand. Er mußte sich beherrschen, um sich nicht nach allen Seiten umzublicken. Was war es? Ein Mikrofon? Eine Kamera? Was? Er gab einen mürrischen Laut von sich und wartete darauf, daß sie sich in Bewegung setzte.

Sie stand in der Tür und bürstete sich das Haar, aber sie schien nachzudenken. Dann sagte sie: «Ich werde versuchen, es selbst zu machen. Aber du mußt mir beim Abschmecken helfen, vielleicht kriege ich es auf Anhieb gleich richtig hin.» Dann lächelte sie ein wenig zu breit und fügte hinzu: «Mein Gott, die Preise sind vielleicht hochgegangen.» Dabei hatte sie sich noch immer nicht von der Badezimmertür entfernt. Also war es das. Es mußte dort drinnen sein. Er sah, daß unter ihren Armen leichte Schweißflecken erschienen. Aber sie behielt das Grinsen bei und fuhr fort, das Haar zu bürsten und dabei zu sprechen.

Er sagte: «Ich bin kein Koch. Das hast du selbst gesagt.»

«Ja», antwortete sie, «aber jeder kann es lernen. Es wäre eine Möglichkeit, wenn dein Immobiliengeschäft mal nicht mehr richtig läuft und du es dir nicht mehr leisten kannst, auswärts zu essen.»

Glaubte sie, er spielte die Rolle nicht gut? Vermutlich. Aber sie hatten es auch nicht genügend geprobt. Er sagte: «Okay, laß mich jetzt ins Bad.» Er nahm seine Zahnbürste und die Zahnpastatube und ging auf die Tür zu. Sie trat zur Seite und sagte: «Also schön, aber heb dir das Duschen für morgen früh auf, ja?»

Er erstarrte unter der Tür, konnte kaum glauben, was er ahnte. Sie hatte aufgehört, sich das Haar zu bürsten. Er schaute in ihre Augen, die ihm jetzt so etwas wie einen koketten Blick von der Seite zuwarfen, aber dahinter war deutliches Entsetzen zu sehen. Die Hand, mit der sie die Haarbürste hielt, zitterte. Er schaute nicht hinunter auf die andere Hand, die seine Genitalien streichelte.

Er lächelte und sagte mit rauher Stimme: «Ich glaube, ich besorge mir selbst das Rezept. Dann kann ich es den Mädchen im Büro weitergeben.»

Maureen drehte sich um, ging weg und warf die Haarbürste auf den Tisch. Während er sich die Zähne putzte, schaute er sich mit angemessener Neugier im Bad um. Das einzige, was nach einer Möglichkeit aussah, war die Tatsache, daß es kein Schränkchen für Toilettenartikel gab. Der Spiegel war direkt an der Wand befestigt. Maureen hatte auf die Dusche hingewiesen. War da etwas drinnen? Lieber nicht nachsehen. Aber es ergab keinen Sinn. Wenn eine Kamera oder Mikrofone installiert waren, dann hatte man sie doch vermutlich auf das Bett gerichtet.

Als er zurückkam ins Zimmer, war er immer noch ein wenig verwirrt und wußte nicht, wohin er blicken sollte. Er fürchtete, er könnte unwillkürlich auf die in Frage kommende Stelle sehen, und damit wüßten sie, daß er etwas suchte. Gleich danach fragte er sich, ob ihnen nicht ohnehin aufgefallen war, wie sehr er seine Blicke hatte herumwandern lassen. Am sichersten war es, Maureen anzuschauen. Sie saß jetzt auf dem Bett, hatte die Beine unter sich verschränkt und bürstete sich wieder das Haar mit der linken Hand, dazu lächelte sie leicht. Er hob seine Jacke auf und hängte sie über den Stuhl neben dem Bett. Sie mußte in seiner Nähe sein, sonst würde er die Beretta nicht rechtzeitig erreichen. Maureen war damit beschäftigt, das Bett aufzudecken, als sie sich wieder an ihn zu erinnern schien. Sie fragte: «Hast du was dagegen, wenn ich unsere Finanzen überprüfe?»

«Nicht im geringsten», antwortete er, und sie lehnte sich zurück und zog die Jacke zu sich heran. Sie fummelte einen Augenblick lang in den Taschen herum, dann fand sie die Brieftasche. Sie ließ sie auf den Boden fallen. Als sie sich hinunterbeugte, um sie wieder aufzuheben, und sich dabei mit einer Hand aufs Bett stützte, um das Gleichgewicht zu halten, glaubte er eine rasche Bewegung unter seiner Jacke wahrgenommen zu haben. Dann tauchten ihre beiden Hände wieder auf, und sie befaßte sich mit der

Brieftasche; dabei bewegten sich ihre Lippen, so als zählte sie die Scheine.

«Nicht schlecht», sagte sie. «Es reicht mindestens bis Miami. Und dann nehmen wir die Reiseschecks.»

«Das habe ich auch gedacht», sagte er. Miami! Was konnte man da noch sagen? Er war damit beschäftigt, sich das Hemd aufzuknöpfen.

Sie warf ihm die Jacke zu. Als er sie aufgefangen hatte, war er sicher: Die Pistole war weg. «Und was ist mit meiner Brieftasche?» fragte er. Sie warf sie ihm zu. Er legte sie auf das Nachttischchen und fuhr fort, sich auszuziehen. Aber irgend etwas in ihm weigerte sich. Aus ungeklärter Ursache hatte sein Alarmsystem angeschlagen, und nun zögerte er, weil er nicht nackt in die Falle gehen wollte. Dennoch wußte er, daß es der sicherste Weg war, den Verdacht derjenigen zu erwecken, von denen Maureen annahm, daß sie sie beobachteten, wenn er sich nicht ausgezogen hätte. Er wußte, daß Maureen, die jetzt auf der anderen Seite des Zimmers in ihrer Handtasche kramte, die Pistole irgendwo ins Bett gesteckt hatte.

Für einen Augenblick erstarrte er völlig. Sie konnte die Pistole nicht erreichen, und er würde kostbare Sekunden verlieren, ehe er sie gefunden hatte. Wenn sie etwas gesehen hatte, was – Aber dann fiel ihm die Pistole in ihrer Handtasche ein. Sie hatte nichts vergessen. Er wurde von ihr geschützt, bis er im Bett war und die Pistole gefunden hatte. Er zog sich rasch ganz aus und glitt zwischen die kühlen, frischen Laken. Dann tat er so, als ob er sich ausstrecken würde, und hatte mit einer einzigen Bewegung die Beretta in seiner linken Hand. Er zog sie nach unten bis zur Hüfte. Danach lag er mit hinter dem Kopf verschränkten Armen im Bett und betrachtete Maureen.

Sie ging zu ihrem Koffer und nahm ein weißes Negligé heraus. Daran hatte er auch nicht gedacht – jetzt war sie dran, und es mußte schwerer sein für sie als für ihn. Wenn sie jemand beobachtete, war es bestimmt ein Mann. Er entschloß sich, es so leicht wie möglich zu machen für sie, schaltete die Nachttischlampe neben sich aus und ließ nur die auf ihrer Seite brennen. Dann fragte er: «Was glaubst du, was wir als erstes in Florida tun? Ich meine abgesehen vom Einkaufen?»

«Ich dachte, du wolltest unbedingt zum Hochseefischen», sagte sie und schaute ihn an, während sie ihre Bluse aufknöpfte.

«Ja», sagte er. «Und du? Was wirst du tun, während ich draußen bin auf hoher See und mir einen von diesen großen Burschen aus dem Wasser hole?» Er wollte, daß sie weitersprach und ihre Rolle weiterspielte, bis der schwierigste Augenblick vorüber war und sie ins Bett schlüpfen konnte. Dabei versuchte er, nicht hinzusehen, als sie die Bluse auszog und dann aus dem Rock stieg.

Sie blickte ihm von der anderen Seite des Zimmers aus in die Augen, und ihre Lippen kräuselten sich in der Andeutung eines Lächelns, als wüßte sie, was er dachte, und dankte ihm für seine zwei einander widersprechenden Wünsche. «Oh, ich komme einfach mit», sagte sie und langte hinter sich, um den Haken ihres Büstenhalters zu öffnen. «Ich bin der Köder.» Während sie es sagte, glitt ihr der Träger über die Schultern, und er konnte nicht umhin, ihre festen, runden Brüste zu bewundern, die sich ein wenig bewegten und deren rosa Brustwarzen wie kleine Knospen hervortraten. Als sie den Seidenslip abstreifte, versuchte er vergeblich, seinen Blick von dem dunklen Dreieck abzuwenden.

«Und wenn die Fische kein Mädchenfleisch mögen?» fragte er.

Sie hielt einen Augenblick lang in der Bewegung, mit der sie nach dem Nachthemd langte, inne und sagte: «Na, da wären dann ja immer noch die Fischer.» Er fühlte, wie er errötete, als ihm klar wurde, daß sie auf die Stelle schaute, wo sich die dünne Decke über seinem erigierten Penis erhoben hatte.

Sie war gerade noch rechtzeitig am Bett, um zu verhindern, daß er die andere Lampe ausschaltete. «Laß sie brennen, am liebsten die ganze Nacht», sagte sie. Und bevor er sich umdrehen konnte, preßte sie sich gegen ihn, lag auf dem Bett, küßte seinen Hals und begann zu kichern. Sie schlug bereits seine Decke zurück, als er endlich begriff. Maureen war entschlossen, ihre Rolle mit allen Konsequenzen zu spielen. Er packte sie am Handgelenk und sagte – es sollte wie ein Scherz klingen: «Einen Augenblick, Miss. Ich bin ein verheirateter Mann.»

Sie hielt sein Gesicht mit beiden Händen umfaßt, lächelte immer noch ihr falsches Lächeln, aber ihre Augen waren weit offen; sie blickten ihn flehend an. «Ich weiß», sagte sie jetzt. «Und wenn du nicht anfängst, dich wie ein verheirateter Mann zu verhalten, wirst du den kommenden Morgen nicht mehr erleben.»

Er preßte sie an sich, liebkoste ihre Brüste und küßte sie dann. Sie zog ihn sachte über sich, ballte und entspannte die eine Hand auf seinem Rücken und bewegte die andere unter dem Laken. Er merkte es, als sie die Pistole gefunden hatte. Die Hand bewegte sich nicht mehr; dafür öffnete sie die Beine. Und dann war er in ihr, fühlte augenblicklich die feuchte Wärme und zugleich den kalten, harten Druck der Pistole an seinem Bein. Maureen stieß leise, tiefe Schreie aus, geflüsterte Schreie, schob das Laken zurück, achtete aber darauf, daß die eine Stelle bedeckt blieb.

Immer wenn er die Augen öffnete, sah er, wie sie ihre Augäpfel wie in Ekstase hin und her rollte. Ihre Schreie folgten jetzt schneller aufeinander, und sie bewegte sich mit größter Heftigkeit, dabei warf sie den Kopf auf dem Kissen hin und her. Er sah nichts außer ihrem Kopf und das ihn wie ein Glorienschein umrahmende Haar. Sie schloß die Augen, und ein Zittern durchlief ihren Körper. Ein echter Orgasmus! dachte er. Einen Augenblick lang war er vor Überraschung völlig überwältigt, aber er vergaß es, als ihre Hüften sich wieder zu bewegen begannen. Er schaute hinunter auf ihr Gesicht. Auf ihrer Oberlippe waren kleine Schweißtröpfchen zu sehen. Wieder rollte sie den Kopf von der einen auf die andere Seite. Schließlich verengten sich ihre Lider, bevor sie sie schloß, und dann waren sie beide für diese Welt verloren, fielen ins Leere, als er sich pulsierend in ihr ergoß.

Einen Augenblick lang lagen sie danach ruhig da, und ihre Hand strich ihm über den Rücken, während sich die andere nach unten bewegte, dann plötzlich innehielt. Die Hand hob sich ein wenig, und er hörte die betäubende Explosion der Pistole, fühlte einen heißen Blitz. Innerhalb einer Sekunde hatte er sich auf die andere Seite geworfen und kroch wie ein Ringer über das Bett. Am Fußende sah er die Gestalt eines Mannes mit dem Ausdruck schmerzhafter Überraschung auf dem Gesicht; die Augen traten ihm aus den Höhlen, und sein Mund war geöffnet. Als die Gestalt zusammenbrach, trafen zwei weitere Schüsse seine Brust, und er stürzte nach hinten wie ein gefällter Baum.

«Scheiße», murmelte er und schaute Maureen an, die noch immer die Pistole im Anschlag hatte – unter der

Decke, die jetzt ein rauchendes, schwarzes Loch zierte. Sie sagte: «Sieh nach, ob er tot ist.»

Er beugte sich über den Körper, wußte es sofort. Er fühlte keinen Puls, keinen Herzschlag, keinen Atem. Es war, als gehöre das Bündel auf dem Teppich zu der Einrichtung des ungemütlichen Zimmers oder als sei es ein Gepäckstück, das ein schlampiger Kofferträger vergessen hatte. Er schaute das Gesicht an, das in ungeheurem Staunen erstarrt war. Dann sagte er: «Wir müssen weg hier.»

«Mhm», antwortete sie.

Als er wieder aufblickte, sah er, daß sie bereits an ihrem Koffer war und sich frische Kleidung herausnahm. Dann wandte sie sich ihm zu und sagte: «Aber zuerst sollten wir den hier verschwinden lassen.»

Er begann sich anzuziehen. «Das hätte nicht viel Sinn», sagte er. «Damit verlieren wir nur Zeit, und es hilft uns nichts.»

«Wie meinst du das?» fragte sie. «Wir können doch nicht einfach einen –»

Aber er unterbrach sie. «Ich kannte ihn.»

KAPITEL 24

«12.05 Uhr, Dienstag, 20. Februar., Las Vegas: Vincent Toscanzio. Ging um 11.50 Uhr an Bord TWA-Flug 921 nach Chicago. Er wurde von drei Personen begleitet: Der eine eingetragen als William Capell, identifiziert als Guillermo Montani. Die anderen beiden eingetragen als Daniel Chesire und Richard Greene, unbekannt. Fotografien werden Justizministerium nachgereicht.

14.30 Uhr, Dienstag, 20. Februar, Las Vegas: Carlo Balacontano. Ging um 13.30 Uhr an Bord einer Privatmaschine, Abflug 13.45 vom McCarron Airport, Flugplan beantragt für Zielort Nutley, New Jersey. Keine Ankunftszeit.

9.15 Uhr, Montag, 19. Februar, Palm Springs: Antonio Damonata, alias Tony Damon. Verließ *Royal Palms Hotel* um 7.00 Uhr. Ehefrau Marie Damonata nahm Sun-Aire-Anschlußflug nach Los Angeles, 8.30 Uhr, und Pan-American-Flug 592 um 9.50 Uhr nach Miami, Florida. Die betreffende Person und zwei andere Männer in Cadillac El Dorado, blau, kalifornische Zulassungsnummer 048 KJP, verließen Palm Springs um 8.35 Uhr, Ziel vermutlich Los Angeles.

17.40 Uhr, Montag, 19. Februar, Miami: Marie Damonata Ankunft Miami Airport Flug 592. Wurde von vier Männern abgeholt, Ankunft Airport 17.20. Einer identifiziert als Martin Damonata, Sohn von Marie und Antonio Damonata. Einer der anderen vermutlich Stephen LaTona.»

Das reicht, dachte Elizabeth. Brayer hatte recht, und der letzte bestätigte es. Was die anderen tun würden, war noch fraglich, aber Tony Damon hatte offenbar große Angst. Der Mord an Castiglione hatte sie alle nervös gemacht, und jetzt eilten sie zurück in ihre Festungen und brachten die Frauen aus der Schußlinie.

Es paßte genau zusammen, dachte sie. Überall das gleiche. Die Nachricht hatte sich rasch herumgesprochen. «17.18 Uhr, Dienstag, 20. Februar, Seattle: Joseph Vortici. Vortici hat sein Haus seit Sonntag, 18. Februar, nicht verlassen. Vorticis Kinder sind nicht zur Schule erschienen.»

Sie warteten alle darauf, daß das nächste Ding passierte, und es war klar, daß sie die Situation für äußerst gefährlich hielten. Elizabeth legte die Blätter auf den Tisch und trat ans Fenster. Las Vegas war ein seltsamer Ort.

Selbst dieses Gebäude, das Hauptquartier des FBI, kam ihr vor wie ein Provisorium, das man mitten in der Wüste errichtet hatte. Einstöckig, Hohlziegel, grün getüncht, alle paar Meter eine Klimaanlage. Die einzigen Gebäude, die von Leuten erbaut worden waren, welche hierzubleiben gedachten, waren die riesigen Hotels und Casinos, die sich um den Las Vegas Boulevard drängten wie Dinosaurier, die an einem Fluß ihren Durst stillen möchten. Es war fast unheimlich. Und genauso, wie man es ihr immer wieder erzählt hatte. Wie hatte Brayer es genannt? «Ein Monument für die Fähigkeiten der Mafia, den niedrigsten Lüsten der amerikanischen Bürger zu dienen – den Trotteln zu geben, was sie wünschen. Der größte Streich, den man je den Vereinigten Staaten gespielt hat. Schauen Sie es sich genau an», hatte er gesagt. «Sie werden einiges dabei lernen. Sie werden erkennen, warum wir nicht viel mehr tun können, als ihnen nachzubellen.» Es stimmte. Las Vegas war keine Stadt im üblichen Sinn. Überall lockten die bizarrsten und ausgefallensten Versuchungen, das zu tun, was man zu Hause nicht tun konnte – zuviel essen, zuviel trinken, nackte Körper in Straußenfedern anstarren, aber vor allem spielen. Man mußte zugeben, es hatte einen gewissen Reiz. Nicht, daß man es als schön bezeichnen konnte, es war eher – verwirrend. Ein Ort, der über Nacht erwachsen geworden war, in jener Nacht des Jahres 1946, als Bugsy Siegel hier angekommen war. Ein Jahrmarkt der Eitelkeiten. Würde John Bunyan die Stadt gesehen haben, hätte er sie wiedererkannt.

«Miss Waring.» Sie drehte sich um und erkannte den Chef des hiesigen FBI. Es war das erstemal nach dem Treffen im Hotel, daß sie ihn wiedersah. Wo hatte er gesteckt?

«Ja?» erwiderte sie.

«Diese Herren sind die Agenten Grove und Daly vom Justizministerium.» Er verließ das Büro und schloß die Tür.

Sie wartete, daß die beiden etwas sagten, aber die waren damit beschäftigt, sich Stühle zurechtzurücken und nach Papieren in ihren Aktentaschen zu kramen. Sie kamen ihr irgendwie bekannt vor. Elizabeth war ihnen vermutlich mehrmals in den Gängen und Hallen des Ministeriums begegnet. Sie lächelte und sagte: «Was kann ich für Sie tun?»

Grove antwortete: «Miss Waring, wir kommen von der Abteilung Innere Sicherheit. Wir möchten Ihnen ein paar Fragen stellen.»

Sie hatte Mühe, das Lächeln zu halten, wußte, daß es nur noch hohl wirkte. «Sicher. Und worum geht es?»

Daly, ein untersetzter Mann mit dicker Brille und kurzgeschnittenem Haar, begann als erster. «Es geht um den Zwischenfall in Sachen Fieldston Growth Enterprises. Bitte setzen Sie sich.» Es klang freundlich und beruhigend wie fast immer bei Männern, die untersetzt waren und dicke Brillen trugen.

Grove räusperte sich, und Elizabeth wurde plötzlich klar, daß diese Befragung für sie sehr unangenehm werden würde. Den beiden Männern war die Sache ausgesprochen peinlich. «Nach Ihrem besten Wissen und Gewissen: Wer wußte, daß man Ihnen den Auftrag erteilt hat, der Fieldston Growth Enterprises einen Durchsuchungsbefehl vorzulegen?»

«John Brayer natürlich», antwortete sie. «Das FBI. Zwei Prüfer des FBI sollten den Durchsuchungsbefehl vollziehen, aber ich habe sie unglücklicherweise nicht getroffen. Und vermutlich der Leiter des FBI hier, der Mann, der eben da war. Außerdem zwei oder drei Beamte, die das Gebäude der FGE beobachten sollten.» Grove kritzelte etwas auf einen gelben Notizblock.

«Wer noch?» Er schien die Antwort darauf zu kennen.

Sie überlegte. «Der Richter, der den Befehl ausgestellt hat, und vermutlich seine Mitarbeiter.»

Er wiederholte: «Wer noch?»

«Niemand, von dem ich wüßte.»

Jetzt meldete sich Daly zu Wort. Er schaute sie entschuldigend an durch die Brillengläser, die seine Augen vergrößerten – große, traurige Hundeaugen. «Bitte versuchen Sie sich genau zu erinnern, Miss Waring.» Es schien ihm äußerst wichtig zu sein. «Haben Sie es irgend jemandem gegenüber erwähnt? Haben Sie vielleicht mit Ihrer Familie darüber gesprochen, mit Ihrem Freund?»

«Nein, natürlich nicht», sagte sie. «Ich habe mit niemandem darüber gesprochen.»

Er lächelte. «Alle, die wie wir im Außendienst tätig sind, haben täglich mit Hunderten von Details zu tun, und manche davon sind ziemlich brisant. Wir würden natürlich niemals bewußt irgend etwas enthüllen, aber manchmal machen wir –» Er legte eine Pause ein. «Wir begehen Fehler. Wir machen manchmal Pläne, die aufgrund unserer Verantwortung gegenüber der Justizbehörde nicht durchgeführt werden können.» Worauf, um alles in der Welt, wollte er hinaus?

Er lächelte wieder. «Sie wissen schon ... Es könnte sein, daß Ihr Boss, Mr. Brayer, Sie anruft, und Sie müssen deshalb eine Verabredung absagen. Meine Frau hat sich an solche Dinge gewöhnt, aber glauben Sie mir, es hat viele Jahre gedauert.» Er kicherte.

 Sie sah, worauf es hinauslief, mußte sich jedoch zurückhalten. Er sagte: «Sie rufen Ihren Freund an und sagen: ‹Tut mir leid, ich kann nicht kommen. Ich muß einen Durchsuchungsbefehl vollstrecken!›»

Elizabeth antwortete kalt: «Ich sagte Ihnen soeben, daß ich mit niemandem darüber gesprochen habe. Und ich verfüge über ein hervorragendes Gedächtnis. Sagen Sie mir jetzt, worauf Sie hinauswollen.»

Diesmal antwortete Grove. Er war ein großer Mann, etwa fünfzig Jahre alt, mit kleinen, scharfen Augen und einem breiten, ausdruckslosen Gesicht. «Wir sind hier, um herauszufinden, warum die Leute, die Sie überprüfen sollten, offensichtlich im voraus wußten, was Ihre Behörde vorhatte. Ihre Vorgesetzten halten Sie für klug und scharfsinnig, Miss Waring. Daher bin ich sicher, daß Sie sich das selbst auch schon überlegt haben.»

«Ja», gestand sie ein. Es hatte sie, genau gesagt, in der letzten Nacht bis zwei Uhr wachgehalten, aber das wollte sie den beiden nicht mitteilen.

Groves Ausdruck änderte sich nicht. Er sagte: «Nun, Mr. Connors hat sich ebenfalls diese Frage gestellt. Und er hat uns gebeten, das Problem zu untersuchen.»

Sie fragte sich, ob sie sich noch lange beherrschen würde. In ihrem Kopf begann es deutlich zu pochen. «Also fragen Sie mich.»

Er nickte. «Ja, also fragen wir Sie.»

Sie erwiderte leise: «Aber ich weiß es nicht. Man hat mir lediglich den Auftrag erteilt, und als ich von zwei Agenten angerufen wurde, die vermutlich keine Agenten waren, habe ich den Durchsuchungsbefehl überreicht. Ich habe mit niemandem darüber gesprochen.»

Daly sagte: «Können Sie uns irgendwelche Hinweise geben, Miss Waring?» Das war es also: die Möglichkeit, als anonymer Ankläger aufzutreten. «Wir kommen bedauerlicherweise nicht voran.» Die Methoden einer solchen Befragung waren immer die gleichen.

«Nein», sagte sie. «Ich weiß nur, daß ich nicht diejenige gewesen sein kann. Ich habe keine Ahnung, woher sie wußten, was sie zu tun hatten – und wann. Es könnte sein, daß sie selbst draufgekommen sind. Ich war schließlich der Agent, der sich nicht tarnte. Ich hatte das Büro der FGE bereits am Vortag besucht und war zu keinem Ergebnis gekommen. Der nächste logische Schritt war, die Bücher zu überprüfen. Vielleicht haben sie eins und eins zusammengezählt.» Die beiden waren bereits aufgestanden und hatten ihre Notizblöcke weggesteckt.

Elizabeth war plötzlich verzweifelt. Sie wußte, daß es zu ihrem Handwerk gehörte, daß sie darauf trainiert waren, Personen so weit zu bringen, daß sie ihnen alles mögliche verrieten. «Einen Moment noch», sagte Elizabeth. «Wen verhören Sie noch in diesem Zusammenhang?»

Daly wandte sich ihr mit einem Ausdruck von fröhlicher Zuversicht zu. «Alle in Frage kommenden Agenten, würde ich sagen. Den Richter und seine Mitarbeiter. Fehlt uns noch jemand?»

«Nein, ich glaube nicht.» Während sie ihnen nachsah, wie sie hinausgingen, bedauerte es Elizabeth, irgend etwas gesagt zu haben. Sie schloß die Tür und wählte die Nummer von Brayers Zimmer im *Sands*. «John», sagte sie, «ich bin gerade von zwei Männern gegrillt worden, die –»

Er unterbrach sie. «Ich weiß, ich weiß. Innere Sicherheit. Lassen Sie sich deshalb keine grauen Haare wachsen. Die suchen nur nach einer undichten Stelle.»

«Ich weiß, daß sie nach einer undichten Stelle suchen», antwortete sie frustriert. «Aber ich bin nicht diese Stelle.»

«Nein», bestätigte ihr Brayer, «und ich auch nicht. Aber auch ich mußte das über mich ergehen lassen, genau wie jeder andere.»

«Dann war es nicht deshalb, weil ich diejenige war, die –»

«Nein, verdammt noch mal», sagte er. «Also vergessen Sie es. Hier geht einiges vor sich, und ich habe in den nächsten Stunden kaum Zeit, Ihnen das Händchen zu halten. Zurück an die Arbeit.»

«Was geht denn vor?» fragte sie.

«Noch mehr Morde.» Und er legte auf.

Elizabeth saß da, den Telefonhörer in der Hand. Die Außenstellenberichte lagen noch so auf dem Tisch, wie sie sie zur Seite gelegt hatte, um für die Leute von der Inneren Sicherheit Platz zu schaffen. Noch mehr Morde! Brayer hatte Morde gesagt. Das ließ diese Außenstellenberichte überholt erscheinen. Mehr als die Hälfte waren über zwölf Stunden alt. Seit zwei Tagen bemühten sich die Capos, ihre Deckungen aufzubauen. Inzwischen konnten einige von ihnen an jeder Stelle des Globus sein – nach zwölf Stunden konnte sich ein Mann wie dieser Tony Damon bereits in Hongkong aufhalten. Oder er konnte tot sein. Aber Elizabeth hatte die Aufgabe, diese Berichte auszuwerten, und der einzige Weg, Brayers Gunst zurückzuerobern, bestand darin, genau das zu tun, was er anordnete. Und er hatte ihr befohlen, die Berichte zu analysieren. Aber woher wußte Brayer eigentlich, daß es weitere Morde gegeben hatte? Sie nahm rasch den Stapel von Berichten und blätterte ihn durch. Sie lauteten fast alle gleich. Es gab keinen Hinweis auf eventuelle Morde darin, im Gegenteil: Was sie in der Hand hatte, waren die individuell verschiedenen

Aussagen darüber, daß im Augenblick nichts geschah. Wenn es also Morde gegeben hatte, konnte das Brayer nicht von den Außenstellen erfahren haben, denn sobald diese Berichte eintrafen, wurden sie an jeden verteilt, der mit dem Fall beschäftigt war. Plötzlich setzte ihr Herz einen Schlag lang aus. O Gott, dachte sie. War es der Fehler oder der Verdacht, daß sie eine undichte Stelle darstellte?

Elizabeth saß noch einen Augenblick lang wie erstarrt da, dann merkte sie, daß sie noch immer den Hörer in der Hand hatte, und legte ihn auf die Gabel. Sie dachte die ganze Sache noch einmal durch. Nein, es war nicht Brayers Art, jemanden von einem Fall abzuziehen, ohne ihn darüber zu informieren. Er würde sie nicht in einem ruhigen Büro festhalten mit einem Stapel überholter Berichte, um sie aus dem Weg zu haben, während andere die brisanten Dinge erledigten – oder doch? Aber warum hatte er ihr dann nicht gesagt, was vor sich ging? Dann fiel es ihr ein: Es gab noch eine andere Möglichkeit, und zwar, wenn die Morde hier am Ort stattgefunden hatten. Die Außenstellenleute berichteten dann direkt ihrem hiesigen Einsatzleiter. Und der Einsatzleiter war zugleich der Leiter der Abteilung – John Brayer.

Es gab eine Möglichkeit, das herauszufinden. Wenn die Agenten im Außendienst waren, würde der Einsatzleiter den Bericht an das Büro des FBI weitergeben, selbst wenn John Brayer der Einsatzleiter war. Und wenn Brayer den Bericht ans FBI weitergegeben und ihr verheimlicht hatte, dann hatte sie, verdammt noch mal, das Recht, die Gründe für sein Verhalten zu erfahren.

KAPITEL 25

Die Scheinwerfer des Wagens warfen ein helles Lichtband auf die dunklen Felder von Illinois, und der Wagen schien es einholen zu wollen, ohne es je zu erreichen.

Er fuhr schweigend dahin, in äußerster Konzentration. Er wußte, daß er es herausfinden mußte, aber wie er die Tatsachen auch drehte und wendete, es gab immer etwas, was er nicht einpassen konnte in seine Theorien. Und das war überaus gefährlich.

Maureen sagte: «Ich habe dich nicht verpfiffen.»

«Hm?»

«Ich sagte, ich habe ihnen nicht erzählt, wo du bist.» Ihre Stimme, die aus dem Dunkel kam, klang ängstlich. Kein Wunder.

«Oh, mach dir keine Sorgen», sagte er. «Das heißt, du mußt dir Sorgen machen genau wie ich, aber nicht darüber. Ich weiß, daß du das nicht getan hast. Es wäre möglich, daß du versucht hast, mich zu verraten, und dann in Panik geraten bist, als dir klar wurde, daß sie dich auch umlegen würden. Aber sie sind nicht so dumm, ein bekanntes Gesicht zu schicken. Es sei denn, sie wußten nicht, wo ich bin. Du hast deine Sache gut gemacht. Dein Honorar hat sich verdoppelt.»

Er fühlte in der Dunkelheit, daß die Spannung sie allmählich losließ – eine Spannung, die sie seit einiger Zeit in ihrer Gewalt gehabt hatte. Wie dumm, dachte er, von uns beiden: von ihr, daß sie Angst hatte, und von mir, daß ich sie einfach neben mir sitzen ließ, ohne davon Notiz zu nehmen. Und die Pistole, die sie in Reichweite ihrer Hand gehabt haben mußte, würde jetzt wohl verschwinden. Sie würde es mich nicht merken lassen, würde es sogar ableugnen, aber ich weiß, daß sie die Pistole bei sich hat. Wahrscheinlich unter ihrem Rock, zwischen den Beinen.

«Und was jetzt?» fragte sie.

«Jetzt sitzen wir erst einmal dick in der Tinte», antwortete er. «Kannte der Alte unsere Tarnung?»

«Ja», sagte sie. «Aber er hat sie bestimmt nicht verraten. Erstens würde er das nicht tun. Außerdem hätte er nie sicher sein können, ob sie uns beide erwischen.»

«Vermutlich hast du recht», sagte er. «Aber die Tarnung ist jetzt jedenfalls nichts mehr wert. Wir müssen als erstes den Wagen loswerden.»

Sie schwieg, und er begann sich wieder zu konzentrieren. Etwas war im Gange. Er mußte an das Staunen auf Crawleys Gesicht denken, als er getroffen wurde, am Fußende des Betts in dem Motelzimmer. Aber er durfte sich nicht ablenken lassen. Crawley war Balas Werkzeug. Was hatte er in Chicago zu suchen? Chicago war das Gebiet von Toscanzio. Es war Toscanzios Sache, den Mann zu erwischen, der Castiglione umgelegt hatte, solange er sich in Illinois aufhielt. Nein, es hätte auf keinen Fall Crawley sein dürfen – sie würden niemals einen Außenseiter anheuern für den Mann, der Castiglione erwischt hatte. Es hätten Toscanzios Söldner sein müssen, vielleicht sogar ein halbes Dutzend. Und sie hätten sich nicht leise eingeschlichen. Sie wären hereingebrochen in den Raum und hätten ihn vernichtet, hätten das ganze Motel in die Luft gesprengt, wenn es nötig gewesen wäre. Es ergab einfach keinen Sinn – es sei denn, der Mord an Castiglione hatte so verheerend gewirkt … Er lächelte ein wenig. Keine Frage, diese Schweinehunde gingen sich jetzt gegenseitig an die Kehlen.

«So sah er aus, als wir ihn fanden, Miss Waring. Wir haben ihn keinen Zentimeter von der Stelle bewegt, wegen – wegen der Art, wie es geschehen ist.»

«Ich verstehe», sagte Elizabeth. Sie ging zur Vorderseite des Geschenkladens, wo das andere Opfer gestanden hatte, das Mädchen. Sie trat hinter die Kasse und musterte von dort den ganzen Raum. Von der Kasse konnte man die Ankleidekabinen nicht sehen. Die großen Regale mit Porzellan in der Mitte des Raums waren zu vollgepackt: Kaffeetassen, auf denen *Las Vegas* stand, zwei Würfel daneben, Aschenbecher, die wie Rouletteschüsseln aussahen. Die Killer hatten wahrscheinlich hinter dem Kleiderständer auf der Rückseite gestanden. Die verkaufsträchtigsten Waren befanden sich überwiegend im vorderen Teil des Geschenk- und Andenkenladens: Schmuck, kleine handgeschnitzte Figurinen und natürlich auch der Kitsch, der es nicht wert war, gestohlen zu werden. Im hinteren Teil befanden sich die größeren Gegenstände, die Kleidung und die importierten Couchtischchen. An der Wand war ein runder, konvexer Spiegel befestigt, aber das Mädchen an der Kasse konnte auch damit nicht hinter das Regal mit Jacken und Mänteln sehen. Gott, was für ein Geschäft! Ein Kleiderständer mit Pelzmänteln, Zobel und Nerz und Silberfuchs, keiner weniger als siebentausend Dollar wert, und daneben ein Regal mit T-Shirts. Für jeden etwas.

Der Leichnam des Mädchens war abtransportiert worden, aber die üblichen Kreideumrisse befanden sich noch an der Stelle, wo sie auf den Teppich gefallen war. Nicht, daß man sie gebraucht hätte. Es war überraschend, wieviel Blut ein Mensch in sich hatte.

«Miss Waring, wir sind jetzt soweit, ihn wegzubringen.»

Okay. Eine letzte Möglichkeit. Es würde wahrscheinlich nichts bringen, es sei denn ein weiteres Bild für künftige Alpträume. Aber man mußte es gesehen haben. Mußte es immer selbst gesehen haben, weil es ja möglich war, daß die Täter einen Fehler gemacht hatten, zu selbstsicher waren oder sich durch ihren Hang zum Dramatischen in Schwierigkeiten brachten. Sie verließ die Verkaufstheke und ging an den Regalen mit Souvenirs vorbei auf die Umkleidekabinen zu.

Der Polizeilieutenant wartete auf sie. Er zog den Vorhang auf und trat zurück. Ein Gentleman, dachte sie. Absurd. Dann starrte sie den Toten an. Er saß auf dem Bänkchen, lehnte in der Ecke der kleinen Kabine, und sein Kopf war zur Seite gekippt, als wollte er über seine eigene Schulter schauen. Sie sah das Gesicht im Spiegel: die offenen Augen hervorgetreten, ein T-Shirt als Knebel im Mund. Schwer zu sagen, wie er ausgesehen haben mochte, als er noch lebte. Er war ziemlich groß und kräftig: dreiundfünfzig Jahre alt, hieß es, aber mit breiten Schultern und einem riesigen Brustkasten. Sie schaute hinunter auf seine Taille. Kaum ein Fettansatz – er hatte sich gut gehalten. Sicher nicht leicht, einen solchen Mann in ein belebtes Andenkengeschäft zu kriegen und ihn dort zu erledigen. Man hatte ihn erwürgt und ihm dabei auch noch das Genick gebrochen. Sie schaute hinunter auf seine Schuhe, aber ihr Blick kam nicht am Unterleib vorbei, ohne darauf zu verweilen. Aus irgendeinem Grund war das der schrecklichste Teil dieses schrecklichen Anblicks. Der grauenvolle Witz.

Die Porzellanfigur eines kleinen Häschens steckte in seinem offenen Hosenlatz, so daß nur Kopf und Schultern sichtbar waren, und das kleine Gesicht grinste schüchtern ins Leere. Sie schaute hinunter auf die Schuhe: auf Hochglanz poliert, ohne Anzeichen eines vorausgegangenen Kampfes. Was war das für ein Leder? Eidechse. Also mindestens zwei- bis dreihundert Dollar, dachte Elizabeth.

Paßt zum Anzug. Sie wußte nicht, was Herrenkleidung zur Zeit kostete, aber dieser Anzug war teuer, das konnte man deutlich sehen.

«Wissen Sie, was er getan hat?» fragte sie.

«Getan?» wiederholte der Lieutenant.

«Ja», bestätigte sie. «Womit er seinen Lebensunterhalt verdient hat.»

Der Lieutenant zuckte mit den Schultern und ließ den Vorhang vor dem Leichnam fallen. «Nicht so richtig. Ferraro war aus New York, und die Auskunft der dortigen Polizei hat uns nicht viel geholfen. In der ersten Antwort hieß es lediglich, er sei möglicherweise einer von der Mafia. Als sie uns dann das Strafregister schickten, stellten wir fest, daß er zuletzt neunzehnhundertachtundfünfzig vor Gericht gestanden hat, wegen Raubüberfalls. Seitdem nichts von Bedeutung, es sieht aber so aus, als ob er seit damals ein paar Stufen höher geklettert wäre.» Er nickte, und die Sanitäter betraten die Ankleidekabine, um den Toten zu ihrem Wagen hinauszutragen.

«Und was ist Ihrer Meinung nach dem Mädchen passiert?» fragte Elizabeth.

«Schwer zu sagen», antwortete er. «Ich nehme an, daß sie etwas gesehen oder gehört hat und auf die Kabinen zugegangen ist. Aber es könnte durchaus sein, daß sie sie ebenfalls erledigen wollten. Sie wurde immerhin mit vier Schüssen getötet. Die Waffe muß mit einem Schalldämpfer versehen gewesen sein, weil niemand etwas gehört hat, und dies hier ist schließlich ein großes Hotel mit vielen Leuten.»

Es spielte keine Rolle, Elizabeth wußte es. Brayer hatte recht gehabt. Das Mädchen war vermutlich erschossen worden, weil es ihre Gesichter gesehen hatte. Es mußten zwei gewesen sein. Und es kam ihnen nur auf Ferraro an.

Aber warum in einem Souvenirladen, im Tiefgeschoß des *MGM Grand Hotel*? Sie blickte durch die Schaufenster hinaus auf die Leute, die dort vorbeigingen. Es war nicht schwer, sich vorzustellen, wie sie es gemacht hatten: Sie waren hereingekommen, hatten ihre Arbeit verrichtet. Einer von ihnen hatte vielleicht kurz an der Tür haltgemacht, um das Schild GESCHLOSSEN daranzuhängen und den Vorhang zuzuziehen. Ein paar Minuten später waren sie einfach hinausgegangen und im Strom der Gäste untergetaucht. Es hätte stundenlang dauern können, bis jemand versuchte, die Tür zu öffnen, oder bis man sich wunderte, warum ein Geschenkladen an einem Mittwochvormittag um halb elf geschlossen war. Aber der Grund für diese Tat? Die einzige mögliche Antwort darauf war, daß Brayer recht zu haben schien. Es war ein Kampf um die Vorherrschaft, und das Eröffnungsambit mußte so aussehen: eine Abschreckungstaktik, mit der jede Seite der anderen klarmachte, daß es besser war, sich zu unterwerfen. Es sollte heißen: Wir können euch jederzeit und überall fertigmachen.

Er kehrte zum Wagen zurück und wickelte die Geldbündel sorgfältig in die Zeitung ein, so daß daraus ein ordentliches, rechteckiges Päckchen entstand. Dann schlang er die Banderole um die Zeitung, steckte sie in die gepolsterte Versandtasche und verschloß diese. Maureen schaute erst zu, sagte aber nichts und blickte dann hinaus auf den großen Parkplatz, während er noch beschäftigt war. Als er fertig war, stieg er aus dem Wagen aus, ging zum Postamt zurück, schrieb mit großen Buchstaben «Postfach 937, Tonawanda, New York 14150» aufs Päckchen und warf es schließlich in den Postkasten.

Als er wieder im Wagen saß, sagte Maureen: «Ist es das, worum es die ganze Zeit geht?»

Er ließ den Motor an und fuhr hinaus auf die Straße. «Was meinst du damit?» fragte er.

«Du sammelst deine Nesteier, nicht wahr?»

Er nickte. «Das gehört dazu.»

«Und du schickst sie irgendwo hin.»

«Das kann ich nicht leugnen. Ich muß mit leichtem Gepäck reisen. Und?»

«Nichts und», sagte sie. «Ich hoffe nur, daß du nicht einer von denen bist, die irgendwo eine Frau oder eine Freundin sitzen haben, die darauf wartet, diese Sendungen in Empfang zu nehmen.»

Er grinste und fragte dann: «Maureen, bist du eifersüchtig? Ich meine, du bist eine wunderbare Frau und hervorragend im Bett, aber – ich bitte dich!»

«Das habe ich nicht gemeint, und das weißt du genau», fuhr sie ihn an. «Ich meinte, wenn du das Geld irgendwo hinschickst, wo es nicht sicher ist, will ich das wissen. In diesem Fall will ich nämlich jetzt sofort mein Geld haben, weil ich dann aussteige. Wenn es jemanden gibt unter dieser Adresse, dann fangen sie das Geld ab, und außerdem wissen Sie dann, wo es abgeschickt wurde.»

Er schaute sie an. Sie erwiderte den Blick, und ihre Halsmuskeln waren angespannt. «Beruhige dich», sagte er. «Die Adresse ist ein Postfach. Ich habe es schon einige Zeit, habe mehrere davon, überall verstreut. Manche habe ich für Kontakte mit Leuten benutzt, die mir einen Auftrag anbieten wollen. Manche benutze ich als Adressen für meine Decknamen: Dorthin lasse ich mir die Rechnungen für die Kreditkarten schicken, die Erneuerung des Führerscheins und so weiter. Und natürlich steht jemand hinter all diesen

Schließfächern – ich. Diese Adresse ist ein Versteck für mein Geld. Ich habe sie erst dreimal benutzt, in drei Jahren. Ich habe die Adresse niemandem verraten, und niemand weiß auch nur, daß ich jemals dort gewesen bin. Ist das sicher genug?»

Maureen gab zunächst keine Antwort, sondern starrte nur geradeaus, hinaus auf die Straße. Dann hellte sich ihre Miene auf, und sie sagte: «Du warst auch nicht gerade schlecht im Bett. Nichts Ungewöhnliches, aber ganz anständig.»

«Heißt das, die Sache ist erledigt?»

Sie schaute ihn überrascht an. «Was ist erledigt?»

«Nun, wir sehen, daß wir diesen Wagen loswerden, vergessen Mr. und Mrs. Prentiss und verschwinden in die untergehende Sonne. Wir machen einen großen Satz und tauchen dann für eine Weile unter.»

Sie schafften Peoria bis zwei Uhr nachmittags. Diesmal fuhr Maureen mit dem Wagen um den Block und wartete, während er in die Bank ging. Das Geld paßte nicht in den Aktenkoffer, deshalb mußte er die restlichen Bündel in seine Taschen stecken. Das sollte jetzt reichen, sagte er sich. Er hatte Sparkonten bei sieben Banken in verschiedenen Teilen des Landes, aber die konnten warten. Keines dieser Konten war so groß, daß es ihm gefährlich werden konnte, und das Geld würde dort bleiben, bis man es sicher in kleinen Summen auf das Konto seiner nächsten Identität überweisen konnte. Inzwischen würden sich sogar Zinsen ansammeln. Wenn er es noch ein paar Jahre liegenließ, würde es sich verdoppelt haben.

Die Proportionen stimmten. Er hatte mindestens achthunderttausend Dollar auf diesen Konten, dreihunderttausend in seinem Postfach und zweihunderttausend bei sich, als er die Straße überquerte. Er konnte warten. Konnte warten, bis Toscanzio und Balacontano und die anderen gestorben waren oder sich nach Italien zurückgezogen hatten, bis Little Norman und alle anderen, die ihn gekannt hatten, tot und vergessen waren. Denn er brauchte nicht mehr zu arbeiten. Er war ein reicher Mann. Er konnte in den Tag hineinleben. Und jeder Tag, den er sich erkaufte, ließ es zweifelhafter erscheinen, daß ihn die Italiener noch finden würden. Von Tag zu Tag würde er ihnen weniger gefährlich vorkommen, und jeder Tag würde ihnen etwas Neues bringen, an das sie lieber dachten, weil für sie ein Profit damit verbunden war. Eines Tages würden sie ihn ganz vergessen haben. In fünf Jahren würde er eines von jenen Problemen sein, die sich von selbst gelöst haben. In zehn Jahren würde man kaum noch jemanden finden, der sich erinnern konnte, ob man ihn denn nun aufgespürt und umgelegt hatte oder nicht. Crawley war einer Ahnung nachgegangen, hatte in Detroit auf ihn gewartet und war ihm dann gefolgt. Er selbst hätte es ähnlich gemacht. Ein Trottel, der verschwinden mußte, würde versuchen, irgendwo hinzufliegen, einfach weit weg, in eine Gegend, wo er nie zuvor gewesen war; aber man konnte damit rechnen, daß ein Profi an einem ihm vertrauten Ort untertauchen würde. Doch Crawley war tot. Das einzige, das ihm jetzt noch Sorgen machte, war die Tatsache, daß Crawley den Wagen gesehen hatte und daß es ihm gelungen war, ihn auf dem Parkplatz des Motels außerhalb von Chicago wiederzufinden. Crawley hatte nie besonders viel Glück gehabt – sollte es ihm diesmal ohne Hilfe gelungen sein?

Er stand vor der Bank und wartete auf den Wagen. Maureen würde so lange um den Block kreisen, bis sie ihn entdeckte. Der Verkehr hier im Zentrum ist dicht, überlegte er. Es konnte noch ein paar Sekunden dauern, bis sie wieder auftauchte, deshalb beobachtete er die Leute auf der Straße. Keine schlechte Idee, sich die Zeit zu vertreiben, dachte er. Es gab viele Leute, die herumstanden, auf Busse, Freunde oder Bekannte warteten. Er wußte, daß er sich kaum von der Masse der Leute unterschied, wenn man sie als Gruppe betrachtete. Er trug ein Sportjackett und hatte einen Aktenkoffer in der Hand. Der einzige Unterschied war, daß sein Koffer vollgestopft war mit Geld.

Er bemerkte sogar zwei, die wesentlich verdächtiger aussahen als er. Einer war ein kleiner, dunkelhäutiger Mann mit lockigem Haar, der an der Straßenecke gegenüber stand. Er hatte einen grauen Anzug mit Weste an und hielt eine Aktentasche in der Hand. Er wartete nicht auf einen Bus, denn er stand direkt an der Ecke. Jedesmal, wenn die Ampel die Farbe wechselte, eilte eine Herde von Menschen über die Straße, aber er war nie unter ihnen. Er blieb stehen. Und worauf er auch warten mochte – er wirkte keineswegs ungeduldig, schaute nie auf seine Uhr und auch nicht die Straße entlang, um zu sehen, ob der oder die schon auf ihn zukam. Vielleicht war er einfach zu früh dran. Der andere Mann stand etwa dreißig Meter von der Ecke entfernt vor dem Schaufenster eines Reisebüros. Er wartete auch auf jemanden, aber er wurde allmählich nervös. Man konnte es daran erkennen, daß er lange in das Fenster starrte, so wie Leute, die glaubten, sie würden bereits die Aufmerksamkeit der anderen auf sich lenken. Sie meinten, irgend etwas tun zu müssen, um unbeachtet zu bleiben. Die Leute könnten ja sagen: Schaut euch den Kerl da an! Wartet schon seit zwanzig Minuten. Sie hat ihn versetzt, und er ist zu blöd, um es zu kapieren. Armer Teufel!

Wo, verdammt, war Maureen? Sein Zeitgefühl mußte

durcheinandergeraten sein, denn er glaubte, schon lange genug hier zu stehen, daß sie zweimal um den Block hätte herumfahren können. Aber es konnte keine Schwierigkeiten geben, keine ernsthaften zumindest. Er war über ein Jahr lang nicht mehr in Peoria gewesen. Es gab niemanden, der auch nur ahnen konnte, daß er hier einen Teil seiner alten Honorare abholen kam. Eines jedenfalls würden sie nicht von ihm annehmen: daß er sich Geld beschaffte. Vor nicht einmal einer Woche hatten sie ihm schließlich zweihunderttausend Dollar gegeben. Aber womit hielt sich Maureen so lange auf? Wenn sie sich nicht doch noch entschlossen hatte, ihn zu verraten, jetzt, wo sie sich getrennt hatten und er allein geschnappt werden konnte ... Nein, das paßte einfach nicht zu ihr. Sie würde erst einmal auf die Vierzigtausend warten, die er ihr versprochen hatte, weil sie nicht wußte, daß er ihnen viel mehr wert war, nicht nach dem, was er ihr erzählt hatte. Also, wo war sie?

Allmählich fühlte er ein Prickeln am Hinterkopf. Natürlich war er ziemlich ungeschützt hier auf der Straße. Er mußte aber stehenbleiben, so lange es auch dauerte. Es gab keinen Plan für die Möglichkeit, daß einer von ihnen in Schwierigkeiten geriet. Er war höchstens zehn Minuten in der Bank gewesen – was konnte es in der Zeit für Probleme gegeben haben? Aber es mußte eines geben. Und er stand da, mitten auf dem Gehsteig, hatte nicht einmal eine Schußwaffe. Man ging nicht mit einer Schußwaffe auf die Bank, das war das Risiko nicht wert.

Plötzlich sah er den Wagen um die Ecke biegen. Er fühlte, wie sich seine Muskeln am Hals und den Schultern entspannten. Jetzt konnte er auch Maureen hinter dem Lenkrad erkennen, und sie kam auf ihn zu. Alles war in Ordnung. Er dachte: Wenn sie irgendwo gehalten hatte, um sich eine neue Strumpfhose zu kaufen oder was auch immer, würde sie ganz schön was zu hören bekommen. Als sich der Wagen näherte, ging er einen Schritt weiter auf die Straße zu.

Der Wagen hielt nicht an. Maureen schaute nicht einmal in seine Richtung, sondern fuhr einfach an ihm vorbei und verlangsamte nicht die Fahrt. Seine geübten Reflexe reagierten automatisch, und er machte noch einen Schritt auf den Randstein zu. Dann schaute er in die Richtung, aus der Maureen gekommen war, so als hätte er sie gar nicht gesehen. Er überlegte krampfhaft. Sie hatte etwas gesehen und war vorbeigefahren, um ihn zu warnen.

Sie wurde verfolgt. Das mußte es sein. Sie hatte ihn in der relativen Sicherheit auf dem Gehsteig stehenlassen, anstatt anzuhalten und ihn einsteigen zu lassen, was weit gefährlicher gewesen wäre. Jemand verfolgte sie, und sie nahm an, daß erst dann etwas passieren würde, wenn er in den Wagen eingestiegen war, wenn sie beide im Wagen waren. Also mußte es doch der Wagen sein! Crawley war nicht allein gewesen, und jemand hatte den Wagen ein zweitesmal erkannt. Jetzt würde sie einfach weiterfahren und die Beobachter irgendwo hinlocken müssen, bis sie sie entweder abgeschüttelt hatte oder bis die anderen gemerkt hatten, daß sie von ihr erkannt worden waren. Aber das bedeutete, daß sie Maureen weiterverfolgen würden, bis sie ihn gefunden hatten, oder daß sie sich Maureen schnappen und ihr Fragen stellen würden. Daran wollte er gar nicht erst denken. Sie würde ihn verraten. Seine Vierzigtausend waren keinesfalls das wert, was sie ihr antun würden. Nichts war das wert.

Also hatte er – was? Fünf Minuten? Fünfzehn, wenn sie ihm Vorsprung verschaffen wollte. Er schaute auf seine

Uhr, dann ging er los. Das Wichtigste war jetzt, so schnell wie möglich von der Straße zu verschwinden. Er wünschte, Peoria hätte eine Untergrundbahn gehabt. Ein Taxi würde auch reichen, dachte er, aber er sah keines. Ein Bus? Nein, zu gefährlich. Wenn ihn jemand einsteigen sah, hatte er auch die Nummer des Busses und wußte, wo die Fahrt hingeht. Er ging schneller, glich seine Schritte denen der eiligen Passanten an. Allmählich wurde ihm kalt. Er hoffte, daß man es nicht sehen konnte. Ein Geschäftsmann würde nicht so lange auf der Straße herumstehen, bis ihm kalt geworden war.

Auf der anderen Straßenseite war ein Kaufhaus der Firma Sears. Das schien ihm noch die sicherste Zuflucht zu sein. Er blieb an der Ecke stehen und wartete darauf, daß die Ampel auf Grün schaltete. Dann sah er den Mann. Es war der Kleine in dem grauen Westenanzug. Er war auf der anderen Straßenseite von der letzten Ecke bis zu dieser gegangen.

Nun schaute er sich um, ob er auch den zweiten Mann sehen konnte. Vielleicht den, der das Schaufenster des Reisebüros so eingehend betrachtet hatte? Aber er sah niemanden, der ihm bekannt vorkam. Der Mann im grauen Anzug schaute zu ihm herüber.

Er ging weiter. Der Mann im grauen Anzug setzte sich ebenfalls in Bewegung, ging in dieselbe Richtung, auf der anderen Straßenseite. So also war es gedacht! Der Mann in Grau trieb ihn vorwärts.

Er schaute nicht nach hinten, wußte aber, daß ihm jemand folgte, in einiger Entfernung, damit er nicht ausgemacht werden konnte. Wenn er das Kaufhaus betrat – um so besser für die Verfolger. Dann hatten sie Zeit, sich gut
 vorzubereiten, während er drinnen auf eine Chance war-

tete, die vielleicht nie kommen würde. Er kannte die Strategie – aber sie hatte einen schwachen Punkt. Sie war davon abhängig, daß der Gejagte wartete, bis er kaum noch eine Chance hatte. Die Verfolger trieben ihn der Falle zu, schlossen dabei immer näher auf, bis es zu spät für das Opfer war, auszubrechen, weil einer von ihnen immer nahe genug war, um es töten zu können. Also mußte er jetzt versuchen auszubrechen.

Er schaute auf die Wagen, die langsam an ihm vorbeiglitten. Ein Taxi wäre ideal gewesen, aber das Glück war heute nicht auf seiner Seite. Dennoch mußte es etwas von der Art sein – ein Sprung, der ihn herauskatapultierte aus dem Dreieck, das immer enger zu werden drohte. Nur dann hatte er eine Chance. Er blieb vor der nächsten Ampel stehen und wartete. Das Licht wechselte, und die anderen überquerten die Straße, aber er wartete noch. Der Mann im grauen Anzug war gegenüber stehengeblieben, und derjenige, der hinter ihm war, würde jetzt rasch aufholen.

Wieder wechselte das Licht, und der erste Wagen, der anfuhr, war ein Volkswagen.

Er wartete auf den Kombi, der dahinter kam, dann versuchte er die Flucht. Er rannte vorwärts und sprang auf das lange, flache Dach, gerade in dem Augenblick, als der Wagen anfuhr. Der Fahrer schien gemerkt zu haben, daß irgend etwas passiert war, denn er versuchte zu bremsen, aber die anderen Wagen hupten wütend, so daß er wieder beschleunigte. Das Hupkonzert wurde lauter, weil die anderen Fahrer das Manöver auch beobachtet hatten und noch wütender geworden waren. Jetzt schien der Fahrer des Kombis anzunehmen, daß er etwas – jemanden? – überfahren hatte. Er scherte nach rechts aus, hielt an und stieg aus. Aber was er sah, ergab keinen Sinn. Ein Mann rannte weg und hatte etwas in der Hand – einen Aktenkoffer? Vielleicht. Das machte ihm weniger aus als die Vorstellung, er könnte jemanden überfahren haben. Er ging zu Fuß zurück bis zur Kreuzung. Mein Gott, dachte er, als er zwei Männer sah, die auf ihn zuliefen, es muß schlimm sein. Er hoffte nur, daß er kein Kind und keinen Arzt überfahren hatte. Wenn man ein Kind oder einen Arzt überfuhr, mußte man sein Lebtag lang dafür bezahlen. Als die beiden Männer an ihm vorbeisprinteten, empfand er eine große Erleichterung. Dann dachte er: O Gott, laß es keine schwangere Frau sein. Selbst ein Arzt wäre noch besser als eine schwangere Frau ...

KAPITEL 26

Der Nachmittag war anstrengend gewesen. Und zum erstenmal nicht deshalb, weil sie nichts wußten. Im Gegenteil: Nun hatten sie zu viele Informationen aus zu vielen Quellen. Es war genau, wie Brayer gesagt hatte: «Wir untersuchen nicht irgendeinen Kampf zwischen Gangsterbanden. Was wir da vor uns haben, ist ein Spaltungsprozeß in einer der größten Industrien der Vereinigten Staaten. Und dabei wissen wir noch nicht einmal, wonach wir suchen sollen. Ferraro wird in einem Geschenkladen umgelegt. Castiglione in seinem eigenen Haus. Einen Kerl namens Crawley erwischt es in einem *Holiday Inn* nahe Chicago – mein Gott, wir wissen ja noch nicht einmal, was er war und für wen er gearbeitet hat. Aber es befand sich eine Falle in der Dusche des Zimmers, in dem er erschossen wurde: Die Dusche stand unter Strom, und jede Berührung wäre tödlich gewesen ... Wir sehen nur die Morde. Aber woher wollen wir wissen, daß wir uns nicht viel mehr darum kümmern sollten, wenn die Eisverkäufer bei einem Baseballspiel in Cleveland keine

Lieferungen erhalten oder wenn eine Kette von Schuhgeschäften in Massachusetts pleite geht, weil ihnen die Banken plötzlich keinen Kredit mehr gewähren?»

Brayer hatte recht. Es war lächerlich. Die Abteilung für organisiertes Verbrechen beim Justizministerium bestand aus – wie vielen? Aus rund dreihundert Leuten? Und nun konnte man nicht einmal die Informationen sortieren, die stündlich eingingen, von jeder Dienststelle, die irgendwie mit der Mafia in Berührung gekommen war. Denn alle Mitarbeiter waren bereits eingesetzt.

Elizabeth ging durch das Casino auf den Korridor zu, wo sich die Aufzüge befanden. Als sie die Tür ihres Zimmers öffnete, gelang es ihr gerade noch, einen Schrei zu unterdrücken, aber nicht, den Schuß Adrenalin, der in ihre Adern gepumpt wurde. Sie fühlte ihre Schläfen pochen, als sie fragte: «Was haben Sie hier zu suchen?»

Grove drehte sich um. Er sagte leise: «Bitte kommen Sie rein und schließen Sie die Tür.»

Elizabeth ging hinein, legte aber ihre Handtasche nicht ab und blieb stehen. «Was haben Sie in meinem Zimmer zu suchen? Filzen Sie vielleicht mein Gepäck?»

«O nein, Miss Waring. Es geht nicht um Sie. Ganz und gar nicht. Wir sind aus einem anderen Grund hier.» Das sagte jetzt Daly.

Dann fuhr wieder Grove fort: «Wir sind hier, weil Ihr Telefon angezapft ist. Wir hatten ein Team hier drinnen, fast den halben Tag, das sich nach Wanzen umgesehen hat, aber das einzige, was sie entdeckten, war ein Leistungsabfall Ihres Telefons.»

Elizabeth ließ sich in den Stuhl neben den Tisch sinken. «Also haben Sie das Problem gefunden.» Es war keine Frage, sondern eine Feststellung. Sie war erleichtert. Die beiden Männer waren hier, um ihr mitzuteilen, daß man sie nicht mehr verdächtigte. Einen Augenblick lang fühlte sie fast so etwas wie Dankbarkeit, aber dann erschien ihr das doch ein wenig unpassend. «Haben Sie sich darum gekümmert?»

«Ja», sagte Daly, «wir haben es eindeutig festgestellt. Aber wir können nichts dagegen unternehmen. Wir wissen nicht, wo die Leitung angezapft wurde, und wir können nichts dagegen tun, ohne andere ...» er wartete, suchte nach dem richtigen Wort – «... ohne andere empfindliche Teile der Untersuchung zu gefährden.»

«Und was soll ich tun?» fragte Elizabeth.

«Nichts, was Sie sonst nicht ebenso tun würden», erwiderte Grove. Er schaute auf seine Armbanduhr und sagte dann zu Daly: «Es ist fast Viertel nach sechs.»

Daly wandte sich wieder an Elizabeth. «Miss Waring, in einer Minute wird Ihr Telefon klingeln. Gehen Sie an den Apparat und sagen Sie das, was Sie normalerweise auch sagen würden. Aber fragen Sie nicht nach mehr Informationen, als man Ihnen geben wird, und geben Sie selbst nichts preis.»

«In Ordnung», sagte Elizabeth. «Wer ruft mich denn an?»

«Mr. Connors», antwortete Grove. Das Telefon klingelte und Elizabeth zuckte zusammen. Das Ganze ging einfach zu schnell.

«Melden Sie sich», sagte Grove.

Elizabeth gehorchte. «Hallo?»

«Agent Waring?» Eine weibliche Stimme.

«Ja.»

«Bitte bleiben Sie am Apparat; ich verbinde Sie mit Mr. Connors.»

Connors meldete sich fast im selben Atemzug, und die Sekretärin war aus der Leitung. Elizabeth hatte das Gefühl, daß unzählige Leute dieses Gespräch mithörten. In Gedanken hakte sie diejenigen ab, von denen sie wußte: die Sekretärin, Daly und Grove, ein Team von Technikern, die versuchten, einem elektronischen Signal zu folgen, das ihnen verriet, wo ein paar Milliohm aus dem Stromkreis verlorengingen. Und natürlich diejenigen, die die Leitung angezapft hatten. Sie konnte sie sich nicht vorstellen, diese unsichtbaren Mithörer. Sie waren gesichtslos, man konnte nicht einmal ahnen, wie sie aussahen – da war nur das Gefühl, daß es jemanden gab, der sich zwischen sie und Connors eingeschaltet hatte, nicht atmete, sich nicht bewegte. Vielleicht war es nur ein Tonbandgerät. Connors sagte: «Miss Waring?»

«Ja, Sir?»

«Wir haben das schwache Glied in unserer Organisation entdeckt.»

Was sagte er denn da? Wollte er den Anzapfern verraten, daß die «Innere Sicherheit» ihnen auf die Spur gekommen war? Und warum sagte er das ausgerechnet ihr?

«Wirklich?» war alles, was sie herausbrachte.

«Ja, Sie haben richtig gehört. Und ich bin sicher, er wird uns alles sagen, was er weiß. Endlich haben wir die Chance, auf die wir so lange gewartet haben.»

Er? Eine Person? Sie sagte: «Das ist fabelhaft, Mr. Connors.» Sie wußte nicht, wie begeistert sie sein sollte, also versuchte sie, ihren Ton dem seinen anzupassen.

«Wir haben es so eingerichtet, daß er sprechen muß. Freiheit vor Verfolgung, Geld und persönlichen Schutz. Wenn er nicht redet, haben wir genug gegen ihn, um die Anklage zu eröffnen.»

«Das ist wundervoll», antwortete Elizabeth. Beinahe hätte sie ihn gefragt, was er als nächstes von ihr erwarte, aber dann erinnerte sie sich, daß Daly ihr geraten hatte, keine Fragen zu stellen. Dann sagte sie nur: «Danke, daß Sie mich darüber informiert haben.»

«Ist in Ordnung, Miss Waring. Sie können die Untersuchung von Ihrer Seite aus weiterführen, und wir bearbeiten den Rest von hier. Good-bye.» Er hatte aufgelegt.

Elizabeth legte den Hörer auf die Gabel. «Glauben Sie, das war lang genug?» fragte sie Daly.

Daly stand auf und ging zur Tür. «Das war sehr gut, Miss Waring», sagte er. Er schien zum Teppich zu sprechen.

«Aber ich habe immer gehört, daß es eine ganze Weile dauert, eine Anzapfstelle ausfindig zu machen – zehn oder zwanzig Minuten.»

Grove und Daly gingen auf die Tür zu, doch Elizabeth hielt sie auf. «Warten Sie», sagte sie. Es konnte nicht so sein, wie es den Anschein hatte, aber was war es dann? Und wenn nicht, was sollte der Unsinn mit dem angeblichen schwachen Glied? Sie sagte: «Erklären Sie mir, was hier eben vor sich gegangen ist. Sie suchen gar nicht nach einer Anzapfstelle, oder täusche ich mich? Es ist etwas anderes.»

Groves Ausdruck blieb gelassen. «Das stimmt. Wir lassen das Telefon so, wie es ist.»

Elizabeths Herz schlug heftig, und sie fühlte, wie es auch in ihren Schläfen wieder zu pochen begann. «Das ist es also», sagte sie.

Dalys Blick richtete sich auf ihr Gesicht und dann wieder auf den Teppich. «Es war notwendig», sagte er. «Es gibt eine schwache Stelle, davon sind wir überzeugt.»

«Und Sie haben sich entschlossen, denjenigen hochgehen zu lassen?»

«Stimmt», bestätigte Grove, «Sie haben Ihre Sache gut gemacht. Wir müssen wieder gehen und mit unserer Arbeit weitermachen. Vielen Dank für Ihre Mitarbeit.»

«Ich hoffe, Sie wissen, was Sie da getan haben. Die werden ihn umlegen, wer es auch ist.»

Grove nickte. «Vielleicht. Wenn man den gesamten Fall betrachtet, werden sie es zumindest versuchen. Gute Nacht.»

Sie sagte: «Aber das ist –»

Grove unterbrach sie, und seine Stimme klang plötzlich barsch. «Wer, glauben Sie, war am anderen Ende der Leitung, Lady? Es war Connors. Er hat die Sache genehmigt, ja, er selbst hat Sie angerufen. Sie haben Ihren Part gespielt. Dank Ihrer Mithilfe wurde die schwache Stelle sozusagen neutralisiert.»

«Sie – wir – wir haben damit aber erreicht, daß jemand im Justizministerium ermordet werden wird», sagte sie. «Vielleicht sogar jemand in meiner Abteilung. Und derjenige wird nicht einmal gewarnt sein, weil es ja in Wirklichkeit keine echte Untersuchung gegen ihn gibt. Bisher ist meines Wissens niemand angeklagt worden, Informationen weitergegeben zu haben.»

Groves Ausdruck änderte sich nicht. Er sagte: «Was glauben Sie eigentlich, was das hier ist? Glauben Sie, daß es sich hier um ein Spiel handelt? Wer es auch ist, er hat Sie mindestens ebenso in Gefahr gebracht; haben Sie sich das schon mal überlegt? Und wenn wir Glück gehabt und den Kerl erwischt hätten, dann wäre er bereits tot. Im Gefängnis oder in Freiheit – seine Freunde würden ihn rasch erwischt haben.» Er hielt inne, weil ihm etwas eingefallen zu sein schien. «Übrigens: Benutzen Sie dieses Telefon ruhig weiter. Erwähnen Sie nur nichts, was Sie die anderen nicht wissen lassen wollen.»

Elizabeth ließ sich auf das Bett sinken und blickte ihnen nach, als sie gingen. Sie versuchte, das Gefühl, das sie empfand, zu identifizieren – dann wußte sie es. Ihr wurde klar, daß keine Dusche sie jemals reinwaschen würde.

«Endlich haben wir was über Edgar Fieldston», sagte Brayer. «Die SEC hat vor ein paar Minuten angerufen, und sie glaubt, daß sie zumindest einen Rockzipfel von ihm erwischt hat.» Er lächelte, aber es war kein begeistertes Lächeln. Elizabeth wartete auf die Fortsetzung des Berichts.

«Gestern hat die United Free Bank der Bahamas einem Edgar Fieldston ein Darlehen genehmigt – in Höhe von vier Millionen Dollar.»

«Gegen welche Sicherheiten?»

«Eine Tasche voll Aktien. Eine Menge blauer Lappen, die der Bank den Handel versüßten: IBM, Commsat, Xerox, ITT, aber vor allem handelte es sich um Aktien der FGE. Im Wert von fast fünf Millionen Dollar – Tagespreis.»

«Und wie ist die SEC dahintergekommen? Die Bahamas unterliegen doch nicht unserem Einflußbereich, oder?»

«Nein, aber die United Free Bank hat die Transaktion allein nicht durchführen können. Sie mußte mit der First National Bank in Miami Verbindung aufnehmen. Es ging ja um eine Barauszahlung.»

«O Gott», sagte Elizabeth.

Brayer fuhr fort. «Selbst das hätte die SEC noch nicht auf den Plan gebracht, denn Bank-zu-Bank-Transaktionen unterliegen nicht der Meldepflicht. Aber die First National konnte nicht so viel Bargeld erübrigen und nahm daher Verbindung zum Bundes-Reservefonds auf. Und der hat ein besonderes Auge auf Geschäfte, an denen Banken auf den Bahamas beteiligt sind, denn einige von ihnen existieren nur, um heißes Geld weiterzutransportieren. Als sie von den Bürgschaften hörten, wandten sie sich an die SEC, um zu erfahren, ob dort jemand aufgefallen war, der seine Aktienzertifikate ‹verlegt› hatte. SEC kümmerte sich erst darum, als es bereits zu spät war. Die Aktien waren nicht gestohlen, Fieldston war der offizielle Inhaber, und –»

«Also vergnügt er sich munter in der Karibik», sagte Elizabeth, «mit vier Millionen Dollar in bar. Wenigstens ist er noch am Leben.»

«Vielleicht», erwiderte Brayer. «Wenn er noch lebt, dann, würde ich sagen, hat er kaum die Absicht zurückzukehren. Wenn die FGE zusammenbricht, wie ich annehme, sobald wir ihre Geschäfte genauer durchleuchtet und aufgedeckt haben, dann hat Fieldston vier Millionen Dollar kassiert für zweihunderttausend in legitimen Aktien und eine Menge wertloses Papier.»

«Aber es gibt doch noch eine andere Möglichkeit», sagte Elizabeth.

«Ja, ich gebe zu, es kann sein, daß er unterwegs ist nach Paraguay oder Costa Rica oder Haiti, von wo er nicht ausgeliefert werden und wie ein König von seinem ‹Darlehen› leben kann. Aber mir kommt es eher so vor, als ob er auf diese Weise die Investitionen der Mafia aus der Firma genommen hat.»

«Und wenn es so ist – was dann?»

«Dann muß es nicht einmal der echte Edgar Fieldston gewesen sein, dem die Bank das Darlehen aushändigte. So oder so – er wird kaum untertauchen, bis er diejenigen, die hinter ihm stehen, ausbezahlt hat. Mit anderen Worten: Jemand ist gerade dabei, den Besitz der FGE zu liquidieren.»

«Und was können wir dagegen unternehmen?» fragte Elizabeth.

«Ach, das Übliche. Es gibt eine Liste von Seriennummern, die der Bundes-Reservefonds der First National übergeben hat. Das Geld kann an einigen interessanten Orten auftauchen, aber wahrscheinlich ist es bereits gewaschen. Die amerikanischen Konsulate sind auf Fieldstons Reisepaß aufmerksam gemacht worden. Aber ich weiß nicht, ob wir uns davon etwas erwarten können. Mit vier Millionen Dollar kann er ziemlich tief untertauchen, vorausgesetzt, er lebt und er ist allein. Wenn nicht, sind die Möglichkeiten zahllos. Dann werden wir weder von ihm noch von dem Geld jemals etwas zu sehen bekommen.»

«Mit anderen Worten, wir sind wieder mal in einer Sackgasse angelangt», sagte Elizabeth.

Brayer zuckte mit den Schultern. «Vielleicht. Vielleicht haben wir aber auch Glück. Hauptsache ist, daß wir jetzt dranbleiben. Ich würde sagen, mit dem gestrigen Tag hat die Fieldston Growth Enterprises aufgehört, ein funktionelles Dasein zu führen. Das könnte unsere Chance sein – wenn wir herausfinden, wer die leere Hülle auszuschlachten versucht.»

Er verließ das Büro, und Elizabeth versuchte, sich wieder auf die Berichte zu konzentrieren. Die Stapel von Informationen wurden immer höher. Noch eine Woche, und sie hatten den Umfang einer Enzyklopädie angenommen. Wie viele Morde hatte es inzwischen gegeben? Ein Dutzend? Sie begann die zusammenfassenden Berichte durchzublättern und zählte. Dreizehn, dazu zwei, die möglicherweise ebenfalls damit in Verbindung standen – die beiden Typen, die vor dem *Tropicana* erschossen und stillschweigend abtransportiert worden waren. Dabei waren sie einer Lösung nicht näher als zu dem Zeitpunkt des ersten Mordes in dieser Serie: als Veasy mit seinem Transporter in die Luft geflogen war. Veasy war tot, und das Geld des Pensionsfonds war inzwischen irgendwo in Südamerika, arbeitete sich von dort vielleicht wieder nordwärts über ein Dutzend Metamorphosen, um schließlich zu einem Guthaben auf einem Schweizer Konto von einem der Mafia-Capos zu werden. Selbst wenn das Justizministerium davon wußte: Die Geldwäsche würde so perfekt sein, daß nichts nachzuweisen wäre. Wenigstens wußten sie jetzt, wen sie beobachten mußten. Aber was half das schon. Bis sie dazu kamen, war bereits wieder alles geschehen. Es war mehr als hoffnungslos. Sie konnte nur Buch führen über die Ereignisse und sich überlegen, was als nächstes geschehen würde, immer hoffend, daß doch einmal einer ihrer Agenten am Schauplatz war, wenn die Killer eintrafen. Nur daß sie diesmal wußten, wo es stattfinden würde, und daß ein Agent am Schauplatz sein würde. Sie hatte ihr Teil dazu beigetragen, ihn vor die Kanonen der Gangster zu zerren. Wenn dich dein Auge plagt, reiß es aus.

KAPITEL 27

Kurz bevor der abendliche Straßenverkehr seinen Höhepunkt erreichte, verließ ein Mann mit einem Aktenkoffer das Portal des großen, im romanischen Stil gehaltenen Gebäudes der Hauptpost von Peoria im Staate Illinois. Er unterschied sich in nichts von den ihn umgebenden Passanten, es sei denn, daß er ein wenig langsamer ging als sie. Und nur die aufmerksamsten Beobachter hätten gemerkt, daß er ein wenig hinkte. Aber sie hätten nicht die Zeit gehabt, ihn dafür zu bedauern, weil er kaum die unterste der Granittreppen erreicht hatte, als auch schon eine junge Frau in einem kleinen blauen Datsun mitten in der Ladezone anhielt und ihm die Tür auf der Beifahrertür öffnete. Er stieg ein, legte sich den Aktenkoffer auf den Schoß und lächelte die Frau an, als sie davonfuhren. Er küßte sie nicht, aber das war nicht ungewöhnlich; schließlich mußte die Frau sich beeilen, anderen in der Ladezone Platz zu machen, und gleich danach war der Datsun im Verkehr untergetaucht.

«Maureen», sagte er, «das war sehr gut.»

«Ich habe gewußt: Wenn du mich treffen wolltest, dann hier, am Postamt», erwiderte Maureen.

«Ist der Wagen sicher?» fragte er.

«Klar. Ein Leihwagen. Ich wollte die letzten paar Stunden in diesem Job einigermaßen ruhig verbringen.» Sie warf ihm einen Blick zu, als rechne sie damit, daß er ihr etwas Unfreundliches antworten würde.

Er dagegen sagte: «Noch einmal: Es war sehr, sehr gut. Schade, daß wir uns trennen müssen.» Er nahm ein Päckchen aus seiner Jacke und steckte es in ihre Handtasche, die auf dem Sitz lag. «Du brauchst es nicht zu zählen», sagte er. «Es ist alles da. Fünfzigtausend Dollar.»

«Fünfzig?»

«Ja», sagte er. «Wir werden dich heute abend in ein Flugzeug setzen, aber zuvor mußt du mir noch ein paar Sachen besorgen. Ich glaube, ich sollte dir eine Einkaufsliste geben.»

Er sah den Positionslichtern der Maschine nach, als sie sich
 in den dunklen Himmel erhob und bald nicht mehr war als

zwei winzige blinkende Punkte. Maureen hatte es überstanden. Sie konnten nicht wissen, wer sie war und woher sie stammte, und bevor sie erfuhren, daß sie weg war, mußten sie erst einmal ihm wieder auf die Spur kommen. Er beneidete sie. Sie war jetzt frei.

Er ließ den Wagen an und fuhr hinaus auf den Parkplatz. Es würde eine lange Fahrt werden, dachte er, aber die Einsamkeit und die Dunkelheit gaben ihm Zeit, über das nachzudenken, was er nun tun wollte. Sein Ziel stand nicht in Frage. Und eines war ihm klar: Er durfte sich nie wieder in Las Vegas blicken lassen; aber das war ihm schon klargewesen, bevor er wußte, wie sich das alles entwickelte. So schnell würden sie ihn nicht vergessen. Sie hatten bereits zuviel Zeit und Mühe darauf verwendet, ihn zu finden, als daß sie ihn jetzt einfach aus den Augen ließen, damit er sich bequem zurückziehen konnte.

Er hatte mehrere Aufträge von Orloff übernommen, sie erledigt und war danach gekommen, um sein Honorar zu kassieren. Und immer war alles glattgegangen. Die Schwierigkeiten hatten ganz offensichtlich mit diesen zwei Straßenräubern in Denver begonnen. Als er danach mit ein paar Blutergüssen und Beulen aufgetaucht war, hatte sich alles geändert. Sie werden alle zu Haien, wenn einer blutet, dachte er ... Aber das konnte doch nicht sein. Das war doch wirklich lächerlich! Und sie hatten Orloff auch nicht umgelegt, nur weil der Spezialist, den er angeheuert hatte, mit einem blauen Auge geschmückt war. Dennoch hatten sie das stillschweigende Übereinkommen ignoriert, das seit vielen Jahren in Las Vegas gehalten hatte, und legten jeden um, der ihnen über den Weg lief. Jetzt waren sie hinter ihm her, und sie würden nicht so leicht aufgeben. Das hieß, daß derjenige, der Orloff hatte umbringen lassen, sich noch immer unsicher fühlte – aber weshalb? Er wußte nicht einmal genau, wer Orloff bezahlt hatte. Es konnte Balacontano, Toscanzio, Lupo, ja sogar Damon sein.

Wer es auch war, er hatte seine Soldaten im ganzen Land umhergeschickt, damit sie sich nach einem einzelnen Mann umschauten – selbst jetzt noch, wo Castiglione tot war. Nicht einmal der Tod des alten *Consigliere* hatte sie abgelenkt, obwohl die Familien sich jetzt gegenseitig scharf beobachten mußten, um zu sehen, wer als erster nach der Vorherrschaft griff.

Es blieb ihm nichts übrig – er mußte es herausfinden. Derjenige, der Orloff bezahlt hatte, war zu mächtig, um ihn einfach zu ignorieren; er hatte Little Norman als seinen Boten benutzt und seine Beobachter überall postiert. Aber er machte sich um etwas Sorgen, und der wunde Punkt mußte in Las Vegas liegen. Das Bindeglied war Orloff.

Je mehr er darüber nachdachte, desto wütender wurde er. Es war einfach dumm, unökonomisch. Er hatte die Verträge zu den üblichen Bedingungen abgeschlossen. Hatte nur mit Orloff verhandelt und nie danach gefragt, wer die Rechnung bezahlte und warum derjenige Veasy und den Senator umlegen lassen wollte. Er war nicht neugierig gewesen, hatte nur seine Arbeit getan, und das hätte eigentlich alles sein müssen. Er hatte sich nicht einmal besonders um den Mord an Orloff gesorgt, obwohl es für ihn sehr schlecht aussah, da er ja noch nicht für seine Aufträge bezahlt worden war. Er hatte sich wie ein Profi verhalten. Aber sie waren zu weit gegangen. Sie hatten durchgedreht und jeden erschossen, der sich bewegte. Und das war dumm. Weil sie ihn in Ruhe hätten lassen müssen ...

Als Elizabeth erwachte, war es noch dunkel, aber sie hatte das unangenehme Gefühl, daß sie irgendwie zu spät dran war. Es war ein Gefühl von Spannung – irgend etwas hatte begonnen, und sie lag noch im Bett. Sie hörte das Klopfen an der Tür und erinnerte sich. Jemand klopfte schon seit mehreren Minuten. Während sie aufstand, rief sie: «Ich habe gehört», und das Klopfen stoppte. Sie schaltete das Licht ein und blinzelte auf die Armbanduhr, die auf dem Nachttisch lag: halb fünf Uhr morgens! Es mußte Brayer sein. Brayer, der das Telefon nicht benützen wollte. Ihr Bademantel lag über einem Stuhl, aber als sie ihn angezogen hatte, fühlte sie sich dennoch nackt. «Einen Augenblick», rief sie. Es war albern, dachte sie, aber war es wirklich alberner, als mitten in der Nacht die Tür zu öffnen, wenn es klopfte? Die Pistole paßte in die Außentasche ihres Bademantels. Sie hatte die Hand daraufgelegt, als sie die Sperrkette aushängte und die Tür öffnete.

Der Mann an der Tür war ein Fremder. Er war nicht einmal so groß wie Elizabeth, aber er wirkte wuchtig, weil seine breiten Schultern und der Bauch zu jemandem zu gehören schienen, der wesentlich größer war. Sein Haar war dunkel und an den Schläfen graumeliert.

«Was ist?» fragte Elizabeth und wußte nicht, ob sie wütend war oder nicht – auf jeden Fall fühlte sie sich äußerst unbehaglich.

«Sie sind Elizabeth Waring», sagte der Mann. Elizabeth merkte erst nach einer Sekunde, daß dies die Antwort auf ihre Frage sein sollte.

«Das weiß ich», sagte sie. «Und es ist halb fünf Uhr morgens.»

Der Mann sah sie an. «Bitte, darf ich reinkommen?» Er blickte an ihr vorbei, als sehne er sich danach, eintreten zu dürfen. Der Ausdruck seines Gesichts erschreckte sie. Kein Zweifel, er war nicht von Brayer geschickt.

«Was wollen Sie?» fragte sie und verstärkte zugleich den Griff um die Pistole.

«Bitte», erwiderte der Mann. «Ich muß mit Ihnen sprechen.» Sie zögerte, darum flüsterte er: «FGE.»

Sie ließ ihn ein und schloß die Tür. «Tun Sie mir einen Gefallen», sagte er, «und nehmen Sie die Schußwaffe aus Ihrer Tasche. Sie können meinetwegen damit auf mich zielen, aber solange Sie sie in der Tasche haben, könnte sie versehentlich losgehen und uns beide verletzen.» Es klang betrübt, als sei er darauf gefaßt, mit sehr viel Inkompetenz fertig werden zu müssen.

Elizabeth nahm die Pistole heraus, zielte damit ein Stück an ihm vorbei, aber so war die Waffe wenigstens zu sehen. «Was wollen Sie?» wiederholte sie.

«Ich möchte als Kronzeuge auftreten. Ich liefere mich aus und erzähle Ihnen Geschichten.»

«Geschichten?» wiederholte Elizabeth. Aber sie dachte: Es klappt, er ist wirklich einer von denen, die jetzt versuchen, aus der Kälte zu kommen. Er kommt zu mir, und ich weiß nicht, was ich mit ihm tun soll. Ich kann nicht einmal um Hilfe bitten, weil das Telefon angezapft ist.

«Ja», sagte er, «ich möchte mit Ihnen ein Geschäft machen. Ich verlange Straffreiheit, einen neuen Namen und Schutz. Dafür gebe ich Ihnen Informationen über einige Leute, die ich kenne, sage vor Gericht aus und so weiter.»

«Das alles dauert seine Zeit», erwiderte Elizabeth, «und wir machen so etwas nur höchst selten. Woher sollen wir wissen, daß Ihre Informationen und Aussagen die Mühe wert sind?»

 Der Mann seufzte. «Wenn das, was ich weiß, nicht ausreichend wäre, um ihnen zu schaden, würde ich dann so dringend Schutz benötigen, daß ich mich nachts hierherschleiche?»

Sie hatte es zuvor nicht bedacht, aber es klang vernünftig. Wenn ein Mann bereit war, sich preiszugeben ... Aber sie entschied, sich noch nicht festzulegen, solange sie noch ein wenig desorientiert und schlaftrunken war. «Wie heißen Sie? Wer sind Sie?»

«Ich bin Dominic Palermo.» Er zuckte mit den Schultern. «Ich kann mir nicht vorstellen, daß Sie wissen, wer ich bin. Ich war Ferraros Partner.» Er korrigierte sich: «Freund und Partner.»

Elizabeth begriff. «Und Sie haben Angst, daß man Sie auch erledigt. So, wie sie ihn erledigt haben, in dem Geschenkladen. Deshalb sind Sie jetzt hier. Die anderen dürfen das natürlich nicht wissen.»

Er nickte und lächelte, schien dann ein wenig zu zögern. «Ich bin gekommen, um mich selbst auszuliefern.»

«Also gut», antwortete Elizabeth. «Das Problem ist, ich weiß nicht, wann man den Generalstaatsanwalt sprechen kann, der Ihren Plänen zustimmen müßte. Wann wollen Sie sich denn nun tatsächlich stellen?»

«Um alles in der Welt», sagte er, «ich stehe hier vor Ihnen. *Jetzt.*»

«Aber ich dachte, Sie wollten Bedingungen stellen», sagte Elizabeth. «Ein Geschäft.» Sie begriff nicht.

«Das gilt nur für das, was ich Ihnen erzähle», entgegnete er. «Nicht dafür, daß ich mich als Kronzeuge melde.»

«Sie scheinen nicht zu verstehen, Mr. Palermo», erklärte Elizabeth. «Bevor Sie nicht eine brauchbare Aussage machen, sind Sie kein Zeuge. Sie können sich nicht einfach in eine Zelle setzen und dann zu verhandeln beginnen.»

«Ich möchte es gern darauf ankommen lassen», sagte er. «Und bis dahin bleibe ich am Leben.»

Sie dachte nach. «Also schön. Wir müssen also erst einmal zum FBI gehen. Sie wissen, daß es klüger gewesen wäre, wenn Sie sich gleich direkt dorthin gewendet hätten, nicht wahr? Was ist, wenn Sie jemand gesehen hat, als sie hier hereinkamen?»

«Nein», sagte er. «Denen stelle ich mich nicht. Ich bin zu Ihnen gekommen, zu einer Abteilung des Justizministeriums, nicht zum FBI. Das gehört zu unserem Geschäft, vergessen Sie das nicht.»

«Aber das ist genau das gleiche. Das FBI ist ebenfalls eine Abteilung des Justizministeriums. Und wir müssen uns an das FBI wenden.»

«Ich denke nicht daran», sagte Palermo. «Hören Sie, Honey – Sie scheinen nicht zu wissen, wie man eine solche Sache handhabt, also werde ich Ihnen ein bißchen dabei helfen. Wir helfen uns gegenseitig, nicht wahr? Wenn jemand einen wie mich ausliefert, dann bringt ihm das was ein: Sie werden befördert, bekommen Sonderzulagen, alles mögliche. Und Ihre Organisation verfügt über die Informationen. Glauben Sie mir, es ist zu Ihrem Vorteil, wenn Sie sich um mich kümmern. Wissen ist das Wertvollste, was es auf Erden gibt.»

Sie ging nicht darauf ein und entschloß sich, ihm ein paar Fakten zu nennen. «Das Justizministerium verfügt nicht über Außendienstleute, die mit denen des FBI gleichgesetzt werden können. Die meisten Abteilungen des Ministeriums sind nichts weiter als Büros, in denen Anwälte an Fällen arbeiten, die in die Zuständigkeit der Bundesregierung fallen, und in der Regel handelt es sich dabei um gewöhnliche Zivilverfahren. Bei uns gibt es keinen

Platz für einen Kronzeugen, und niemand ist mit dieser Art von Vorgängen vertraut.»

«Hören Sie», sagte er, «ich bin bereit auszusagen, aber Sie müssen mir auch ein bißchen entgegenkommen. Ich habe das Justizministerium ausgewählt, weil es zum Beispiel die besten Bedingungen anbieten kann. Und außerdem ist es die höchste Instanz.»

«Höchste Instanz?»

«Ja. Wenn ich es mit dem Justizministerium zu tun habe, kann nicht der Sheriff des Herkimer County in fünf Jahren auf die Idee kommen, mich wegen eines Parkvergehens einzubuchten.»

Sie mußte zugeben, daß er schlau war. Seine Vorstellung von Jurisdiktion war vielleicht etwas bizarr, aber er hatte recht, wenn er annahm, daß er die Umstände zu seinen Gunsten nutzen konnte. «Also gut», sagte sie. «Ich kann Ihnen keinerlei Garantien dafür geben, daß man Ihren Vorstellungen entspricht. Ich kann Ihnen nicht einmal versprechen, daß das Justizministerium Sie als Kronzeugen anerkennen wird. Aber ich werde mit meinem Vorgesetzten darüber sprechen.»

«Nicht über dieses Telefon», sagte er. «Es könnte angezapft sein.»

Sie nahm den Hörer ab und wählte Brayers Nummer. Als er sich meldete, sagte sie: «John, kommen Sie doch bitte gleich in mein Zimmer» und legte dann wieder auf.

«Ich bin nicht besonders glücklich darüber», sagte Palermo. «Ich mache nur mit, weil ich sowieso schon drinnenstecke, um halb fünf Uhr morgens und so weiter, aber Sie sollen wissen, daß ich nicht glücklich darüber bin.»

«Warum – was ist jetzt wieder falsch?» Elizabeth saß auf dem Bett und versuchte auf einen imaginären Punkt links von Palermos Schulter zu zielen. Sie sah, daß er die Wahrheit sagte – er war alles andere als glücklich über die Entwicklung –, aber sie wußte nicht, ob sie ihn überhaupt glücklich sehen wollte. Sie wußte auch nicht, was jetzt geschehen würde, aber wenn er unglücklich war, mußte sie aufpassen.

Palermo begann hinter der Tür auf und ab zu gehen. «Arbeitet ihr denn nicht einmal auf eigene Faust?» fragte er. «Muß es denn immer einen Mr. Brayer oder einen Mr. Farquhar oder irgend jemanden geben? Kein Wunder, daß ihr nicht einmal mehr in der Lage seid, euch ohne Hilfe den Arsch zu wischen. Und Sie gehen ein verdammtes Risiko mit meiner Sicherheit ein, ist Ihnen das klar?»

Elizabeth entgegnete nichts, ließ ihn einfach auf und ab gehen und vor sich hin schimpfen. Vielleicht konnte ihn Brayer davon überzeugen, daß es besser war, wenn er sich an das hiesige FBI wandte – oder, noch besser, vielleicht begleiteten ihn Brayer und zwei bewaffnete Agenten dorthin.

Sie hörte es an der Tür klopfen und stand auf. Palermo fühlte sich jetzt sichtlich unbehaglich. Sie sah, daß auf seinen fetten Wangen ein dünner Schweißfilm stand. Er sagte: «Ich werde die Tür öffnen und mich dahinterstellen. Wenn es jemand anders als dieser Brayer ist, knallen Sie ihn ab.»

Elizabeth ging nicht darauf ein. «Wer ist da?» fragte sie.

«John. Elizabeth, machen Sie auf.»

Als sie öffnete, kam Brayer rasch herein und schloß die Tür hinter sich zu. «Da bin ich. Und wer ist das?»

«John, das ist Mr. Palermo. Dominic Palermo. Er möchte sich als Kronzeuge melden, in der FGE-Sache.»

 «Und in einigem, was damit zusammenhängt», ergänzte Palermo. «Aber ich brauche Ihren Schutz. Schutz vor Strafverfolgung, eine neue Identität – wie das in solchen Fällen üblich ist.»

«Und warum sind Sie da zu Miss Waring gekommen?» fragte Brayer.

«Ich hörte, daß sie an ein paar Dingen arbeitet, über die ich etwas weiß», antwortete Palermo.

«Das haben Sie gehört? Von wem denn?»

«Ich habe es eben gehört, das ist alles. Also, wie steht's? Können Sie mir zusichern, was ich von Ihnen verlange?»

Brayer schaute erst ihn, dann Elizabeth an; schließlich wandte er sich wieder an Palermo. «Kommt ganz darauf an. Wenn das, was Sie wissen, uns wirklich hilft und wenn Sie sich bereit zeigen, mit uns zusammenzuarbeiten, und uns die Wahrheit sagen, dann könnte ich – ich sage, ich könnte – etwas Derartiges arrangieren. Aber das setzt die Zustimmung einiger Leute voraus, die über mir stehen.»

Palermo schüttelte den Kopf und schaute auf den Teppich. «Mein Gott», sagte er. «Noch einer. Also müssen Sie auch jemanden anrufen. Und derjenige muß dann wieder jemanden anrufen.»

«So ungefähr, ja», sagte Brayer und schaute den kleinen, fetten Mann scharf an. «Also kann ich Ihnen nur raten: Gehen Sie darauf ein, oder lassen Sie es sein.»

Palermo schaute ihn verzweifelt an. «Was können Sie mir denn garantieren? Es geht nicht darum, was Sie vielleicht tun würden, wenn dem Präsidenten gerade danach ist und wenn der Generalstaatsanwalt gerade mal keine Magengeschwüre hat und wenn genug Luftfeuchtigkeit herrscht ... Hören Sie, ich bin schließlich nicht irgend jemand. Ich habe einiges, was Sie sehr interessieren wird.»

Brayer zuckte mit den Schultern. «Sie sind hierhergekommen, weil Sie glauben, daß Sie etwas zu verkaufen haben. Ich kann wahrscheinlich dafür sorgen, daß Sie am Leben bleiben, und Sie wären nicht hier, wenn Ihnen jemand anders ein ähnliches Angebot gemacht hätte. Also würde ich sagen, unsere Angebote halten sich in etwa die Waage.»

Palermo setzte sich auf das Bett, schob die Schultern nach vorn und schwieg. Brayer wandte sich an Elizabeth und zog sie ans andere Ende des Zimmers. Zuerst zögerte sie, aber Brayer sagte: «Sie brauchen ihn nicht zu beobachten. Was soll er uns schon tun?»

Als sie außer Hörweite waren, flüsterte er. «Was hat er Ihnen bis jetzt erzählt?»

«Er ist Partner von Ferraro gewesen, von dem Mann, der im Andenkenladen des *MGM*-Hotels ermordet wurde, und er hat Angst, daß es ihm genauso ergeht. Außerdem kommt es ihm sehr darauf an, *wer* ihn beschützt. Er wünscht sich das Justizministerium – nicht die Polizei und auch nicht das FBI.»

«Und sonst? Was ist mit der FGE?»

«Er hat nur die drei Buchstaben genannt, nicht mehr. Aber er muß etwas wissen, sonst wäre er nicht hier.» Sie versuchte sich Palermos logischer Folgerung zu erinnern. «Er hätte keinen Schutz nötig, wenn –»

Brayer nickte und sagte: «Wahrscheinlich nicht. Aber wenn hier Krieg gespielt wird, kann man das schwer beurteilen. Vielleicht ist er uns gar nichts wert. Aber natürlich dürfen wir uns die Chance nicht entgehen lassen. Fragt sich nur, wie wir das Beste aus ihm herausholen können.» Brayer schaute kurz zu Palermo hinüber, der mit verschränkten Armen auf der Bettkante saß und auf den Boden starrte.

«Warum besorgen wir uns nicht ein paar Leute und bringen ihn ins Büro des FBI?» schlug Elizabeth vor. «Wir könnten sogar telefonisch jemand anfordern. Und dann könnten wir uns mit Washington wegen der Bedingungen unterhalten.»

Brayers Augen verengten sich. «Sie wissen, vielleicht hat er recht, was das FBI betrifft. Erstens haben *wir* ihn, und das weiß vorläufig niemand. Wenn wir ihn offiziell ins Hauptquartier des FBI bringen, verlieren wir unseren Vorteil. Wenn nicht, werden dagegen alle seine Freunde nur wissen, daß er plötzlich untergetaucht ist. Verstehen Sie, was ich meine?»

Elizabeth nickte. «Klar. Aber wie wollen wir es allein schaffen? Wir können ihn doch nicht einfach hierbehalten.»

Brayer entgegnete: «Sicher, am liebsten würde ich ihn direkt nach Washington bringen, aber ich glaube, das dürfte uns nicht gelingen, ohne daß man uns sieht, sei es auf dem Flugplatz oder beim Fahren, und das wäre sehr schlimm. Es würde eine Woche dauern, bis wir ein Wort aus ihm herausbrächten. Nein, wir müssen ihn gleich heute morgen an einen sicheren, ruhigen Ort bringen.»

«Und wohin?» fragte Elizabeth. «Wir haben nicht einmal eine Außenstelle in Las Vegas, und außerdem –»

«Das stimmt», unterbrach sie Brayer. «Aber wie wär's mit der Hauptstadt von Nevada? Carson City. Dort haben wir ein Büro, und es ist nicht allzuweit von hier. Außerdem würde das Palermo überzeugen, daß wir ihm entgegenkommen. Also ziehen Sie sich an.»

Elizabeth hatte ein sehr ungutes Gefühl. «Wir machen das doch nicht selbst oder, John?»

«Was können wir anderes tun?» fragte er. «Wenn wir hier um Viertel vor fünf am Morgen Agenten versammeln, könnten wir ebensogut eine Anzeige in die Zeitungen setzen. Und wenn er wirklich so wertvoll ist, wie er behauptet, könnte er sogar umgelegt werden.»

Elizabeth ging zum Schrank und suchte sich ein Kleid aus. Palermo blickte hoch und erklärte: «Aha. Sie haben also eine Entscheidung getroffen. Und was werden Sie tun?»

Brayer antwortete ihm. «Wir werden genau das tun, was Sie wollen, das heißt, solange Sie mitmachen. Wir bringen Sie vorläufig in unsere Außenstelle in Carson City. Sobald wir Sie, ohne Aufsehen zu erregen, weiterbefördern können, fliegen wir sie nach Washington.»

«Aha», antwortete Palermo. «Ich begreife. Wenn ich Ihnen in Carson City genug erzähle, sind Sie ein Held, und Sie fliegen mit mir nach Washington, damit Sie mich dort herumzeigen können. Wenn nicht, wenn Sie nichts haben, was Sie Ihrem Boss vorweisen können, geben Sie mir einen Fußtritt und lassen mich laufen.»

«Könnte sein», erwiderte Brayer. «Das ist ein Risiko, das Sie eingehen müssen. Aber keine Sorge. Ich bin sicher, daß Sie einiges wissen, was wir hören wollen. Sie sind schließlich kein Irgendwer.»

«Das stimmt», sagte Palermo, und seine großen, dunklen Augen funkelten Brayer an. «Was diesen Punkt betrifft, brauchte ich mir keine Sorgen zu machen.»

Elizabeth zog sich rasch im Bad um. Natürlich hatte John recht. Wenn sie Palermo an einen Ort schafften, wo man ihn aushorchen konnte, bevor jemand auch nur erfuhr, daß er untergetaucht war, dann konnte das genau die Chance sein, auf die sie die ganze Zeit gewartet hatten. Was er auch wußte – er würde frisch bleiben, solange seine Bosse nicht wußten, daß er zu singen begonnen hatte. Sobald sie es wußten, würde sich das Bild sehr schnell ändern: Dann würden sich Beweise in Nichts auflösen, und man konnte höchstens noch in Häusern Razzien abhalten, deren Bewohner längst das Land verlassen hatten.

Sie warf einen Blick in den Spiegel und erschrak. Sie mußte auf dem Gesicht gelegen haben: Ihre Augen waren gerötet und geschwollen, und ihre Haut sah so grau aus, wie sie es nur von Kranken kannte. Ein wenig Make-up würde nachhelfen, wenn auch nicht genug, überlegte sie. Und wenn Brayer merkte, daß sie damit Zeit vergeudete – aber das war nun etwas, was er wirklich ihrer Entscheidung überlassen mußte. Wenn er wollte, daß sie nicht auffielen, mußte er eben warten.

Als sie zurückkam ins Zimmer, reichte ihr Brayer zwei Schlüssel. «Nehmen Sie den Leihwagen», sagte er. «Er steht fast genau am Seiteneingang neben dem Casino.»

«Kommen Sie denn nicht mit?» fragte Elizabeth.

«Nein. Ich muß von hier aus einige Arrangements treffen. Und Sie beide werden auch weniger auffallen.»

Elizabeth wollte etwas erwidern, verstummte aber. Sie konnte kaum behaupten, daß sie nicht allein fahren wollte, weil sie vor Palermo Angst hatte. Es war nicht gefährlich – immerhin war sie seine größte Chance, das Ende dieses Jahres zu erleben. Und außerdem konnte sie nicht die Tatsache leugnen, daß Brayer ihr damit einen Gefallen tat, ihr die Chance zu einem großen Coup bot.

Als sie am Wagen standen, sagte Palermo: «Ich fahre.» Sie zögerte, und er fuhr fort: «Überlegen Sie doch, ich kenne die Strecke nach Carson City. Sie finden noch nicht mal aus der Stadt raus.» Erst als er bereits hinter dem Lenkrad saß, fügte er hinzu: «Und meine Nerven sind heute ohnehin schon genügend ramponiert.»

Sie fügte sich schweigend, wenn auch widerwillig. In gewisser Weise war es auch ganz angenehm. Es konnte ihr nur recht sein, wenn er ihr ausgesprochen unsympathisch war.

Er fuhr durch ein Gewirr von Nebenstraßen. Als er plötzlich in die Schnellstraße einbog, war sie überrascht, zeigte es aber nicht. Immerhin wohnte er hier. Und außerdem war das vermutlich für lange Zeit das letztemal, daß er einen Wagen lenkt, dachte Elizabeth.

Nach einer Weile sagte er: «Sie mögen mich nicht besonders, wie?»

Damit brachte er sie völlig aus der Fassung, und sie erwiderte nur: «Aber ich kenne Sie ja nicht.»

«Ich weiß», sagte er. «Ich bin ein Spitzel. Niemand mag einen Spitzel, selbst wenn er einem Spitzel seine Beförderung verdankt. Ich werfe Ihnen das nicht vor. Aber Sie sollen wissen, daß ich es nie und nimmer getan hätte, wenn man mich nicht einfach im Stich gelassen hätte.»

«Vermutlich nicht», sagte Elizabeth. Sie fragte sich, wie weit es bis Carson City sein mochte. Draußen war es ungewöhnlich dunkel. Sie nahm an, daß sich nach allen Seiten die Wüste erstreckte, aber sie sah nichts außer der Straße.

«Verdammt», sagte Palermo, «als der Old Granddad umgelegt wurde –»

«Der Old Granddad?»

«Castiglione. Als er umgelegt wurde, sagten sie, daß sie mich beschützen würden. Ferraro haben sie das auch gesagt. Und sie haben ihn schön beschützt, nicht wahr? Dann erfuhr ich, daß sie alle verfügbaren Truppen für ein wichtiges Projekt zusammengezogen hatten, eine Sache, die sich Carl Bala ausgedacht hatte. Nicky Palermo kann sehen, wo er bleibt. Na ja, die werden sich noch wundern.»

«Sie fühlen sich also hintergangen?» fragte Elizabeth.

«Hintergangen?» Palermo fuhr eine Minute lang schweigend dahin und starrte durch die Windschutzscheibe in die Nacht. «Ja, ich glaube, das ist das richtige Wort dafür», sagte er nach einer Weile. «Jahrelang hieß es: Nicky, du bist fabelhaft. Nicky, du bist ein echter Freund; Nicky, ich bin dir zu Dank verpflichtet. Aber auf einmal bricht das Dach ein, und was höre ich? Wer ist denn dieser Nicky Palermo?»

«Wie meinen Sie das, das Dach bricht ein?»

«Lady», sagte Palermo, «ich weiß ja nicht, was Ihre Leute so den ganzen Tag treiben, aber es kann nicht besonders viel sein. Sie müssen doch das von Castiglione wissen, oder? Es stand ja in allen Zeitungen.»

«Natürlich», antwortete Elizabeth.

«Nun, er war der alte *Consigliere*. Er hat die jungen Stiere im Zaum gehalten: Carl Bala, Toscanzio, Damon, Lupo, DeLeone, sie alle.»

«Aber ich dachte, er hätte sich schon längst zurückgezogen gehabt?»

«In gewisser Weise, ja. Er hatte alles, was er brauchte, also interessierte er sich nicht mehr dafür, sich noch mehr zu bereichern. Aber ihm kam es darauf an, in seiner Welt die Ruhe zu wahren, und zwar so, daß er sich darauf verlassen konnte.»

«Wie konnte er das, wenn er sich zurückgezogen hatte? Er hatte doch keine Truppen, oder?»

Palermo kicherte. «Genausowenig wie der Papst, Honey. Oder der Vorsitzende der Vereinten Nationen. Wenn er eine Entscheidung traf, dann wurde sie auch ausgeführt. Und wenn man dazu Truppen brauchte, ging das

 Wort an die Familien, und die kümmerten sich dann

darum. Die Kleineren, Schwächeren hatten immer Angst davor, daß die Größeren sie auffressen würden. Und die Größeren wie Toscanzio und Bala und Damon waren nicht daran interessiert, zwanzig kleinere Familien gegen sich zu haben. Außerdem konnten sie einander nie trauen. Castiglione dagegen konnten sie trauen. Er wollte nichts weiter als Frieden und Ruhe.»

«Aber wer wollte ihn dann umlegen?» fragte Elizabeth.

Palermo schüttelte den Kopf. «Das müssen Sie schon selbst herausfinden, genau wie ich das mußte. Überlegen Sie: Wer konnte dabei irgend etwas gewinnen? Die Kleinen wie Bellino oder Lupo? Verdammt, die überlebten doch nur, weil ihnen Castiglione die großen Fische vom Leib hielt. Jetzt haben sie alle das große Muffensausen. Es muß jemand gewesen sein, der sich für groß genug hielt zu glauben, daß er die Leitung übernehmen und die kleinen Unternehmen schlucken könnte.»

«Dann meinen Sie, daß es Toscanzio oder Bala gewesen sein muß. Oder vielleicht Damon.»

«Nein – ich weiß, wer es getan hat», sagte er. «In dieser Woche hätte ein Treffen stattfinden sollen. Castiglione hatte es einberufen. Ich wußte es nur, weil ich in gewisser Weise davon betroffen war – oder hätte sein sollen. Ich hatte ein paarmal mit der FGE zu tun, und Castiglione wollte über die FGE sprechen.»

«Warum?»

«Die Firma hat ihm nicht gepaßt. Sie lag praktisch in seinem Hinterhof und war für ein paar Dinge benutzt worden, die ihm nicht gefielen. Dinge, die ihn sehr belasten konnten.»

Elizabeth merkte die Veränderung in seiner Sprechweise. Sie näherten sich dem Punkt, um den es ging: um das, was er ihnen verkaufen wollte. Sie wußte, daß sie ihn davon weglenken mußte, weil er sonst aufhören würde zu sprechen. Deshalb sagte sie: «Sie haben ihn daher lieber getötet, als die FGE aufzugeben, haben Ferraro und Orloff umgelegt und hätten mit Ihnen das gleiche gemacht, wenn sie Sie erwischt hätten.» Er reagierte nicht, und sie versuchte es mit einem Schuß ins Blaue. Sie mußte ihn wieder auf das Thema bringen, das ihn am meisten interessierte: seine eigene Person. «Und warum? Weil Sie den Senator Claremont und einen Mann in Kalifornien umgelegt hatten.»

«Von wegen», sagte Palermo. «Du meine Güte, schauen Sie mich doch an. Ich bin eins zweiundsiebzig groß und wiege zwei Zentner. Außerdem bin ich über fünfzig. In den letzten zwanzig Jahren habe ich jedes Jahr über zweihunderttausend auf die Seite legen können. Sehe ich aus wie einer, der solche Jobs übernimmt? Verdammt, dafür haben sie jemanden engagiert. Einen Spezialisten.»

«Und wer hat ihn engagiert?»

Palermo lachte. «Das werde ich Ihnen nicht sagen. Jedenfalls jetzt noch nicht. Vielleicht später, wenn ich sehe, was für Arrangements Ihr Boss in Carson City getroffen hat.»

«Aber das sind die Leute, die versuchen, Sie umzulegen», sagte Elizabeth. «Und wenn Sie ihnen nicht zuvorkommen, werden auch Sie erledigt.» Sie war genau auf den Punkt zugestolpert, den sie eigentlich hatte umgehen wollen; jetzt konnte sie nur noch weitermachen, bis er sich weigerte, auch nur ein Wort mehr zu sagen.

«Nein», antwortete Palermo, «die Sache war so: Sie haben Castiglione umgelegt und mich im Regen stehenlassen, als der Krieg ausbrach. Sie haben mich weder gewarnt noch mir Schutz geboten. Nichts. Die anderen Familien haben Ferraro umgebracht, und mit mir hätten sie es genauso gemacht.»

«Haben Sie denn keine Angst?» fragte Elizabeth. «Wenn die erst wissen, daß Sie zu uns gekommen sind, könnten sie Ihnen ja auch diesen Spezialisten hinterherschicken.»

«Das würden sie tun, wenn Sie es bekanntgeben würden», sagte Palermo.

«Aber wir haben keine Ahnung, was man gegen einen solchen Profi unternehmen kann», sagte Elizabeth. «Schauen Sie sich doch all diese Mordanschläge an. Wir können Sie nicht vor einem solchen Killer schützen, es sei denn, wir wissen, wer er ist, oder zumindest, wonach wir Ausschau halten müssen.»

Palermo schüttelte ernst den Kopf. «Meine Güte, Sie müssen mich wirklich für blöd halten, wenn Sie mich so etwas fragen. Der Spezialist? Scheiße, den würde ich Ihnen umsonst ausliefern, wenn ich könnte. Aber das Dumme ist, ich kann es nicht. Ich habe ihn nie gesehen, kenne nicht einmal seinen Namen. Als sie über ihn gesprochen haben, nannten sie ihn nur den ‹Sohn des Schlächters›.»

«Hübscher Name», sagte Elizabeth.

«Ja», bestätigte Palermo. «Kann man sagen.»

KAPITEL 28

Worüber er sich am meisten Sorgen machte, das war die Zeit. Las Vegas war vermutlich der schwierigste Ort auf Erden, um unterzutauchen. Die Stadt war voller Leute, deren Beruf darin bestand, sich jedes neue Gesicht einzuprägen und es nach Profitmöglichkeiten zu erforschen: Gier, Lust, Völlerei oder Dummheit. Viele von ihnen hatten ihn schon einmal gesehen, und derjenige, dem er als erstem auffiel, konnte sich glücklich schätzen: Er brauchte ihn nicht zu betrügen, nicht zu verführen, zu beschwatzen oder ihm für seine sexuellen Neigungen zur Verfügung zu stehen. Er brauchte nur zu erwähnen, daß er ihn gesehen hatte. Sein einziger Vorteil waren die vielen neuen Gäste, die Tag für Tag eintrafen – Zehntausende –, und die Tatsache, daß ihn ausgerechnet hier bestimmt niemand erwartete.

Aber auch zusammengenommen waren diese beiden Tatsachen kaum eine wesentliche Hilfe, dachte er. Er mußte eine Möglichkeit finden, die Gefahr, erkannt zu werden, auf Null zu reduzieren. Auf alle Fälle mußte er sich von den großen Hotels fernhalten. Nein, von jedem Hotel, verbesserte er sofort. Man konnte nie wissen, wem die kleineren Unterkünfte gehörten und wer mit wem befreundet war. Auch der Flughafen, die Busstation und die Restaurants waren für ihn tabu. Es mußte während eines schnellen Besuchs geschehen, in einer einzigen Nacht, und wenn die Aktion erfolgreich war, konnte man sie später wiederholen. Aber er mußte die Zeit, in der er sichtbar war, auf ein Minimum beschränken.

Er wollte, es hätte eine andere Möglichkeit gegeben. Wenn er sorgloser gewesen wäre, dann würde er jetzt mehr wissen, dachte er. Das war die Ironie dabei. Er hatte immer die persönliche Verbindung mit seinen Klienten vermieden. Er sah selbst die Vermittler nach Möglichkeit nie öfter als einmal, und er ließ sie nie wissen, wo er wohnte. Sie kannten von ihm nur die Nummer eines Schließfachs bei einem Postamt, und er wußte manchmal noch weniger von ihnen. Sein Mangel an Neugier war eine Form seines Selbstschutzes gewesen. Er überließ Mittelsmännern wie

Orloff gerne die Gefahr des Wissens. Aber jetzt wünschte er sich, er wäre neugieriger gewesen – nur dieses eine Mal.

Maureen war ihm eine große Hilfe gewesen, dachte er. Und warum auch nicht? Sie hatte immerhin in weniger als einer Woche fünfzigtausend Dollar verdient. Außerdem hätte sie das ganze Zeug doch nicht im Flugzeug mitnehmen können. Aber es half; alles, was richtig ausgeführt wurde, konnte ihm jetzt helfen. Waffen, die nicht identifiziert werden konnten und die in keinem Bericht der Polizei aufgetaucht waren, konnten immerhin etwas zu seinem Seelenfrieden beitragen, wenn schon nicht mehr. Er wußte, daß der Wagen noch wichtiger war. Und es gab keine Möglichkeit, eine Verbindung zwischen ihm und einem Gebrauchtwagen herzustellen, der von einer Frau gekauft und in bar bezahlt worden war, einer Frau, die gerade erst nach Illinois gekommen war, um dort als Lehrerin zu arbeiten. Daß auf der Fahrt zwischen dem Geschäft des Händlers und der Meldestelle aus dem Namen A. Blake in den Kraftfahrzeugpapieren ein Mr. A. Blake geworden war, hatte keiner bemerkt.

Er fuhr gern bei Nacht. Und er war ein wenig enttäuscht, als der Himmel am Horizont jenes zarte Blau zeigte, das den baldigen Tagesanbruch ankündigte. Es war, als ob er mit der Sonne ein Wettrennen veranstaltete, im Augenblick lag er in Führung, aber in einer Stunde würde sie ihn eingeholt haben, und wieder eine Stunde später würde es heller Tag in Las Vegas sein. Aber von Las Vegas war er noch einen Tag entfernt.

Es wurde jetzt allmählich hell, und Elizabeth sah die gezackten, rosafarbenen Bergrücken, die das flache, leere Becken umrahmten, welches nur die Straße und die Reklametafeln zu enthalten schien. Sie hatte die Veränderung nicht bemerkt, hatte sich ganz an die Werbung für Las Vegas gewöhnt, aber als sie nach einiger Zeit hinschaute, galten die Reklametafeln Hotels und Casinos in Reno und am Lake Tahoe. Die Bilder waren dieselben: ein riesiges Mädchen mit Pfauenfedern und Glitzersteinen, wobei die Beine und die Brüste größer waren als ein relativ hohes Gebäude dahinter – aber der Ort war ein anderer. Sie hatten den Schwerpunkt Las Vegas verlassen und näherten sich einem, der die Wagen weiter nach Norden zog. In der Dunkelheit hatten sie eine unsichtbare Grenze überschritten.

Sie wußte, daß sie sich eigentlich erleichtert fühlen sollte. Ganz gleich, wieviel der Mann neben ihr vor Gericht wert sein würde – er war auf jeden Fall ein Gewinn. In diesem Augenblick wußte sie mehr als irgend jemand anders, was sich in Wirklichkeit ereignet hatte, und dabei war er noch gar nicht verhört worden. Noch befriedigender war es, daß er die meisten Theorien bestätigt hatte, die sie und Brayer sich ausgedacht hatten. Es gab einen Krieg zwischen den einzelnen Familien, und der Schlüssel dazu war die Fieldston Growth Enterprises. Einer der Capos hatte deshalb sogar Castiglione umgebracht. Und Palermo wußte, wer es war, und würde mit seinem Wissen vielleicht sogar die Geschworenen überzeugen können. Aber fast ebenso wichtig war es für Elizabeth, daß er wußte, was bei der FGE vor sich gegangen war. Jetzt machte es nichts mehr aus, daß sie sich die Unterlagen der Firma aus den Händen hatte nehmen lassen. Sie brachte etwas Besseres ein, einen Mann, der ihnen sagen konnte, was die Papiere ihnen enthüllt hätten, und noch viel mehr. Vielleicht fühlte sie sich wohler, wenn sie etwas gegessen und ein paar Stunden geschlafen hatte.

Momentan spürte sie einen Anflug von Kopfschmerzen, die sich steigern würden, sobald die Sonne hoch genug stand, um ihr durch das Seitenfenster in die Augen zu stechen. Seit über zehn Tagen reiste sie im ganzen Land herum und hatte sich allmählich an diesen Erschöpfungszustand gewöhnt. Der Höhepunkt der nervlichen Anspannung war erreicht, als Palermo mitten in der Nacht vor ihrem Zimmer gestanden hatte. Und da saß er nun neben ihr. Sie wußte, daß ein Teil ihrer Nervosität auf sein Konto ging. Er war die Chance, die sie gebraucht und an die sie schon nicht mehr zu glauben gewagt hatte. Er würde besser bewacht werden als ein Staatsoberhaupt, man würde ihm eine neue Identität geben, ihn beobachten und sich um ihn kümmern bis an sein Ende. Im Grunde machte er das Geschäft seines Lebens. Sie fühlte, wie sich der Kopfschmerz allmählich verdichtete, und entschloß sich, an etwas anderes zu denken. Sie versuchte, ihren Job zu tun, nicht mehr und nicht weniger. Schon wieder eine Reklametafel. Diesmal war das Mädchen nackt bis auf zwei Sternchen auf den Brustwarzen und einen Netzslip mit einem Stern an der entscheidenden Stelle. Es war der Stern, der dieses Mädchen so obszön aussehen ließ, dachte Elizabeth. Warum konnte sie nicht einfach nackt sein?

Palermo setzte sich eine Sonnenbrille auf. Er war offenbar auf die Fahrt vorbereitet. Wahrscheinlich hatte er sogar eine Zahnbürste in seiner Jackentasche. Sie wandte sich ab und schaute hinaus auf die nächste Reklametafel. Die Fahrt schien unendlich lang zu dauern. Alle Proportionen waren verschoben, sobald man in den Westen kam. Man konnte stundenlang fahren und nichts sehen als

rauhes, leeres, glühendes Land, das von riesigen lächelnden Mädchen in Pfauenfedern und mit Glitzerkram bevölkert wurde.

«Ach, Scheiße», sagte Palermo und wiederholte gleich danach: «Ach, du Scheiße.»

«Was ist los?» fragte Elizabeth.

«Scheiße, Scheiße, Scheiße», sagte er in einer aufsteigenden Kadenz. Er hatte die Fahrt plötzlich beschleunigt und schaute immer wieder in den Rückspiegel. «Wir werden verfolgt.»

«Sind Sie sicher?»

Er beschleunigte immer noch, und sein Kopf bewegte sich jedesmal, wenn er in den Rückspiegel schaute. Elizabeth drehte sich um. In einigem Abstand hinter ihnen war ein Wagen, noch winzig, aber er schien aufzuholen.

«Sie wissen es», sagte er mit tiefem Bedauern. «Woher sie es wissen, ist jetzt egal.» Sie sah, daß er entsetzt war. Er hatte das Gaspedal ganz durchgedrückt. Wieder schaute sich Elizabeth um. Der andere Wagen holte weiter auf. Von vorn sah er aus wie ein Cadillac, ein Lincoln oder ein großer Chrysler. Sie kannte die Unterschiede kaum. Aber er fuhr mindestens hundertvierzig und schluckte den Abstand, der noch zwischen ihnen lag. Sie wagte es nicht, auf den Tachometer zu schauen, wußte aber, daß sie mit der Höchstgeschwindigkeit des kleinen Wagens fuhren. Hinter ihnen näherte sich der andere Wagen. Sie nahm ihre Pistole aus der Handtasche und überprüfte das Magazin.

«Erschießen Sie die Schweinehunde», sagte Palermo. «Jetzt, bevor sie uns näher kommen können.»

«Aber wir wissen doch gar nicht, wer das ist», sagte Elizabeth.

«Mein Gott, wer, glauben Sie denn, fährt uns hinterher?» brüllte Palermo. «Erschießen Sie die Kerle!»

Der Wagen war schon ziemlich nahe. Elizabeth sah, daß es ein Cadillac war. Die dunkelgrüne Motorhaube schimmerte glänzend. Sie war jetzt dicht hinter dem Heck ihres Wagens. Auf den Vordersitzen saßen zwei Männer. Sie wußte, daß sie bei diesem Tempo nur den Wagen zu treffen brauchte. Ein zerschossener Kühler, eine zersplitterte Windschutzscheibe würde sie zum Anhalten zwingen, sie vielleicht sogar töten. Aber wenn es gar keine Verfolger waren, wie Palermo behauptete? Was, wenn es nur zwei Trottel waren, die ihren neuen Wagen auf einer einsamen Straße ausprobieren wollten? Sie sagte: «Nein. Warten Sie einen Moment.»

Palermo wiederholte: «Schießen Sie! Schießen Sie!», während Elizabeth immer noch auf den großen Wagen hinter ihnen starrte. Der Fahrer hupte zweimal, dann drückte er ununterbrochen auf die Hupe.

Palermo war in eine Litanei der Verzweiflung verfallen: «Scheiße, Scheiße, Scheiße. Scheiße, Scheiße, Scheiße.»

Elizabeth beobachtete die beiden Männer. Wenn einer von ihnen eine Schußwaffe zog oder auch nur so aussah, als wenn er eine ziehen wollte, mußte sie schießen. Der Wagen war jetzt neben ihnen. Palermo brüllte: «Halten Sie sich fest!» und trat auf die Bremse. Elizabeth sah den Cadillac auf der linken Seite vorbeischießen, während sie mit der Schulter gegen das Amaturenbrett geschleudert wurde.

Palermo atmete keuchend und verlangsamte die Fahrt, als der Cadillac vor ihnen immer kleiner wurde. Elizabeth hatte Mühe, ihr Gleichgewicht wiederzugewinnen. Palermo fuhr auf die Seite und hielt an.

Die Welt war seltsam still. Elizabeth beobachtete Palermo, der die Tür des Wagens öffnete, ausstieg und dann um den Wagen herumging. Ihr Herz klopfte wild, und ihre

Lungen schienen nicht genug Luft zu bekommen. Dann hörte sie es; sie brauchte sich nicht umzusehen. Palermo hatte sich hinter den Wagen gebückt und übergab sich.

Als er zurückkam, um wieder einzusteigen, sagte sie kein Wort zu ihm. Aber sie setzte sich jetzt hinters Lenkrad, und beide schwiegen sie, während sie weiterfuhr. Als sie die kleine Raststätte ein paar Meilen vor sich sah, bog sie wortlos von der Straße ab und hielt vor der Zapfsäule. Palermo stieg aus und verschwand in der Herrentoilette.

Der Tankwart war ein junger Bursche, hatte vermutlich gerade erst die Schule hinter sich. Sein langes, blondes Haar war noch naß von der Morgendusche, und sein blaues Arbeitshemd war sauber und gebügelt. Er gähnte, als er den Tankdeckel abschraubte. Die Tankstelle machte vermutlich um sieben Uhr auf, dachte sie. Wahrscheinlich war in dieser Gegend um sieben nicht viel los. Um von irgendwo bis sieben hierherzukommen, mußte man um fünf losfahren.

Sie bezahlte und sah sich dann nach Palermo um. Er tat ihr fast leid. Kein Zweifel, er befand sich in der Toilette, war kalkweiß und zitterte und würgte den Inhalt seines Magens in die Kloschüssel. Sie selbst fühlte sich auch nicht gerade besonders gut. Sie fuhr den Wagen zur Seite und ging in die Damentoilette. Es war zu spät, um die Kopfschmerzen zu verhindern, aber ein Aspirin machte sie vermutlich erträglicher, bis sie Carson City erreicht hatten.

Als Elizabeth zurückkam, erwartete sie, Palermo bereits im Wagen zu sehen, wahrscheinlich wieder auf dem Fahrersitz. Aber er war nicht da. Sie stieg ein, um auf ihn zu warten, und war ein wenig wütend. Je länger er brauchte, desto länger würde es dauern, bis man ihn dem

Sektionschef in Carson City übergeben und bis sie sich ein wenig hinlegen konnte.

Sie war nicht einmal besonders überrascht, als der grüne Cadillac um das Gebäude herumkam und hinausbrauste auf die Straße. Es paßte ins Bild, daß sie so schnell fuhren und nur kurz an dieser gottverlassenen Raststätte angehalten hatten. Jetzt würden sie vermutlich versuchen, die verlorengegangene Zeit durch besonders schnelles Fahren wieder einzuholen. Sie sah, wie der Cadillac rasch an Tempo gewann und dann in der Ferne verschwand. Idioten, dachte Elizabeth.

Was war mit Palermo? Für solche Fälle waren Männer doch angeblich gebaut: Kraft und Energiereserven für den Notfall und so weiter; rasches Handeln, ein massiver Adrenalinstoß und dann eine längere Erholungspause. Im Gegensatz zu den Frauen waren sie so gebaut, daß sie alles durchstehen konnten, mit einer Schutzschicht von Fett gegen die Hitze, die Kälte und den Hunger, mit einem Nervensystem, das Schmerzen Widerstand leisten konnte.

Elizabeth schaute auf die Uhr. Es war fast halb acht. Sie erinnerte sich daran, wie elend er ausgesehen hatte, als er aus dem Wagen gestiegen war – blasse Haut, atemlos, wahrscheinlich mit fliegendem Puls – o mein Gott, sein Herz! Das hätte ihr gerade noch gefehlt. Ein Herzanfall in dieser Gegend, fünfzig Kilometer vom nächsten Arzt entfernt – und nichts, was man ihm geben konnte. Kaffee und Hörnchen, ja.

Sie stieg aus. Die Sonne wärmte bereits die unbewegliche Luft. Als sie zur Tankstelle zurückging, kam sie an dem Jungen vorbei, der in der Garage einen Wagen von unten begutachtete, der auf der hydraulischen Bühne stand. Sie klopfte an die Tür der Herrentoilette, hörte aber nichts. Sie versuchte es noch einmal, diesmal lauter. Es war irgendwie absurd. Wenn sie ein Mann gewesen wäre, hätte sie hineingehen können, ja, sie hätte ihn zuvor schon begleiten können. Vielleicht hätte sie es tun sollen. Um diese Tageszeit, hier draußen, mitten in der Wüste … Aber er war ja kein Gefangener. Nach dem dritten Klopfen versuchte sie, den Türknopf herumzudrehen. Die Tür war von innen verschlossen.

Elizabeth ging zurück zu dem jungen Burschen. «Könnten Sie mir einen Gefallen tun? Der Mann in meiner Begleitung ist auf die Toilette gegangen; ich fürchte, ihm ist schlecht geworden. Können Sie mal nachsehen?»

Der Junge schaute sie mürrisch an, dann sagte er: «Seit wann ist er denn drinnen?»

«Seit ungefähr einer halben Stunde.»

Der Junge zuckte mit den Schultern. «Okay.» Sie folgte ihm und wartete, bis er die Tür von außen mit einem Schlüssel geöffnet hatte und hineintrat, als wollte er diesen intimen Ort vor den Blicken einer Frau schützen.

Gleich darauf hörte sie von drinnen einen Schrei. Eine Sekunde danach war er wieder draußen und schaute sie voll Entsetzen an. Er sagte: «Wir müssen einen Arzt rufen» und rannte um das Haus herum ins Büro.

Elizabeth lief in die Toilette. Sie sah Palermos Füße unter der Tür der Kabine, so, als wenn er auf der Toilettenschüssel sitzen würde. Aber auf dem Boden rings um ihn war eine große Blutlache. Sie stieß vorsichtig die Tür auf und schaute ihn an. Er saß völlig angekleidet da, und sein Kopf hing ihm auf die Brust, als ob er meditierte. Sie berührte ihn nicht, schaute auch nicht genauer hin, sondern ließ die Tür los und taumelte hinaus in die frische Luft. Dann fiel ihr der Junge wieder ein. Sie wußte, daß sie hineingehen und ihn bitten mußte, nicht den Arzt, sondern die Polizei und den Coroner anzurufen. Schon an Palermos Hemd sah man, was sie mit ihm gemacht hatten. Das Hemd war einmal weiß gewesen. Alles hatte keine Eile mehr, überlegte sie. Und hier draußen fungierte der Arzt meistens auch als Coroner. Die Polizei würde es wissen. Ein blaues Kennzeichen, Nummer 47507 Y. Zugelassen im Staat Nevada.

KAPITEL 29

Gegen Mitternacht begann der Himmel über dem schwarzen Horizont rosa zu glühen, als ob irgendwo hinter dieser dunklen Leere eine Stadt brennen würde. Er hatte noch zwanzig Meilen zu fahren, als unter der Röte die unwahrscheinlichsten Lichter in einem schimmernden Streifen aus Weiß und Blau und Gelb und Rot auftauchten.

Seine Instinkte hielten ihn zurück, als sich die zuckende, zitternde Erscheinung über den Rand der Erde erhob und schließlich in die geraden Linien hellerleuchteter Straßen und in Licht gebadeter monolithischer Gebäude auflöste. Er fühlte den fast übermächtigen Zwang, hier draußen zu bleiben, in der dunklen, leeren Wüste, aber er mußte in dieses Auge des Lichts eindringen. Er mußte den Namen erfahren, ohne den Namen gab es keine Sicherheit – denn dieser Mann wollte, daß man ihn tötete. Und diesen Mann konnte man nicht ablenken oder täuschen oder durch Finten und plötzliche Wendungen irreführen, weil er so etwas nicht einmal beachten würde. Er hatte seinen Wunsch bekanntgegeben, und jeder wußte, daß er die Macht besaß, zu belohnen und zu bestrafen, und so würde sein Wunsch in tausend Gehirnen Befehl sein, bis er ausgeführt war. Was bedeutete, daß dies der Name von einem unter zehn oder höchstens fünfzehn Leuten sein mußte.

Nicht viele, aber jeder von ihnen war wie eine Berühmtheit oder wie ein kleiner Monarch von Gefolgsleuten und Schmeichlern und Wächtern umgeben. Ausgeschlossen, bis zu jedem von ihnen durchzukommen, und jeder Irrtum würde den einen, dem es darauf ankam, ihn zu töten, nur noch in dem Wunsch bestärken. Nein, er mußte den Namen herausfinden.

Er fuhr an der Ausfahrt, die zum Strip und in seine nächste Umgebung führte, vorbei und nahm die dritte Ausfahrt in die Stadt, fuhr dann die Flamingo Road hinauf, überquerte den Strip und steuerte den Komplex kleinerer Straßen jenseits der Lichterflut an. Es gab nicht viele Möglichkeiten. Little Norman kannte den Namen, aber er würde ihn nie und nimmer dazu bringen, ihn zu verraten. Little Norman hatte zu lange für sie alle gearbeitet, um nicht alles über sie zu wissen. Wenn es ihm gelang, Little Norman allein zu erwischen, bestand seine einzige Chance darin, ihn zu töten. Little Norman war ein Profi. Orloff, der hatte den Namen gewußt, aber Orloff war tot. Immerhin gab es noch Orloffs Büro, das Haus, vor dem sie ihn umgelegt hatten. Die Firma hieß Fieldston Growth Enterprises.

Er fuhr in der Umgebung hin und her und überprüfte die Straßen drei Blocks weit in beiden Richtungen. Wenn es ein Team von geschickten Beobachtern in der Nähe gab, hatten sie höchstwahrscheinlich ihre Wagen dort stehen, wo man am schnellsten die größeren Durchgangsstraßen erreichen konnte, und zwar so, daß sie vom Haus selbst nicht gesehen werden konnten. Sie konnten sich sogar in einem Haus in der Nähe versteckt halten, hinter einem Gebäude in einem der Obergeschosse, das nicht direkt auf das Gebäude der FGE hinausging.

Als er sich davon überzeugt hatte, daß es keine Beobachter gab, fuhr er die Straße, die zur FGE führte, entlang. Es war eine stille Straße. Alle Häuser in der näheren Umgebung waren geschlossen, und ihre dunklen Fenster spiegelten nur die Lichter seines Wagens, als er vorbeifuhr. Er parkte in der dahinterliegenden Straße und ging dann zu Fuß auf die FGE zu. In der Manteltasche hatte er Maureens Pistole mit dem Schalldämpfer. Er hoffte, daß ein kleines Gebäude wie das der FGE, das nur Büros beherbergte, höchstens mit den üblichen Alarmeinrichtungen ausgestattet war. Wenn sich in dem Haus die Information befand, die er brauchte, würde es keinen Nachtwächter geben – die Leute, die hinter der FGE steckten, würden nicht zeigen wollen, daß sie sich übertriebene Sorgen um die Sicherheit machten.

Er näherte sich dem Gebäude von der Rückseite und wollte sich nach dem günstigsten Fenster zum Einsteigen umsehen. Aber drinnen brannte Licht. Verdammt, dachte er. Also doch ein Wachmann. Jetzt mußte er erst dieses Problem lösen. Und sein Einbruch würde nicht so verlaufen, wie er es sich vorgestellt hatte: ein stiller Besuch, von dem hinterher keiner wußte, daß er überhaupt stattgefunden hatte. Was auch immer Orloff besessen hatte, das ihn auf den Namen hinweisen konnte – es würde dort versteckt sein, wo nur Orloff selbst es finden konnte. Und niemand würde es bisher vermißt haben. Aber nun würde es einen toten Wachmann geben.

Er umkreiste das Gebäude und suchte nach einem Fenster, von dem aus er am besten den Wachmann beobachten konnte. Am Parkplatz blieb er stehen. Zwei Wagen parkten dort nebeneinander. Er näherte sich ihnen und schaute in den ersten hinein. Er mußte der Wachgesellschaft gehören, dachte er. Der Wagen hatte ein Funkgerät unter dem Armaturenbrett, genau wie diejenigen, welche die Polizei benutzte. Er trat neben den anderen Wagen. Eine kleine Aufschrift auf dem Deckel des Kofferraums lautete: «Dieser Wagen enthält nur buchhalterisches Material.» Er überlegte einen Augenblick. Der erste Wagen gehörte dem Wachmann. Und der zweite? Er ging zum Haus und schaute durch die Fenster.

Drinnen waren drei Männer in Hemdsärmeln, die an Schreibtischen arbeiteten. Einer schien Akten durchzusehen und Ordner in Pappkartons zu legen, die anderen gingen die Schubladen der Schreibtische durch. Alle drei trugen Schußwaffen in Schulterhalftern. Er entfernte sich von dem erleuchteten Fenster und kehrte zu den Wagen zurück. Diesmal besah er sich die Zulassungsschilder. Sie waren beide weiß und trugen die Aufschrift *US-Regierung*. Er ging weiter.

Während er auf seinen Wagen zuschlich, hielt er sich im Dunkeln. Er brauchte Zeit zum Nachdenken. Das mußten Leute vom FBI sein. Natürlich. Wenn die Möglichkeit bestand, daß einer dieser Morde auch mit einem weiteren Bundesstaat zu tun hatte, kam das FBI ins Spiel. Aber was auch immer sie in diesem Büro machten, sie suchten bestimmt nicht nach Gründen für die Ermordung von Orloff. Sie gingen die Unterlagen der FGE durch. Was wußten sie?

Plötzlich fühlte er, wie eine Welle der Panik ihn überflutete, ein heftiger Adrenalinschub. Aber die Angst klärte seinen Verstand und wich dann rasch. Nein, es war ganz in Ordnung. Was Orloff von ihm wußte, war nur eine Schließfachnummer. Es gab vielleicht etwas, was irgendwie auf ihn
 hindeutete, aber das konnte ihm nicht weiter schaden.

Doch das übrige war verwirrend. Sie wußten also, daß die FGE nur ein Aushängeschild war. Damit hatte er nicht gerechnet. Also konnte es durchaus sein, daß sie jetzt doch den Namen entdecken würden, nach dem er suchte. Immerhin waren sie noch dabei, arbeiteten mitten in der Nacht noch daran. Und sie lasen Geschäftsunterlagen. «Buchhalterisches Material», hieß es auf dem Wagen.

Er lächelte. Es bestand noch Hoffnung. Sie suchten nach dem Namen, aber sie hatten Orloff nicht gekannt. Vielleicht nahmen sie an, daß Orloff Geld verschob, und vielleicht kamen sie auch dahinter, wo einiges davon hingegangen war. Aber wenn sie nicht Orloffs private Aufzeichnungen fanden, würden sie nicht herausfinden, woher das Geld kam. Sie würden den Namen nicht entdecken. Sie suchten nach dem, was Orloff den Buchprüfern und der Steuerbehörde zum Fraß vorwerfen wollte, aber nicht nach dem, was er notiert hatte, um die wahren Transaktionen im Auge zu behalten. Denn es mußte ein privates Rechnungsbuch geben: Orloff hätte es nicht riskiert, einen Fehler zu machen. Sie suchten in Schreibtischschubladen und Aktenschränken, statt die Dielen und die Wände nach hohlen Stellen abzuklopfen. Sie würden nach einiger Zeit mit ihren Akten abziehen und vielleicht nach vollständiger Überprüfung ein Bild davon bekommen, was bei dieser Firma vor sich gegangen war. Aber bis dahin kannte er den Namen, und sie vergeudeten ihre Zeit.

Er konzentrierte sich jetzt. FBI-Leute in Orloffs Büro. Sie wußten nicht, wonach sie suchen sollten. Vielleicht wußten sie noch nicht einmal, wer Orloff in Wirklichkeit gewesen war. Wenn sie es nicht wußten – hatten sie dann schon sein Privathaus durchsucht? Er war noch nie in Orloffs Haus gewesen, nahm aber an, daß es eines geben mußte. Er hatte sich nicht interessiert, wo Orloff wohnte, bis er Kreuzer beauftragt hatte, ihn zu beobachten. Er interessierte sich nicht für die Mittelsmänner. Er kannte und akzeptierte die Tatsache, daß er nicht zu den Leuten gehörte, mit denen man gerne seine Zeit verbrachte, selbst wenn es ungefährlich gewesen wäre. Und wenn Orloff ihn dorthin eingeladen hätte, wäre er geradezu entrüstet gewesen. Er erledigte die Aufträge und nahm das Geld, aber er hätte die Vermutung, daß er sich für die Geldgeber interessierte, entrüstet zurückgewiesen, ebenso wie die Vermutung, er interessiere sich für die Probleme und Personen, die ihn mit ihren Aufträgen versorgten. Orloff war ein Schwein gewesen. Er hatte es registriert, wie er alles registrierte, was ihm zum Bewußtsein kam, weil es ihm vielleicht helfen konnte, ein Problem zu erkennen oder zu lösen, aber es rief keinerlei gefühlsmäßige Reaktionen hervor. Erst jetzt war Orloff wichtig geworden für ihn – weil Orloff den Namen gekannt hatte.

Er dachte über Orloff nach, während er die Adresse im Telefonbuch nachschlug. Orloff war gierig gewesen, sein Haus mußte demnach groß und üppig sein. Er prägte sich die Adresse ein und kehrte dann zu seinem Wagen zurück. Aber Orloff war auch nervös und verängstigt gewesen; seine Gier stand im Konflikt mit seiner angeborenen Feigheit und ließ seinen fetten Leib unter den seidenen Maßhemden vor Aufregung und Angst schwitzen. Es würde also nicht leicht sein, in das Haus einzudringen; es war ganz sicher mit einer elektronischen Überwachungsanlage ausgerüstet, die Orloff vor irgendwelchen Phantomen schützen sollte, die in seinem Gehirn entstanden sein mochten, wenn er durch die Fenster in die Dunkelheit hinausschaute. Aber das bildete kein allzu großes Problem, denn Orloff war ja bereits tot, und wenn nicht seine Familie dort wohnte – was er kaum annahm –, gab es niemanden, der die Alarmanlage einschalten würde.

Als er sich Orloffs Haus näherte, verhielt er sich so, wie er es beim Gebäude der FGE gemacht hatte. Er umkreiste den Block und sah sich nach Anzeichen dafür um, daß das Haus überwacht sein könnte. Er entdeckte nichts, was auch nur zweifelhaft gewesen wäre, und so fuhr er langsam am Haus vorbei. In der Einfahrt standen keine Wagen. Orloffs Wagen war wahrscheinlich im Zuge der Ermittlungen von der Polizei beschlagnahmt worden, dachte er. Vielleicht hatte er ein paar Schüsse abbekommen, obwohl Orloff vermutlich von mehreren Geschossen getroffen worden war, was für die Untersuchung wohl ausreichte.

Die Fenster waren dunkel. Es war genau die Art von Haus, wie er es sich vorgestellt hatte. Die flache, T-förmige Struktur vermittelte einen Eindruck von luxuriöser Großzügigkeit, und die beiden Flügel umschlossen einen Garten mit gestutzten Eiben, Wacholderbüschen und Yuccapalmen. Ein weniger aufmerksamer Beobachter hätte nicht sofort erkannt, daß jeder, der sich einer der Haustüren in den beiden Flügeln näherte, durch gegenüberliegende Fenster im Wohnraum beobachtet werden konnte.

Er parkte den Wagen an der nächsten Straßenecke und ging dann zum Haus zurück. Die Fenster waren alle geschlossen und verriegelt, daher begnügte er sich vorläufig damit festzustellen, ob er die Kontaktdrähte oder das rötliche Glühen eines elektronischen Auges erkennen konnte, das ihm verriet, wie man die Alarmanlage außer Betrieb setzte. Er blickte in jedes der Fenster, sah aber nur die dunklen Umrisse der Möbel. Es dauerte eine Weile, aber dann fand er auf der Rückseite des Hauses hinter einem fächerförmig gestutzten Gebüsch den Kasten mit dem Stromzähler. Er las die Zahlen ab, setzte sich dann und wartete geduldig eine Viertelstunde lang, las dann wieder ab. Es war genauso, wie er gehofft hatte. Die Polizei hatte entweder das Elektrizitätswerk verständigt, den Strom abzuschalten, oder sie war in ihrer gedankenlosen Art durch das Haus marschiert und hatte alles abgeschaltet. Jedenfalls floß in diesem Haus kein elektrischer Strom. Und was für Alarmsysteme Orloff auch installiert haben mochte – sie waren nicht mehr als totes Metall.

Jetzt konzentrierte er sich wieder auf das Haus. Wahrscheinlich war es am einfachsten, durch eine der Türen einzudringen. Er würde dabei vermutlich weniger Spuren hinterlassen, als wenn er durch eines der Fenster einbrach. Er warf noch einen Blick auf den Zähler und erstarrte. Das hintere Zahlenrad bewegte sich. Etwas war eingeschaltet worden. Um halb drei Uhr morgens – was konnte das sein? Das Alarmsystem würde stetig geringe Mengen an Strom verbrauchen. Ein Licht? Nein. Dann fiel es ihm ein. Natürlich: der Kühlschrank. Das einzige elektrische Gerät, das sich selbst ein- und ausschaltete. Er war sicher.

Er trat an die Seitentür und benützte eine Kreditkarte, um den Türschnapper zur Seite zu drücken. Die Tür hatte schwere Riegel und eine Sperrkette, wie er feststellte, als er drinnen war – aber um sie vorzulegen, mußte man sich im Haus befinden. Orloff wäre das vermutlich höchst unangenehm gewesen, dachte er, aber er hatte ja zusätzlich das Alarmsystem. Jetzt, wo er drinnen war, sah er die beiden schwarzen Gehäuse der elektronischen Augen. Ihre Sensoren waren abgeschaltet.

Er lauschte nach dem Kühlschrank. Versuchte sich zu erinnern, wo das Küchenfenster war. Er hatte sich zuvor schon ungefähr den Plan des Hauses zurechtgelegt und folgte ihm in die Küche. Der Kühlschrank war ungewöhnlich leise – er konnte ihn überhaupt nicht hören. Er tastete nach dem Griff und drehte den Kopf zur Seite, weil er annahm, daß im Inneren des Kühlschranks das Licht angehen mußte, und er wollte seine von der Dunkelheit geschärften Augen damit nicht verderben. Aber es gab kein Licht, und im Dunkeln nahm er den fettigen Gestank verdorbener Lebensmittel wahr. Er schloß leise die Kühlschranktür und überlegte. Irgend jemand war in diesem Haus.

Er duckte sich und verharrte bewegungslos. Überlegenheit im Dunkeln war nur eine Frage der Konzentration und Geduld. «Besorg dir eine Katze wie diese hier», hatte Eddie gesagt, «und beobachte sie. Eine Katze kann stundenlang vor etwas sitzen, was sie interessiert, und warten. Sobald das, worauf sie lauert, vergessen hat, was eine Katze ist, stürzt sie sich darauf, so schnell, daß du es kaum glauben kannst. Vergiß den ganzen Quatsch mit Dschungelkrieg und so, was sie dir beim Militär beigebracht haben. Es hilft dir nicht viel, wenn du versuchst, wie eine Palme auszusehen. Eine Katze kann dir beibringen, daß du wie ein Schatten aussiehst, ein Teil des Hauses oder ein Abfallhaufen.»

Er wartete, bis ihm seine Armbanduhr sagte, daß fünf Minuten vergangen waren. Wenn er von demjenigen, der sich im Haus aufhielt, gehört worden war, dann hatte derjenige es inzwischen entweder vergessen oder das Geräusch für etwas anderes gehalten. Man mußte die Zeit in Dimensionen bringen, die nicht dem normalen Ablauf entsprachen. Wenn jemand ein Geräusch hörte, lauschte er ein paar Sekunden, vielleicht eine Minute, und wenn er bis dahin kein zweites Geräusch vernommen hatte, dann lauschte er nicht mehr.

Er ging hinaus in den Wohnraum, wobei er geduckt und in der Nähe der Wand blieb. Als er den ersten Sessel erreicht hatte, ließ er sich langsam daneben nieder, um zu warten, duckte sich in der Dunkelheit und lauschte. Wer auch immer sich im Haus befinden mochte, er fühlte sich sicher genug, daß er das Licht eingeschaltet hatte. Das hieß, daß er selbst gegenüber dem anderen genau den Vorteil besaß, den er brauchte. Jetzt, wo sich seine Augen ganz auf die Dunkelheit eingestellt hatten, sah er, daß der Wohnraum sehr groß war – über hundert Quadratmeter, schätzte er. Kein Raum, in dem sich ein Mann wie Orloff lange aufhalten würde. Der Raum war dazu geschaffen, um darin Gäste so zu empfangen, wie es Orloffs Eitelkeit entsprach: kleine Tische und viele Sitzgruppen, die meisten an den Wänden, ohne einen besonderen Mittelpunkt. Und die Formen der Möbel waren auch nicht das, was sich Orloff unter bequem vorgestellt haben mochte: zu glatt und funktionell, zuwenig Schnörkel und Polster. In dem Raum, nach dem er suchte, würde das Mobiliar ganz anders sein: dick gepolstert, mit viel Leder und mit Sitzen, die breit genug waren für Orloffs fetten Arsch. Doch dieser Raum kam erst an die Reihe, wenn er denjenigen gefunden hatte, der sich hier im Haus aufhielt. Er hatte so viel Zeit, wie er brauchte.

Nach einer Weile beschloß er, sich weiterzubewegen. Jenseits des Wohnraums gab es einen Korridor, der zu den Schlafzimmern und den Bädern führte. Und dort würde sich auch der Raum befinden, nach dem er suchte. Geduldig arbeitete er sich zentimeterweise auf sein Ziel zu, wobei er immer geduckt in der Nähe der Wand blieb. Seine Gedanken waren jetzt frei von allem bis auf die Wahrnehmung von Geräuschen und Bewegungen.

Vor vielen Jahren hatte er über das nachgedacht, was er jetzt mit seinem Körper vollzog. Eddie hatte sich geirrt, was die Katzen betraf: Er hatte es von Eddies eigener Katze gelernt, in Eddies Schlachterladen. Sie formten ihre Körper keineswegs so, daß sie wie etwas anderes aussahen. Es kam ihnen nur darauf an, daß sie nicht wie Katzen aussahen. Und die Täuschung entstand im Auge des Opfers. Die Sekunde, die der Gejagte brauchte, um zu erkennen, daß das, was er in der Diele sah, kein Sessel war, kein Schatten, sondern vielleicht ein Mensch – diese Sekunde war es, die alles entschied. Es war die Sekunde des Jägers, die Zeit der Katze.

An der ersten Biegung des Korridors hörte er, wie sich jemand in der Dunkelheit bewegte. Er wandte den Kopf nach einer, dann nach der anderen Seite, um festzustellen, von wo exakt das Geräusch herkam. Es kam von links. Und gleich danach fiel ein dünner Lichtstreifen unter der geschlossenen Tür hindurch.

Er bezog Stellung neben ihr und wartete. Von drinnen war das Rascheln von Papier, das Geräusch einer Schublade, die geöffnet wurde, dann ein Klicken zu hören. Er lauschte, versuchte festzustellen, in welche Richtung sich die Person bewegte, die jetzt vom einen Ende des Raums zum anderen ging. Wieder vernahm er das Rascheln, und dann registrierte er das Geräusch, auf das er gewartet hatte. Die Schritte entfernten sich von der Tür. Er riß sie auf und betrat den Raum, seine Pistole dorthin gerichtet, woher das Geräusch gekommen war.

Ein Mann wirbelte herum, und sein Gesichtsausdruck zeigte jene Mischung aus Tierischem und Menschlichem, die der Augenblick tiefsten Entsetzens hervorbringen kann.

Ein gurgelndes Geräusch drang aus dem angespannten Kehlkopf, und er ließ einen Aktenkoffer zu Boden fallen. Der Augenblick verstrich, und der Mann sagte: «Was?» Dann sagte er, als wollte er sich korrigieren:

«Was sind Sie?» Sein Gesicht verriet, daß er gemerkt hatte, wie töricht diese Frage sein mußte. Er versuchte es mit: «Was wollen Sie?»

Er betrachtete den Mann. Etwa fünfzig Jahre alt, in einem anthrazitgrauen Anzug. Kein Einbrecher. Polizei? «Werfen Sie mir Ihre Brieftasche her und drehen Sie sich um», sagte er.

Der Mann schien erleichtert zu sein. Er griff in seine Jacke und zog eine längliche, dünne Brieftasche heraus, warf sie ihm zu und drehte sich dann zum Fenster um.

Er machte sich nicht die Mühe, die Brieftasche aufzufangen. Das hätte dem Mann nur Gelegenheit geboten, Dummheiten zu machen, wie er sie vom Fernsehen kannte. Er hatte den Befehl nur gegeben, um feststellen zu können, ob der Mann ein Schulterhalfter trug oder Handschellen bei sich hatte; beides war nicht der Fall. Jetzt stieß er mit dem Fuß nach der Brieftasche, so daß sie aufklappte. Kein Dienstausweis.

Während er die Augen auf den Mann gerichtet hatte, sagte er: «Wie heißen Sie?»

Der Mann erwiderte: «Bitte, nehmen Sie die Brieftasche. Es sind über tausend Dollar drin.»

Er wiederholte: «Wie heißen Sie?»

Der Mann sagte: «Edgar Fieldston.»

Fieldston. Natürlich. Es mußte einen Fieldston geben. Er kniete sich hin und warf einen Blick in die Brieftasche. Es stimmte. Edgar R. Fieldston. Führerschein, Kreditkarten, Ausweise.

Er sagte: «Fieldston Growth Enterprises.»

Der Mann sagte: «Ja.»

«Was machen Sie in Orloffs Haus?»

Fieldstons Ton änderte sich. Er versuchte es mit einem Anflug von Autorität. «Mr. Orloff hat für mich gearbeitet», sagte er. «Ich brauchte einige Unterlagen, und ich habe jedes Recht, mich hier aufzuhalten. Nehmen Sie jetzt die Brieftasche und lassen Sie mich in Ruhe.» Er bemerkte den falschen Ton. Es war nicht der Mut eines Mannes, der versuchte, einen erbärmlichen Brieftaschenräuber einzuschüchtern. Und er hatte auch nicht gesagt: Nehmen Sie das Geld und lassen Sie mir die Brieftasche. Er hatte gesagt: Nehmen Sie die Brieftasche. Für einen Mann wie ihn wäre der Verlust des Führerscheins und der Ausweise vielleicht unangenehmer gewesen als der Verlust von tausend Dollar.

Er sagte: «Nein, danke. Ich habe schon eine Brieftasche.»

Fieldstons Hände fuchtelten durch die Luft. Die Kraft, die bisher verhindert hatte, daß sie zitterten, schien ihn jetzt zu verlassen. Als er sprach, zitterte auch seine Stimme. «Was wollen Sie?»

Er sagte: «Ich will Sie.»

Fieldston wandte sich ihm zu, als könnte er sich nicht mehr beherrschen. «Nein, warten Sie einen Augenblick. Sie haben das falsch verstanden. Ich wollte nicht ins Ausland fliehen. Ich bin ja hier, Sie sehen es doch.»

Er mußte seine Angst schüren. Sagte: «Quatsch.»

Fieldston deutete auf den Aktenkoffer, der am Boden lag. «Sehen Sie doch selbst nach. Ich wollte sie ihm geben. Vier Millionen Dollar. Verdammt, das sind fünfzig Prozent
 jährlich auf seine Investition.» Er mußte Fieldston dazu

bringen, den Namen zu nennen. Daher grinste er nur und schüttelte den Kopf.

Fieldston war jetzt außer sich vor Angst. Seine Stimme klang schrill und kreischend. «Ja!» sagte er. «Es ist wahr. Hier ist es, und jetzt sind wir quitt. Ich verschwinde dorthin, wo mich die Polizei nicht finden kann.»

«Und was wollten Sie hier?» fragte er.

Fieldston erwiderte: «Ich kannte Orloff. Er hat bestimmt etwas hier aufbewahrt, was er gegen uns verwenden konnte für den Fall, daß es zu einer Untersuchung kommt. Bevor ich mich absetzte, wollte ich es finden.»

Wieder lächelte er. Dann sagte er: «Nein. Sie wollten es für sich, damit Sie es gegen uns einsetzen können. Um Ihren Arsch zu retten.»

Fieldston schüttelte den Kopf. «Nein. Ehrlich. Ich würde mich hüten.» Er griff in seine Hosentasche und zog ein Scheckbuch heraus. «Sehen Sie?» sagte er. «Da! Eine Aufzeichnung aller Transaktionen der letzten fünf Jahre. Er hat sie hier eingetragen. Ich habe es gefunden. Wir werden es jetzt gemeinsam vernichten, und dann können Sie ihnen sagen, daß alles okay ist.»

«Sie hätten es ihnen selbst sagen müssen», erklärte er.

Fieldston entgegnete: «Aber man hat mir eingeschärft, daß ich niemals das Telefon benützen darf, wenn ich Mr. Balacontano sprechen möchte.» Der Name! Er war nicht überrascht, nur froh, daß es vorüber war. Er entschloß sich, es kurz zu machen, und zielte sorgfältig. Der Schuß traf Fieldston mitten in die Stirn. Die Pistole gab einen gedämpften Knall von sich; Fieldstons Kopf zuckte ein wenig, dann sackte der Körper zu Boden.

Er schaute auf seine Uhr. Noch nicht mal drei, dachte er. Genügend Zeit.

KAPITEL 30

Als Elizabeth erwachte, dauerte es einen Augenblick, bis ihr alles wieder einfiel. Aber dann kam die rasche Folge der Gefühle: das Erinnern, das Erschrecken und die Erkenntnis der Unabänderlichkeit. Palermo war tot.

Sie setzte sich im Bett auf und schaute auf den Wecker. Es war fast drei Uhr morgens. Sie hatte seit über acht Stunden geschlafen. Der Sheriff war mit ihr nach Carson City gefahren, und sie hatte eine Maschine zurück nach Las Vegas genommen, nachdem sie bis zwei Uhr nachmittags hatte warten müssen. Es war knapp vier Uhr gewesen, als sie im Büro des FBI angekommen war.

Warum hatte Brayer sie nicht angerufen? Er war weder im Büro noch im Hotel gewesen. Wenn er nach Washington geflogen war, hätte er schon vor Stunden dort angekommen sein müssen. Und Connors und Padgett hätten es ihm mitgeteilt: Elizabeth hatte wieder einmal versagt. Palermo war tot. Fliegen Sie zurück und retten Sie, was von der Untersuchung noch zu retten ist. Es mußte ihr Telefon sein.

Sie schaltete das Licht an. Es hatte keinen Sinn, jetzt weiterzuschlafen. Die acht Stunden Schlaf, die sie erkauft hatte mit der Erschöpfung, der Verwirrung und der Schande des Morgens, waren vorüber. Jetzt mußte sie sehen, wie sie mit dem Rest der Nacht fertig wurde. In Washington war es schon sechs Uhr morgens.

Elizabeth zog sich an. Wenn sie schon die nächsten Stunden damit verbringen mußte, über alles nachzudenken – nun, zum Glück war sie hier in Las Vegas. Unten im Hotel würde es etwas zu essen geben. Menschen, die an den Spieltischen saßen oder tranken und ein Leben führten, in dem man nicht vor Augen gehalten bekam, was geschliffenes Metall dem menschlichen Fleisch und den Arterien antun konnte.

Sie fuhr mit dem Lift ins Erdgeschoß und ging durch das Casino. Um diese Zeit waren nur noch wenige Tische geöffnet, und die Leute spielten Blackjack oder würfelten mit langsamer, lässiger und alkoholisierter Hartnäckigkeit – in Lichtteichen, die durchzogen wurden von Wolken bläulich-grauen Zigarettenrauchs.

Sie ging an den Restaurants vorbei. Seit Stunden geschlossen: Niemand verlangte noch um die Zeit «Beef Wellington» oder Seezunge «Bonne femme». Der Coffeeshop strahlte noch hell, aber in der Ecke hinter einer Barrikade von Stühlen, die umgekehrt auf die Tische gestellt waren, arbeitete ein Schwarzer mit dem Staubsauger und machte sauber. Sie suchte sich einen Platz aus, der weit genug vom Staubsauger entfernt war. Am übernächsten Tisch saßen zwei untersetzte Männer mittleren Alters in grauen Anzügen, aber um diese Tageszeit war ihr das sogar recht. Wenigstens wirkte dieser Teil des Coffeeshops noch belebt, und sie fühlte sich nicht so einsam.

Die Kellnerin mußte einmal hübsch gewesen sein. Vielleicht war sie es sogar jetzt noch, aber sie sah müde und erschöpft aus. Das Haarnetz milderte den Eindruck kaum. Damit erinnerte sie an einen Mann mit einer Baskenmütze. Sie kam auf dem Weg zur Küche an ihrem Tisch vorbei und knallte eine Speisekarte vor Elizabeth hin. Nach ein paar Minuten kam sie wieder und blieb stehen – den Block in der Hand.

Elizabeth sagte: «Ich habe mich noch nicht entschieden. Was ist in einem Donna-Summer-Sandwich?»

«Pastrami, gehackte Leber und Krautsalat.»

Es klang gut. Elizabeth hatte – ja, seit wann hatte sie nichts mehr gegessen? Mindestens seit einem Tag. «Ich nehme das. Und Kaffee.»

Die Kellnerin nickte, während sie es notierte. Ihr Gesicht zeigte versteinerte Tüchtigkeit. Dann beugte sie sich ein wenig herunter und sagte mit leiser Stimme: «Übrigens, Sie können sich selbst einen Gefallen tun.»

Elizabeth blickte hoch und sah, daß die Kellnerin hinüberschaute zu den zwei Männern am übernächsten Tisch. Elizabeth fragte: «Einen Gefallen?» und ihre Stimme war ebenso leise wie die der Kellnerin.

Die Kellnerin antwortete: «Versuchen Sie nicht, hier drinnen Ihr Geschäft zu machen, Honey.» Sie nickte kaum merklich in Richtung auf die beiden Männer, daß selbst Elizabeth erst gar nicht merkte, was das zu bedeuten hatte. Dann sagte die Kellnerin: «Die Sitte.»

Elizabeths Gedanken holten rasch auf. Natürlich! Die einzigen Frauen, die sie im Casino gesehen hatte, war eine Gruppe von vier mütterlichen Ladies in Hosenanzügen gewesen, die kichernd wie Teenager an einem Blackjack-Tisch gesessen hatten. Sie sagte «Danke» zur Kellnerin, die in Richtung Küche verschwand.

Elizabeth blickte auf ihre Uhr. Fast halb vier. In jeder anderen Nacht hätte sie diese Szene amüsiert. Aber jetzt kam es ihr vor, als ob man ihr eine Ohrfeige verpaßt hätte. War es ihr Kleid? Sie wollte irgend jemandem irgend etwas sagen, wollte beweisen, daß sie sich alle irrten …

Die Kellnerin kam zurück mit dem Sandwich, und Elizabeth begann zu essen. Das Sandwich war so dick, daß sie Mühe hatte, es in den Mund zu bekommen. Aber es war ihr egal. Auch die Kalorien waren ihr egal. Sie mußte lächeln. Na und? Ich bin ein Versager. Ein fetter Versager. Und ich sehe aus wie eine Nutte.

Sie fühlte sich fast augenblicklich besser. In ein paar Stunden würde Brayer auftauchen, und dann würde ein neuer Tag beginnen. Immerhin hatte ihr Palermo ja eine ganze Menge verraten. Wenn sie mit dem Essen fertig war, würde sie wieder nach oben fahren und alles aufschreiben, damit es bei der Rückkehr Brayers bereitlag. Und außerdem war da ja noch Edgar Fieldston. Er konnte nicht immer in der Versenkung bleiben.

Plötzlich hörte sie eine Stimme neben sich. Sie drehte sich in die Richtung und bemerkte, daß es einer der beiden Männer war, der sein rosiges Gesicht dem ihren genähert hatte und grinste, wobei der zu enge Kragen seines Hemds tief in seinen fetten Hals einschnitt. Er sagte: «Hätten Sie Lust, uns beim Dessert Gesellschaft zu leisten?»

Elizabeth kaute weiter und schüttelte den Kopf.

Das Grinsen des Mannes wurde noch breiter, und seine kleinen, weißen Zähne strahlten wie eine Perlenkette. «Ach, kommen Sie. Ich lade Sie ein.»

Elizabeth schluckte hinunter, dann sagte sie: «Halten Sie den Mund und gehen Sie weg. Ich denke nach.»

Er kniete über Fieldstons Leichnam und legte die Handtücher unter seinen Kopf. Die Wunde blutete kaum noch. In Kürze würde das Blut gerinnen. Und bis dahin gab es eine Menge zu tun.

Der Aktenkoffer enthielt genau das, was Fieldston gesagt hatte. Er selbst hatte noch nie so viel Geld auf einmal gesehen. Was hatte Fieldston gesagt? Vier Millionen. Also vermutlich alles in Tausendern. Vielleicht wollte Fieldston wirklich nicht abhauen. Er hätte diese Scheine nicht ausgeben können, ohne aufzufallen – insbesondere, da ihm nicht Balacontanos Organisation zur Verfügung stand, der es ein leichtes war, das Geld zu «waschen». Was also hatte er gewollt? Na schön, wie er selbst gesagt hatte: Er wollte Balacontano ausbezahlen und dann verschwinden, mit Orloffs Scheckbuch als Sicherheit, damit ihn Bala in Ruhe ließ. Was bedeutete, daß die Buchhaltung der FGE in Ordnung sein mußte, es sei denn, es gab dort einen Hinweis, eine Art Code. Aber das war praktisch ausgeschlossen. Der Narr. Balacontano hätte ihm schon geholfen zu «verschwinden».

Rasch durchsuchte er das Haus. Fieldston hatte in den anderen Räumen offensichtlich nichts angerührt. Er mußte Orloff gut gekannt haben. Fieldston wäre nicht schlau genug gewesen, diesen Raum auf Anhieb zu finden – nicht, wenn er so dumm war, zu glauben, er könnte Carl Bala mit Orloffs Scheckbuch in Schach halten. Er ging zu dem Toten zurück und durchsuchte dessen Taschen. Keine Schlüssel. Er überlegte. Fieldston mußte ein Taxi genommen haben oder zu Fuß hierhergekommen sein. Vermutlich war er vom Flughafen gekommen. Und er hatte nicht vorgehabt, jemals wieder nach Hause zu gehen, denn er hatte keinen Schlüssel für sein Haus bei sich. Er hatte auch kein Zimmer in einem Hotel genommen, denn dann hätte er einen Hotelschlüssel dabeigehabt. Fieldston hatte so viel Angst gehabt, daß er dafür gesorgt hatte, von niemandem bei seiner Rückkehr nach Las Vegas ertappt zu werden.

Es gab eine Menge zu tun, und er mußte sich jetzt beeilen. Es durfte ihm kein Fehler unterlaufen, nichts, was ihn zwingen würde, später noch einmal zurückzukehren. Er mußte alles bis zur Morgendämmerung erledigen. Er schaute auf die Uhr. Halb vier. Zwei gute, sichere Stunden, und dann noch eine, bis die Leute der Tagesschicht aufstanden. Er ging hinaus und fuhr seinen Wagen in Orloffs Einfahrt, ohne die Scheinwerfer einzuschalten.

Dann ging er zurück ins Haus und schaute sich nach einem Hilfsmittel um. Orloffs Schreibtischsessel hatte Rollen, war genau das Richtige. Er kniete sich auf den Boden, legte die Hände unter Fieldstons Schulter und hievte ihn hoch in den Sessel. Dann ging er ins Bad und nahm zwei weitere große Badetücher aus dem Wäscheschrank. Er hoffte, daß man die Handtücher nicht gezählt hatte. Eines wickelte er um den Oberteil des Körpers, das andere warf er in Fieldstons Schoß. Dann zog er den Bürosessel durch das Haus zur Tür. Dort packte er den rechten Arm Fieldstons. Der Tote sackte gegen seine Schulter. Er hob ihn aus dem Sessel und schleppte ihn zum Wagen, öffnete den Deckel des Kofferraums und legte Fieldston hinein. Dabei versuchte er die Handtücher so hinzulegen, daß kein Blut auf den Boden des Kofferraums tropfte.

Anschließend kehrte er ins Haus zurück. Er schob den Schreibtischsessel wieder in Orloffs Büro und schabte mit den Füßen über den Teppich, um die Spuren der Rollen zu verwischen. Dann blickte er sich noch einmal um, stellte fest, daß alles unberührt wirkte, steckte die Brieftasche in den Aktenkoffer und ging hinaus. Erst als er im Wagen saß, fiel es ihm wieder ein. Wie war Fieldston eigentlich hineingekommen? Er hatte keinen Schlüssel gehabt ...

Er kehrte zum Haus zurück und prüfte jedes der Fenster. Es war das Fenster im Gästebad, aber Fieldston war vorsichtig gewesen. Es gab keine Spuren auf dem Fensterbrett, und das Schloß war nicht beschädigt, nur ein ganz klein wenig zerkratzt. Er schaute sich noch einmal um, bevor er das Haus verließ. Dann drückte er vorsichtshalber noch einmal gegen den Kofferraumdeckel des Wagens, um zu prüfen, ob er gut verschlossen war, und fuhr hinaus auf die Straße. Über ein Labyrinth von Straßen erreichte er die Schnellstraße. Als er den Wagen auf dem Highway beschleunigte, überkam ihn das Bedürfnis, schallend zu lachen. Wenn die Sonne aufging, war er vielleicht schon in Kingman in Arizona, und wenn die Geschäfte öffneten, vielleicht in Flagstaff. Kaum zu glauben, wie weit ein Mensch noch kommen konnte, nachdem man ihn in den Kopf geschossen hatte.

Die Bücher, die er kaufte, waren Paperbacks. Im Supermarkt kaufte er drei, lauter Bestseller – das jedenfalls stand auf den Umschlägen. In der Buchhandlung kaufte er Klassiker – Bücher, die zu lesen man ihn auf der Schule gezwungen hatte. Und im Drugstore fand er zwei, die angeblich Romanfassungen von Filmen waren. Als er genügend beisammen hatte, setzte er sich in den Wagen, der auf einem Parkplatz stand, und begann mit dem Packen. Ein Schein pro Seite. Er fand es zum Lachen, daß das erste Taschenbuch danach über zweihunderttausend Dollar wert war. Es dauerte länger als eine Stunde, aber es ging nicht schneller. Er war gut im Packen, und das war ein Paket, das perfekt sein sollte.

Als das Postamt öffnete, war er schon da und sah dem Mann beim Aufschließen zu. Er schickte das Paket als Drucksache. Es war ein seltsames Gefühl, zu sehen, wie es der Postbeamte zu den anderen in den Container warf, so daß sie danach kaum noch voneinander zu unterscheiden waren. Aber in diesem Augenblick war ihm längst klar, daß es keinen Sinn hatte, noch länger Gedanken darüber zu verschwenden. Das Geld war aus seinem Besitz verschwunden, und es gab keine Möglichkeit, diese vier Millionen Dollar zurückzuholen. Es war mehr Geld, als er jemals zu bekommen gehofft hatte, und jetzt war es weg. Er blieb nicht am Schalter stehen, um darüber nachzudenken.

 Das alles hatte er bereits vor Stunden entschieden, während er durch die dunkle Wüste gefahren war. Es gab keinen anderen Weg.

Die Sonne stieg hoch, und er mußte die Stunden in Meilen verwandeln. Wenn er zu lange wartete, würden die Eiswürfel in den Säcken, die er gekauft hatte, schmelzen, und sicher waren einige dieser Plastikbeutel auch nicht ganz dicht. Er konnte es sich nicht leisten, daß das Wasser während der Fahrt aus dem Kofferraum tropfte. Wenn er zügig weiterfuhr, konnte er vielleicht fünfhundert Meilen schaffen, ehe er das Eis erneuern mußte, weil der Luftstrom des Fahrtwinds die Haube des Kofferraums kühlen würde, genauso, wie er den Motor kühlte. Es würde allerdings lange dauern, bis er wieder zum Schlafen kam, dachte er. Aber danach hatte er genügend Zeit zum Schlafen – zwanzig Stunden am Tag, bis ans Ende seines Lebens, wenn er wollte. Jetzt brauchte er nur noch Edgar abzuliefern. Er sagte laut: «Bleib cool, Edgar. Es dauert nicht mehr lange.»

Es war kurz nach Mittag, als er das Plätschern hörte. Immer wenn er langsamer fuhr oder beschleunigte, plätscherte es hinten im Kofferraum. Gegen eins sah er kleine Pfützen im Rückspiegel, wenn er zu rasch beschleunigte oder stark abbremsen mußte. Und als er zum Tanken in Flagstaff hielt und die Hand auf den Kofferraumdeckel legte, wußte er, daß seine Theorie mit dem kühlenden Fahrtwind falsch gewesen war. Die Oberfläche war genauso heiß wie das Metall der Zapfsäule. Als er losfuhr, sagte er: «Edgar, du wirst mir zum Problem. Wenn wir nichts unternehmen, wirst du da hinten noch gekocht. Fürchte, wir müssen das Arrangement ändern.»

In einem Kaufhaus besorgte er sich eine Säge, eine Schaufel und eine Kühlbox. Dann suchte er eine Viertelstunde, bis er ein Geschäft fand, wo es landwirtschaftliche Geräte und Zubehör gab. Dort kaufte er sich gelöschten Kalk und las genau die Aufschrift auf den Fünfzig-Pfund-Säcken: «Calciumoxid – 95 %, Magnesium – 2 %, Silizium, Aluminium, Eisen – 2 %. Garantiert nicht mehr als 1 % Wasseranteil.»

Er fuhr die Säcke mit einer Einkaufskarre hinaus zu seinem Wagen und war gleich darauf wieder unterwegs. Die Kühlpatronen kaufte er in einem Schnapsladen in Winslow, weil es der erste Ort war, der so aussah, als ob man so etwas kaufen könne – und zwar in gekühltem Zustand.

Inzwischen war es Mitte des Nachmittags geworden und so heiß, daß die endlose, gerade Straße flimmerte und flirrte. Er nahm die Route 77 durch Snowflake und Show Low, fuhr dann nach Osten durch Springerville und über die Route 60 nach New Mexico. Und es war schon Nacht, als er die Stelle fand, die er suchte, zwischen Quemado und Magdalena, etwa fünfzig Meilen hinter der Kontinental-Wasserscheide. Es war eine Nebenstraße, die auf keiner Karte eingezeichnet war, aber er sah, daß sie irgendwo hinführte. Seit er das letzte Mal einen anderen Wagen gesehen hatte, war eine Stunde vergangen, und die hiesigen Rancher saßen längst in ihren Häusern. Schließlich bog er auf eine Kiesstraße ab, die sich durch felsige Hügel wand, und fuhr weiter, bis er eine Stelle gefunden hatte, die ihm günstig erschien. Er parkte den Wagen am Straßenrand und stieg aus.

Er schaute sich prüfend um, konnte aber nicht viel mehr als den mit gigantischen, hellen Sternen besetzten Himmel sehen, die unglaublich klar und deutlich über ihm standen. Danach nahm er die Schaufel und ging hinüber zum Hang. Ein schönes Land, dachte er, sogar nachts – größer und leerer und sauberer als das Land, durch das die Hauptstraßen gingen. Und wenn er zügig arbeitete, schaffte er es vielleicht sogar, zum Sonnenaufgang in Amarillo zu sein.

KAPITEL 31

Die erste Hälfte des Tages verbrachte Elizabeth damit, mit höchst ungutem Gefühl auf die Rückkehr von John Brayer zu warten. Dabei machte ihr vor allem die Tatsache zu schaffen, daß er in Washington gewesen sein mußte, als er die Sache mit Palermo erfahren hatte. Wahrscheinlich hatte er sich bereits einen Termin beim Generalstaatsanwalt geben lassen. Das hieß, daß er ihm nun erklären mußte, warum dieser Termin nicht mehr stattzufinden brauchte. Aber noch unangenehmer war ihr die Vorstellung, daß er vielleicht gerade in seinem Büro war, als man ihm die Nachricht übermittelte. Denn dann befand er sich in dem Büro, wo die Personalangelegenheiten behandelt wurden und wo sich auch Elizabeths Personalakte befand.

Irgendwann im Laufe des Nachmittags jedoch änderte sich ihre Einstellung. Die FBI-Leute waren von einer kühlen Höflichkeit zu ihr, aber sie spürte ihre Verachtung und Ablehnung. Und sie hatten natürlich recht. Hätte Brayer angeordnet, Palermo zu ihnen zu bringen, dann wäre dieser noch am Leben. Sicher, er wäre vermutlich zunächst nicht glücklich gewesen darüber, aber auf lange Sicht hätte das keinen großen Unterschied gemacht. Die Fahrt nach Carson City war im Grunde keineswegs gerechtfertigt. Man hätte es auch so arrangieren können, daß man Palermo hier in Las Vegas in Sicherheitshaft genommen hätte. Aber jetzt war Brayer irgendwo in Washington, also aus der Schußlinie, und Elizabeth saß hier im Büro des FBI und bekam die Abneigung der Leute allein zu spüren. Und natürlich wußten alle Bescheid. Ihr Bericht enthielt auch die Begründung, weshalb man diese Fahrt nach Carson City gewagt hatte. Denen, die ihn nicht gelesen hatten, war er mündlich mitgeteilt worden. Sie sah es an ihren Mienen. Gegen vier kam Elizabeth zu der Erkenntnis, daß sie eine Närrin gewesen war. Wenn Brayer ihre Entlassung beantragte oder auch nur ihre Tätigkeit negativ bewertete, würde sie eine Anhörung verlangen und dagegen ankämpfen. Er war derjenige gewesen, der angeordnet hatte, mit Palermo so zu verfahren – eine einzelne Frau, ausgebildete Datenanalytikerin, die stundenlang mit einem geständigen Kriminellen im Dunkeln durch menschenleere Gegenden fährt! Sie hätte ebensogut auch selbst getötet werden können. Wenn er irgendwelche negative Bemerkungen in ihre Personalakte setzte, würde sie dafür sorgen, daß er es bedauerte. Und wenn erst die Anhörung vorüber war, würde man ihr sogar ein Lob aussprechen müssen.

Beim Abendessen fragte sich Elizabeth, ob sie nicht allzusehr in die Defensive gegangen war. Den ganzen Tag über war nichts aus Washington gekommen, was auch nur in irgendeinem entfernten Zusammenhang mit Palermo gestanden hätte. Vielleicht nahm Brayer doch die Schuld auf sich und hielt sie vorläufig aus der Sache heraus. Sie hatte das schon bei ihm erlebt, wenn er einen Bericht anfertigte, in dem jemand nur als «der anwesende Agent» oder «der Außendienstmitarbeiter» erwähnt wurde. Vielleicht erklärte das, warum er sich bisher nicht mit ihr in Verbindung gesetzt hatte.

Als sie zu Bett ging, begann sie sich Sorgen um ihn zu machen. Er war in Washington und nahm die Schuld für das Desaster auf sich, und die Tatsache, daß er noch nicht zurück war, bedeutete, daß Washington es keineswegs auf die leichte Schulter nahm. Dabei war Brayer höchstens fünf Jahre von seiner Pensionierung entfernt.

Am nächsten Morgen war Elizabeth sicher, daß es so sein mußte. Brayer hatte die Verantwortung übernommen, und man machte ihm das Leben ungewöhnlich schwer. Das einzige, was sie tun konnte, war, sich hier so weit wie möglich um die Sache zu kümmern und irgendwelche Fortschritte zu erzielen, solange Brayer sich in Washington aufhielt. Wenn sie etwas entdecken würde, was gewichtig genug war, würde man in Washington die Sache mit Palermo vergessen, und dann waren sie beide aus dem Schneider. Was sie jetzt brauchte, war ein zweiter Palermo, jemand, der den Namen des stillen Teilhabers bei der FGE kannte und der beweisen konnte, daß der stille Teilhaber die Leute reihenweise umlegte, nur um sich selbst zu schützen. Mit anderen Worten: Sie brauchte Edgar Fieldston.

Im Büro des FBI warf sich Elizabeth auf die Berichte. Palermo hatte angedeutet, daß es einer von den ganz Großen sei, und die Größten waren Toscanzio und Balacontano.

«Mittwoch, 21. Februar, 22.00 Uhr. Saratoga Springs, New York: Carlo Balacontano alias Carl Bala. B. hat sich seit Montag, dem 19. Februar, auf seinen Landsitz zurückgezogen. Dienstag, 20. Februar, trafen seine Frau, Theresa Balacontano, sein Sohn Richard und seine Schwiegertochter Victoria und deren vier Kinder dort ein. B. erhielt Besuche von einer Reihe seiner Geschäftspartner, darunter Laborese, Antonio; Giambini, Robert; Montano, John; Guariano, August; DeFabiani, Daniel.»

«Dienstag, 22. Februar, 9.15 Uhr. Evanston, Illinois: Vincent Toscanzio. T. hält sich seit vier Tagen in seinem

Heim auf. Seine Familie, einschließlich seiner Mutter, Mrs. Maria Toscanzio, sind im Lauf dieser Zeit dort eingetroffen und halten sich seitdem ebenfalls auf dem Grundstück auf. Familienmitglieder wurden Dienstag, 20. Februar, im Garten beobachtet, wie sie einen Schneemann bauten, seitdem waren alle im Haus, möglicherweise wegen der Wetterverschlechterung. Häufige Besuche, ausnahmslos Angestellte des Diätklubs von Amerika, bei dem T. finanziell beteiligt ist. Ausnahme: Ankunft von Antonio Damonata alias Tony Damon, der am Mittwoch mit zwei nichtidentifizierten Begleitern dort eintraf.»

Es bestand kein Zweifel darüber, was da vor sich ging, aber das half Elizabeth nicht weiter. Die Familien sammelten ihre Wagen um die Frauen und Kinder und gaben Einsatzbefehle an ihre Truppen aus. Sie dagegen wollte nur den einen, der das alles in Gang gesetzt, der Veasy und den Senator umgebracht hatte, danach Orloff und Castiglione. Sie war nicht so töricht, zu glauben, daß sie den Killer selbst erwischen würden. Wenn er wirklich irgendwie auffiel, dann nur durch einen verrückten Zufall. Aber der Mann, dem Elizabeth nachspürte – der war verwundbar. Er hatte die FGE für irgend etwas benützt. Was es auch war, es war schlimm genug, daß er alle möglichen Risiken einging, um es geheim zu halten und jeden zu töten, der diesem Geheimnis zu nahe kam. Aber es war ihm bisher nicht gelungen, den Schlüsselmann zu erwischen. Solange Edgar Fieldston lebte, bestand noch Hoffnung für Elizabeth.

Die Sekretärin machte sich nicht die Mühe anzuklopfen, als sie mit den neuen Berichten ins Büro kam. Warum sollte sie auch? dachte Elizabeth. Es ist schließlich ihr Büro. Ich bin der Eindringling, der Außenseiter, den sie mit mürrischer Toleranz ertragen müssen. Mit dem sie zusammenarbeiten müssen, obwohl er nicht mit ihnen zusammengearbeitet hat, als es etwas gegeben hatte, was vermutlich gemeinsam besser gelöst worden wäre.

Sie fand einen ersten Bericht über die bei der FGE verbliebenen Akten. Sie schaute die Liste durch, bis sie zur Zusammenfassung kam. Die Papiere waren noch nicht so komplett, daß man mit ihnen bereits jetzt irgend etwas hätte beweisen können. Sie nahm an, daß die Prüfer des FBI wußten, wonach sie suchen mußten. Dann fiel ihr ein Hinweis auf: «Für genauere Überprüfung empfohlen: Reisen.» Sie blätterte die Zusammenfassung durch, bis sie auf die Reisekosten stieß. Es war leicht zu erkennen, was die Aufmerksamkeit der FBI-Prüfer wachgerufen hatte. Im letzten Kalenderjahr waren Reisekosten in einer Höhe von 56 382 Dollar vermerkt worden.

Sie sah diesen speziellen Teil des Berichts auf irgendeinen erhellenden Hinweis durch. Aber die meisten Eintragungen waren bedeutungslos. Orloff war nach New York, Los Angeles und Chicago geflogen. Fieldston hatte eine Woche in Buenos Aires verbracht und war anschließend für eine Woche nach Rio de Janeiro geflogen. Hatten sie vielleicht dort Geld angelegt? Aber das würden die Prüfer des FBI herausfinden. Sie suchten ja auch nach Fieldston, und da war es gut zu wissen, wo er Kontakte hatte.

Sie schaute sich die Reisekostenliste an. Die übrigen Namen waren ihr unbekannt. Wahrscheinlich Vertreter oder so. Das FBI würde sie überprüfen. Jetzt kam sie zur letzten Eintragung und erstarrte. «Edgar Fieldston, Flugticket Nassau, Bahamas, und zurück, 16. Febr.» Sie hielt den Atem an. Warum war das niemandem aufgefallen? Aber dann erinnerte sie sich. Natürlich würde er Hin- und

Rückflug buchen. Um Fluggäste, die einen Rückflugschein hatten, kümmerten sich die Zollbehörden kaum. Sie wußten, daß die Reisenden nicht bleiben würden, nachdem sie ihr Geld ausgegeben hatten. Verdammt! dachte sie. Ich sehe nur noch das, was ich sehen möchte, und nicht das, was wirklich dasteht. Wo, zum Teufel, steckt Brayer?

Das *Parthenon Motel* in Cleveland hatte vier korinthische Säulen vor dem Büro. Sie hatten nichts zu tragen, vielleicht früher einmal das Hotelschild, bevor man eines aus Neon angebracht hatte. Es war nach zehn, aber er hatte keine Mühe, eines der Zimmer mit Kochnische zu mieten. Im Februar kamen nur wenige Reisende durch Cleveland, und diejenigen, die wirklich dort abstiegen, hatten keine Verwendung für einen Herd und einen Kühlschrank, schon gar nicht für solche, wie sie im *Parthenon* vermietet wurden.

Er war fast ohne Unterbrechung über achtundvierzig Stunden lang gefahren und wußte, daß er jetzt schlafen mußte. Er parkte den Wagen vor seinem Zimmer und trug seinen Koffer hinein. Dann ging er zurück zum Wagen und holte die Kühlbox. Er brachte sie in die Küche und öffnete sie. Die Kühlpatronen, die er in St. Louis gekauft hatte, waren noch überraschend kalt, aber er nahm sie heraus und legte sie in das Tiefkühlfach für den nächsten Tag. Dann sagte er laut: «Du auch, Edgar. Du mußt frisch bleiben.» Als er das Tiefkühlfach vollgepackt hatte, spülte er das Innere der Kühlbox aus, überprüfte zum zweitenmal die Schlösser an der Zimmertür und legte sich dann auf das Bett. Er fiel fast augenblicklich in einen nervösen, unruhigen Schlaf. Spätnachts wachte er auf und faßte nach der Pistole in seiner Jackentasche. Dann zog er die Jacke aus und legte sie neben sich auf das Bett. Anschließend schlief er gesund und traumlos, bis ihn das Zimmermädchen am nächsten Tag gegen elf durch sein Klopfen weckte.

Als er am Nachmittag durch Buffalo kam, dachte er an Maureen. Er nahm an, daß sie irgendwo in der Nähe war, sich ausruhte und ihr Geld zählte, während sie darauf wartete, daß ihr der Alte den nächsten Job ranschaffte. Sie war teuer und wahrscheinlich nicht so viel Geld wert gewesen, aber er bedauerte es nicht, ihr fünfzigtausend gegeben zu haben. Sie hatte ihn erwischt in einem Augenblick, wo er in der Stimmung war, gut zu bezahlen, also hatte sie auch ein Recht darauf. Großzügigkeit war ein Teil des Geschäfts.

Er wußte genau, wo er hin mußte. Er hatte den Ort schon einmal gesehen, als er und Eddie versucht hatten, den Kontrakt an Danny Lazaro zu erfüllen. Lazaro hatte eine zweijährige Stute namens *The Commodore's Pride* besessen, und Eddie hatte angenommen, Danny würde nach Saratoga kommen, um ihr beim Rennen zuzusehen. Eddie hatte sich geirrt, und so schauten sie sich das Rennen an und fuhren anschließend durch die Gegend und schauten sich Farmen an. Es war eine Landschaft von sanften, grünen Hügeln mit kleinen Gruppen alter Eichen und Ahornbäumen, die von weißen Zäunen umgeben waren.

«Das wird gemacht, damit die Pferde die Bäume in Ruhe lassen», hatte Eddie gesagt. «Die sind nämlich schlimmer als die Biber.» Er hatte sich damals vorgenommen, jemanden zu fragen, der sich mit Pferden auskannte, es aber dann vergessen. Eddie hatte sich das wahrscheinlich aus den Fingern gesogen. Er hatte sein ganzes Leben in Großstädten verbracht. Wenn er überhaupt etwas von Pferden verstand, dann nur, wie man sie zerlegte, daß man das Fleisch als Lendenstücke verkaufen konnte.

Sie fuhren damals an einer großen Farm, umgeben von einer niedrigen Natursteinmauer, vorbei. Auf den von den Weiden abgetrennten Pferdekoppeln stakten große, kastanienbraune Pferde in eleganter Muße herum, und Eddie hatte gesagt: «Weißt du, wem das hier gehört?» Er hatte mit den Schultern gezuckt, und Eddie hatte triumphierend erklärt: «Dem verdammten Carlo Balacontano. Dem und keinem anderen.»

In derselben Nacht hatte jemand anders Danny Lazaro umgelegt. Man hatte ihn in New York gefunden, in einem kleinen französischen Restaurant an der West Side, und als Eddie es in der Zeitung las, sagte er: «Kein Grund zur Aufregung. Der Kerl hat nur leider ein gutes Rennen verpaßt.»

Rochester, Syracuse und Utica flogen als grüne Tafeln am New York State Thruway vorüber. Es war fast zehn Uhr abends, als er in Albany auf die Route 87 nach Norden einbog.

Um elf sah er ein Schild, auf dem «Saratoga Springs 15 Meilen» stand. Ich rufe von Plattsburgh an, überlegte er, etwa um eins. Dann kann ich um drei in Montreal sein oder um vier oder fünf in New York. Es macht dann nichts mehr aus, wo ich bin, weil sich nach einem Tag kein Mensch mehr um mich kümmern wird. Morgen abend werden alle wissen, daß es sich nicht mehr lohnt, weil dann allen klarsein wird, daß der Mann, dem sie einen Wunsch erfüllen wollten, nichts mehr für sie tun kann. Was er ihnen auch versprochen hat, von da an sind es nur noch Worte, und sie werden sich etwas anderem zuwenden. Ein paar von ihnen werden sich erst einmal verkriechen und sehen, wer von den fünf Familien die Spitze erobern und New York erben wird; ein paar andere werden nicht darauf warten wollen und zu Toscanzio oder Tony Damon überlaufen, um dem großen Feldzug zuvorzukommen.

Er bog in Saratoga Springs von der Hauptstraße ab und fuhr zu der Farm. Selbst im Dunkeln erkannte er die weißen Zäune und die abseits liegenden Gebäude. Am ersten Tor war ein kleines Schild mit der Aufschrift «Montpelier Farms» und darunter, in kleineren Lettern: «Araber und englisches Vollblut». Er wäre froh gewesen, wenn er die Örtlichkeiten zuvor bei Licht hätte auskundschaften können. Kamen die Pferde nachts in die Stallungen? Oder liefen sie frei herum, selbst jetzt, im Februar? Er fuhr am Zaun entlang und versuchte, etwas von den dahinterliegenden Flächen erkennen zu können. Es gab drei große Weiden, alle schneebedeckt, und eine kleinere Weide in der Nähe der Stallungen, wo der Schnee zertrampelt war und der Grund schlammig wirkte. Vermutlich wurden dort die Pferde trainiert und zugeritten. Und dahinter war die Rennbahn, genau wie auf den großen Plätzen, nur ohne Tribünen. Auf einer Hügelkuppe über der Rennbahn stand das Haus. Das war es, was Macht bedeutete, dachte er: So viel freies Land rings um Balas Haus, daß er eine Straße bauen lassen mußte, um überhaupt hinzugelangen, und vermutlich mußte er eine ganze Weile mit dem Wagen herumfahren, wenn er sehen wollte, wie seine eigenen Pferde sein eigenes Gras fraßen. Wahrscheinlich kam er nur ein paarmal im Jahr hierher. Und wohl kaum im Februar. Es war zu kalt hier draußen für die Pferde, dachte er, und sogar zu kalt, um sie sich auch nur anzusehen.

Dennoch befürchtete er, daß es schwieriger werden würde, als er angenommen hatte. Zwischen der Straße und dem Haus lagen mindestens dreihundert Meter freies Land, und der größte Teil war schneebedeckt. Er konnte also nicht fahren und er konnte es sich nicht leisten, zu gehen und Fußspuren zu hinterlassen. Außerdem war der Boden vermutlich steinhart gefroren. Aber es mußte eine Möglichkeit geben. Er war von zu weit hergekommen, als daß er jetzt aufgeben konnte.

Er fuhr an der Farm vorbei und ließ sich das Problem durch den Kopf gehen. Es gab nur einen Weg, und er wußte, daß er ihn gehen mußte. Aber es würde nicht angenehm werden. Er wendete den Wagen und fuhr zurück nach Saratoga Springs. Dort brauchte er eine halbe Stunde, bis er einen offenen Laden fand. Es war ein Supermarkt, in dem um diese Zeit vorwiegend Bier verkauft wurde, aber er fand, was er brauchte: ein Paar Handschuhe, eine Wollmütze, eine Packung Mülleimerbeutel und eine Rolle dickes Klebeband.

Er parkte den Wagen eine Meile von der Farm entfernt neben einer geschlossenen Tankstelle und begann mit seinen Vorbereitungen. Erst sägte er den Schaufelstiel bis auf einen halben Meter ab, dann ging er um den Wagen herum zum Kofferraum, nahm vier Mülleimerbeutel heraus, steckte sie ineinander, damit sie nicht durchreißen konnten, und öffnete die Kühlbox. «Komm schon, Edgar», sagte er. «Letzter Zwischenstop.» Kein Wetter, um so weit zu Fuß zu gehen, aber er wußte, daß es keine andere Möglichkeit gab. Wer auch immer auf Balas Pferde aufpaßte, er würde äußerst argwöhnisch werden, wenn ein fremder Wagen so nah bei der Farm parkte, und außerdem konnte ihm der Wagen jetzt auch nichts nützen.

Als er die Farm erreicht hatte, ging er am weißen Zaun entlang, bis er zu einer Stelle kam, wo er sich mit einem anderen Zaun kreuzte, der die beiden Weiden voneinander trennte. Er war froh, daß er die Handschuhe und die

Mütze gekauft hatte. Um das Klebeband herauszuholen, mußte er die Handschuhe ausziehen. Er steckte die Schaufel in einen Plastiksack, den Revolver in einen zweiten, klebte dann mit dem Band die beiden Säcke zusammen und warf sie sich über die Schulter.

Dann kletterte er auf den Zaun, die Füße auf der untersten Querstange, die Hände auf der obersten. Auf diese Weise bewegte er sich seitwärts den Zaun zwischen den beiden Weiden entlang in Richtung auf das Farmgebäude. Erst kam er ziemlich langsam voran, aber nachdem er den Trick herausgefunden hatte, ging es wesentlich schneller. Die Weiden waren verlassen, aber jetzt sah er Spuren von Pferdehufen im Schnee. Vermutlich ließ man die Tiere tagsüber gelegentlich ins Freie, sagte er sich.

Er brauchte über zehn Minuten, bis er die Stelle erreichte, wo sich der Zaun mit dem kreuzte, der entlang von Balacontanos Privatstraße verlief. Er hielt inne, um sich ein wenig auszuruhen, und schaute im Mondlicht auf seine Uhr. Es war bereits nach Mitternacht, und er hatte keine Ahnung, wie lange es noch dauern würde. Wenn es nur nicht so kalt gewesen wäre ... Als er sich dem Haus näherte, merkte er, daß etwas nicht in Ordnung war. Vorsichtig arbeitete er sich näher, immer am Zaun entlang. Es hatte den Anschein, als ob im Haus sämtliche Lichter brannten. Balas Hausmeister würde nicht solche Festbeleuchtung veranstalten, und die Pferdeburschen und Stalljungen hatten nichts im Haus zu suchen. Trotz der Kälte begann er zu schwitzen. Er beugte sich über den Zaun und starrte auf den Schnee in der Einfahrt. Mindestens ein Dutzend verschiedener Spuren waren zu erkennen. Scheiße, dachte er, Bala ist also hier, und er hat einen Haufen seiner Leute dabei. Natürlich war er hier! Niemand kam näher als dreihundert Meter an das Haus heran, ohne gesehen zu werden. Er warf noch einen Blick auf das Haus und dachte, da drinnen sitzen vielleicht zwanzig oder dreißig Leute, die ihn beschützen. In New York müßte er sich mit zwei oder drei begnügen.

Er bückte sich und drückte sich an den Zaun, um nicht als Silhouette sichtbar zu werden. Die Umgebung des Hauses kam nicht in Frage. Es mußte eine andere Möglichkeit geben. Geduckt rutschte er am Zaun entlang weiter. Ja, bei den Stallungen! Es dauerte weitere zehn Minuten, bis er den Zaun neben dem länglichen, niedrigen Gebäude erreicht hatte. Er betrachtete den Boden hinter dem Zaun. Nur ein paar Schneeflecken, das übrige sah wie Morast aus. Vorsichtig berührte er die Erde mit der Schuhspitze und lächelte. Morast, aber gefroren zu einem ungleichen Muster aus Hufspuren und Fußabdrücken, tiefen Furchen, von Wagenrädern und Reifenspuren, vermutlich von einem Traktor. Er setzte beide Füße auf die gefrorene Erde und konnte sich endlich aufrichten.

Dann ging er am Zaun entlang zu den Stallungen. Er nahm den starken, scharfen Geruch der Tiere wahr, konnte ihre Gegenwart fühlen. Als er das Gebäude umschlich, wurde der Geruch stärker, fast überwältigend in der kalten, stillen Nachtluft. Er hörte einen Pferdehuf auf Holz schlagen, dann folgte ein leises Wiehern. Sie wittern mich auch, dachte er. Das kommt daher, weil ich nicht nach Pferdescheiße rieche.

Er blieb einen Moment stehen und wartete, bis sich die Pferde beruhigt hatten. Während er wartete, blickte er in die Runde. Ein paar Meter entfernt war ein Erdhügel, etwa drei Meter hoch. Nein, korrigierte er sich gleich danach, das ist kein Erdhügel, das ist ein Misthaufen, Pferdemist. Deshalb riecht es so stark auf dieser Seite der Stallungen.

Er ging auf die andere Seite des Hauses hinüber, jenseits der Stallungen, nahm seine Schaufel heraus und begann zu graben. Der Dung war nicht gefroren, ebensowenig wie der Boden darunter. Er kam etwa einen halben Meter tief, bis er auf gefrorene Erde stieß. Tut mir leid, Edgar, dachte er. Das wär's dann. Er steckte die Pistole in den anderen Plastiksack, warf Orloffs Scheckbuch dazu und begrub das Bündel. Dann nahm er die Schaufel und ging zurück. Als er die Ecke des Stallgebäudes erreicht hatte, hörte er wieder ein Pferd wiehern – und noch etwas anderes. Er erstarrte. Es waren Schritte. Ein Mann. Plötzlich ging irgendwo über ihm ein Licht an. Der ganze Grund rings um die Stallungen war in Licht getaucht. Er trat in den Schatten des Gebäudes und wartete. Wenn er sich nur eine zweite Pistole mitgenommen hätte! dachte er jetzt. Da stehe ich, eine halbe Meile von der Straße entfernt, eine Schaufel in der Hand, und die Schweinehunde sind wach!

Plötzlich vernahm er erneut Schritte hinter sich, die sich von der Rückseite der Stallungen her näherten. Er öffnete eine Tür, trat in den Stall ein und stand ganz dicht neben einem Pferd. Das Tier kam ihm riesengroß vor. Es drehte ihm sein langes, kluges Gesicht zu und starrte ihn an. Draußen kratzten Schritte über den gefrorenen Boden. Sie gingen vorüber, und er vernahm Stimmen. Eine davon sagte: «Mir ist es scheißegal, was er denkt. Wenn Toscanzio jemanden schickt, dann bestimmt nicht durch den Stall. Und wenn er sich solche Sorgen macht, soll er doch selbst rauskommen und durch die Pferdescheiße rutschen.»

«Immer mit der Ruhe», sagte die andere Stimme. «Wir machen nur eine Runde und gehen dann wieder hinein.»

Wachen, dachte er. Balacontano schickte sie auf regelmäßige Kontrollgänge. Das Pferd schien nervös zu werden. Es schnaubte und drängte von ihm weg. Nur ein paar Minuten, dann laß ich dir deine Ruhe, sagte er im stillen, dann bin ich weg. Er hatte gehört, daß man auf Pferde beruhigend einreden solle, aber das wagte er nicht. Vielleicht half es, wenn er ihm die Flanken streichelte. Er streckte den Arm aus und berührte sanft das Fell des Tiers. Dabei fühlte er, wie sich die Haut erst kräuselte, dann beruhigte – aber zu spät. Das Pferd in der nächsten Box schien die Nervosität seines Stallkameraden gefühlt zu haben. Es wieherte ebenfalls und stieß mit dem Huf gegen die Holzwand. Das Geräusch war in der Stille der Nacht laut wie ein Schuß.

«Was, zum Teufel, war das?» hörte er eine der Stimmen sagen.

Die andere antwortete: «Wir sollten mal in die Ställe schauen. Irgendwas beunruhigt die Tiere.»

Er hatte keine Zeit zum Überlegen. Während er die Stalltür öffnete, sah er, wie sich das Pferd umdrehte, um hinauszutraben. Als es an ihm vorüberkam, sprang er auf, und das Tier trottete hinaus in den Hof. Er befand sich hoch in der Luft, auf dem Rücken des Pferdes, und hinter sich hörte er einen der Männer brüllen: «Schaut!» Er wußte nicht, was er tun sollte, aber irgend etwas mußte er tun. Er beugte sich nach vorn. Mit der Linken packte er die Mähne des Pferdes, und mit der Rechten schlug er dem Pferd mit seiner Schaufel gegen die Flanken. «Lauf», zischte er. Und eher er darauf vorbereitet war, spürte er, wie sich die Muskeln des Tiers anspannten, es einen Satz nach vorn machte und ihn dabei um ein Haar abgeworfen hätte. Er hielt sich verzweifelt an der Mähne fest, und seine Beine hingen an den beiden Flanken herunter.

Die Männer hatten das Tor aufgelassen, und das Pferd lief darauf zu. Gleich danach war er draußen auf der Weide. Hinter ihm fiel ein Schuß, und das Tier galoppierte erschreckt in die Dunkelheit. Am Ende der Weide ragte der Zaun auf, eine weiße Barriere, die näher und näher kam. «Beruhige dich, du blödes Vieh», sagte er zu dem Pferd. «Bleib stehen.» Aber das Pferd beschleunigte noch, als es sich dem Zaun näherte.

Wenn ich runterspringe, kann ich mir etwas brechen, dachte er, und dann finden sie mich hier draußen. Er wollte schon dem Pferd die Schaufel über den Schädel hauen. Aber da er nicht wußte, wie das Tier darauf reagieren würde, hielt er sich einfach fest. Und dann fühlte er sich plötzlich in die Luft gehoben, und der Zaun glitt unter ihm vorbei. Er war auf einen Sturz vorbereitet, doch das Pferd landete sicher und galoppierte in vollem Tempo weiter über die zweite Weide.

Als er den zweiten Zaun auf sich zukommen sah, dachte er: Noch eine Prüfung! Aber diesmal verlangsamte das Pferd und trottete dann am Zaun entlang zur entferntesten Ecke der Weide. Es mag die Straße nicht, dachte er. Als es am Ende des Zauns angelangt war, blieb es stehen. Er sprang hinunter und kletterte über die weiße Umzäunung. Seine Beine waren wund, und sein Brustkasten schmerzte, aber es gelang ihm irgendwie zu laufen.

Das Wichtigste war jetzt, soviel Abstand wie möglich zu gewinnen. Er sprintete in die Richtung, aus der er gekommen war – so weit wie möglich von der Straße entfernt. Und er hatte schon fast die nächste Farm erreicht, als er die Scheinwerfer in der Ferne sah. Sie bewegten sich rasch, mindestens mit hundert Stundenkilometern, auf die Einfahrt zur Route 87 zu. Das zweite Scheinwerferpaar kam langsamer die Straße entlang. Der sucht nach einem abgestellten Wagen, dachte er. Er blieb vorsichtigerweise in dem kleinen Wäldchen neben der Straße. Ein paar Minuten später folgten weitere Wagen, aber keiner hielt an. Er war sicher, daß sie ihn auch in der entgegengesetzten Richtung suchten. Aber keiner von ihnen verfolgte ihn zu Fuß.

KAPITEL 32

Es kam ganz anders, als Elizabeth es sich vorgestellt hatte. Sie saß im Büro des FBI und ging die Außendienstliste des Vormittags durch, als die Sekretärin wieder einmal durchging und den ersten Teil der Nachmittagsberichte in einem Stapel auf dem Tisch neben der Tür liegenließ.

Elizabeth stand auf und ging zum Tisch. Sie war es allmählich leid, jeden Tag hier hereinzukommen und die schweigende Feindseligkeit eines Gebäudes voll unfreundlicher Menschen ertragen zu müssen, den ganzen Vormittag über hatte es keiner für notwendig gehalten, auch nur ein Wort mit ihr zu sprechen. Und jetzt ließ die Sekretärin die Protokolle bereits neben der Tür liegen, als sei Elizabeth eine Gefangene in Einzelhaft oder ein Haustier, das zwar hier und da gefüttert werden mußte, ansonsten aber keinerlei Aufmerksamkeit verdiente.

Es war das oberste Blatt auf dem Stapel. Der Text lautete: «Das nachstehend aufgeführte Personal wird aufgefordert, sich am 28. Februar um 8.00 Uhr im Büro der Abteilung für die Aufklärung organisierter Verbrechen beim Justizministerium in Washington D.C. zu melden: Dornquist, William; Kellogg, Bertram; Smith, Thomas H.; Feiler, Eleanor; Goltz, Ann K.; Waring, Elizabeth. Verkehrsmittel: ausschließlich Flugzeug.»

Sie las es ein zweitesmal durch. 28. Februar. Also morgen früh. Und jetzt war es bereits halb drei. Sie schaute auf die Zeitnotiz: Der Ausdruck war erst um 14.15 Uhr eingegangen, um 17.15 Uhr nach Washington-Zeit. Also eine Viertelstunde nachdem die meisten in Washington ihre Büros bereits verlassen hatten. Zumindest wurde nicht nur Elizabeth genannt. Es sah so aus, als ob sie jeden, der hier in Las Vegas an diesem Spezialauftrag arbeitete, abgezogen hätten. Es bedeutete also nicht, daß sie zurückgerufen wurde, um gefeuert zu werden. Sie bliesen die Aktion ab.

Elizabeth nahm den Hörer des Telefons ab und ließ sich einen Platz für den nächstmöglichen Flug reservieren. Dann packte sie ihre Berichte und ihre Notizbücher zusammen. Einen Augenblick lang überlegte sie, ob sie einfach sang- und klanglos verschwinden sollte, aber es kam ihr irgendwie doch zu schäbig vor, darum ging sie nach unten in das Büro des Leiters der Zweigstelle des FBI.

Er sagte: «Ich hörte schon, daß Sie abreisen.»

«Ja, es ist gerade über den Fernschreiber gekommen.»

Er tippte mit seinem Bleistift auf das Holz des Schreibtisches und räusperte sich. «Ich nehme an, ich kann Ihnen gratulieren.»

Elizabeth rutschte ein wenig zur Seite und schlug die Beine übereinander, damit die vielen Unterlagen, die sie auf dem Schoß hatte, nicht wegrutschten. «Nicht, daß ich wüßte», sagte sie.

Er starrte auf seinen Schreibtisch und sagte zunächst gar nichts, aber sie merkte, daß er wütend war.

«Wie Sie meinen. Aber lassen Sie mich eines sagen, was nicht ins Protokoll gehört. Wenn Ihr euch etwas weniger geheimniskrämerisch verhalten hättet, dann wäre manches wesentlich einfacher – und zwar für beide Seiten.»

«Ich weiß», erwiderte Elizabeth. «Ich wollte Ihnen –

übrigens auch nicht fürs Protokoll – sagen, daß ich nicht dafür war, Palermo nach Carson City zu fahren. Aber es war ein Befehl, und ich versuchte ihn auszuführen, so gut ich konnte. Dabei habe ich Palermo verloren. Und wenn Ihnen das ein Trost ist, dann kann ich Ihnen versichern –»

«Verdammt noch mal», sagte er leise. «Ich spreche nicht von Palermo. Das war vor zwei oder drei Tagen. Ich spreche von heute. Glauben Sie, daß wir Idioten sind?»

«Natürlich nicht», erwiderte Elizabeth. «Wovon sprechen Sie?»

«Ihr ganzes Team wird nach Washington zurückgeholt, und zwanzig Minuten später, sozusagen als Postskriptum, schicken sie uns diese Nachricht.» Er warf sie auf den Schreibtisch, und Elizabeth beugte sich vor, um sie in die Hand zu nehmen.

Dann las sie laut: «Betrifft Edgar R. Fieldston. Anordnung: Keine weiteren Aktionen.» Dann sagte sie: «Na und? Sie wissen eben, daß er nicht hier ist.»

Jetzt brüllte der Leiter des FBI beinahe. «Schön, der Fall ist abgeschlossen, und Sie sind alle auf dem Heimweg. Aber kein Mensch besitzt auch nur so viel Anstand, um uns mitzuteilen, was, zum Teufel, da vor sich gegangen ist. Entweder wir sind in einer Sache drin oder nicht.»

«Aber wie kann der Fall abgeschlossen sein?» fragte Elizabeth. «Wir wissen nicht mehr als vor einer Woche, das heißt, ich weiß jedenfalls nicht mehr. Und Sie haben jeden Bericht gesehen, den ich hier verfaßt habe.»

Er saß einen Augenblick lang schweigend da und starrte sie an. Sehr langsam veränderte sich seine Miene. Er sagte: «Na schön. Vielleicht habe ich mich geirrt.» Und fügte leise hinzu: «Wenn das der Fall sein sollte, möchte ich mich bei Ihnen entschuldigen.»

Elizabeth stand auf und umfaßte ihre Unterlagen mit beiden Armen. «Das mit Palermo tut mir leid. Aber, ehrlich, das war die einzige Sache, in der wir nicht zusammengearbeitet haben.»

Er sah ein wenig traurig und zugleich ziemlich bestürzt aus. Dann sagte er: «Ich glaube, da ist noch etwas, was ich Ihnen zeigen sollte. Vielleicht auch nicht – ich weiß nicht. Aber vor ein paar Minuten, als ich das Hauptquartier gefragt habe, was da eigentlich vor sich geht, habe ich das bekommen.» Er reichte ihr ein weiteres Fernschreiben.

Betr. Edgar R. Fieldston, F. G. E. und verwandte Angelegenheiten: Ab sofort zweite Kopie aller Vorgänge an: Justizministerium, Vereinigte Staaten gegen Carlo Balacontano, Anklageteam, z. Hd. Padgett.

Elizabeth hatte das Gefühl, als ob man ihr eine Ohrfeige verpaßt hätte. Sie blickte den FBI-Mann an und sah, daß er jetzt wieder auf den Schreibtisch starrte. Dann sagte sie: «Man hat Balacontano verhaftet? Das habe ich nicht gewußt.»

«Ich glaube es Ihnen. Und – es tut mir leid.»

Sie wiederholte: «Sie haben es mir nicht gesagt. Ich habe es nicht gewußt.»

Das Justizministerium war morgens um sieben still wie eine Höhle. Die Böden glänzten, und die Geräusche erzeugten Echos zwischen den altmodischen Beleuchtungskörpern an den hohen Wänden des Korridors. Postämter und Museen waren Elizabeth so vorgekommen, als sie noch klein war. Sie rochen sogar genauso, eine Mischung aus Bohnerwachs, Staub, Desinfektionsmittel und altem Papier: der typische, offizielle Regierungsgeruch, dachte sie.

Sie betrat das leere Büro und ging an ihren Schreibtisch. Er sah genauso aus, wie sie es erwartet hatte. Als sich der Stau täglicher Eingänge allzu hoch türmte, hatte man die Ausdrucke neben ihrem Schreibtisch gestapelt. In ein oder zwei Tagen würde wieder einmal jemand eine Menge zu tun haben.

Sie war keine fünfzehn Minuten da, als sie die ersten Schritte auf den Korridor vernahm. Nach ein paar Sekunden merkte sie, daß es zwei Männer waren. Einer von ihnen redete, und sie erkannte die Stimme: Padgett. «Lassen Sie mich nur einen Becher Kaffee holen und –» Er kam herein und blieb stehen. «Elizabeth? Großartig! Schön, daß du wieder da bist.» Er schenkte sich Kaffee ein. Gleich danach erschien der zweite Mann. Es war Martin Connors. «Guten Morgen, Miss Waring», sagte er, dann zog er die Stirn in Falten. «Ich möchte gern einen Augenblick mit Ihnen sprechen, wenn Sie nichts dagegen haben.»

«Aber nein», sagte Elizabeth und stand auf. Er ging bereits über den Korridor auf sein Büro zu. Elizabeth mußte fast rennen, um ihn einzuholen.

Hinter sich hörte sie Padgett sagen: «Ich bringe Ihnen einen Becher, Martin.» Dann fügte er hinzu: «Du auch, Elizabeth?»

Sie machte sich nicht die Mühe zu antworten. Beide gingen schweigend weiter. Connors schloß die Tür zu seinem Büro auf und trat zur Seite, um Elizabeth eintreten zu lassen, dann nahm er einen Sessel, der an der Wand stand, und stellte ihn für sie vor seinen Schreibtisch. Seine Gesten wirkten altmodisch, als ob sie mindestens zwei Generationen zurücklägen.

Er ließ sich hinter seinem Schreibtisch nieder, schürzte die Lippen und faltete die Hände. «Ich bin froh, daß Sie schon früher da sind, weil Sie mir bei dieser Sache ein wenig helfen sollen.»

Ich bin also nicht entlassen, dachte Elizabeth.

Er beugte sich vor und sagte: «Sie sind am besten vertraut mit dem Fall, und deshalb ist es doppelt wichtig, daß Sie hier sind, wenn es soweit ist, daß wir die Sache dem Gericht übergeben.»

Wieder dachte Elizabeth: Ich bin nicht entlassen. Dann: Am besten vertraut? Und sie fragte: «Was ist mit John?»

«John?»

«Ja, John.»

«Wissen Sie das nicht?» Er schüttelte den Kopf und starrte ein paar Sekunden lang auf den Schreibtisch. «John Brayer ist tot.» Er blickte wieder auf und sagte: «Tut mir leid – ich dachte, Sie haben es gewußt. Wie dumm von mir.»

Elizabeth stiegen die Tränen in die Augen. Sie sagte: «Wann? Und – wie?»

Wieder schüttelte Connors den Kopf. «Verschwenden Sie nicht Ihre Tränen an Mr. Brayer», sagte er. Es klang wie ein Befehl. «Er war unsere undichte Stelle, und seine Freunde hielten ihn zuletzt für ein zu großes Sicherheitsrisiko. Er war in Las Vegas, kurz nach – nach diesem Vorfall mit Palermo. Man fand ihn in der Wüste, irgendwo außerhalb der Stadt. Wir haben einige Zeit gebraucht, um ihn zu identifizieren.»

«Aber niemand hat es mir gesagt», entgegnete sie. «Warum hat es mir denn keiner gesagt?» Sie weinte jetzt. Brayer war tot, und sie war da gewesen und hatte gedacht … was eigentlich? Es war zu verrückt, es gab zu viele Dinge, an die man sich erinnern mußte. Aber sie merkte erst jetzt, daß Connors noch etwas gesagt hatte. Brayer – die undichte Stelle? Sie sagte: «John kann nicht die undichte Stelle gewesen sein. Was reden Sie denn da?»

Jetzt wurde aus Connors wieder der unpersönliche Vorgesetzte. Er sprach sehr langsam, als ob er alles nur einmal sagen und nie wiederholen wollte. «Als wir beide am Telefon miteinander gesprochen haben, da haben wir gleichzeitig mehrere Räder in Bewegung gesetzt. Das haben Sie ebenso gewußt wie ich. Das Resultat war eine für mich mindestens ebenso unerfreuliche Überraschung wie für Sie. Der Mann, der getötet wurde, war unser John Brayer. Nachdem er tot war, stellten wir fest, daß er eine große Geldsumme bei sich zu Hause aufbewahrte. Fast zweihunderttausend Dollar, um genau zu sein. Und danach erhielten wir weitere Beweise dafür, daß Brayer der Informant war.» Er ballte die Hände zu Fäusten. «Wenn ich daran denke, was er ihnen alles mitgeteilt hat ...»

Elizabeth widersprach. «Sie irren sich. Ich kannte ihn, und –»

Connors schüttelte den Kopf. «Nein, Miss Waring. Die Beweise, von denen ich spreche, sind eindeutig. Wenn Sie erlauben, gebe ich Ihnen jetzt die neuesten Informationen weiter. Ich bin sicher, daß Sie mir dann zustimmen. Aber ich muß Sie darauf aufmerksam machen, daß es sich um sehr empfindliche Informationen handelt. Sie dürfen nur sehr vorsichtig und nach und nach bekanntgemacht werden, zum richtigen Zeitpunkt. Manches davon ist schwer zu akzeptieren, aber Sie müssen es gemeinsam mit mir tragen.» Jetzt schaute er sie fast väterlich an, und sein weißes Haar war nicht mehr so ordentlich wie gewöhnlich. In ihrer Verwirrung dachte Elizabeth: Mein Gott, es fällt ihm vermutlich genauso schwer wie mir. Dann sagte sie:

«Na schön.» Sie würde schweigen. Mehr konnte sie nicht tun. Aber sie wußte, daß Brayer nicht so viel Geld hatte. Man hatte es ihm vermutlich ins Haus gelegt.

Connors lächelte fast. «Gut», sagte er. «Dann lassen Sie mich erzählen. In den frühen Morgenstunden des gestrigen Tages erhielt die Polizei von Saratoga Springs im Staate New York einen anonymen Anruf. Der Anrufer behauptete, die Polizei könnte die sterblichen Überreste von Edgar Fieldston auf dem Grundstück von Carlo Balacontano begraben finden. Bei dem Grundstück handelt es sich übrigens um ein Pferdegestüt.»

«Ein Pferdegestüt», wiederholte Elizabeth wie betäubt.

«Ja. Wegen der Bedeutung des Anrufs erhielt die Polizei einen Durchsuchungsbefehl und führte auf der Farm eine Razzia durch. Was sie fand, war, fürchte ich, kein besonders schöner Anblick: Den Kopf und die Hände von Edgar Fieldston, sowie die Pistole, mit der er getötet wurde.» Connors blickte wieder auf die Schreibtischplatte. «Er wurde in die Stirn geschossen.»

Elizabeth wartete.

«Außerdem fanden sich die fehlenden Aufzeichnungen der Fieldston Growth Enterprises. Es war ein Scheckbuch, und damit konnten wir die Bilanzen der Konten von Harry Orloff und anderen vergleichen.»

Elizabeth sagte: «Einen Augenblick, Mr. Connors.»

Er erwiderte: «Ich bitte Sie, Miss Waring. Es ist gar keine Frage. Wenn Sie die Beweise sehen, werden Sie erstaunt sein. Und zwar in positivem Sinne. Wir haben schlüssige Beweise, daß Carlo Balacontano der stille Teilhaber bei der Fieldston Growth Enterprises war, daß er mit der Ermordung von Edgar Fieldston zu tun hat und daß er ihn zusammen mit den geheimen Notizen Orloffs auf seiner Farm hat begraben lassen. Sie wissen, er benutzte die FGE, um illegale Gewinne in Höhe von über zwei Millionen Dollar zu investieren. Und noch etwas: Gestern erhielt er das Geld, das Edgar Fieldston für die Aktien der FGE auf den Bahamas einlöste. Vier Millionen Dollar. Die Seriennummern entsprechen genau der Liste, die wir besitzen. Das Geld wurde mit der Post an Balacontano geschickt, in einem Paket von Taschenbüchern.»

«Warten Sie», sagte Elizabeth. «Das muß doch eine Falle sein.»

«Ich weiß nicht, wovon Sie sprechen.»

«Es ist eine Falle. Er würde nie und nimmer Fieldstons Kopf und Hände auf seinem Grundstück begraben. Was hat er denn mit dem übrigen Körper gemacht? Hat man den auch gefunden?»

Connors war ganz verwirrt. «Nein, aber –»

«Und die Waffe und dieses Scheckbuch! Es ist lächerlich, Mr. Connors. Ein Mann wie Balacontano hat die ganze Zeit über viele Menschen töten lassen. Warum sollte er dieses eine Mal so töricht vorgehen? Er hätte sich Experten dafür engagieren können. Leute, die so raffiniert sind, daß wir ihnen nie auf die Spur kommen. Und wer hat die Polizei informiert?»

Connors entgegnete: «Miss Waring, ich fürchte, Sie stellen Fragen, die uns nichts angehen. Wir haben bereits das Scheckbuch mit den restlichen Kontobüchern der FGE verglichen. Und die sind echt. Der Coroner hat bestätigt, daß Fieldston durch einen Schuß aus der aufgefundenen Waffe getötet worden ist. Und alles lag auf Balacontanos Grundstück. Wir haben Motiv, Leiche und Waffe. Mr. Balacontano wandert ins Gefängnis. Es ist mir egal, wer da angerufen hat und warum.»

«Sie wissen genau, daß das ein abgekartetes Spiel ist», sagte Elizabeth. «Ich will nicht behaupten, daß er nichts mit der FGE zu tun hatte oder daß er Fieldston nicht hat töten lassen. Aber jemand hat die Überreste von Fieldston auf seinem Grundstück begraben, ebenso die Waffe und dieses Scheckbuch. Und derjenige war es auch, der angerufen hat. Wenn ich es mir genau überlege, dürfte es wohl der eigentliche Mörder von Fieldston sein.»

«Davon weiß ich nichts», sagte Connors. «Und Sie begeben sich damit auf sehr unsicheres Terrain. Ich werde es ignorieren wegen ihrer Trauer über einige kürzlich vorgekommene Ereignisse. Aber wenn Sie erst die Beweise gesehen haben, werden Sie einsehen, wie sehr sie Carlo Balacontano belasten.»

Elizabeth stand da und wußte, daß alles, was sie jetzt sagen konnte, falsch sein würde. Connors wollte die Wahrheit gar nicht hören.

«Ich sage Ihnen etwas anderes», fuhr Connors fort. «Sie haben in den letzten beiden Wochen sehr schwer gearbeitet, haben es, weiß Gott, nicht leicht gehabt. Außerdem haben Sie eine Riesenmenge an Überstunden angesammelt. Fahren Sie irgendwohin. Waren Sie schon mal auf Hawaii? Oder wie wär's mit London?»

«Ich war jetzt so lange weg», sagte sie. «Es ist schön, wieder mal zu Hause zu sein.»

«Trotzdem lege ich Ihnen nahe, eine Weile auszuspannen und Ferien zu machen», sagte Connors.

KAPITEL 33

Elizabeth schloß die Augen, während die Maschine auf der Startpiste beschleunigte und sich in die Luft erhob. Das war die einzige Sekunde beim Fliegen, die ihr unangenehm war – der Augenblick, wenn das Flugzeug so schnell wurde, daß es nicht mehr gestoppt werden konnte, es gleichzeitig aber immer noch tonnenschwer am Boden zu haften schien. Was auch immer es war, das einen Laderaum in einen Vogel verwandelte, es blieb für sie im wesentlichen ein Geheimnis. Die Erklärung von Leuten, die solche Dinge verstanden, klangen völlig vernünftig für den Teil ihres Wesens, der Entschlüsse faßte; aber der Teil von ihr, der den Puls und den Lidschlag kontrollierte, empfand es als kompletten Unsinn. Und wieder einmal strafte das Flugzeug den gesunden Menschenverstand Lügen und erhob sich in den Himmel.

Auf dem Flugplatz hatte sie sich ein paar Zeitschriften gekauft, die sie lesen wollte, aber jetzt schienen sie einer Welt anzugehören, die ihr fremd geworden war. Es gab Zeiten, in denen sie sich für neue Diäten interessierte, welche das Fasten zu einem Abenteuer machten, aber nicht jetzt. Vielleicht schon bald – wenn sie von ihrem «empfohlenen» Urlaub wieder zurück war. Wenn sie ihre Freizeitpflicht abgeleistet hatte.

Elizabeth hatte sich für London entschieden, weil sie es als kühl, feucht und dicht bewölkt in Erinnerung hatte. Von dort konnte sie, wenn sie sich immer noch ruhelos fühlte, auf den Kontinent fliegen. Sie fragte sich, ob es wohl in den Londoner Zeitungen stehen würde. Vermutlich. Amerikanische Skandale hatten für die Engländer immer einen besonderen Reiz. Als der Mitarbeiterstab des Senators die FGE entdeckt hatte, war Balacontano nichts anderes übriggeblieben, als sich selbst zu schützen. Und ausgerechnet in dieser Woche hatte das arme Veasy einen Brief geschrieben – an die Abteilung für organisiertes Verbrechen beim Justizministerium. Sein sorgfältiger, handgeschriebener Brief, der erläuterte, warum er glaubte, daß der Pensionsfonds seiner Gewerkschaft ausgeplündert worden sei, hatte seinen Weg durch das bürokratische Labyrinth gefunden und war ausgerechnet auf dem Schreibtisch des Mannes gelandet, der über Veasys Probleme genau Bescheid wußte: John Brayer. Gerade dieser Teil war ein gefundenes Fressen für die Zeitungen.

Der Brief war in Brayers Schreibtisch gefunden worden, nachdem Connors eine Durchsuchung angeordnet hatte. Das war der Teil, der Elizabeth nachts nicht schlafen ließ. Brayer.

Sie hörte sich seufzen. Ja, sie würde versuchen, während des Prozesses im Ausland zu bleiben, zumindest während des ersten Abschnitts mit seinen sensationellen Enthüllungen. Sie kannte bereits die Strategie, der das Ministerium folgen würde. Sie würden den Prozeß in Saratoga Springs abrollen lassen – dort, wo man die Beweise gefunden hatte. Das heißt, den Kopf und die Hände – die Teile, die man zur Identifikation eines Menschen benutzte –, die Waffe und das Scheckbuch, alles zusammen begraben, ein paar Fuß unter der Erde. Sie wußte, daß diese Beweise für die Jury nicht sehr von Bedeutung sein würden. Wenn Balacontano wirklich nicht derjenige war, der Fieldston getötet hatte, so wußte doch jeder, daß er all die anderen Morde befohlen hatte. Fieldston war eben der eine Mord, den sie ihm zur Last legen und nachweisen konnten. Sie würden das verwenden, was sie in Händen hatten, und die Geschworenen würden mit Sicherheit mitspielen. Wenn die Staatsanwälte nach Connors' Plan vorgingen, kämen die Geschworenen gar nicht auf den Gedanken, daß das Fehlen des Körpers die Sache fragwürdig machte. Um einen Menschen so zu zersägen, mußte man ein Ungeheuer sein. Ein

Ungeheuer, dachte sie, oder ein Mensch, der den Beweis von einem Ort zum anderen transportieren wollte. Aber Balacontano würde man überführen. Und vielleicht würde die Staatsanwaltschaft sogar genügend Dampf machen, daß man auch die Männer verurteilte, die man zum Zeitpunkt der Razzia auf dem Grundstück angetroffen hatte. Es würde mindestens eine Woche oder länger dauern, bevor jemand auftauchte, der das Vakuum ausfüllte, das Bala im Nordosten der Vereinigten Staaten hinterlassen hatte.

Elizabeth war jetzt aus allen diesen Dingen raus. Sie musterte die anderen Passagiere in der Kabine. Da gab es die üblichen Touristen: ein älteres Ehepaar, das einmal die Welt außerhalb von Iowa sehen wollte, bevor es zu spät war, zwei Collegemädchen in Bluejeans und drei Geschäftsleute, die auf Akten starrten, welche sie auf ihren Tablettischchen ausgebreitet hatten. Der einzige Passagier im Blickfeld von Elizabeth, der nicht sofort einzuordnen war, schien der Mann zu sein, der ihr gegenüber auf der anderen Seite des Ganges saß. Sie tat so, als lese sie ihre Zeitschriften, während sie ihn betrachtete. Er trug ein bequemes Sportsakko, das zu lässig war für einen Geschäftsmann, der die Leute in London beeindrucken wollte. Er reiste allein, und sie sah keinerlei Handgepäck bei ihm. Er war einfach ein ruhiger, einsamer Mann ohne besondere Eigenschaften. Wahrscheinlich ein Professor, dachte Elizabeth. Ein Professor für Englisch oder Geschichte, der eine der üblichen Pilgerreisen nach England machte, um vielleicht dort zu stehen, wo Wilhelm der Eroberer gestanden hatte, oder dort zu lustwandeln, wo Chaucer gelustwandelt war – und der hoffte, daß ihm dabei auf geheimnisvolle, durch keine Vernunft zu begründende Weise Einsichten vermittelt werden würden.

Während Elizabeth ihn beobachtete, lehnte der Mann den Kopf nach hinten und schloß die Augen. Sie war stolz auf ihr intuitives Wahrnehmungsvermögen. Er war zweifellos ein Professor. Und jetzt dachte er gerade an den Spaß, den er haben würde, wenn er in Schlössern und Kathedralen herumspazierte und Bibliotheken besuchte, deren staubige, alte Bände schon seit Jahrhunderten an ein und derselben Stelle standen. Der Mann rutschte ein wenig hin und her auf seinem Sitz. Elizabeth glaubte, den Hauch eines Lächelns um seine Lippen erkannt zu haben. Sie fühlte sich augenblicklich und auf geheimnisvolle Weise zu ihm hingezogen.

Jetzt verblaßte das Lächeln, und seine Stirn legte sich in Falten. Er versuchte, sich an etwas zu erinnern. Es war lächerlich, das wußte er selbst, aber wenn ihm so etwas passierte, ließ es ihn tagelang nicht mehr los. Wie hatte Eddie Mastrewskis Katze geheißen?